RAYMOND KHOURY

Né en 1960 à Beyrouth, Raymond Khoury quitte le Liban en 1975 pour étudier à New York. Il se consacre à une carrière dans la finance à Londres avant de se lancer dans l'écriture de scénarios pour des séries télévisées comme *Dinotopia* en 2002, puis *MI-5* en 2004 et 2005. *Le Dernier Templier* (2006), son premier roman, est un best-seller traduit dans de nombreux pays. Il s'est vendu à plus de 3 millions d'exemplaires dans le monde.
Raymond Khoury a également publié *Eternalis* (2008), *Le Signe* (2009), *La Malédiction des Templiers* (2010) – suite du *Dernier Templier* –, *L'Élixir du diable* (2011), *Manipulations* (2012) et *Dossier Corrigan* (2014). Tous ces ouvrages ont paru aux Presses de la Cité et sont repris chez Pocket.

Retrouvez toute l'actualité de l'auteur sur :
www.raymond-khoury.fr

L'ÉLIXIR
DU DIABLE

DU MÊME AUTEUR
CHEZ POCKET

LE DERNIER TEMPLIER
LA MALÉDICTION DES TEMPLIERS
ETERNALIS
LE SIGNE
L'ÉLIXIR DU DIABLE
MANIPULATIONS
DOSSIER CORRIGAN

RAYMOND KHOURY

L'ÉLIXIR DU DIABLE

Traduit de l'anglais
par Jean-Jacques Marvost

PRESSES DE LA CITÉ

Titre original :
THE DEVIL'S ELIXIR

ISBN : 978-2-266-28441-7

À ma chère et tendre mère,
parce que je sais que cette
dédicace lui apportera le sourire.

Il existe une vague crainte que certaines choses
ne soient pas faites pour être connues,
que certaines recherches soient trop dangereuses
pour que l'esprit humain les entreprenne.

Carl SAGAN

Soit il commet une erreur colossale,
soit il sera reconnu comme le Galilée du XX*e siècle.*

Harold LIEF,
à propos des travaux du docteur Ian Stevenson
(*Journal of Nervous and Mental Disease)*

Durango, vice-royauté de Nouvelle-Espagne (Mexique actuel), 1741

Alvaro de Padilla se retrouva paralysé de frayeur quand ses visions disparurent et que ses yeux fatigués recommencèrent à voir normalement.

Le prêtre jésuite se demanda quel était ce monde d'où il venait d'émerger, un monde dont l'incertitude était à la fois terrifiante et curieusement exaltante. Il entendait sa respiration haletante siffler dans sa gorge, son cœur affolé battre à ses tempes. Puis ce qui l'entourait reprit lentement forme et apaisa son esprit. La paille de sa natte crissa sous ses doigts, confirmation qu'il était revenu de son voyage.

Sentant quelque chose d'étrange sur ses joues, il porta une main à son visage, découvrit qu'il était mouillé de larmes. Il s'aperçut ensuite que son dos aussi était mouillé, comme s'il s'était couché non sur une natte sèche mais dans une flaque d'eau. Il se demanda pourquoi. Il se dit que la sueur avait peut-être détrempé sa soutane mais, quand il se rendit compte que ses cuisses et ses jambes étaient également mouillées, il sut que ce n'était pas de la sueur.

Il ne parvenait pas à comprendre ce qui venait de lui arriver.

Lorsqu'il tenta de se redresser, il constata que son corps était vidé de toute énergie. Il avait à peine soulevé sa tête qu'elle lui sembla devenue de plomb. Il retomba sur sa natte.

— Reste allongé, lui conseilla Eusebio de Salvatierra. Ton esprit et ton corps ont besoin de temps pour se remettre.

Alvaro ferma les yeux mais ne parvint pas à arrêter l'onde de choc qui déferlait en lui.

Il n'aurait pas cru à tout cela s'il ne venait pas d'en faire l'expérience par lui-même. Une expérience déroutante, terrifiante et… stupéfiante. Une partie de lui avait peur rien que d'y songer, tandis qu'une autre partie aspirait à la revivre, là, tout de suite, à retourner dans l'impossible. Mais la partie sévère et disciplinée de son être ne tarda pas à écraser cette idée démente et à le ramener sur le chemin vertueux auquel il avait voué sa vie.

Il regarda Eusebio, prêtre lui aussi, dont le visage souriant était l'image même de la sérénité.

— Je reviendrai dans une heure ou deux, quand tu auras recouvré un peu de force, dit Eusebio avec un petit signe d'encouragement de la tête. Tu t'en es très bien tiré pour une première fois. Très bien, vraiment.

Alvaro sentit la peur s'insinuer de nouveau en lui.

— Que m'as-tu fait ?

Eusebio le contempla un instant d'un regard empreint de béatitude puis plissa le front.

— Je crains d'avoir ouvert une porte que tu ne pourras jamais plus refermer.

Plus de dix ans s'étaient écoulés depuis qu'ils étaient arrivés ensemble en Nueva España, prêtres ordonnés de la Société de Jésus, envoyés par leurs supérieurs de Castille poursuivre une tradition déjà longue à présent, qui consistait à établir des missions en terres inconnues afin de sauver les âmes des misérables indigènes égarés dans leur sombre idolâtrie et leurs coutumes païennes.

Une tâche difficile mais non sans précédents. Dans le sillage des conquistadors, des missionnaires franciscains, dominicains et jésuites s'aventuraient dans le Nouveau Monde depuis plus de deux cents ans. Après maintes guerres, maintes révoltes, un grand nombre de tribus indigènes avaient été soumises par les colonisateurs et assimilées aux cultures espagnole et *mestiza*, métisse. Mais il restait beaucoup à faire, beaucoup d'autres tribus à évangéliser.

Avec l'aide de certains des premiers convertis, Alvaro et Eusebio avaient établi leur mission dans une vallée couverte d'une épaisse forêt et nichée dans les plis des montagnes occidentales de la Sierra Madre, au cœur du pays wixaritari. Avec le temps, la mission se développait. Un nombre croissant de petites communautés vivant isolées dans la montagne et les défilés se joignaient à leur *congregación*. Les deux prêtres avaient noué des liens solides avec ces populations et, ensemble, Alvaro et Eusebio baptisèrent des milliers d'Indiens. Contrairement à ce qui se passait dans les autres « réductions » franciscaines, où les indigènes devaient adopter le mode de vie et les valeurs de l'Espagne, les deux prêtres suivirent la tradition jésuite en laissant les Indiens garder un grand nombre de leurs pratiques culturelles d'avant la conquête. Ils leur apprirent aussi à se servir d'une charrue et d'une hache, les initièrent à l'irrigation, à de nouvelles cultures, à la domestication des animaux, ce qui améliora considérablement leur économie de subsistance. Les deux hommes gagnèrent ainsi la gratitude et le respect des Indiens.

Cette réussite tint aussi au fait qu'à la différence d'Alvaro, homme exemplaire et raide, Eusebio se montrait chaleureux et sociable. Ses pieds nus et la simplicité de sa mise avaient incité les Indiens à l'appeler « *Motoliana* », « l'homme pauvre », et contre l'avis d'Alvaro il avait adopté ce nom. Son humilité, sa conversation prévenante, sa conduite irréprochable – autant d'illustrations des principes qu'il prêchait – inspiraient beaucoup les Indiens. Il acquit en outre rapidement une réputation de faiseur de miracles.

Cela commença quand, au cours d'une sécheresse qui menaçait de détruire les cultures, il recommanda aux indigènes de se rendre en procession solennelle, avec prières et vigoureuses flagellations, à l'église de la mission. Des pluies abondantes délivrèrent bientôt les Indiens de leurs craintes et assurèrent une récolte exceptionnellement bonne. Le miracle se répéta deux années plus tard, quand la région souffrit de pluies diluviennes. Le même remède vint à bout du fléau et la réputation d'Eusebio grandit. En même temps, des portes s'ouvrirent peu à peu.

Des portes qu'il aurait mieux valu garder fermées.

Lorsque les Indiens, méfiants à l'origine, commencèrent à s'ouvrir à lui, Eusebio se retrouva aspiré plus profondément dans leur monde. Ce qui avait débuté comme une mission se transforma en un voyage de découverte exempt du moindre préjugé. Il se mit à explorer les forêts et les gorges des montagnes menaçantes, s'aventura là où aucun Espagnol n'avait pénétré, rencontra des tribus qui accueillaient généralement les étrangers avec la pointe d'une flèche ou d'un javelot.

Il ne revint pas de son dernier voyage.

Près d'un an après la disparition d'Eusebio, Alvaro, redoutant le pire, se mit en route avec un petit groupe d'Indiens pour tenter de retrouver son ami.

Et voilà pourquoi ils étaient maintenant tous deux assis autour d'un feu sous le toit de chaume du *xirixi* – la maison ancestrale de Dieu – de la tribu et qu'ils discutaient de l'impossible.

— Il me semble que tu es plutôt devenu leur grand prêtre, je me trompe ?

Alvaro était encore bouleversé par son expérience et, bien que la nourriture eût redonné quelques forces à ses membres, que le feu l'eût réchauffé et eût séché sa soutane, il demeurait très agité.

— Ils m'ont appris plus que je ne pourrais leur apprendre, répondit Eusebio.

Les yeux d'Alvaro s'écarquillèrent de stupeur.

— Mais… Seigneur… tu… tu embrasses leurs méthodes, leurs idées blasphématoires, bredouilla-t-il, l'air effrayé, les sourcils pesant sur ses yeux. Écoute-moi. Tu dois mettre un terme à cette folie. Tu dois quitter cet endroit et revenir à la mission avec moi…

Eusebio regarda Alvaro et fut au désespoir. Certes, il était heureux de revoir son vieil ami et ravi d'avoir partagé sa découverte avec lui, mais il se demandait s'il ne venait pas de commettre une énorme erreur.

— Je suis désolé, je ne peux pas, dit-il d'un ton calme. Pas encore.

Il ne pouvait pas expliquer à son ami qu'il avait encore beaucoup à apprendre de ce peuple. Des choses que, même en rêve, il n'aurait pas crues possibles. Il avait été étonné de découvrir – lentement, peu à peu, malgré ses idées préconçues et ses convictions profondément enracinées – que les Indiens avaient des liens très forts avec la terre, avec les êtres vivants avec qui ils la partageaient, avec l'énergie qui en émanait. Il leur avait parlé de la création du monde, du paradis et de la chute de l'homme. De l'Incarnation et de l'Expiation. Ils avaient partagé avec lui leurs propres visions du monde et ce qu'il avait entendu l'avait sidéré. Pour ses hôtes, les royaumes de la mystique et du réel étaient entrelacés. Ce qui lui semblait normal, ils le trouvaient surnaturel. Et ils acceptaient comme normal – comme la vérité – ce qui lui apparaissait comme une pensée magique.

Au début.

Il avait maintenant changé d'avis.

Les sauvages étaient nobles.

— Absorber leurs breuvages sacrés m'a ouvert de nouveaux mondes, dit-il à Alvaro. Ce que tu viens d'éprouver n'est que le début. Tu ne peux pas t'attendre à ce que je tourne le dos à une telle révélation.

— Tu le dois, insista Alvaro. Rentre avec moi. Tout de suite, avant qu'il ne soit trop tard. Et nous n'en parlerons plus jamais.

Eusebio sursauta de surprise.

— Ne plus en parler ? Mais c'est uniquement de ça que nous devons parler. Nous devons l'étudier, le comprendre, le maîtriser, afin de pouvoir le rapporter chez nous et le partager avec les nôtres.

La stupéfaction envahit le visage d'Alvaro.

— Le rapporter ? ! rétorqua-t-il, crachant les mots comme du poison. Tu veux parler aux gens de ce… de ce blasphème ? !

— Ce blasphème peut nous apporter la lumière.

Alvaro fut indigné.

— Eusebio, prends garde, fit-il d'une voix sifflante. Le diable a planté ses griffes en toi, avec son élixir. Tu risques de te perdre, mon frère, et je ne peux rester sans réagir et le permettre, ni pour toi ni pour aucun autre membre de notre foi. Je dois te sauver.

— J'ai déjà franchi les portes du Ciel, vieil ami, répondit Eusebio avec sérénité. Et d'où je suis, la vue est magnifique.

Il fallut cinq mois à Alvaro pour faire parvenir un message à l'archevêque et au vice-roi résidant à Mexico, recevoir leur réponse et rassembler ses hommes, de sorte que c'était l'hiver quand il s'aventura de nouveau dans les montagnes à la tête d'une petite armée.

Munie d'arcs, de flèches et de mousquets, la troupe mêlant Espagnols et Indiens grimpa les contreforts de la sierra par des sentiers accidentés, escarpés, couverts d'épais buissons. Les torrents hivernaux avaient coupé les pistes qui serpentaient sur le flanc de la montagne et des branches poussant à l'horizontale en travers du chemin rendaient la progression encore plus difficile. On les avait mis en garde contre les pumas, les jaguars et les ours qui peuplaient la région, mais les seules créatures vivantes qu'ils rencontrèrent furent les vautours voraces *zopilotes* qui planaient au-dessus d'eux en attendant un banquet sanglant, et les scorpions qui hantaient leur sommeil agité.

À mesure qu'ils montaient, le froid devenait plus vif. Les Espagnols, habitués à un climat plus chaud, souffraient terriblement. Ils passèrent les journées à lutter contre les pentes rocheuses humides et les nuits à attiser leurs feux de bivouac, jusqu'à ce qu'ils approchent enfin de la forêt dense enveloppant le village où Alvaro avait laissé Eusebio.

À leur surprise, ils découvrirent que les sentiers sinuant entre les arbres étaient barrés par d'énormes troncs manifestement abattus par les indigènes. Craignant une embuscade, le commandant de la troupe ordonna à ses hommes de ralentir l'allure. Après trois semaines d'efforts et de tourments, ils atteignirent le village.

Il n'y avait plus personne.

Les Indiens et Eusebio avaient disparu.

Alvaro ne renonça pas. Il exhorta ses hommes à continuer, les éclaireurs indigènes suivant les traces de la tribu à travers la montagne jusqu'à ce qu'ils parviennent, au quatrième jour, devant une profonde *barranca* au fond de laquelle coulait une rivière grondante. Une corde et un pont en bois enjambaient naguère le ravin.

Ils avaient été coupés.

Il n'y avait aucun autre moyen de traverser.

Consumé de rage et de désespoir, Alvaro fixait les cordes qui pendaient au bord du précipice.

Il ne revit jamais son ami.

Mexique, 2006

— Appuie sur cette putain de détente et dégage ! aboya Munro dans mes écouteurs. Bouge-toi le cul ! Il faut qu'on décroche ! MAINTENANT !

Je m'en doute, merci !

Mes yeux tanguaient au rythme des rafales qui résonnaient dans tout le camp, parfois brèves, parfois frénétiques et sauvages. Dans mon casque, j'entendis un cri de douleur et je compris qu'un des huit membres de notre commando venait d'être abattu.

Tiraillé entre deux instincts contradictoires, mon corps se figea. J'accordai un nouveau regard à l'homme recroquevillé par terre, la cuisse barrée d'une grande balafre sanglante. Un visage couvert de sueur, emmuré dans l'angoisse, des lèvres tremblantes, des yeux écarquillés de peur, comme s'il savait ce qui l'attendait. Je serrai le poing sur mon arme, un doigt sur la détente, l'effleurant sans appuyer franchement, comme si elle était brûlante.

Munro avait raison. Il fallait décrocher avant qu'il soit trop tard. Et je… D'autres balles criblèrent les murs autour de moi.

— On n'est pas venus pour ça ! répondis-je d'une voix rauque, les yeux fixés sur ma cible. Il faut que j'essaie…

— Que tu essaies quoi ? gueula Munro. De le porter ? Tu te prends pour Superman, maintenant ?

Une longue rafale me déchira les tympans, puis sa voix pressante revint dans les écouteurs :

— Descends-moi ce fils de pute, Reilly ! Vas-y ! Tu sais ce qu'il a dit ? « Comparée à mon produit, la meth paraîtra aussi fade que de l'aspirine ! » Et tu hésites à liquider ce pourri ? ! On est venus faire un boulot, bordel ! On a des ordres. On est en guerre et ce type, c'est l'ennemi ! Alors, lâche-nous avec tes scrupules à la con, crève-moi cette ordure et ramène-toi ! J'attendrai pas plus longtemps…

Ses mots résonnaient encore sous mon crâne quand une autre rafale balaya le mur du fond. Sous une pluie d'éclats de verre et d'échardes, je plongeai m'abriter derrière une des armoires métalliques du labo. Je glissai un coup d'œil vers le chercheur affalé de l'autre côté de la pièce. Là encore, Munro avait raison. Impossible de l'emmener. Pas avec sa blessure. Pas avec la petite armée de *bandidos* saturés de cocaïne qui nous tombait dessus.

Bon Dieu, ce n'était pas censé se passer ainsi.

L'extraction devait être rapide, chirurgicale. À la faveur de l'obscurité, Munro et moi, soutenus par les six autres membres d'élite de notre commando de l'OCDETF[1] – un organisme fédéral bénéficiant des res-

1. Pour « Organized Crime Drug Enforcement Task Force ». La DEA (Drug Enforcement Administration) mentionnée plus bas est un service de police dépendant du Département de la Justice américaine et en charge de la lutte contre le trafic des stupéfiants. *(Toutes les notes sont du traducteur.)*

sources de onze agences, dont la mienne, le FBI, et celle de Munro, la DEA –, nous étions censés nous glisser dans le camp, trouver McKinnon et le ramener. Avec le résultat de ses recherches. Simple, surtout pour ce qui était de se glisser dans le camp. Mais la mission avait été décidée à la hâte, après un coup de fil inattendu de McKinnon. Nous n'avions pas eu beaucoup de temps pour préparer l'attaque du labo et, côté renseignements, c'était plutôt maigre… Je pensais que nous avions quand même une chance. Pour commencer, nous disposions d'un excellent équipement – armes automatiques munies de silencieux, lunettes de vision nocturne, gilets pare-balles, drone de surveillance. Nous avions aussi l'avantage de la surprise. Et depuis notre arrivée au Mexique, quatre mois plus tôt, les raids sur les autres labos s'étaient très bien passés.

On entre et on ressort. Vite fait, bien fait.

La phase « on entre » avait été un pur bonheur.

Puis McKinnon s'était pris une balle dans la cuisse et la phase « on ressort » du plomb dans l'aile.

J'entendis des cris nerveux, en espagnol : les *bandidos* se rapprochaient.

Il fallait que je me décide. Si j'attendais plus longtemps, je me ferais capturer et je ne nourrissais aucune illusion sur la suite. Ils allaient me torturer à mort. En partie pour obtenir des infos, en partie pour le plaisir. Ensuite, un petit coup de tronçonneuse et ils poseraient ma tête sur mes genoux, pour la photo. De surcroît, en dépit du fumet aristocratique que d'aucuns accolent à la décapitation, ma mort n'aurait servi à rien. Les travaux de McKinnon allaient passer à la postérité. Un legs infâme, de l'avis général.

La voix de Munro se remit à grésiller au plus profond de mon crâne :

— D'accord, si tu veux tout foutre en l'air, vas-y ! Moi, je me barre. Tchao, mec.

À cet instant précis, mon esprit embraya.

Ce fut comme si une détermination primale court-circuitait en moi toute résistance, balayait tout l'inné, toute mon humanité et toutes mes croyances pour prendre les commandes. Je vis ma main se lever avec une aisance et une précision de robot, braquer mon arme entre les yeux terrifiés de McKinnon et presser la détente.

La tête du chercheur explosa, une giclée sombre éclaboussa le placard derrière lui et il bascula sur le côté, tas inerte de chair et d'os.

Une longue seconde, je laissai mon regard glisser sur l'homme au sol, avant de gueuler :

— Je sors !

Je m'immobilisai devant la porte du laboratoire, jetai un dernier coup d'œil alentour, dégoupillai deux grenades incendiaires et les lançai derrière moi. Je me ruai dehors au moment où la pièce s'embrasait.

Los Angeles, Californie,
six mois plus tôt

Dans son bureau d'angle au dix-neuvième étage du bâtiment fédéral Edward R. Roybal, Hank Corliss fixait son moniteur tout en ruminant la dernière information qu'il venait de dénicher. Il se renversa en arrière, fit tourner son fauteuil pour se retrouver face à la fenêtre et plissa le front en regardant ses doigts tremblants.

C'est lui.

Encore lui.

Corliss serra les poings, prit plusieurs longues inspirations pour canaliser la fureur qui bouillonnait en lui.

Il faut que je fasse quelque chose.

Il faut que j'arrête ça.

Il faut que je le fasse payer.

Ses jointures avaient blanchi.

Corliss – agent spécial responsable du secteur Los Angeles de la DEA et directeur exécutif de l'OCDETF – se tourna vers l'écran plat posé sur une étagère en face de son bureau. Quatre jours après les faits, la récente humiliation infligée au service était encore sur tous les écrans, même si elle était passée du stade des images en boucle auxquelles les chaînes d'informations du câble semblaient devoir leur prospérité à celui des reportages mineurs stériles et affligeants.

Il poussa un soupir de lassitude et changea de position, sentit une douleur familière naître dans sa colonne vertébrale. Il ferma les yeux pour tenter de la refouler et se concentra sur ce qu'il venait de lire.

L'attaque avait eu lieu plus haut sur la côte, à l'institut d'ethnomédecine Schultes. Situé face aux rouleaux du Pacifique, à cinquante kilomètres au nord-ouest de Santa Barbara, l'institut était un centre de recherches de pointe ayant pour objectif de trouver de nouveaux traitements pour toutes sortes de maladies – ou, plus exactement, de redécouvrir d'anciens remèdes qui avaient échappé au monde moderne. Ses scientifiques – médecins, pharmacologues, botanistes, microbiologistes, neurobiologistes, anthropologues et océanographes, entre autres – parcouraient la planète en quête de tribus indigènes isolées et passaient de longues périodes parmi elles pour gagner la confiance de leurs sorciers dans l'espoir de les amener à partager leur savoir et à divulguer les traitements qu'ils utilisaient. L'institut regroupait une série de remarquables docteurs en médecine ou autres sciences qui, en plus d'être d'éminents savants, aimaient la vie en plein air et l'aventure, des Indiana Jones du monde réel dont les capacités à survivre se révélaient utiles quand il fallait s'enfoncer dans les forêts pluviales amazoniennes ou grimper jusqu'à des villages andins, où l'oxygène était compté.

Ce remarquable rassemblement d'intelligences n'avait rien révélé de son efficacité, en ce lundi fatal.

Vers dix heures du matin, deux 4 × 4 s'étaient approchés de la grille d'entrée de l'institut. Le vigile avait été abattu, d'une balle entre les deux yeux. Les deux véhicules avaient pénétré dans l'enceinte sans rencontrer de résistance et s'étaient arrêtés devant l'un des principaux laboratoires. Une demi-douzaine d'hommes armés étaient entrés dans le bâtiment, ils avaient froidement tiré des rafales de pistolet-mitrailleur dans les plafonds, avaient maîtrisé deux chercheurs et les avaient embarqués. Un autre vigile avait tenté de les intercepter au moment où ils ressortaient. Dans la fusillade qui avait suivi, l'homme avait été tué, ainsi qu'un laborantin pris dans le feu croisé. Trois autres personnes présentes sur les lieux avaient été blessées, dont une gravement.

Les kidnappeurs et leurs victimes avaient disparu. Il n'y avait pas encore eu de demande de rançon.

Corliss n'en attendait pas.

Les inspecteurs venus sur les lieux émirent d'emblée l'hypothèse que des trafiquants de drogue étaient derrière les enlèvements et la tuerie. Corliss partageait cet avis. Il était peu probable que Pfizer ou Ciba-Geigy aient fait kidnapper en plein labo des scientifiques comme ces deux hommes. Qui par ailleurs possédaient des connaissances hautement appréciées dans le monde féroce des stupéfiants illégaux.

Un monde dont les frontières changeaient chaque jour, et pas pour le meilleur.

À l'origine, il s'agissait essentiellement d'obtenir le concours de gens possédant les compétences techniques adéquates pour produire d'énormes quantités de drogues synthétiques susceptibles de plaire aux masses, de chimistes capables de fabriquer, disons, de la méthamphétamine – la meth, dans le jargon des camés – à partir de ses précurseurs chimiques, éphédrine ou pseudo-éphédrine, sans pour autant s'envoyer en l'air. Une réglementation plus stricte compliquant la vente des ingrédients de base – au grand dépit de la horde de lobbyistes des trusts pharmaceutiques –, il avait fallu trouver d'autres solutions. Corliss se souvenait d'avoir participé à l'arrestation d'un chimiste américain à Guadalajara, quelques années plus tôt, à l'époque où il dirigeait le bureau de la DEA à Mexico. Cet homme aigri, professeur de chimie au chômage, travaillait pour les cartels et avait gagné une petite fortune en découvrant comment utiliser des réactifs légaux, prêts à l'usage, pour fabriquer des précurseurs de la meth à partir de rien. Les avantages en nature – baiser, boire et, oui, se défoncer – constituaient un bonus autrement plus attractif que corriger des copies et éviter les couteaux à cran d'arrêt dans son lycée de banlieue.

En plus de la conception et de la fabrication des drogues, les scientifiques se révélaient inestimables pour imaginer des moyens originaux de leur faire passer illégalement les frontières. Une des équipes de Corliss avait récemment intercepté une cargaison de purée de pommes de terre en poudre en provenance de Bolivie. Il avait fallu deux semaines aux techniciens de la DEA pour récupérer les deux tonnes de cocaïne qu'on avait chimiquement infusées dedans. Un mois plus tard, une cargaison d'huile s'était révélée un filon du même tonneau.

Les produits chimiques ont des qualités mystérieuses, cachées.

Les libérer et les mettre en pratique de manière originale pouvait changer totalement la donne pour les cartels – et leur rapporter des milliards.

D'où la nécessité de cerveaux connaissant les techniques indispensables.

D'où les enlèvements qui venaient d'avoir lieu.

Jusque-là, les enquêteurs n'avaient pas grand-chose en fait d'indices. Ils n'avaient alpagué aucun suspect. D'après les vidéos des caméras de surveillance et les témoins, les kidnappeurs étaient des Blancs costauds, et c'était à peu près tout. Un témoin avait cependant précisé qu'ils avaient « le type motard ». Cela ne constituait pas un progrès majeur en soi, pas en Californie du Nord, où les bandes de motards sévissaient en nombre et contrôlaient une partie importante du trafic de drogue – ils étaient en fait à l'origine de la montée de la meth –, mais c'était révélateur à d'autres égards.

Les règles du jeu avaient changé.

Depuis dix ans environ, les cartels mexicains s'étaient quasiment emparés du trafic de drogue aux États-Unis, le hissant à un niveau de violence sans précédent. Ne se contentant plus de leur rôle établi de longue date de principal fournisseur de marijuana du pays, ils avaient étendu leur territoire et accru leur puissance après « la Guerre à la drogue » menée par l'administration américaine, qui avait pris pour cible les trafiquants colombiens et sévèrement réduit leurs activités dans les Caraïbes et le sud de la Floride. Les Mexicains avaient occupé la place laissée vacante. Ils avaient commencé par arracher la distribution de la cocaïne aux Colombiens harcelés puis ils avaient élargi leur horizon. De simples « mules », ils étaient devenus acteurs principaux et avaient mis la main sur la chaîne d'approvisionnement. Et il ne leur avait pas suffi d'inonder les États-Unis de coke et d'héroïne. Déterminés à aller de l'avant, ils étaient passés aux drogues de l'avenir : celles qu'on pouvait fabriquer n'importe où, celles que les utilisateurs pouvaient consommer sans trop de complications. C'étaient les cartels mexicains qui avaient compris les premiers le potentiel de la méthamphétamine et avaient fait de cette drogue grossière de motards cantonnée dans les vallées de Californie du Nord le plus gros problème de stupéfiants jamais posé à l'Amérique. D'autres drogues synthétiques – sous forme de pilules, un sacré progrès, *exit* l'attirail encombrant des camés des générations précédentes – avaient bientôt fait leur apparition.

Les cartels mexicains menaient maintenant le jeu et à travers tous les États-Unis les bandes de motards, les bandes des rues et des prisons leur servaient de petits soldats. Selon les derniers chiffres de la DEA, les cartels avaient étendu leurs activités à plus de deux cent cinquante grandes villes du pays. De Washington au Maine, les grossistes mexicains contrôlaient tout et se révélaient de fins négociants. Leur puissance était démesurée, leur ambition dévorante et leur impudence sans limite. Rien ne semblait pouvoir les ébranler alors qu'ils étaient quasiment en guerre avec le gouvernement des États-Unis, une guerre non déclarée qui coûtait bien plus de vies américaines que celles livrées dans les déserts, à des milliers de kilomètres à l'est.

Une guerre qui avait infligé à Corliss de profondes blessures.

Des blessures qu'il n'oublierait jamais.

Souvenirs d'une soirée de violence au Mexique, comme la douleur qui palpitait en ce moment dans son échine, et qui se réveillait toujours aux moments les moins opportuns.

L'hypothèse qu'un cartel mexicain était derrière l'enlèvement de chercheurs américains était étayée par les progrès importants obtenus par la DEA et d'autres agences en fermant des centaines de laboratoires clandestins de fabrication de meth à travers les États-Unis. Ces victoires avaient repoussé la production au sud de la frontière, où les narcos avaient installé de superlabos hors de portée des autorités mexicaines, où les talents des scientifiques kidnappés feraient probablement merveille. De plus, ce n'était pas la première fois que ce genre d'événement se produisait. D'autres scientifiques avaient disparu. À quatre reprises déjà, des chimistes travaillant pour de grandes entreprises pharmaceutiques avaient été enlevés en Amérique centrale et en Amérique du Sud. Sans demande de rançon. On ne les avait jamais revus. Tout simplement. Puis deux autres incidents avaient suivi, cette fois du côté américain de la frontière. Un professeur de chimie d'El Paso, un an plus tôt. Un autre, quelques mois plus tard, à la sortie de Phoenix, kidnappé avec son assistant de laboratoire.

Et maintenant ça.

Sur le territoire même de Corliss.

Une fusillade mortelle dans un coin idyllique de la côte Pacifique.

Corliss avait soupçonné qu'il s'agissait de Navarro dès qu'il avait appris la nouvelle. À la différence de ses collègues, Corliss n'avait jamais cru que Navarro avait été tué pendant un affrontement entre cartels. Il savait que le monstre était encore en vie et quand Corliss avait vérifié les domaines de recherche des scientifiques enlevés – comme il l'avait fait pour les kidnappings précédents – il n'avait plus eu aucun doute. Cela correspondait à un schéma qu'il avait repéré mais gardé pour lui.

Jusqu'à présent.

Raoul Navarro, El Brujo – surnom signifiant le chaman, le sorcier, l'adepte de la magie noire –, était toujours à l'œuvre. Corliss en était sûr.

La brûlure s'intensifia dans sa colonne vertébrale.

Il devient plus féroce, plus hardi, plus téméraire, pensa-t-il.

Ce qui pouvait signifier deux choses.

Soit ce salaud était aux abois. Soit il se rapprochait.

Dans un cas comme dans l'autre, c'était une mauvaise nouvelle.

Ou peut-être… une possibilité.

De se venger.

Corliss aspirait à se venger depuis le jour où Raoul Navarro et ses hommes lui étaient tombés dessus.

Les mains moites, tremblantes, il prit dans le tiroir de son bureau une petite fiole en plastique d'aspect anodin. Après un coup d'œil furtif à la porte pour vérifier que personne ne pouvait le voir, il glissa deux pilules dans sa bouche et les avala, sans eau. Il n'avait pas besoin d'eau. Plus maintenant. Il prenait ces pilules depuis si longtemps.

Pour l'heure, il n'avait aucune preuve qu'il s'agissait bien de Navarro, naturellement, et il n'avait pas l'intention d'exprimer ses soupçons. Il l'avait déjà fait, des années plus tôt, à propos de la prétendue mort du caïd, et il ne connaissait que trop les ragots qu'on échangeait derrière son dos autour du distributeur d'eau fraîche. Apparemment, ses collègues et ses supérieurs n'avaient pas de temps à perdre avec sa « fixation délirante » sur l'homme qui avait anéanti sa vie, l'homme qui lui avait pris ce qu'il avait de plus cher au monde.

Il se fichait de ce qu'ils pensaient.

Il savait qu'El Brujo était toujours là. Et comme à chaque instant de sa vie éveillée, de jour comme de nuit, cette simple pensée faisait naître une tornade au creux de son estomac.

Il se tourna de nouveau vers l'écran muet, fixa d'un regard éteint les mêmes images en boucle et songea à la partie de l'événement à laquelle il était le plus sensible : la souffrance que ce raid laisserait derrière lui. Des veuves et des orphelins. Des parents, des enfants, des collègues qui ne sauraient probablement jamais ce qui était arrivé aux disparus. Des innocents dont la vie allait être changée à jamais.

Il tendit la main vers son téléphone, appuya sur la touche d'un numéro préenregistré.

Son agent numéro un répondit aussitôt :

— Tu es où ? lui demanda Corliss.

— À la marina, répondit l'homme. Rencard avec un indic.

— Je viens de lire des informations sur les scientifiques enlevés au centre de recherches…

— Ils se contrôlent plus, ces *cabrones*.

— Je ne crois pas qu'il s'agisse de n'importe quel *cabrón*.

L'homme marqua une pause, clairement désarçonné, puis reprit :

— Tu penses que c'est lui ?

— J'en suis certain, affirma Corliss.

Il se représenta le chef du cartel mexicain, ce qui provoqua un déluge d'images douloureuses difficiles à refouler. Ses doigts se resserrèrent sur le téléphone, en firent craquer la coque.

— Viens quand tu auras fini, dit-il enfin. J'ai réfléchi. Il y a peut-être un moyen de le coincer.

— Ça a l'air intéressant, répondit Jesse Munro. Je serai là dans une heure.

SAMEDI

1

San Diego, Californie

La sonnette de la porte d'entrée tinta peu après neuf heures, en cette matinée ensoleillée incitant à la paresse.

Dans sa cuisine, Michelle Martinez vidait un lave-vaisselle qu'on avait bourré au-delà de ce que toutes les lois de la physique pouvaient expliquer et accompagnait de sa voix les Red Hot Chili Peppers beuglant à la radio la fin chorale vibrante d'*Under the bridge*. Elle leva les yeux, écarta de l'avant-bras les mèches châtain foncé qui ne cessaient de jouer des tours à ses yeux bleu clair et appela doucement, en direction du séjour :

— Tom ? Tu peux aller voir, *cariño* ?

La réponse fusa du devant de la maison :

— À vos ordres, *alteza* !

Michelle sourit, jeta un coup d'œil par-dessus son épaule à son fils de quatre ans, Alex, qui jouait dans le jardin de derrière, et revint au casier à couverts. En bruit de fond, le chanteur des Red Hot pleurait sur les sombres journées passées à chercher du speedball dans les entrailles de L.A. Elle adorait cette chanson, avec son intro obsédante à la guitare et son chœur final épique, malgré l'émotion que ses paroles provoquaient en elle. Elles évoquaient un monde de souffrance et de dévastation qu'elle avait bien connu, à l'époque où elle bossait à la DEA. Mais ce qu'elle aimait encore plus, c'était quand Tom l'appelait *alteza*, altesse. Ce n'était vraiment pas elle, cela lui ressemblait si peu que l'absurdité même de ce surnom ne manquait jamais de l'amuser.

Tom le lui donnait généralement quand elle lui demandait un service, ce qui n'arrivait pas très souvent, même si Michelle s'obligeait de temps à autre à solliciter délibérément son aide. En réalité, il y avait peu de choses qu'elle ne sût ou ne voulût pas faire seule. Elle était aussi autonome qu'une épouse de militaire – ce que sa mère avait été – et avait probablement acquis cette indépendance en l'observant dans les bases militaires de Porto Rico et du New Jersey où elle avait grandi. C'était cette indépendance, conjuguée à une volonté de fer et un refus total du boniment, qui lui avait valu toutes sortes d'ennuis – elle avait été exclue de plusieurs collèges avant de laisser d'elle-même tomber le lycée – mais c'était aussi ce qui l'avait aidée à se corriger, à obtenir son diplôme de fin d'études, à tirer parti de sa nature sauvage, de sa langue aiguisée et d'une série d'accrochages avec les autorités pour faire une carrière météorique d'agent infiltré de la DEA.

Les hommes n'aiment pas qu'on leur fasse sentir qu'on n'a pas besoin d'eux. C'était du moins ce que ses copines lui serinaient. Il s'agissait apparemment d'un vestige de notre période chasse et cueillette, et à dire vrai elles n'avaient pas tout à fait tort. Tom semblait apprécier les requêtes occasionnelles de

Michelle, que ce soit pour quelque chose d'aussi banal qu'aller ouvrir la porte, ou pour quelque chose de plus intime, disons. Et c'était l'origine de cette *alteza*, qu'elle avait fini par aimer et qu'elle préférait de loin aux divers surnoms machos que ses collègues lui attribuaient derrière son dos quand elle était à la DEA. *Alteza* était bien plus doux aux oreilles et avait une consonance romantique vieux monde. C'était un mot qui amenait un petit sourire au coin de ses lèvres chaque fois qu'elle entendait Tom le prononcer.

Ce sourire ne reviendrait pas.

Au moment où le chœur faisait place au solo de guitare de la fin de la chanson, Michelle entendit quelque chose de moins agréable.

Ce n'était pas la voix de Tom. C'était autre chose.

Deux claquements secs, métalliques, comme ceux d'un pistolet à clous. Sauf que Michelle savait qu'ils ne provenaient pas d'un pistolet à clous. Elle avait entendu suffisamment d'armes de poing munies d'un silencieux dans sa vie pour en reconnaître le bruit.

Tom.

Elle cria son nom en se mettant en mouvement, propulsée par l'instinct et l'entraînement, presque sans réfléchir, comme si la menace de la mort avait déclenché en elle une sorte de réflexe pavlovien. Ses yeux repérèrent le grand couteau de cuisine parmi les couverts en désordre et elle le tenait déjà fermement dans sa main lorsqu'elle contourna le comptoir et se rua vers la porte de la cuisine.

Elle l'atteignait au moment où une forme en surgissait, un homme en combinaison blanche, casquette noire, masque noir lui couvrant le visage du nez au menton, un pistolet avec silencieux dans la main. La fraction de seconde pendant laquelle elle l'entrevit lui révéla quelques traits vagues – corpulent, une sale peau, une coupe à la tondeuse – mais, surtout, Michelle fut frappée par la détermination inébranlable qui animait ce type et qu'exprimait son regard. Le prenant de vitesse, elle se jeta sur lui, écarta le pistolet de sa main gauche tout en lui plongeant dans le cou le couteau qu'elle tenait dans sa main droite. Au-dessous de ses yeux écarquillés de stupeur, la lame avait fait descendre le masque, révélant une épaisse moustache noire à la Fu Manchu. Du sang gicla de sa bouche. Lâchant le pistolet, il saisit le manche du couteau à deux mains et tenta de l'extraire mais Michelle l'avait profondément enfoncé. Elle avait aussi tranché la carotide, comme le prouvait le flot de sang éclaboussant le chambranle de la porte à sa gauche.

Michelle n'avait pas l'intention de traîner dans le coin, pas quand ses tripes lui criaient que l'homme n'était probablement pas seul.

D'un coup de pied dans le torse gargouillant de l'intrus, elle le projeta contre le mur du couloir, loin du pistolet tombé par terre. Elle se baissait pour le ramasser quand un autre homme apparut au bout du couloir, armé et masqué lui aussi. Il sursauta en découvrant le corps ensanglanté de son copain puis ses yeux se fixèrent sur Michelle et son pistolet se leva, fermement tenu à deux mains. Elle se figea, prise dans la ligne de tir, et vit la mort, là, devant elle, dans le couloir menant à sa cuisine, mais la mort ne vint pas. L'homme la tint sous la menace de son arme une longue seconde, assez longtemps pour qu'elle se jette à terre et saisisse le pistolet, roule sur elle-même et tire deux fois en direction de l'intrus. Les balles arrachèrent des morceaux de bois et de plâtre autour de l'homme qui recula vivement hors de portée en beuglant :

— Elle a un flingue !

Il y en avait d'autres.

Elle ne savait pas combien ils étaient, ni qui ils étaient. Elle ne savait qu'une chose : Alex était dehors. Il fallait sortir de la maison et le mettre en sûreté.

Passant en surrégime, son esprit se concentra sur cet unique objectif. Elle redescendit le couloir, s'abrita derrière le mur de la cuisine et, tentant d'ignorer le sang qui battait à ses oreilles, s'efforça de capter le moindre bruit provenant du devant de la maison. Puis elle tira trois coups rapides dans le couloir pour dissuader ses assaillants de la suivre, traversa la cuisine, déboula dans le patio, courant aussi vite que ses jambes le lui permettaient.

Assis dans l'herbe, Alex orchestrait une énième bataille épique entre deux factions de sa petite armée de figurines Ben 10. Sans ralentir, Michelle glissa le pistolet sous sa ceinture, souleva dans ses bras le petit corps d'un mètre de haut.

— Ben, protesta l'enfant quand un des jouets échappa à ses petits doigts.

— Il faut qu'on file, trésor, lui dit-elle, le souffle court, une main contre le dos d'Alex, l'autre derrière son crâne, le serrant contre elle.

Elle traversa la pelouse en direction de la porte menant au garage, ne s'arrêta qu'une fois pour regarder derrière elle avant de l'atteindre, le cœur lui martelant la cage thoracique. Elle vit l'un des hommes surgir dans le patio au moment où elle ouvrait la porte du garage et se jetait à l'intérieur. À tâtons, elle trouva la clé et referma derrière elle.

— Maman, qu'est-ce que tu fais ?

La voix d'Alex n'exprimait aucune peur. Pour un enfant de quatre ans, sa mère portait simplement le jeu à un autre niveau. Cette pensée fit naître en Michelle une vague de tendresse et elle répondit :

— On va faire une balade en voiture. Juste une petite balade, d'accord ?

Elle ouvrit la portière avant de son 4 × 4, poussa Alex à l'intérieur, grimpa sur le siège du conducteur. Le Wrangler était garé l'arrière tourné vers la porte à bascule, pour l'heure fermée.

— Baisse-toi, chéri, dit Michelle en dirigeant l'enfant vers le plancher avec un mélange d'urgence et de douceur. Reste là. On fait une partie de cache-cache, d'accord ?

Le petit garçon la regarda avec une mine hésitante puis sourit.

— D'accord.

Au prix d'un gros effort, elle lui rendit son sourire, mit le contact. Le moteur V6 démarra avec un gargouillement rauque.

— Tu restes baissé, hein ? recommanda Michelle en passant la marche arrière.

Elle écrasa l'accélérateur, regarda derrière elle et relâcha l'embrayage.

Le Wrangler bondit en arrière, défonça la porte, roula en tanguant vers la rue dans un claquement de tôle tordue. Au dernier moment, Michelle découvrit une camionnette blanche garée devant la maison et enfonça la pédale de frein. Au moment où la Jeep s'arrêtait dans un crissement de pneus, deux hommes, également en combinaison blanche, surgirent par la porte d'entrée. Michelle passa en marche avant, manœuvra et repartit en trombe, gardant un œil sur le rétroviseur, s'attendant à voir la camionnette se lancer à sa poursuite. Etonnamment, elle n'en fit rien et Michelle la vit rapetisser derrière elle avant de tourner à droite.

Elle se faufila entre des voitures plus lentes, tourna à gauche, à droite, de nouveau à gauche aux croisements suivants, s'éloignant de chez elle par un itinéraire en zigzag, surveillant toujours d'un œil son rétroviseur, l'esprit assailli de questions sur Tom. Elle ne savait pas dans quel état il était, ni même s'il vivait encore, mais il fallait qu'on vienne à son secours, et vite. Elle prit son portable dans sa poche arrière, composa le 911. Une voix répondit presque aussitôt :

— Police, j'écoute.

— Je téléphone pour signaler une fusillade. Des types armés ont pénétré chez nous…

Elle se rendit compte tout à coup qu'Alex l'observait avec curiosité du plancher du 4 × 4.

— M'man, t'appelles qui ?

— On a besoin d'aide, reprit Michelle dans son portable. Envoyez des voitures de patrouille. Et une ambulance.

Elle donna son adresse au policier du standard et ajouta :

— Faites vite, je crois que mon ami est blessé.

— Quel est votre nom, madame ?

Michelle se demanda si elle devait répondre ou non, regarda Alex, qui continuait à la fixer de ses grands yeux. Elle jugea inutile de fournir plus d'informations pour le moment.

— Envoyez de l'aide le plus rapidement possible, dit-elle avant de raccrocher.

Le cœur battant furieusement dans sa poitrine, elle jeta un nouveau coup d'œil dans le rétro, doubla une autre voiture. Toujours pas de camionnette blanche.

Au bout de cinq minutes, elle commença à se détendre, aida Alex à s'asseoir sur le siège passager et l'attacha avec la ceinture de sécurité. Elle roula une demi-heure encore avant d'estimer qu'elle avait mis assez de kilomètres entre elle et sa maison et finit par se garer sur le parking d'un grand centre commercial de Lemon Grove.

Pendant un long moment, elle ne bougea pas, demeura prostrée derrière le volant, pensant à Tom, puis elle se mit à pleurer. Les larmes lui tachèrent les joues. Tournant la tête, elle vit Alex qui l'observait et se força à se ressaisir.

— Viens, chéri, je vais te mettre sur ton siège.

Elle descendit de voiture, aida l'enfant à passer à l'arrière et à s'asseoir sur son rehausseur, l'attacha, remonta dans le Wrangler. Parcourue de frissons, elle s'efforça de réfléchir, de trouver un sens à ce qui venait de se passer.

De décider de ce qu'elle devait faire maintenant. Qui appeler. Comment faire face à la démence de ce qui lui arrivait.

Elle leva les yeux vers le rétroviseur et vit Alex assis à l'arrière, tout petit, l'observant de ses grands yeux dans lesquels la peur s'était maintenant installée. Et tandis qu'elle fixait son visage, un nom surgit de la brume et de la confusion tourbillonnant dans sa tête et se mit à briller comme un phare. Bien que ce fût le nom de quelqu'un à qui elle n'avait pas parlé depuis des années, cela lui parut la bonne décision. Elle fit défiler la liste de son portable, trouva le nom de cet homme, marmonna une prière pour qu'il n'ait pas changé de numéro, pressa le bouton d'appel.

Reilly répondit à la troisième sonnerie.

2

Mamaroneck, État de New York

Je venais de poser du linge récupéré à la teinturerie et un sac à provisions alourdi par des canettes de bière sur le siège passager de ma voiture quand mon BlackBerry gazouilla.

C'était un matin de juillet typique de cette petite ville côtière, chaud, calme et humide, mais ça ne me dérangeait pas. Entre la vague de chaleur qui avait transformé Manhattan en un chaudron sans oxygène ces quinze derniers jours et le week-end du 4 Juillet en mode haute vigilance que j'avais passé là-bas, avec son avalanche de fausses alertes et d'hystérie, une fin de semaine tranquille au bord de l'océan était sans nul doute une proposition enchanteresse, indépendamment de la canicule qui menaçait. En prime, ma compagne, Tess, et Kim, sa fille de quatorze ans, rendaient visite à la mère et à la tante de Tess, dans le ranch de ladite tante en Arizona, et j'avais la maison pour moi seul. Comprenez-moi bien : j'aime Tess, j'aime qu'elle soit près de moi et depuis que nous sommes de nouveau ensemble je me suis rendu compte que je déteste, littéralement, dormir seul. Mais on a tous besoin de quelques jours de solitude de temps en temps pour faire le point, réfléchir et recharger ses batteries – autant d'euphémismes pour glander, se bourrer de trucs qu'on ne devrait pas manger et se conduire comme le gros flemmard que nous adorons être quand personne ne nous observe. Ainsi donc, le week-end s'annonçait plutôt cool... jusqu'au gazouillis.

Le nom qui apparut sur mon écran fit manquer un battement à mon cœur.

Michelle Martinez.

Wouah.

Je n'avais pas eu de ses nouvelles depuis... depuis combien de temps ? Quatre, peut-être cinq ans. Pas depuis que je m'étais éloigné de ce que nous avions vécu ensemble pendant cette malheureuse mission au Mexique. Je n'avais pas pensé à elle non plus depuis des années. La merveilleuse Tess Chaykin – je n'emploie pas l'épithète à la légère – avait fait irruption dans ma vie peu de temps après mon retour à New York. Elle avait monopolisé mon attention durant la période de chaos qui avait suivi l'infâme raid à cheval au Metropolitan Museum of Art et avait rapidement englouti mon univers, me communiquant sa contagieuse soif de vivre et balayant toute nostalgie que j'aurais pu conserver pour des amours passées.

Les yeux fixés sur l'écran, je cherchai dans mon esprit les raisons possibles de cet appel, n'en trouvai aucune et appuyai sur le bouton vert.

— Mich ?

— Tu es où ?

— Je suis...

J'allais répondre par une plaisanterie vaseuse, genre « Je sirote un mojito au bord d'une piscine dans les

Hamptons », mais la tension de sa voix torpilla cette velléité.

— Ça va ?

— Non. Tu es où ? répéta-t-elle.

Je sentis ma nuque se raidir. Sa voix avait le même accent distinctif qu'autrefois, vestige d'une ascendance dominicaine et portoricaine, saupoudrée d'une enfance dans le New Jersey, mais je n'y retrouvais pas la sensualité joueuse dont j'avais gardé le souvenir.

— Dehors, en train de faire des courses. Qu'est-ce qui se passe ?

— À New York ?

— Pas loin. Tu es où, toi ?

J'entendis un soupir – plutôt un grognement furieux, à vrai dire, car Michelle Martinez n'était pas du genre à soupirer.

— Je suis à San Diego et… j'ai des ennuis, Sean. Des types, ils sont entrés dans la maison, ils ont tiré sur mon copain, dit-elle, les mots jaillissant de sa bouche par saccades. J'ai réussi à m'enfuir de justesse et… bon Dieu, je ne sais pas ce qui se passe, je ne savais pas qui appeler. Désolée.

Mon pouls s'accéléra.

— Non, non, tu as bien fait. Tu es blessée ?

— Non, je n'ai rien.

Elle prit une longue inspiration, comme pour se calmer. Jamais je ne l'avais connue dans cet état. Michelle avait toujours les idées claires, des nerfs d'acier. Je me retrouvais en terre inconnue.

— Ne quitte pas, dit-elle.

Il y eut des bruits confus, comme si elle éloignait le téléphone de sa bouche et le plaquait contre ses vêtements. Puis je l'entendis dire :

— Reste bien assis, mon cœur. Je descends juste de voiture, je serai à côté.

Une portière s'ouvrit et se referma, la voix de Michelle revint en ligne, moins angoissée mais toujours tendue :

— Des types ont débarqué. J'étais à la maison, on était tous à la maison. Ils étaient quatre ou cinq, je ne sais pas. Camionnette blanche, combinaisons de peintres ou quelque chose comme ça. Pour ne pas alerter les voisins, je suppose. Une équipe de pros, Sean. Aucun doute là-dessus. Des masques, des Glock, des silencieux. Des vrais méchants.

Mon pouls passa à la vitesse supérieure.

D'une voix brisée, à peine audible, Michelle poursuivit :

— Tom, mon ami. S'il n'avait pas…

Elle laissa sa phrase en suspens puis reprit, avec une détermination douloureuse :

— Ils ont sonné, il est allé ouvrir. Ils l'ont descendu aussi sec. J'en suis sûre. J'ai entendu deux claquements étouffés et un bruit sourd quand il a heurté le sol, puis ils se sont rués dans la maison et j'ai paniqué. J'en ai blessé un au cou, je me suis enfuie. J'ai saisi Alex au passage et j'ai filé : du jardin de derrière, on a accès au garage, je suis passée par là.

Après un soupir, elle poursuivit :

— J'ai laissé Tom là-bas, Sean. Il n'était peut-être que blessé, j'aurais peut-être pu l'aider mais je me suis enfuie. Je l'ai abandonné…

Elle s'accablait de reproches et il fallait en tout premier lieu que je la sorte de cette phase d'abattement.

— J'ai plutôt l'impression que tu n'as pas eu le choix, Mich.

Je m'efforçais d'assimiler tout ce qu'elle venait de dire et de combler en même temps les trous énormes dans le tableau d'ensemble qu'elle avait brossé.

— Tu as appelé les flics ?

— Le 911. J'ai dit qu'il y avait eu une fusillade, j'ai donné l'adresse et j'ai raccroché.

— Tu as emmené… Alex, tu m'as dit. C'est qui, Alex ?

— Mon fils. Il a quatre ans.

Elle s'interrompit et je l'imaginai hésitant, pesant les mots qu'elle allait prononcer. Puis sa voix se fit de nouveau entendre et m'asséna un jab foudroyant :

— Notre enfant, Sean. Alex est ton fils.

3

Notre enfant...

Les trous que je cherchais à combler me semblèrent se transformer soudain en un gouffre béant qui menaçait de m'aspirer. Ma bouche s'assécha, un torrent de sang inonda mon crâne, ma poitrine se serra.

— Notre… enfant ?

— Oui.

Toute chose autour de moi disparut. Les voitures et les promeneurs passant dans la chaleur étouffante, l'animation et le brouhaha d'un centre commercial de banlieue un samedi matin : tout mourut, comme si un cône de silence tombé du ciel m'avait coupé du reste du monde.

— De quoi tu parles ?

— De toi, de moi. Au Mexique. Il s'est passé des choses… Quoi, tu as déjà oublié ? !

— Non, bien sûr que non, mais… Tu es sûre ?

C'était moi maintenant qui étais en état de choc et cherchais mes mots, tentais de gagner du temps. Ma question était idiote, je le savais. Je connaissais assez Michelle pour savoir qu'elle était quelqu'un de solide, à qui on pouvait faire confiance. Elle était capable de plaisanter quand elle était d'humeur à ça, mais lorsqu'il s'agissait de choses sérieuses, de choses importantes, elle ne faisait pas l'imbécile. Si elle affirmait que j'étais le père, c'était vrai.

Une autre chose que je savais de Michelle : elle n'appréciait pas qu'on mette sa parole en doute, surtout quelqu'un d'aussi proche d'elle que moi, et sur un sujet aussi important.

— Je ne sortais pas en douce avec un autre type. Ça se limitait à toi. Je pensais que c'était évident.

Je fis dans la seconde marche arrière :

— Ce n'est pas ce que j'ai voulu dire.

— Si. Mais ça ne fait rien. T'es en rogne, tu as toutes les raisons de l'être.

Un maelström de sentiments contradictoires tourbillonnait en moi. Réaction égoïste, j'en eus aussitôt conscience, étant donné ce qu'elle venait de subir, mais ce n'est pas tous les jours qu'on vous téléphone pour vous apprendre que vous avez un fils de quatre ans.

— Ben, ouais, je suis en rogne, répliquai-je. Bon Dieu, Mich, comment tu as pu me cacher ça ?

— Je… je suis désolée, murmura-t-elle d'un ton contrit. Sincèrement. J'ai voulu le faire. Et pas de cette façon, naturellement, mais… Ça n'a pas été facile. De te le cacher. Pendant toutes ces années. Le nombre de fois où j'ai décroché le téléphone pour t'appeler et tout te dire… Mais quelque chose me retenait.

Elle marqua une pause et répéta :

— Désolée. J'aurais pas dû t'annoncer ça, pas maintenant, pas de cette façon. Je… C'est juste que je n'arrive plus à réfléchir…

Mon esprit s'efforçait encore de se ressaisir, de se faire à ce qu'il venait d'entendre, mais il fallait que j'en fasse abstraction pour le moment. Les justifications et les reproches pouvaient attendre. Michelle venait de passer un moment épouvantable, elle avait besoin de mon aide. Dans l'immédiat, je devais veiller à ce qu'ils soient – mon fils et elle – en sécurité.

— Ne t'inquiète pas pour ça, on en parlera plus tard.

Je pris une inspiration, passai rapidement en revue les maigres informations que je possédais et demandai :

— Tu es où, maintenant ?

— Je suis garée devant un centre commercial. Plein de monde. Je ne risque rien pour le moment. Je pense.

— On t'a suivie ?

— Je ne crois pas.

Je tentai de me faire une idée de la situation mais il y avait trop d'inconnues.

— Tu penses que ça pourrait être lié à ton boulot ? Tu as repris du service ?

J'avais entendu dire qu'elle avait quitté la DEA peu après mon départ de Mexico, mais l'info datait sérieusement.

— J'ai tout plaqué, Sean. C'est fini. Je suis prof dans un lycée, maintenant. Rien de sombre ni de dangereux. Je suis entraîneur de basket, nom de Dieu.

— Alors tu ne sais pas qui ni pourquoi ?

— Aucune idée. Tout ce que je sais, c'est qu'ils n'étaient pas venus pour me tuer.

— Qu'est-ce qui te fait dire ça ?

— Un des mecs aurait pu me tirer dessus, dans la maison. Il ne l'a pas fait. S'ils étaient venus pour ça, je serais morte, c'est sûr.

— Ton ami, alors ? C'est peut-être lui qu'ils voulaient abattre…

— Tom ? Oh non, il n'a rien à voir là-dedans, il…

— Alors, ils voulaient t'enlever ?

— Faut croire. Et c'est pour ça que je flippe, Sean. Alex, qu'est-ce qu'il lui serait arrivé ?

Je n'avais pas de réponse et je devais éloigner mes pensées de cet abîme ouvert sous mes pas.

— Il faut te mettre en sécurité. Tu as gardé des amis à l'agence ?

— Pas vraiment. En plus, je ne suis pas sûre de vouloir aller là-bas. Pas maintenant.

— Pourquoi ?

— Ces types étaient des pros. Ils avaient une raison de faire ça. Et j'ai beau me torturer le cerveau, je ne vois pas ce qu'on pourrait vouloir de moi. Depuis que j'ai quitté l'agence, je mène une vie on ne peut plus ordinaire. Ce qui signifie que c'est lié à mon passé et, du coup, je ne sais plus trop à qui je peux me fier à la DEA. Je travaillais comme agent infiltré, peu de gens savaient ce que je faisais. Si quelqu'un s'en prend à moi à cause de cette période de ma vie, il a un contact au sein de l'agence. C'est en partie pour ça que je t'ai téléphoné.

L'autre raison était évidente. Et de toute façon, j'étais content qu'elle l'ait fait.

— D'accord. Et la police de San Diego ?

— Je ne peux pas l'appeler. Pas comme ça. Si les flics trouvent Tom mort dans l'entrée, de quoi ça aura l'air ? Les femmes et les maîtresses font d'excellents suspects, non ? En plus, le flingue que j'ai pris à l'un des types a probablement servi à descendre Tom et mes empreintes sont dessus, maintenant.

— Le fait que tu ne les aies pas rappelés te rend encore plus suspecte.

— Je le sais. Mais si je me livre, ce sera la merde. Tu sais comment ça se passe. Ils me soupçonneront, ils me garderont tout le temps que durera l'enquête.

Et je ne veux pas qu'on envoie Alex dans un de ces foutus centres, dit Michelle, faisant allusion aux Services de protection de l'enfance de l'État. Il a quatre ans, Sean.

— Tu as de la famille dans le coin ?

— Non, mais peu importe. Je ne quitterai pas Alex une seule seconde, déclara-t-elle avec force. Pas avec ces *mamabichos* dans la nature.

— S'ils sont après toi, il vaudrait mieux que tu te sépares de lui…

— Pas question, rétorqua-t-elle. Je ne le quitterai pas des yeux un seul instant, bordel de merde.

— D'accord.

Quelque chose remua en moi, le souvenir de son indomptable volonté suscité par les expressions colorées dont elle se plaisait à émailler son langage. Je regardai ma montre. Il était un peu plus de midi et demi.

— Il va falloir que tu te planques quelques heures, le temps que j'arrive.

— Sean, je ne voulais pas…

— J'arrive, la coupai-je, montant déjà dans ma voiture. Je prendrai le premier vol, je serai avec toi dans sept, huit heures maximum.

Après un silence, elle lâcha :

— Waouh.

— Quoi ?

— Non, je… Merci. Je crois qu'au fond de moi j'espérais que tu dirais ça.

— Tu restes tranquille, d'accord ?

J'avais démarré et je me faufilais dans la circulation.

— Où tu pourrais m'attendre ?

— Je trouverai un hôtel près de l'aéroport.

— Bonne idée. Tu as de l'argent ?

— Il y a un distributeur, ici.

— Tu t'en sers un bon coup et tu ne touches plus à tes cartes, lui recommandai-je.

Je songeais à ce qu'elle m'avait dit : une équipe de pros.

— Enlève aussi la batterie de ton portable. Et laisse ta voiture. Prends le bus ou un taxi.

— OK. Je t'appellerai de l'hôtel pour t'indiquer où je suis.

— D'accord. Je serai probablement dans l'avion, tu n'auras qu'à me laisser un message, répondis-je en doublant une voiture. Tiens bon, on va régler ça.

— Bien sûr, dit-elle, pas très convaincue.

— Mich…

— Quoi ?

— Tu aurais dû me mettre au courant, lui reprochai-je.

Je n'avais pas pu m'en empêcher. C'était ce que je ressentais et bon sang, c'était vrai. Il y eut un silence sur la ligne.

— Ouais, reconnut-elle enfin, d'un ton affligé et chargé de remords. Enfin, vaut mieux tard que jamais, hein ?

J'eus l'impression qu'un étau me serrait le cœur.

— Il n'a rien ? Alex ?

— Non. Il est formidable, tu verras.

Je sentis en moi une petite déchirure.

— Prends l'argent, enlève ta batterie et mets les bouts, lui rappelai-je. On se retrouve dans quelques heures.

Tout de suite après avoir raccroché, j'appelai Nick Aparo, mon coéquipier au FBI, pour l'informer de ce qui se passait et lui demander de m'aider à trouver le moyen de me rendre à San Diego le plus rapidement possible.

Pendant notre conversation, je regardais fixement devant moi. Je me sentais vidé, sonné par la bombe que Michelle m'avait jetée dans les pattes. J'étais aussi déchiré par des sentiments antagonistes : j'avais toujours voulu avoir un gosse, au point même que Tess et moi avions failli rompre à cause de ça, mais en même temps je ne pouvais pas ignorer que cette nouvelle serait pour elle un coup très dur.

4

J'eus juste le temps de faire un saut à la maison que je partageais avec Tess et Kim pour y fourrer quelques affaires dans un sac à dos et passer mon holster avant de rejoindre l'I-95 et de l'emprunter jusqu'à Newark.

Le plus rapide, selon mon coéquipier, consistait à prendre un vol United en début d'après-midi, avec correspondance à Denver. J'aurais une heure d'attente là-bas, mais pas moyen d'y couper. Sauf à tenter de baratiner le Bureau pour obtenir un avion qui m'amènerait là-bas et, si ça marchait, à devoir faire face à une enquête dudit Bureau, qui aboutirait probablement à un licenciement. J'avais déjà couru ce risque. Quelques années plus tôt, j'avais échappé d'un poil à une engueulade avec ces gentils nounours à l'esprit ouvert, après avoir suivi Tess sur un vol pour Istanbul sans avoir d'abord obtenu l'autorisation de mon chef. L'ennui, c'est que cette fois je ne pouvais pas expliquer pourquoi j'avais besoin d'un jet sans raconter ce qui arrivait à Michelle. J'avais discuté avec Aparo de l'avantage de gagner une heure comparé aux risques supplémentaires que Michelle courrait si d'autres personnes venaient à connaître l'endroit où elle se cachait, et j'avais admis qu'il valait mieux mettre un peu plus de temps à la rejoindre.

Il y avait peu de circulation et tandis que je roulais mon esprit partait en tous sens, comme si un mixer tournait à plein régime sous mon crâne. La révélation de Michelle ne manquerait pas de bouleverser ma vie et créerait des vagues qu'il me faudrait affronter dans un avenir très proche. Aucune ne serait plus délicate à manœuvrer que celle qui m'obnubilait depuis que j'avais démarré, et que résumait le nom qui venait d'apparaître sur mon BlackBerry alors que je m'engageais sur la bretelle menant au terminal.

L'espace d'un instant, je me demandai si je devais répondre ou non, mais je savais que je ne pourrais pas me dérober indéfiniment.

— Salut.

— Salut, beau gosse, dit Tess. Comment se passe le week-end en célibataire ? Les Sherman n'ont pas eu à appeler les flics, si ?

Sa voix était comme un baume sur mes nerfs à vif.

— Ils ont menacé de le faire mais j'ai arrangé ça.

— Comment ?

— Je les ai invités, je leur ai offert une de nos pipes à eau. Le problème, c'est que je n'arrive plus à me débarrasser d'eux, maintenant. Ils savent faire la fête, ces jeunes…

Je l'entendis glousser, sans doute en imaginant nos voisins septuagénaires transformés en étudiants lâchés au beau milieu d'une teuf – un spectacle peu ragoûtant, croyez-moi –, et je saisis l'occasion :

— Dis, je peux pas te parler maintenant, je dois prendre l'avion.

— Oh, mon amour, tu n'as pas pu attendre le week-end prochain ? fit-elle d'un ton taquin.

Je réussis à émettre un petit rire.

— Pas exactement.

— Oui, je m'en doute bien, répondit-elle, laissant tomber les espiègleries. Qu'est-ce qui se passe ? Tu vas où ?

— À San Diego.

Après une hésitation, j'ajoutai :

— Un problème. On a besoin de moi là-bas.

— Je dois m'inquiéter ?

— Non, non.

Je détestais ce genre de pieux mensonge, même si personne n'y croyait jamais, mais je ne pouvais pas lui dire la vérité, pas maintenant, pas au téléphone.

— C'est quand même assez important pour que tu sautes dans un avion ?

J'hésitai de nouveau, trop mal à l'aise pour continuer à mentir. Il fallait que j'abrège la conversation :

— Non, rassure-toi, rien de grave. Écoute, j'arrive à l'aéroport, il faut que je te laisse. Je t'appellerai de San Diego, d'accord ?

Tess demeura un moment silencieuse puis acquiesça :

— D'accord. Juste une chose…

Elle n'avait pas besoin de préciser, son inquiétude était clairement perceptible. Elle me faisait toujours la même demande, malgré tout ce que nous avions vécu ensemble, tous les dangers auxquels nous avions échappé de justesse.

— Je sais, dis-je.

— Tu m'appelles.

— Sans faute.

Je raccrochai en me reprochant de l'inquiéter inutilement et plus encore de lui cacher la vérité. En fait, je ne savais tout simplement pas comment lui annoncer la nouvelle. J'aurais beau l'entourer de périphrases et l'enrober de mots doux, Tess allait souffrir.

Pendant deux ans, nous avions vainement essayé de faire un bébé. On ne sait jamais vraiment pourquoi ça ne marche pas. Les médecins vous font passer toutes sortes de tests, ils vous noient sous les explications, mais en définitive c'est juste une question de malchance, je crois. Quant aux spécialistes, ils pensaient que le problème venait probablement de l'âge de Tess et des nombreuses années pendant lesquelles elle avait pris la pilule. Quelles que soient les raisons, et malgré le recours aux méthodes de fécondation *in vitro* les plus performantes, nous n'étions parvenus à rien. Ces tentatives épuisantes s'étaient transformées en une longue série d'épreuves, chaque échec causant de nouveaux traumatismes psychologiques. Tess était de plus en plus déprimée par un sentiment d'incapacité personnelle qui me semblait délirant : c'était la femme la plus capable et la plus généreuse que je connaissais. Mais elle savait à quel point je voulais être père, pas seulement le beau-père de Kim, et malgré mes efforts pour cacher la déception que je ressentais au fond de moi, malgré tout ce que je lui racontais, je n'avais pas réussi à lui cacher comme il l'aurait fallu ce que je ressentais. Trouvant notre vie commune de plus en plus difficile, elle était partie pour la Jordanie au prétexte de se documenter sur un roman qu'elle préparait. Ce n'était que récemment, et grâce à un coup du sort – Tess avait été enlevée à Petra par un agent iranien cinglé –, que nous avions recommencé à vivre ensemble.

Et maintenant ça.

Oui, la nouvelle allait lui faire mal.

Elle risquait aussi de faire éclater notre couple et c'était une perspective à laquelle je voulais désespérément éviter de penser. Tess était ma vie. Je savais cependant que la soudaine réapparition d'une ex avec un gosse en remorque constituerait au mieux une source constante de frictions et, au pire, des problèmes à même de torpiller notre couple. Pour ne rien arranger, Michelle Martinez était une femme intelligente, drôle, très sexy et – ultime pelletée de terre sur mon cercueil – quelqu'un dont je n'avais jamais parlé à Tess. J'avais tout simplement caviardé cet épisode de ma vie. Aussi ravissante que fût Tess – et elle l'était au plus haut point, le mot « lumineuse » jaillissant dans mon esprit chaque fois que je tentais de la décrire –, même si j'étais dingue d'elle et qu'elle le savait, j'étais convaincu qu'elle se sentirait inévitablement menacée par cette irruption de mon passé. N'importe qui le serait. À commencer par moi, aucun doute. Et, là encore, j'éprouverais probablement les pires difficultés à la convaincre qu'elle n'avait rien à craindre. Ce qui était vrai, pourtant. J'avais éprouvé pour Michelle une passion brûlante, mais le brasier qui consumait ma vie avait pour nom Tess.

J'étais tout sauf pressé d'avoir cette conversation avec elle, même si je me la répétais déjà dans ma tête. Et puis, alors que je me dirigeais vers le parking en m'inquiétant pour Tess, des pensées bien plus sombres surgirent dans mon esprit, pour occuper de nouveau le devant de la scène : Michelle et un petit garçon que je n'avais jamais vu, cernés par de terribles dangers.

Je commençai à me demander avec angoisse si je n'aurais pas mieux fait d'utiliser un avion du Bureau.

5

San Diego, Californie

Lorsque la porte de la chambre s'ouvrit, mon cœur se serra.

Pas d'angoisse mais sous l'effet d'une surcharge émotive qui me souleva. Une bonne surcharge émotive.

Michelle n'avait pas changé. Même peau veloutée et même teint de miel. Même saupoudrage délicat de taches de rousseur sur son nez fin et ses joues ciselées. Des yeux sombres de félin, fenêtres sur une âme pétrie d'intelligence et de malice. Un corps svelte tout en courbes qui aurait fait tourner la tête de Hugh Hefner, le patron de *Playboy*. Exactement comme dans mon souvenir.

Mais ce n'était pas ça qui causait mon émotion.

C'était l'enfant de quatre ans qui se tenait silencieux à côté d'elle et s'accrochait à sa main en me regardant fixement.

J'en oubliai de respirer.

Lorsque Michelle m'avait dit qu'Alex avait quatre ans, je n'avais pas songé à quel point un enfant de cet âge est petit. Petit et fragile. Je n'avais pas beaucoup fréquenté de gosses aussi jeunes. Je n'avais ni neveux ni nièces et Kim avait une dizaine d'années quand j'avais commencé à sortir avec Tess. Aparo excepté, je n'étais proche d'aucun de mes collègues en âge d'être parents. D'où le choc et l'appréhension que j'éprouvais. Et là, soudain, dans ce couloir d'hôtel insipide, je me sentis transporté comme je ne l'avais jamais été et je sus qu'Alex était mon fils.

— Tu restes planté là comme un *burro* ou tu me prends dans tes bras ? me lança Michelle.

J'arrachai mon regard d'Alex pour le porter sur elle. Malgré sa bravade, je décelai dans ses yeux la peur qui couvait. Elle était presque imperceptible et d'autres ne l'auraient pas remarquée. Moi si. Je souris, la pris par les épaules et l'attirai vers moi, lui donnai un baiser maladroit, pas tout à fait sur les lèvres mais pas sur la joue non plus. Ses bras m'entourèrent et elle me serra contre elle en enfouissant sa tête au creux de mon cou.

Je ne vous mentirai pas, et ne me reprochez pas de le dire, ce fut formidable. Embarrassant, oui, mais formidable.

Nous restions sans bouger, chacun respirant le souffle de l'autre, pris dans un tourbillon de sentiments troublants, un passé inachevé entrant en collision avec un présent brutal, immobiles et silencieux, faisant durer la partie agréable de notre rencontre, conscients que la vraie raison de nos retrouvailles prendrait bientôt le dessus. Puis nous nous écartâmes, chacun soutenant le regard de l'autre dans une commémoration silencieuse de ce que nous avions été, jusqu'à ce que Michelle se tourne et, les mains tendues comme une animatrice de jeu télévisé, me désigne son fils.

— Voilà… Alex, dit-elle dans un mélange de fierté, de gêne et de souffrance.

Je reportai mon attention sur l'enfant, qui me fixait d'un air incertain, et je sentis quelque chose se tordre en moi. Je me rendais soudain compte que c'était plus que de l'incertitude qui lui faisait écarquiller les yeux. C'était de la peur. Lorsque je me penchai pour lui dire bonjour, il recula et se réfugia derrière la cuisse de sa mère, la serrant des deux bras.

— Non, implora-t-il d'une petite voix.

Michelle pencha la tête pour le regarder.

— Alex, qu'est-ce qui te prend ?

Le garçonnet ne répondit pas et demeura tapi derrière sa jambe. Du regard, j'interrogeai Michelle. Elle s'accroupit, voulut faire passer Alex devant elle mais il résista en criant :

— Non !

— Arrête, Alex, dit Michelle, d'une voix calme mais ferme.

— Non, maman, non, gémit-il.

— Mich, ça ne fait rien, plaidai-je.

Elle ignora mon intervention.

— Alex, tu arrêtes, insista-t-elle, plus ferme encore mais toujours calme. C'est mon ami Sean. S'il te plaît, tu cesses de faire l'imbécile et tu lui dis bonjour. Il est là pour nous aider.

Le garçon leva les yeux vers moi et recula de nouveau, tout tremblant.

— Ça ne fait rien, répétai-je avec un geste apaisant. La journée a dû être éprouvante pour lui.

Elle le dévisagea un instant puis le pressa contre elle.

— Je sais, mais… D'habitude, il est vraiment aimable et je pensais qu'au moins, avec toi…

Elle laissa sa phrase en suspens, visiblement nerveuse et agacée.

— Après ce que vous venez de subir, tous les deux… ce n'est peut-être pas une mauvaise chose qu'il se méfie des inconnus.

— Sans doute, dit Michelle en secouant la tête. Il fait des cauchemars, ces temps-ci et… c'est compliqué.

Elle posa sur moi des yeux emplis de souffrance et je soupçonnai que, malgré tout ce qu'elle avait enduré ce jour-là, elle était probablement navrée que ma première rencontre avec Alex se passe aussi mal.

— Je suis désolée. Ça n'a rien à voir avec toi, tu le sais, j'espère ?

— Ne te tracasse pas.

Je m'appuyai sur un genou pour avoir le visage à peu près au niveau de celui d'Alex et je tendis la main.

— Salut, dis-je. C'est super de faire ta connaissance, Alex.

Au bout d'une longue seconde, l'enfant me regarda furtivement puis ferma les yeux et s'abrita de nouveau derrière sa mère.

Exaspérée, Michelle me lança un nouveau regard d'excuse auquel je répondis d'un léger hochement de tête. Malgré les circonstances, Alex et moi avions au moins fait connaissance. Un tout petit pas mais important pour nous trois. Il restait un long chemin cahoteux à parcourir, j'en étais persuadé, beaucoup de temps perdu à rattraper et quantité de décisions difficiles à prendre.

— Entre, me dit Michelle.

Je m'avançai et la vis inspecter le couloir dans les deux sens avant de refermer la porte derrière moi.

6

Nous parlâmes longuement sur le balcon tandis qu'Alex regardait la télé à l'intérieur. Il adorait *Ben 10* qui, je venais de l'apprendre, était une série extrêmement populaire. Il en possédait tous les produits dérivés : les figurines de Ben et de toute une série d'extraterrestres bizarroïdes, le survêtement et même une sorte de grosse montre qu'on appelait – cela aussi, je venais de l'apprendre – l'Omnitrix et que tout vrai fan de *Ben 10* se devait de porter.

Il avait fallu un moment à Michelle pour le calmer, mais elle y était parvenue pendant que je restais hors de vue, contemplant la marina et l'océan au-delà. De l'autre côté de la rue, des gens se promenaient ou faisaient du jogging au bord de l'eau, regardaient les voiliers pénétrer dans le port ou en sortir tandis que des avions lents et bas glissaient dans le ciel pour l'approche finale. Le monde entier semblait savourer la fin d'une journée magnifique au bord de l'océan, bavardant et riant sous la douce caresse du soleil couchant, ignorant des choses horribles qui avaient fracassé la vie de Michelle ce matin-là.

La porte coulissante était à demi ouverte mais il n'y avait pas grand risque qu'Alex puisse nous entendre, avec la télé allumée. Nous parlions cependant à voix basse. Les enfants de quatre ans, me dit Michelle, ont une façon de vous surprendre en vous répétant ce qu'ils ont entendu de votre conversation au moment où vous vous y attendez le moins. Les deux pistolets – mon Browning High-Power et le Glock 22 muni d'un silencieux qu'elle avait pris à l'un des agresseurs – étaient posés sur la fragile table blanche du balcon, avec deux Coca que nous avions pris dans le minibar.

J'avais du mal à comprendre ce qui s'était passé mais au moins, avec Michelle près de moi, je pouvais essayer de remplir les blancs. À commencer par ce qui comptait le plus pour elle, je le savais.

— Tom est mort, l'informai-je. Les premiers flics arrivés sur les lieux l'ont trouvé devant ta porte d'entrée. Je suis désolé.

Michelle hocha la tête tandis que des larmes se formaient dans ses yeux et glissaient sur ses joues. Je la serrai un moment dans mes bras, la sentis trembler contre moi.

— Tu leur as parlé ?

— J'ai téléphoné à notre bureau local, qui s'est renseigné.

Elle hocha de nouveau la tête, toujours blottie contre moi, mais ne dit rien. Elle continuait à trembler. Je laissai passer quelques instants avant de répéter :

— Je suis désolé.

Elle s'écarta et s'essuya les yeux, l'air perdue dans un brouillard de souffrance, puis son regard se durcit.

— Le type que j'ai blessé, il était encore là ?

— Non. Les autres ont dû l'emmener, il ne restait qu'une grande flaque de sang. Tu l'as blessé gravement ?

— À moins qu'il n'appartienne à un cirque et ne se soit entraîné à avaler des sabres par le cou, je pense qu'il était mort avant qu'ils le portent à la camionnette. Ces mecs savaient ce qu'ils faisaient, je te le dis.

— Je sais.

Je l'observai un moment en silence puis me risquai à demander :

— Vous étiez très proches, Tom et toi ?

Je me sentais un peu gêné de l'interroger de cette façon et j'avais honte de me demander si ce Tom avait été également proche d'Alex, mon fils. Mais il fallait que je me fasse une idée de ce qui s'était passé et pourquoi. Michelle haussa les épaules.

— On sortait ensemble depuis deux mois seulement, répondit-elle en fixant l'océan. C'était un gars bien.

— Il vivait avec toi ?

— Non. Il avait un appartement à Mission Hills. Mais il restait chez moi presque tous les week-ends, quand il n'avait pas ses gosses. Il était divorcé… Merde, les gosses !

Elle se tourna vers moi.

— Qui va les prévenir ? Il faut que je leur parle…

— Pas maintenant, Mich. Essayons d'abord de comprendre.

— Ils vont être anéantis, murmura-t-elle, ses yeux s'embuant de nouveau.

Après un nouveau silence, je demandai :

— Et son boulot ?

— Il est architecte. *Était*. Il avait une bonne clientèle. Il aimait son travail.

Je me rendais compte que parler de lui, surtout au passé, lui était pénible mais je ne devais rien négliger.

Michelle connaissait la procédure et elle secoua la tête avec irritation.

— Je sais où tu veux en venir, mais il ne s'agit pas de lui, Sean.

Son ton monta avant qu'elle se ressaisisse.

— Ils l'ont descendu dès qu'il a ouvert la porte. C'est moi qu'ils voulaient. Et s'il n'avait pas dormi chez moi, si j'étais allée ouvrir, il serait encore…

— Arrête, l'interrompis-je. Tu n'as rien à te reprocher. C'est de la malchance, c'est tout. Une terrible malchance. Et sans vouloir être cynique, si c'est toi que ces types voulaient et si Tom n'avait pas été là, ils t'auraient embarquée et on ne serait pas sur ce balcon.

Je lui laissai le temps de réfléchir à ça avant de reprendre :

— Et son entourage ? Ses associés, ses amis, sa famille… Qu'est-ce que tu savais du reste de sa vie ?

— Il n'a rien à voir là-dedans, persista-t-elle. C'était un garçon franc et gentil. Crois-moi, il n'y avait rien dans sa vie qui pouvait mener à ça. Rien. Il s'est trouvé là par hasard.

Je la regardai un moment puis lâchai :

— D'accord.

Je décidai de laisser Tom de côté pour l'instant et de demander à notre bureau local d'enquêter sur lui, même si, au fond de moi, je faisais confiance à l'instinct de Michelle.

— Si c'est toi qu'ils voulaient… pourquoi ? Tu m'as dit que tu menais une vie sans problèmes…

— Absolument.

— Alors quoi ? Un retour de flamme de tes années à la DEA ?

— Forcément. Je ne vois pas ce que ça pourrait être d'autre. Mais… pourquoi maintenant ? Cela fait quatre, cinq ans que j'ai changé de vie.

Son objection était valable. Cela ne semblait pas normal qu'il ait fallu autant d'années à son passé pour refaire surface.

— Et depuis, tu es entraîneur de basket ?

— Ouais. J'avais pas trop le choix, étant donné mes capacités. En plus, j'aime ça. Travailler avec des jeunes, mener une vie normale et tranquille. Essayer de les aider. Ils me disent des trucs, tu sais.

— Quel genre de trucs ?

— Des trucs d'ado.

— La dope ?

— Bien sûr. Ça tient une grande place dans leur vie. Et je me dis que je peux peut-être changer quelque chose, les aider à rester sains sans me contenter de veiller à ce qu'ils se remplissent les poumons d'air, et que je peux le faire sans avoir à porter un insigne.

Je me demandai s'il n'y avait pas là une piste.

— Tu fais quoi exactement pour eux ? Tu n'aurais pas contrarié suffisamment un dealer pour qu'il envoie des gars chez toi ?

— Impossible, répliqua-t-elle. Ce ne sont que des petites choses. Je parle à ces jeunes, je leur fais profiter de mon expérience. Je ne joue pas au shérif.

Je réfléchis brièvement. C'était une possibilité à explorer, tout de même, même si, d'après la description que Michelle m'avait faite de son équipe de pros, ça ne semblait pas coller.

— Bon. Et avant Tom ? Tu es sortie avec qui ?

Son visage se crispa tandis qu'elle fouillait sa mémoire puis elle répondit :

— Ben, à part ce connard du FBI qui m'a mise en cloque et qui s'est barré, je vois pas.

Elle me regarda, m'adressa un demi-sourire.

— Désolée, ça m'a échappé. Tout à fait déplacé, je sais. En fait, après toi… je me suis retrouvée avec un bébé dont je devais m'occuper. Tu t'imagines que je traînais dans les boîtes et que je menais *la vida loca* ?

— Non, mais… ça remonte à plusieurs années. Tu as dû avoir d'autres hommes, avant Tom.

— Ouais, deux ou trois, fit-elle avec un geste négligent de la main. Rien de sérieux. Rien de louche non plus chez aucun d'eux. Je ne voulais plus de cette vie-là après avoir quitté la DEA. J'avais un bébé, je ne voulais plus de ces conneries.

Un léger sourire étira mes lèvres. Elle le remarqua.

— Quoi ?

— J'ai du mal à t'imaginer menant une vie sans histoires.

Elle eut un petit rire.

— Il a fallu que je change, tu peux me croire. Mais Alex était une motivation suffisante.

— C'est pour ça que tu as plaqué la DEA ?

— En grande partie. Je ne voulais pas risquer de laisser un orphelin derrière moi. Je ne voulais pas non plus rester au Mexique. Il y a eu trop de sang dans les rues, après que Calderon a décidé de s'attaquer aux cartels.

Michelle se référait à la décision du président alors récemment élu d'envoyer l'armée contre les trafiquants dès sa prise de fonction, en 2006, déclenchant une guerre qui, selon les dernières statistiques, avait fait près de trente mille morts. Les plus chanceux avaient été abattus au cours d'une fusillade, les autres avaient été décapités ou brûlés vifs, leurs cadavres balancés dans un quelconque charnier ou dissous dans de la soude caustique.

Une question gênante émergea de toutes celles qui encombraient mon esprit. Je me tus, hésitant à la poser. Finalement, je ne pus résister, il fallait que je sache.

— Dis-moi, tu t'en es rendu compte à quel moment ?

— Qu'est-ce que… Que j'étais enceinte, tu veux dire ?

— Oui. C'était avant ou après mon départ ? insistai-je, à demi malgré moi.

Elle me regarda puis répondit :

— Avant.

Je sentis un bouillonnement de colère entre mes tempes : ce n'était pas la réponse que j'espérais. Je secouai la tête et détournai les yeux.

— Hé, c'est toi qui es parti, me rappela-t-elle.

Je lui fis de nouveau face.

— Je ne savais pas. Tu avais mon numéro, pourquoi tu ne m'as pas appelé ? Tu pensais que je ne voulais pas être impliqué ?

— Non. Je ne voulais pas que tu le sois, rétorqua-t-elle d'un ton ferme, sans l'ombre d'un regret.

Elle m'observa un moment et reprit :

— Je ne voulais pas de toi dans nos vies, Sean. Pas du type que tu étais à l'époque. Quoi, tu ne te souviens pas ? Tu étais dans un sale état. Un tonneau de rage, tout en colère et en amertume, rongé par un monstrueux sentiment de culpabilité…

Ce n'était que trop vrai, malheureusement.

Les souvenirs de cette journée dans un laboratoire perdu dans la campagne mexicaine affluèrent dans ma tête.

Des souvenirs que je n'avais pas partagés avec elle.

Michelle ne faisait pas partie du commando, son boulot avait consisté à remonter la piste de l'argent en s'infiltrant dans le cartel et à récupérer l'argent liquide des barons de la drogue. Elle ne connaissait pas tous les détails. Moi non plus. J'avais été affecté à la dernière minute à cette opération d'exfiltration. À notre retour, je me sentais tellement coupable de ce que nous avions fait que j'étais incapable d'en parler à qui que ce soit. Et surtout pas à Michelle. Durant ces quelques journées agitées, tout ce que j'avais pu lui dire, c'était que l'opération avait mal tourné et que des civils innocents avaient perdu la vie, y compris l'homme que nous avions pour mission de ramener.

Je ne lui avouai pas que c'était moi qui l'avais exécuté.

— Je sais que t'as passé un sale moment, reprit-elle. Mais tu n'aurais pas dû filer comme ça. Si tu étais resté, je t'aurais aidé à t'en remettre. Et nous serions peut-être encore ensemble maintenant.

Il y avait dans sa voix comme une pointe de regret.

Un regret que j'éprouvais aussi.

Elle avait raison, bien sûr. J'aurais dû me confier à elle. Elle aurait peut-être pu m'aider à en sortir et je n'aurais pas eu à porter cette histoire en moi pendant toutes ces années comme un pestiféré.

— Je suis désolé, murmurai-je, me sentant lamentable.

Elle eut un geste pour minimiser ma faute.

— Ce type était un citoyen américain forcé de faire ce que les narcos lui ordonnaient, mais il mettait au point une saloperie de superdrogue, non ? C'est pour ça qu'on vous avait envoyés là-bas le récupérer. Il est mort, c'est tragique, d'accord. Mais ça vaut peut-être mieux. Qui sait quels dégâts sa dope aurait faits si elle avait été lancée sur le marché ? Tu ne crois pas ?

Je secouai la tête et poussai un soupir las.

— On n'a jamais été d'accord là-dessus, tous les deux, hein ?

— Tu sais bien que ce type aurait ruiné de nombreuses vies, intentionnellement ou non… C'était peut-être un mal pour un bien.

Je haussai les épaules.

— Peut-être, convins-je.

Ne souhaitant pas prolonger cette discussion, je changeai de sujet :

— Qui d'autre savait ? Qu'Alex était mon gosse ? Qu'est-ce que tu as raconté à la DEA pour expliquer ton départ ?

— J'ai juste dit que j'avais besoin de faire un break et je suis partie. Personne n'était au courant, pour Alex.

Elle plissa le front et rectifia aussitôt :

— Sauf Munro. Ce gros dégueulasse m'a vue à l'aéroport et il a deviné. Il m'a même fait un sacré sketch…

Au bout d'un moment, Michelle posa sa main sur la mienne.

— Tu sais quoi ? Je suis désolée, moi aussi. C'était peut-être une saloperie, de te faire ça.

Je me tournai vers elle et haussai les épaules à mon tour. Je n'avais pas le droit de lui faire des reproches.

— Non, j'étais vraiment dans un sale état. J'avais besoin de bouger, de laisser ces souvenirs derrière moi. De toute façon, ça ne sert à rien de ruminer tout ça. Plus maintenant.

— OK, répondit-elle simplement.

Je pris mon portable.

— J'ai demandé à mes gars de te préparer une planque. Elle devrait être prête. Je les appelle pour avoir l'adresse et je t'y conduis.

— Et l'homicide ? Ils voudront savoir ce qui s'est passé exactement.

— Le plus urgent d'abord. Je vous mets en lieu sûr, Alex et toi. Ensuite j'irai les voir.

— Je ne veux pas être séparée d'Alex, Sean. Pas une seule seconde. Promets-moi que ça n'arrivera pas.

— Je te le promets.

Ce n'était pas une chose que je pouvais garantir, pas sans avoir obtenu le feu vert de mes chefs. À New York, je me serais senti moins gêné de faire cette promesse, mais à San Diego j'étais à la merci de l'agent spécial dirigeant le bureau local, un dénommé David Villaverde. Je ne l'avais pas encore rencontré physiquement, mais il m'avait fait l'effet d'être un gars bien. Jusque-là, il s'était montré accommodant. Restait à savoir s'il serait encore aussi compréhensif quand je l'aurais mis au courant de tout.

Je téléphonai et obtins l'adresse de la planque. Elle se trouvait à Mira Mesa, près de la base aérienne du Corps des Marines de Miramar, à une quinzaine de kilomètres au nord de l'endroit où nous étions. Le plan consistait à prendre un taxi jusqu'à l'entrée de la base, où des agents nous attendraient pour nous conduire à la planque.

Quand je raccrochai, Michelle me regardait d'un drôle d'air.

— Quoi ? fis-je.

— Tu as quelqu'un, en ce moment ?

— Oui.

Elle grimaça et s'excusa :

— Je suis désolée. De t'avoir fait venir ici.

Je hochai la tête pour signifier que je comprenais son sentiment.

Nous nous regroupâmes devant la porte de la chambre, Alex donnant la main à sa mère. Il se tenait toujours loin de moi et me regardait craintivement.

— Prêts ? demandai-je.

Je glissai une main sous ma veste pour relever le cran de sûreté de mon arme.

— Prêts, répondit Michelle.

Alex recula de nouveau derrière elle et mon cœur se serra. Michelle m'adressa un regard signifiant « Ça va aller ». J'acquiesçai d'un hochement de tête.

J'ouvris la porte, inspectai le couloir. Il était désert. J'ouvris la marche en direction des ascenseurs, pressai le bouton d'appel. Quelques instants plus tard, un ronronnement suivi d'un *ping* aigu annonça l'arrivée de la cabine. Je jetai un coup d'œil à Michelle, me tournai pour faire face aux portes qui coulissaient.

Il y avait du monde dans la cabine.

Trois hommes en blouson et casquette noire, qui ajustaient leurs masques tandis que les portes s'ouvraient. Trois paires d'yeux froids et durs, qui s'agrandirent soudain de surprise.

Je compris et réagis dans la même seconde, me jetant sur le côté pour repousser Alex et Michelle, ma main droite plongeant vers mon pistolet, les yeux rivés aux trois types qui empoignaient leurs armes tout en se mettant à l'abri contre les cloisons de l'ascenseur.

7

— Tirez-vous ! criai-je à Michelle en m'écartant des portes.

Michelle n'avait pas attendu pour attraper Alex, le plaquer contre elle et se mettre à courir dans le couloir.

Je lui emboîtai le pas, jetai un regard en arrière, vis l'un des types passer la tête hors de la cabine, le museau d'un silencieux apparaissant en même temps, et nous tirâmes ensemble. Il recula, une balle siffla à gauche de ma tête et s'enfonça dans le mur du couloir.

Le couloir faisait un coude derrière lequel Michelle et Alex disparaissaient déjà. Je jurai intérieurement, furieux de ne pas avoir eu d'autre choix que de la pousser sur le côté, nous condamnant ainsi à prendre cette partie du couloir et à nous éloigner de la chambre, qui se trouvait maintenant hors de portée, de l'autre côté de l'ascenseur. Je n'avais aucune idée de ce qu'il y avait après le coude.

J'y parvins au moment où le tireur montrait de nouveau sa tête, cette fois au niveau de la moquette, le flingue devant et au centre. Des balles fusèrent autour de moi et je ripostai sans vraiment viser tout en tournant le coin. Je repris ma respiration et, risquant un œil, vis un autre gars se ruer hors de la cabine et prendre position sur un genou contre le mur du couloir tandis que ses comparses m'expédiaient une nouvelle volée de balles. L'une d'elles arracha des éclats de plâtre et de bois au mur à quelques centimètres de mon visage. Au moment où je me rejetais en arrière, je sentis quelque chose m'entailler la joue mais, ignorant la brûlure et la piqûre, je me détournai.

Michelle se trouvait à cinq mètres de moi au bout du couloir, devant une porte ouverte, et me faisait signe, m'appelant d'une voix sifflante :

— Par ici !

Le dos contre le mur, je pris une autre inspiration, passai le bras au coin du couloir et tirai à deux reprises en direction de l'ascenseur avant de rejoindre Michelle.

Elle franchit la porte et commença à descendre l'escalier, serrant toujours Alex contre elle. Je suivis à reculons, tout en veillant à laisser un écart entre nous pour réduire le risque qu'une balle qui me serait destinée les atteigne. Jetant de temps à autre un regard derrière moi pour ne pas rater une marche, je continuais à couvrir la cage d'escalier au-dessus de nous.

Je ne dus pas attendre longtemps pour entendre les trois types débouler derrière nous. Je les apercevais par instants et gardais mon arme braquée vers eux, résistant à la tentation de tirer pour ne pas gaspiller mes munitions. Pour ne pas m'offrir de cibles faciles, ces gros salopards longeaient les murs, ne se penchant par-dessus la rampe que pendant une fraction de seconde, le temps de lâcher quelques balles. Apparemment, eux n'avaient pas de soucis d'intendance… Nous dévalâmes ainsi les six étages aussi vite que possible puis Michelle et moi fîmes irruption dans le hall de l'hôtel, au rez-de-chaussée.

Agitant mon arme, je braillai « Tout le monde à terre ! » tandis que nous traversions le vaste espace en courant vers la sortie. Il y avait peu de gens dans le hall et les quelques personnes qui s'y trouvaient tournèrent vers nous des regards médusés ; certaines détalèrent en hurlant tandis que d'autres demeuraient clouées sur place. Au moment où nous passions devant l'ascenseur, les portes s'ouvrirent, un des trois hommes en sortit, se retrouva dans nos pattes. Michelle l'esquiva avec l'habileté d'un trois-quarts aile et continua à courir, me laissant le soin de m'occuper de lui. Je le percutai violemment, mon avant-bras levé heurtant sa mâchoire, la force du coup le projetant à terre. Il lâcha son arme et je parvins à la pousser au loin du pied, sans ralentir ni quitter le sillage de Michelle.

Nous nous retrouvâmes dehors sur le parvis de l'hôtel. Il jouxtait un parking de taille moyenne où les clients se garaient eux-mêmes, faute de service de voiturier. Haletant, le cœur cognant furieusement contre ma cage thoracique, j'inspectai le parking et repérai aussitôt ce que je pensais bien y trouver : une camionnette, blanche, garée face à l'entrée de l'hôtel, avec à l'intérieur une silhouette, celle d'un quatrième type qui ouvrit sa portière et descendit en trombe dès qu'il nous vit.

— Par ici ! fis-je en entraînant Michelle dans l'autre direction.

Une voiture s'engagea alors dans le parking et roula vers un emplacement libre.

— Là, dis-je à Michelle, le bras tendu vers la berline bleue. Cette voiture. Fonce !

Elle s'élança tandis que je couvrais nos arrières et nous passions devant une rangée de véhicules garés quand une nouvelle pluie de balles crépita, perçant des carrosseries, faisant éclater un pare-brise juste derrière nous.

Je me retournai et ripostai aux deux tueurs qui se ruaient vers nous.

Nous arrivâmes à la Ford au moment où son chauffeur, un chauve bedonnant serré dans un costume, en descendait, effaré.

— Donne-moi tes clés ! lui intimai-je en lui enfonçant le canon de mon pistolet dans la joue pour ne pas le laisser plus longtemps dans l'indécision.

Le pauvre gars me tendit le trousseau du bout des doigts, je m'en emparai et l'écartai de la voiture en lui enjoignant :

— Allonge-toi !

Il se coucha aussi sec par terre et je criai à Michelle, tout en déverrouillant les portières :

— Monte !

Michelle poussa Alex entre les sièges avant, vers l'arrière de la voiture, et s'apprêtait à y monter quand je vis l'un des tireurs relever la tête de derrière le véhicule qui le dissimulait et nous viser. Je braquai mon arme, nous fîmes feu en même temps.

Une lame de frayeur me perça le cœur quand, tournant la tête sur le côté, je vis Michelle tituber.

Et aussi une petite tache sombre grandir sur sa poitrine.

— Mich ?

Sans répondre, elle disparut à l'intérieur de la voiture, rejoignant Alex à l'arrière.

Je jurai en moi-même, sachant ce qui venait d'arriver, sachant que c'était grave, une balle dans cette partie du corps, là où un cœur, des poumons et d'autres organes vitaux, vulnérables, étaient pressés les uns contre les autres. Mais je ne pouvais rien y faire pour le moment, excepté nous sortir de là. Je m'empressai de démarrer, passai la marche arrière, regardai par-dessus mon épaule en lançant la Ford hors de son emplacement.

Je ne pus que jeter un bref coup d'œil à Michelle mais ce que je vis d'elle m'enfonça un pic à glace dans les tripes. Elle avait les yeux écarquillés de peur et d'angoisse, le visage luisant de sueur.

— Bon Dieu, Mich, fis-je d'une voix rauque.

Elle baissa les yeux vers sa blessure, les leva vers moi et arrima son regard au mien, l'air perdue. Elle tenta de dire quelque chose et sa bouche remua d'abord en silence, puis elle parvint à articuler :

— Je suis… Putain, Sean, je suis touchée.

Derrière elle, à travers la lunette arrière, je vis les deux tueurs approcher. Celui de droite, le salaud qui avait blessé Michelle, avançait avec difficulté, une main sur son épaule. Apparemment, ma balle l'avait touché, mais une fraction de seconde trop tard pour Michelle.

Je n'avais pas l'intention de lui laisser une deuxième chance.

— Accroche-toi, lançai-je à Michelle.

J'appuyai sur l'accélérateur comme si j'essayais de passer mon pied à travers le plancher, expédiant la Ford droit sur les deux hommes.

Le premier réussit à éviter la charge en se jetant par-dessus le capot d'une autre voiture mais celui dont je voulais vraiment la peau n'était plus assez agile. L'arrière de la Ford le percuta, le poussant sur quelques mètres avant de l'écraser contre le flanc d'un autre véhicule, broyant la partie inférieure de son corps dans un craquement liquide qui me ravit.

Puis je repassai en marche avant et sortis en trombe du parking de l'hôtel, tournai sèchement à droite dans un crissement de pneus avant de dévaler l'avenue du front de mer, tout en jetant de temps à autre un regard derrière moi, vers Michelle et Alex.

8

— Mich, reste avec moi, OK ? Tiens bon.

Toutes sortes de gros jurons défilaient dans ma tête. Je saisis fébrilement mon portable, tout en continuant à rouler.

Au moment où j'appuyais sur le bouton vert pour recomposer le dernier numéro appelé, Michelle releva la tête. Elle avait les yeux mi-clos, la bouche tordue par la douleur, et la pellicule de sueur sur son visage s'était transformée en longues coulées. La poitrine à présent inondée de sang, elle avait passé son bras droit autour d'Alex, terrifié, et le serrait contre elle. Ses yeux s'agrandirent et fixèrent les miens. Elle commença à dire quelque chose mais dut s'interrompre quand elle toussa et cracha du sang.

Ma gorge se serra.

— Tiens bon, chérie, répétai-je.

— Reilly ? fit la voix de Villaverde dans le téléphone.

— David, je suis avec Michelle, elle est blessée, on a besoin d'aide. Je suis dans une voiture avec elle et son gosse…

J'inspectai les environs, cherchant des repères à lui donner.

— … sur le front de mer, on roule vers l'ouest.

— Vous êtes poursuivis ?

Je regardai dans le rétroviseur, ne vis pas trace de l'équipe de tueurs.

— Non. Mais il faut que je l'amène à l'hôpital, vite !

J'entendis Villaverde s'adresser à un de ses hommes puis il revint en ligne.

— OK, vous devez être dans Harbor Drive, ce qui veut dire que l'hôpital le plus proche pour vous…

Il s'interrompit pour réfléchir.

— Presse-toi, bon Dieu ! explosai-je. Elle perd son sang !

Quelque chose attira alors mon attention, dans le ciel, à ma gauche. Un avion de ligne s'apprêtant à atterrir.

— On laisse tomber l'hôpital. Je suis près de l'aéroport.

Mon regard balaya la route et, comme je l'escomptais, un grand panneau suspendu indiquait une sortie, pour le Terminal 2, en l'occurrence.

— Fais envoyer une ambulance devant le Terminal 2 ! Je suis dans une Ford bleue…

— Ne quitte pas.

David lança l'ordre de joindre le service d'aide médicale urgente de l'aéroport avant de revenir à moi :

— Et vos agresseurs ?

— J'en ai buté un sur le parking, il restera peut-être encore quelque chose de lui quand tes gars arriveront, mais les autres se seront envolés.

— D'accord, je te tiens au courant. Et bonne chance pour Michelle.

Je lançai le téléphone sur le siège d'à côté et accélérai. En doublant plusieurs voitures moins rapides, je modifiai la position du rétroviseur pour voir le visage de Michelle.

— On y est presque, Mich. Tu m'entends ? On y est presque.

Elle luttait pour garder les yeux ouverts.

Oppressé, je glissai la Ford entre une suite de taches floues avant de quitter la route à six voies et de m'engager dans la rampe courbe menant au terminal. Une minute plus tard, je me garai le long du trottoir près d'un flic de la circulation ébahi.

Je descendis de voiture et inspectai la rampe dans les deux sens pour voir si les secours arrivaient. Pas trace de l'ambulance.

— Une ambulance est en route ! lançai-je au flic en ouvrant la portière arrière de la Ford. Essayez de savoir où elle est, c'est une urgence !

Lorsque je me penchai à l'intérieur de la voiture, ce que je découvris me glaça. Michelle ne bougeait plus, sa respiration était réduite à un faible sifflement. Du sang mêlé de salive coulait de sa bouche et la banquette était trempée.

Doucement, je relevai son tee-shirt pour regarder la blessure. Juste sous le sein gauche, il y avait une crevasse sombre d'où s'échappait un sang épais. Je plaquai ma main dessus, pressai pour arrêter l'hémorragie en redoutant la souffrance que j'allais faire subir à Michelle. Comme je m'y attendais, elle tressaillit. De mon autre main, je caressai sa joue pâle et moite, sans être sûr qu'elle le sentirait. Mon regard quitta sa figure pour descendre jusqu'à Alex, blotti sous le bras de sa mère, le visage baissé, les yeux fermés. Il tremblait violemment. Je tendis vers lui une main hésitante, arrêtai mon geste avant de le toucher.

— Ça va aller, lui dis-je du ton exaspérant que nous prenons pour débiter ce genre de platitudes. Elle va s'en sortir.

Il demeura un moment immobile, recroquevillé sur lui-même, puis m'adressa un infime hochement de tête avant de retomber dans son isolement.

Le sang chaud de Michelle continuait à couler entre mes doigts. Une sirène se rapprocha.

— Les voilà, Mich, tu entends ? L'ambulance arrive.

Ses paupières se relevèrent à demi, son regard se noua au mien. Ses traits se crispèrent quand elle tenta de parler mais elle ne parvint qu'à tousser et cracher du sang. Je me penchai de nouveau vers elle.

— Ne dis rien, chérie. Accroche-toi, tu seras bientôt dans l'ambulance.

Elle fit un nouvel effort mais les mots moururent dans sa gorge. La sirène se faisait plus forte.

— Oui, mon cœur ?

Elle ouvrit grand les yeux, comme au prix d'un effort surhumain, et murmura d'une voix sifflante :

— Alex… Veille… veille sur lui…

— Bien sûr. Hé, je ne vais nulle part, ajoutai-je avec un sourire qui se voulait rassurant. On reste avec toi, tous les deux.

L'ambulance s'arrêta derrière nous. Quelques secondes plus tard, les infirmiers examinaient Michelle. Mes tripes se tordirent quand je vis leur expression devant son visage blême, la quantité de sang tachant la banquette. Tandis que des curieux de plus en plus nombreux faisaient cercle autour de la voiture, j'aidai les deux hommes à soulever Michelle et à l'étendre sur une civière, gardai Alex près de moi et m'arrangeai pour qu'il ne puisse pas voir sa mère pendant que les infirmiers s'occupaient d'elle.

Ce que je captais des mots qu'ils échangeaient n'avait rien de rassurant.

— Elle a une grave hémorragie interne, m'expliqua finalement l'un d'eux en enfonçant une deuxième intraveineuse dans le bras de Michelle. Je ne peux pas vous dire quel organe est touché mais on ne peut rien faire ici, il faut l'opérer.

À ce moment, des bips retentirent et un des infirmiers lâcha :

— On la perd…

Le premier lança une réanimation cardiorespiratoire tandis que son collègue scrutait l'intérieur de la bouche de Michelle pour l'intuber. Je reculai d'un pas, les observai en silence. Tout mon corps tressaillait chaque fois que Michelle se convulsait sous leurs compressions. Je maintenais Alex tourné vers moi pour qu'il ne puisse pas voir ce qui se passait, espérant de toutes mes forces qu'ils parviendraient à la sauver, tout en sachant au fond de moi que c'était impossible. Impuissant, incapable d'intervenir pour refaire de Michelle la femme fascinante et vibrante de vie qu'elle était, je sentais un flot de rage monter entre mes tempes et presser à les faire craquer. Puis les bips cessèrent, firent place à un morne bruit continu.

Celui qui devait être l'interne se tourna vers moi et hocha la tête, avec un regard sombre qui pénétra au plus profond de moi, déchiquetant tout sur son passage.

9

— Comment est-ce qu'ils l'ont retrouvée ?

Nous étions au « ranch », en l'occurrence les locaux du FBI à San Diego, un bâtiment trapu de verre et de béton à trois kilomètres à l'est de Montgomery Field. Villaverde et moi nous trouvions dans son bureau du deuxième et dernier étage. J'avais passé un long moment à expliquer à deux inspecteurs de la Criminelle ce qui s'était passé, à leur décrire les tueurs de mon mieux. Je me sentais à la fois épuisé et furieux, la tête lourde et embrouillée, comme si on avait injecté de la mélasse sous mon crâne.

— Ils l'ont peut-être suivie depuis chez elle, suggéra David, appuyé au bord de son bureau.

Grand et mince, le teint basané, des cheveux d'un noir de jais rabattus en arrière, on aurait dit une pub ambulante pour le FBI. J'imaginais que les bureaucrates l'adoraient et pour être juste, d'après ce que j'avais vu jusque-là, c'était un type franc et efficace.

— Elle m'a assuré que non, répondis-je, plus sèchement que je n'aurais dû. Michelle aurait repéré une filature. Après ce qui s'était passé, elle s'attendait à être suivie.

— Et son téléphone ?

— Elle a enlevé la batterie après m'avoir appelé.

— Elle a peut-être téléphoné de l'hôtel à quelqu'un d'autre.

Ma tête oscilla de gauche à droite.

— Sûrement pas. C'était une pro. Elle n'aurait jamais couru ce risque, pas après ce qu'elle venait de subir.

Villaverde haussa les épaules.

— On le saura bientôt. Si elle a appelé quelqu'un, ce sera sur le relevé téléphonique de sa chambre.

Une autre possibilité s'accrochait à moi.

— Il y a combien d'hôtels et de motels autour de l'aéroport, d'après toi ?

— J'en sais rien. Pas tant que ça. Pourquoi ? Tu penses qu'ils l'ont retrouvée en en faisant le tour ?

— Quand elle m'a téléphoné du centre commercial, elle m'a dit qu'elle chercherait à se planquer près de l'aéroport. S'ils ont intercepté cet appel… il leur suffisait de chercher une femme et un gosse sans bagages et sans carte de crédit. Ils ont peut-être eu un coup de pot.

— Si ça s'est passé comme ça, on retrouvera une trace sur son portable.

Il décrocha le téléphone de son bureau, appuya sur deux touches.

— Je demande au labo de vérifier.

Pendant que Villaverde donnait son coup de fil, je regardai par la baie vitrée, silencieux et bouillonnant de rage. Le soleil s'était couché depuis longtemps, la nuit avait pris les commandes, lugubre et oppressante. Les lampadaires du parking presque désert projetaient une faible lueur. Il n'y avait pas de lune dans le ciel, pas de lumière au bout du tunnel angoissant que cette journée était devenue. C'était comme si la nature elle-même conspirait pour aviver mon sentiment de perte.

— Je ne comprends pas, fis-je, exaspéré. D'après Michelle, ils n'étaient pas venus pour la tuer : un des types l'a eue un bon moment dans sa ligne de mire mais n'a pas tiré.

— L'un d'eux a peut-être fait une connerie, avança mon collègue en raccrochant. Tu l'as dit toi-même : ça flinguait de partout.

Il marqua un temps, l'air incertain, ajouta :

— La balle qui a tué Michelle t'était peut-être destinée.

Mon estomac s'emplit d'acide. C'était une question que je m'étais posée, tout comme je m'étais interrogé après coup sur chacun de mes actes, sur chaque décision que j'avais prise après l'appel de Michelle.

— Ouais, c'est réconfortant, grommelai-je, tentant de chasser ma colère et mes remords pour me concentrer sur ce qu'il fallait faire. OK, qu'est-ce qu'on a, à part le portable de Michelle ? Les vidéos des caméras de surveillance de l'hôtel, les balles retrouvées chez elle et à l'hôtel… Quoi d'autre ? Des empreintes digitales ? Du sang des agresseurs ?

— On a pas mal d'ADN sur quoi travailler, répondit Villaverde. Recueilli dans la maison et dans le bazar que vous avez laissé sur le parking. Je ne sais pas ce qu'on peut tirer des vidéos, mais les gars du labo tapent ce qu'ils ont dans les fichiers de recherches criminelles.

— Les voisins ?

— Les flics de la Crim les interrogent depuis que Michelle a appelé le 911, mais je ne compte pas trop là-dessus. Qu'est-ce que ça peut leur donner ? L'immatriculation de la camionnette ?

Je me rappelais avoir vu le véhicule des agresseurs sur le parking de l'hôtel, mais dans le feu de l'action je n'avais pas relevé le numéro. Sans intérêt, d'ailleurs. La camionnette avait probablement été volée ou louée sous une fausse identité.

— J'ai besoin que tu ailles jeter un œil au trombinoscope, dit Villaverde, se référant aux photos anthropométriques informatisées.

Une corvée qui ne m'enchantait pas. J'acquiesçai de la tête en m'efforçant de me rappeler ce que j'avais aperçu des visages de ces hommes et ce que leur comportement m'avait appris sur eux. Ils étaient coriaces, décidés, savaient travailler en équipe.

— Ils ont deux gars hors circuit, grièvement blessés ou plus probablement morts.

— Ils ne les conduiront pas aux urgences, fit remarquer David. Dans le meilleur des cas, on retrouvera leurs corps quelque part, mais j'y compte pas trop non plus. Ils nourriront les vers dans un canyon du coin ou dans le désert.

Très probable. À leur place, c'est ainsi que je me serais débarrassé des cadavres. Il fallait cependant envisager toutes les possibilités, au cas où les salauds qui avaient tué Michelle auraient commis une boulette – ce qui arrivait parfois, heureusement pour nous.

— Ils ont perdu deux hommes en une matinée. Tu connais beaucoup d'équipes capables d'encaisser ça sans broncher ?

Avant même que Villaverde puisse répondre, je poursuivis :

— Il faut contacter la DEA.

— Pourquoi ?

— Michelle ne voyait pas qui pouvait lui en vouloir. La seule possibilité qui lui venait à l'esprit, c'était un retour de bâton de ses années à l'agence. Il faut leur poser la question.

— Je connais l'adjoint du responsable de leur bureau local. Je l'appellerai.

Il réfléchit et me demanda :

— C'est dans l'Est que tu as rencontré Michelle ?

— Non. À Mexico.

— Tu étais en poste au Mexique ?

— Non, à Chicago.

— Alors, comment vous avez fait connaissance ?

— J'ai été envoyé là-bas avec une équipe inter-agences. Pour localiser un nouveau labo fabriquant de la dope extra-pure qui inondait le marché. Je remontais la piste grâce à une bande de jeunes Latinos que ces types fournissaient.

— L'opération Sidewinder ?

— Oui. Mich était déjà sur place, elle travaillait depuis les bureaux de la DEA à l'ambassade, elle s'occupait de frapper les barons de la dope là où ça leur fait le plus mal : au portefeuille. Peu de temps après, nos chemins se sont croisés.

— D'accord. Qui était l'attaché, à l'époque ? C'est à lui qu'il faut parler.

Je marquai mon approbation d'un signe de tête.

— Hank Corliss.

Villaverde fit la grimace : manifestement, il connaissait ce nom.

— Corliss, nom de Dieu…

— Il est toujours à la DEA ?

— Putain, oui. Après ce qu'il a subi, qu'est-ce qu'il pourrait faire d'autre ?

Il s'interrompit, hocha la tête, comme pour exprimer son respect envers le personnage, et reprit :

— C’est lui le patron à LA. Il dirige l’OCDETF pour la Californie du Sud.

Le nom avait visiblement fait naître des questions dans son esprit et il plissa le front.

— Tu penses que ce qui est arrivé à Michelle pourrait avoir un rapport avec cette vieille histoire ?

L’idée m’était venue, mais j’avais du mal à y croire. Près de cinq ans s’étaient écoulés – une attente sacrément longue avant de déclencher une seconde vague de violence.

— Après tout ce temps ? fis-je. Alors que Michelle avait quitté le service depuis des années ? Ça me paraît peu probable. En plus, elle ne faisait pas partie de notre équipe, elle travaillait sur une autre affaire, comme agent infiltré.

Après un silence, j’ajoutai :

— Il vaudrait mieux que la demande vienne de toi. Corliss et moi… on ne s’envoie pas de cartes de vœux le jour de l’an.

Un euphémisme, un vrai.

— D’accord, répondit David avec un petit rire. De toute façon, tu as autre chose à penser en ce moment.

Comme je lui lançais un regard interrogateur, il agita le pouce en direction de la vitre séparant son bureau de celui de sa secrétaire.

— Le gamin.

Je regardai à travers le panneau de verre. Assis sur un canapé de cuir noir, Alex semblait s’être calmé et fixait la moquette. Deux femmes l’entouraient. L’une était Carla, l’assistante super-efficace de Villaverde, à qui je l’avais confié à mon arrivée, l’autre, une jeune brune en blouse blanche et jupe anthracite, l’agent Julia Lowery. Elles tentaient de le réconforter tandis qu’il piochait sans conviction dans une boîte de nuggets et de frites. Villaverde avait aussi demandé l'aide d'une psychologue pour enfants, une femme qui avait déjà travaillé pour le Bureau, mais il n'avait pu obtenir que son répondeur et il attendait qu'elle rappelle.

— Ce gosse aura besoin de beaucoup d'affection, souligna-t-il. Penses-y.

Il avait raison, bien sûr. Je voulais tellement mettre la main sur les fumiers qui avaient descendu Michelle que je ne pensais pas clairement à l'autre victime qu'ils avaient laissée derrière eux.

— Je sais.

— Qu'est-ce que tu vas faire ?

Je ne voyais pas pourquoi il me posait cette question.

— C'est mon fils, qu'est-ce que tu crois ? Il vivra avec nous.

— Formidable. Tu auras sûrement des problèmes de paperasse à régler, tu devras faire une analyse de sang pour établir le lien de paternité… Il y a toute une procédure à suivre. Le gosse a de la famille qui pourrait s'opposer à ce que tu le prennes ? Les parents de Michelle vivent encore ? Ça peut devenir délicat, ce genre d'histoire.

Quand je l'avais interrogée, à l'hôtel, Michelle avait répondu qu'elle n'avait pas de proches à San Diego. Je pensai à ce que je savais de sa famille. Nous n'avions vécu ensemble que deux mois, une relation si intense que ce genre de détail était passé au second plan.

— Je ne sais pas trop… Ni frère ni sœur, à ma connaissance. Je crois que son père n'est plus là et sa mère n'allait pas très bien au moment où on sortait ensemble. La maladie d'Alzheimer, je crois.

— OK, on verra. Tout ce que je voulais dire, c'est que ce môme va te prendre beaucoup de temps. Il faut que tu t'occupes des papiers, que tu l'emmènes chez toi, que tu apprennes à le connaître et que tu jettes les bases de sa nouvelle vie. Ce ne sera pas facile après ce qu'il vient de traverser. Bon Dieu, il a vu sa mère mourir, il aura du mal à s'en remettre. Il y a un gros boulot qui t'attend, et c'est là-dessus que tu dois te concentrer, Sean. Le reste, on s'en charge.

Je ne l'écoutais pas vraiment. Mon esprit se repassait en boucle l'image de Michelle chancelant devant la voiture.

— Je veux ces types, dis-je.

— Hé, moi aussi. J'ai déjà parlé au chef de la police de San Diego. Cette affaire est une priorité pour tout le monde, tu peux me croire. Mais ton intervention personnelle ne servirait à rien. On n'est pas à New York, ce n'est pas ton secteur. Tu ne ferais qu'être dans nos pattes.

Il s'écarta du bord du bureau et me rejoignit devant la séparation de verre.

— Michelle est morte, son mec aussi, dit-il. Peu importe si ces types voulaient la tuer ou non. C'est fini. Ces salauds vont retourner se terrer dans les trous puants d'où ils sont sortis et il faudra qu'on remonte toutes les pistes possibles pour les retrouver. Occupe-toi de ton fils. Emmène-le chez toi. Laisse-nous régler cette histoire.

En l'écoutant, je sentis mes poings se serrer et mes mâchoires se contracter. Alex. Alex était maintenant ma priorité et même si j'avais du mal à l'admettre je ne pouvais pas apporter grand-chose à l'enquête. Pas à San Diego, sur un terrain qui m'était étranger et où je n'avais aucun contact. Je ne serais de fait qu'un fardeau pour eux.

Je regardai ma montre : vingt-deux heures passées. Il fallait que je sorte Alex de ce bureau, que je le conduise dans un endroit plus chaleureux, plus réconfortant, où il pourrait se reposer. J'avais toujours entendu dire que les enfants sont incroyablement résilients et Alex aurait besoin de puiser dans son quota de résilience pour toute une vie afin de se remettre. Quant à moi, je devais rapidement imaginer la meilleure manière de régler quelques problèmes, à commencer par ce que je devais lui dire, où et comment lui annoncer la terrible vérité. Je n'étais pas du tout préparé à ça. J'avais besoin d'aide, là, tout de suite, et apparemment la psy ne serait pas là avant le lendemain matin.

— Il faut que je l'emmène quelque part, dis-je.

— Je peux faire réserver deux chambres pour vous au Hilton, proposa Villaverde. Ce serait peut-être bien que Julia vous accompagne et t'aide à le mettre au lit.

J'acquiesçai distraitement en songeant que l'aide dont j'aurais vraiment besoin devrait venir d'ailleurs, et surtout que j'avais un coup de fil important à donner, un coup de fil que je ne pouvais plus remettre.

Je consultai de nouveau ma montre, pensai brièvement au décalage horaire entre la Californie et l'Arizona avant de me rappeler que l'État du Grand Canyon ne pratiquait pas l'heure d'été et s'alignait donc sur le fuseau horaire du Pacifique, celui de San Diego.

Ce qui signifiait qu'il n'était pas trop tard pour téléphoner.

— Donne-moi quelques minutes, dis-je à Villaverde en sortant de son bureau tout en agrippant mon portable.

10

Comté de Cochise, Arizona

Tess n'arrivait pas à y croire.

Elle avait d'abord été ravie de l'appel de Reilly. Ce n'était jamais facile pour elle quand il était en mission, elle ne savait jamais exactement où il était ni quel danger il courait. Elle éprouvait cette angoisse ce soir-là et s'apprêtait à appeler Sean quand son nom était apparu sur l'écran de son téléphone. En entendant sa voix, elle avait eu la réaction habituelle de soulagement et de joie – sauf que cette fois cela n'avait pas duré.

Elle se rendait compte qu'il avait fait de son mieux pour la ménager, elle devait reconnaître qu'il avait choisi ses mots avec soin et les avait prononcés avec une grande sensibilité, mais la nouvelle était quand même une bombe, et malgré tous les efforts de Sean Tess se sentait déchirée, écartelée dans toutes les directions, comme passée sous un rouleau compresseur de tristesse, de souffrance, de compassion, auxquelles se mêlait – elle devait l'avouer – une pointe de jalousie.

À la fin, elle s'était sentie hébétée, émotionnellement meurtrie et physiquement exténuée, et son cœur se brisa en morceaux plus petits encore quand elle songea que, quelles que soient ses souffrances, celles de l'homme qu'elle aimait étaient sûrement plus terribles encore.

Et au sommet de cette montagne de douleur il y avait bien sûr cette jeune femme qui venait de perdre la vie, et cet enfant de quatre ans qui venait de voir sa mère mourir.

Une seule réponse lui était venue à l'esprit, avant de raccrocher :

« Je prends l'avion demain matin. »

D'un ton calme, qui ne laissait aucune place à la discussion.

Il n'avait d'ailleurs pas discuté.

— Ça va ? me demanda Villaverde quand je retournai dans son bureau.

— Oui.

J'éprouvai une sensation peu familière de vide et de froid intérieurs. Jetant un coup d'œil à la vitre, à Alex, j'ajoutai :

— Emmenons-le à l'hôtel. Mais une fois qu'on l'aura bordé il y a une chose que je veux faire.

— Je t'écoute.

— La maison de Michelle, dis-je à David. Je veux la voir.

11

Il régnait ce soir-là, dans la rue où avait vécu Michelle, un silence quasi comateux, comme si, après le choc des événements, ce quartier résidentiel et tranquille s'était refermé sur lui-même. Une voiture de patrouille solitaire était garée devant la maison et un ruban jaune de la police entourait jardin et bâtiment, ultime écho de la tornade de violence de la journée.

À l'intérieur, ce n'était pas la même chanson.

Une grande plaque de sang coagulé nous accueillit, Villaverde et moi, quand nous entrâmes. Il en partait un filet rouge qui s'incurvait en s'éloignant de la porte et je me représentai ce qui avait dû se passer : les tueurs avaient poussé le corps du mec de Michelle sur le côté quand ils s'étaient rués dehors avec leur copain blessé, peut-être mourant. Une autre trace de sang – celle du blessé, sans doute – sinuait vers l'intérieur de la maison et disparaissait dans un vestibule obscur, escortée par les empreintes de pas sanglantes d'au moins deux autres types.

Je m'avançai en m'efforçant d'éviter les taches rouges du sol. L'endroit était jonché de matériel laissé par la police scientifique : gants de caoutchouc, fiches, poudre noire pour empreintes digitales, dévidoirs de ruban adhésif. J'avais toujours été frappé par la rapidité avec laquelle la mort prend possession des territoires qu'elle envahit, aspire toute vie et toute lumière de la demeure d'une victime, laissant l'impression qu'elle est abandonnée depuis des années. Ce ne fut pas différent cette fois encore et l'irrévocabilité brutale de la scène me parut d'autant plus poignante que j'avais été autrefois très proche de Michelle.

Je suivis la piste macabre jusqu'au bout d'un étroit couloir qui conduisait à la cuisine. Autre endroit couvert de sang. Il y en avait partout : sur le sol, sur les murs. Je fus submergé par une déferlante d'images reposant sur ce que Michelle m'avait raconté. Je l'imaginai plongeant le couteau de cuisine dans le cou de son agresseur, faisant jaillir les giclées rouges qui tachaient le mur. J'imaginai l'homme s'effondrant par terre, à l'endroit de la grande flaque de sang, puis tiré hors de la maison, agonisant ou déjà mort, ses pieds laissant une double traînée visqueuse.

Je pénétrai dans la cuisine, relativement peu en désordre. Je pouvais voir le fantôme de Michelle s'y affairer, accomplissant les gestes routiniers du samedi matin. Je remarquai le lave-vaisselle ouvert, les casiers sortis et encore à moitié pleins, mais ce qui retint surtout mon attention, ce fut le réfrigérateur.

Je m'en approchai.

Chaque centimètre carré de sa porte était recouvert, de photos, de dessins et de souvenirs personnels, comme un montage de la vie de Michelle. Je ne parvenais pas à en détacher mon regard. Le reliquaire des jours heureux, un témoignage sur une femme et son fils, sur la multitude de moments heureux qu'ils avaient partagés et auxquels je n'avais pas pris part, des moments qu'Alex ne connaîtrait plus jamais avec sa mère.

Je demeurai ainsi, comme pétrifié, les photos s'imprimaient en moi – Alex bébé, Michelle et lui dans un jardin public, à la piscine, à la plage –, toutes illuminées par de grands sourires ou des visages hilares. Ma gorge se serra quand j'examinai les dessins d'Alex, représentations grossières et colorées de bonshommes, d'arbres et de poissons, lettres mal formées, expressions charmantes d'une innocence que l'enfant ne retrouverait probablement jamais. Enjambant les années, mon esprit me projetait dans ces scènes, me tourmentant avec ce qui aurait pu être.

— Elle a eu une vie agréable, on dirait.

Les mots de Villaverde me tirèrent de ma rêverie.

— Ouais, fis-je en hochant lentement la tête.

Il me rejoignit, contempla un moment les souvenirs en silence.

— Les techniciens ont tout inspecté, me dit-il, alors si tu veux emporter quelque chose…

Je le regardai, il haussa les épaules. Je me tournai de nouveau vers le frigo, détachai une photo de Michelle et d'Alex posant à côté d'un château de sable sur une plage.

— On jette un coup d'œil au reste de la maison, suggérai-je en glissant la photo dans ma poche de poitrine.

Les autres pièces n'avaient pas été touchées. Des photos encadrées de Michelle et d'Alex m'interpellèrent encore lorsque je traversai le séjour et la grande chambre, mais rien dans l'une ou l'autre pièce ne me parut déplacé ou susceptible de nous aider dans nos investigations. La chambre d'Alex me posa un problème : je savais que cela l'aiderait d'avoir avec lui un de ses objets préférés, mais je ne savais lequel prendre. Elle était encombrée de toutes sortes de jouets et de livres et les murs étaient couverts d'une fresque colorée d'affiches de dessins animés et d'autres dessins de la main d'Alex. Je me décidai pour les draps décorés de personnages de contes et pour les trois animaux en peluche qui y étaient couchés. Je défis les draps du lit, les roulai en boule et pris également quelques vêtements dans son placard.

La dernière pièce que nous inspectâmes était la troisième chambre, la plus petite. Michelle en avait fait un bureau, avec une table de travail en bois sombre, des étagères de livres et un divan profond jonché de coussins en velours. Parmi les livres se nichaient d'autres photos et souvenirs du passé de Michelle. Je remarquai, en plus des romans et des guides touristiques, quantité de bouquins New Age dont je me souvins qu'elle était férue, ce dont je me moquais à l'époque. Tout dans cette pièce était chaleureux, imprégné du goût éclectique de Michelle, et me convainquit plus encore qu'elle allait terriblement manquer à Alex.

En examinant les étagères, je remarquai aussi un petit routeur noir sans fil posé sur une boîte de rangement orange. Je m'en approchai, constatai que son voyant LED était allumé. Je regardai autour de moi, repérai une petite imprimante à jet d'encre sur une table basse près du bureau. Mon regard se porta sur le bureau lui-même, mais il n'y avait pas d'ordinateur. Un fil blanc serpentait cependant vers un transformateur Apple relié à la prise du mur.

Mais pas d'ordinateur.

Je me tournai vers Villaverde.

— Quelqu'un a noté la présence d'un ordinateur ? Un portable, ou même un iPad ?

— Une seconde, dit-il en prenant son téléphone.

Je parcourus la pièce des yeux, ne vis d'écran nulle part. Je retournai dans la grande chambre, le séjour et la cuisine.

Rien.

Le coup de téléphone de Villaverde nous apprit que les inspecteurs de la Crim qui avaient fouillé la maison n'avaient pas trouvé d'ordinateur. Sinon, ils l'auraient noté dans leur rapport et auraient envoyé l'engin au labo.

— Elle n'en avait pas à l'hôtel, dis-je. Ce qui signifie que l'ordi est resté ici quand elle s'est enfuie de la maison…

J'examinai de nouveau le routeur. C'était un appareil Netgear, pas le Time Capsule d'Apple, manque de pot. Le périphérique d'Apple sauvegarde automatiquement les données du disque dur d'un ordinateur, ce qui en l'occurrence nous aurait aidés, mais de toute façon les types l'auraient sûrement emporté aussi.

— Ils l'ont pris, on dirait, conclut Villaverde.

Ça ne nous avançait pas beaucoup, mais cela m'apprenait une chose.

Ce n'était pas seulement Michelle que les tueurs voulaient.

12

Péninsule du Yucatán, Mexique

Raoul Navarro adorait cet endroit.

Il aimait se tenir là, sur l'une des nombreuses terrasses ombragées de la *casa principal* de son hacienda, fumer un bon cigare cubain et admirer la vue tandis que le clair de lune taquinait la surface du bassin ornemental, qu'une légère brise faisait bruire le bougainvillier et que d'innombrables cigales berçaient son monde de leur chant.

La vie était agréable pour Raoul Navarro.

Plus qu'agréable puisqu'une autre spécialité cubaine, celle-là tout en jambes et de sexe féminin, reposait, nue, dans son lit. Car, si Navarro était célibataire, il couchait rarement seul. Il avait un appétit féroce pour tous les plaisirs charnels, et avec sa fortune, avec ces traits séduisants donnés à son visage par un expert en chirurgie esthétique très talentueux et malheureusement décédé, il n'avait aucun mal à le satisfaire.

Sa compagne de jeu actuelle était la responsable du spa d'un hôtel de luxe proche qui l'avait surpris et ravi en se révélant plus avide et plus audacieuse encore que lui au lit. Et tandis qu'il promenait son regard sur ses jardins paysagers, il sentait renaître en lui l'envie d'être avec elle et de mordiller sa peau. Ce qu'il serait en train de faire s'il ne se passait pas à San Diego des événements qui l'avaient préoccupé toute la journée et réclamaient encore son attention. Car si sa vie était plus qu'agréable et si tout se déroulait comme prévu – comme *il* l'avait prévu – elle le serait bien davantage encore demain.

Raoul Navarro avait pour habitude d'aller jusqu'au bout de ce qu'il entreprenait.

Bien que la situation lui eût échappé, cinq ans plus tôt, il était toujours là, bien vivant, avec un nouveau nom et un nouveau visage, libre d'aller et venir à sa guise, de savourer un cigare et une fille de Cuba par une nuit magnifique dans cette merveilleuse maison qui était son refuge. Il y était à l'abri des dangers d'un passé qu'il avait été contraint de fuir et qui, en définitive, était peut-être ce qui lui était arrivé de mieux.

Il avait acheté cette propriété délabrée deux ans après l'annonce de sa mort et il lui avait fallu deux autres années et plusieurs millions de dollars pour rendre à ce bâtiment du XVIIe siècle sa splendeur passée. Rien d'étonnant, cette propriété s'étendant sur près de huit mille hectares. C'était à l'origine un ranch d'élevage de bétail, transformé au XVIIIe en plantation de *henequen*, les agaves – cet « or vert » à l'origine d'énormes fortunes – qu'on transformait en sisal pour en faire des cordes. Presque toutes les haciendas du Yucatán avaient périclité après les deux catastrophes qu'avaient incarnées pour elles la réforme agraire de la Révolution mexicaine et l'invention des fibres synthétiques. Mais ces dernières années avaient été marquées par un regain d'intérêt pour la restauration de ces superbes propriétés, certaines converties en hôtels de luxe, d'autres en musées, et un petit nombre, particulièrement remarquables, en domaines privés.

La renaissance des haciendas avait coïncidé avec la sienne.

Navarro aimait ce parallèle.

Debout sur la terrasse, jouissant de la sérénité de son empire, il savait qu'il avait réussi. Étant donné sa situation et la sauvagerie qui frappait une grande partie du pays – sauvagerie à laquelle il n'avait pas seulement pris part mais dont il avait été un élément éminemment innovant –, il avait été tenté de partir vivre à l'étranger. Il avait l'argent et le passeport irréprochable qui lui auraient permis de s'installer n'importe où, mais il savait qu'il ne serait heureux nulle part ailleurs. Il fallait que ce soit le Mexique. Et s'il vivait au Mexique, il fallait que ce soit à Merida. Blottie dans la presqu'île du Yucatán, à l'extrémité sud-est du pays, la Cité de la Paix se trouvait aussi loin que possible de la frontière des États-Unis, loin des flots de sang dans lesquels le Nord se noyait. C'était un lieu où les plus gros soucis qu'on pouvait avoir concernaient les nappes aquifères, les classes surchargées des écoles publiques, le flic local qui s'était fait mordre par un serpent, et cela convenait parfaitement à la nouvelle version blanchie de Raoul Navarro.

Le fait qu'un grand nombre de ses congénères – ex-congénères, plus exactement – ne comprenaient pas sa façon de voir ne manquait jamais de l'étonner. Plus ils devenaient riches et puissants, plus ils menaient une vie pourrie. Jamais dormir deux nuits de suite dans le même lit, changer de téléphone chaque jour, craindre constamment la trahison, s'entourer d'une armée de gardes du corps. Être prisonnier de sa réussite. Avant eux, les barons de la drogue colombiens avaient tous connu une fin sanglante. Pablo Escobar, leur ancêtre à tous, avait occupé la septième place sur la liste des plus grandes fortunes mondiales de *Forbes*, mais il avait vécu comme un rat, passant d'une planque sordide à une autre avant d'être abattu dans un bidonville à l'âge de quarante-quatre ans. Les narcos mexicains n'étaient pas mieux lotis. Chaque semaine, les foutus *federales* du président se targuaient d'une nouvelle grosse prise, même si – ironie de la chose – cela ne faisait que provoquer de nouveaux bains de sang dus aux guerres de succession et aux conflits territoriaux qui s'ensuivaient inexorablement. Les chefs qui n'avaient été ni tués ni arrêtés se terraient dans leurs forteresses tels les fugitifs qu'ils étaient, attendant la balle qui mettrait un terme à leur vaine existence.

Il ne finirait pas comme eux et son existence ne se révélerait pas vaine. Pas si tout se déroulait selon son plan.

Un plan qui en était à son point crucial.

Il sourit intérieurement en songeant à la vie misérable de ses concurrents et éprouva plus de plaisir encore à se remémorer que c'était eux qui l'avaient chassé, que s'il avait abandonné la grande vie d'un narco, c'était à l'origine parce qu'ils avaient tenté de mettre fin à ses jours. Tout ça parce qu'il avait prétendument enfreint les règles, parce qu'il avait osé réclamer ce qui lui revenait de droit, même si cela impliquait de rencontrer face à face l'intouchable, l'incorruptible *Yanqui* en personne, le grand boss de la DEA au Mexique.

Eh bien, El Brujo leur avait donné une leçon.

Il s'était montré plus malin que ces *maricones* hypocrites et s'était éloigné dans son couchant parsemé de palmiers, avec les trois millions de dollars qu'il leur avait piqués. Depuis, ces paysans illettrés continuaient à amasser des fortunes dont ils ne profiteraient jamais et à s'entre-tuer. Et la *providencia* lui avait de nouveau souri. Elle lui avait ouvert une porte inattendue et offert une occasion de finir ce qu'il avait commencé, de revendiquer une place dans l'histoire.

Il ne laisserait pas passer cette opportunité.

Il baissa les yeux vers sa montre et, comme si c'était un signal, son portable à carte prépayée, impossible à localiser, bourdonna.

Eli Walker, son contact à San Diego.

— Tu as ce que je voulais ? interrogea Navarro.

La brève hésitation de Walker lui donna la réponse avant même un « non » catégorique et peu repentant. Navarro garda le silence.

— La femme, dit Walker pour meubler le vide, elle…

— *Mamaguevo de mierda !* cracha El Brujo d'une voix sifflante. Encore cette bonne femme ? Je t'avais prévenu qu'elle avait travaillé pour la DEA. Elle connaît la musique, tu le savais.

— Ouais, mais…

— Qu'est-ce que je t'ai dit après que tu as tout fait foirer chez elle ? Qu'est-ce que je t'ai dit ?

— Hé, on n'est pas à la maternelle, riposta Walker d'une voix bourrue.

— Qu'est-ce que je t'ai dit ? insista Navarro d'une voix lente et basse.

Après un nouveau silence, son contact revint en ligne, irrité et impatient :

— Tu m'as dit qu'elle n'était plus une priorité, qu'on pouvait se passer d'elle…

— Je t'ai dit de buter cette *puta* si tu étais obligé mais *surtout* de me ramener ce que je t'ai demandé.

— Et j'ai bien compris le message, *amigo*, répliqua Walker. En fait, on est à peu près sûrs que cette salope a pris une balle dans la poitrine.

Navarro fut légèrement choqué par la version américaine du qualificatif. Ce n'était pas tant le mot en lui-même que la façon condescendante et teintée de racisme dont Walker l'avait prononcé.

— Alors, c'est quoi le problème ?

— Elle avait quelqu'un pour l'aider. Un mec à qui elle a téléphoné après s'être débinée de chez elle.

— Elle a appelé quelqu'un ?

— Oui. Après notre dernière conversation.

Curieux.

— Qui ?

— Je sais pas encore. Tout ce que je sais, c'est qu'elle l'appelait Sean.

Le pouls de Navarro s'emballa.

— Ce serait le père du gosse, poursuivit Walker, le ton poisseux de mépris. Ce con le savait même pas jusqu'à maintenant.

L'excitation du trafiquant embrasa toutes les terminaisons nerveuses de son corps.

Sean Reilly, pensa-t-il.

Se forçant à prendre un ton mesuré, il demanda :

— Qu'est-ce qu'ils se sont dit d'autre ?

— Il lui a filé des tuyaux pour pas se faire repérer. Je pense que c'est un flic, ou peut-être un autre agent de la DEA.

Navarro ne prit pas la peine de détromper Walker.

— Et quoi d'autre ?

— Qu'il prenait l'avion pour la rejoindre.

Navarro se sentit planer.

Parfait.

Il avait probablement expérimenté une plus grande variété de trips que n'importe qui d'autre sur cette planète et c'était cependant l'un des meilleurs qu'il ait jamais connus.

— Il était avec elle quand vous l'avez trouvée ?

— Ouais. Ça nous a pris un moment pour la loger et il était déjà avec elle à ce moment-là. Un vrai fouteur de merde, ce mec. J'ai perdu un autre de mes gars.

Navarro ne prit pas la peine d'interroger Walker sur ce détail. Il avait l'esprit ailleurs, faisant le point et préparant la prochaine manœuvre ; c'était ce qu'il faisait le mieux, quand il ne cherchait pas de nouveaux moyens d'infliger des souffrances à d'autres pour étouffer toute concurrence dans son petit monde.

— Je crois bien que ce sera pour toi un défi plus dur à relever, *amigo*, dit-il finalement à son contact. Cet homme s'appelle Sean Reilly, c'est un agent du FBI. Et j'aimerais vraiment le rencontrer…

— Ho, ho, une seconde, fit Walker. Ce type est du Bureau ?

— Oui.

Il émit un bref sifflement et déclara :

— Ça faisait pas partie de notre accord.

Hijo de puta, pensa Navarro. Je te vois venir.

— Tu veux plus de fric, c'est ça ?

— Non. Je suis pas sûr de vouloir continuer, c'est tout, répliqua Walker. Une bonne femme et un gosse, c'est une chose. Avec ce type… on boxe plus dans la même catégorie. FBI, ATF[1]… j'ai pas besoin d'eux sur mon dos. Surtout que je sais pas vraiment de quoi il retourne.

Navarro fulminait intérieurement.

— Je pensais qu'on pouvait compter sur toi pour faire le boulot…

— Y a boulot et boulot. Quand on se frotte de trop près à nos *federales*, ça devient vite la merde.

Une chose que Navarro savait par expérience. Il réfléchit et se rendit compte qu'il devrait peut-être se salir les mains plus qu'il ne l'avait prévu.

— Ils sont où, maintenant ?

— J'en sais rien, avoua Walker. On les a perdus après l'hôtel. On a les scanners avec nous et je prévoyais de passer aux urgences de plusieurs hôpitaux du coin, moi et mes gars, mais je pense maintenant qu'il vaut mieux laisser tomber et arrêter les frais. Si elle crève, ça va devenir chaud. C'est peut-être le moment de se dire *Vaia con Dios*, tu vois ? On refera peut-être affaire ensemble une autre fois… quand y aura pas dans le coup un putain de fed !

Navarro contint sa fureur et essaya de se rappeler que Walker n'était pas une vermine inutile. Il avait eu recours à lui à plusieurs reprises, des années plus tôt, quand il était encore Navarro, et, plus récemment, sous sa nouvelle identité de « Nacho », présenté comme un des lieutenants de Navarro « au bon vieux temps ». L'Américain avait toujours assuré. Navarro

1. Diminutif pour BATFE, « Bureau of Alcohol, Tobacco, Firearms and Explosives ». Service fédéral américain chargé de la mise en application de la loi sur les armes, les explosifs, le tabac et l'alcool.

devait le garder dans le coup encore un peu – au moins jusqu'à ce qu'il puisse prendre lui-même le relais, ce qui lui apparaissait à présent nécessaire.

— D'accord, tu veux te retirer, je comprends. Mais je suis sûr que tu tiens à toucher la deuxième moitié de ton fric.

— Et moi je suis sûr que tu tiens à récupérer le… colis que j'ai pour toi, *amigo*.

L'insolence de la repartie hérissa le poil de Navarro, mais Walker ne se trompait pas. Il détenait quelque chose que Navarro voulait absolument avoir.

— Je te propose une chose, alors. Tu fais un dernier petit truc pour moi et tu seras entièrement payé.

Walker ne réfléchit pas longtemps :

— Quoi ?

— Tu les retrouves. Tu apprends ce qu'est devenue la femme et où est passé Reilly. Pas besoin d'en faire plus. Tu les localises, tu me dis où ils sont. Je m'occupe du reste. On est d'accord ?

Walker laissa passer quelques secondes puis finit par accepter :

— D'accord. Je les aurai logés d'ici demain soir.

DIMANCHE

13

Les retrouvailles avec Tess se firent dans un certain embarras.

Son avion atterrit à l'heure et je l'attendais à l'aéroport après avoir confié Alex à Julia – qui savait manifestement s'y prendre avec lui, aidée en cela par un sourire qui devait constituer un risque de réchauffement de la planète – et passé une bonne partie de la matinée au central de la police de San Diego à consulter les fichiers de photos anthropométriques et à travailler avec un dessinateur sur des portraits-robots. Tess fut une des premières à descendre de l'appareil, marchant d'un pas vif, et bien qu'elle fît penser à une brise d'été avec sa robe légère en lin et sa chevelure dansante je sentis, dès que nos regards se croisèrent, sa tension nerveuse sous-jacente.

Nous nous embrassâmes sans conviction, comme un couple dont le mariage a dépassé sa date de péremption. Nous nous bornâmes à échanger quelques remarques superficielles sur le Nevada et sur le vol en sortant du terminal. Dehors, je pris en pleine figure la fournaise de midi et le choc de me retrouver à l'endroit même où Michelle était morte, moins de vingt-quatre heures plus tôt.

Le coup fut trop rude pour moi. Je suis sûr que Tess remarqua mon expression quand je fixai la chaussée mais elle ne me posa pas de question et me suivit quand je me dirigeai vers le parking. Le Bureau avait réservé pour moi une voiture de location, une Buick LaCrosse qui avait ma foi fière allure.

Je mettais le sac de Tess dans le coffre quand je sentis sa main sur mon bras.

— Mes condoléances, Sean.

Sa main remonta le long de mon bras et me fit tourner vers elle. Je l'attirai contre moi et l'embrassai avec une ardeur, un désir profond et soudain, qui me parurent aussitôt un peu étranges. J'éloignai mes lèvres des siennes et la serrai contre moi, évitant son regard, pressant sa tête contre mon épaule. Nous restâmes ainsi un long moment, enlacés et silencieux, puis je murmurai :

— Je suis content que tu sois là.

— Il n'était pas question que je ne vienne pas, répondit-elle avec un demi-sourire.

Je l'embrassai de nouveau et nous partîmes.

En chemin, elle m'interrogea sur Alex, sur sa réaction. Il allait mal. Selon Julia, qui avait passé la nuit près de lui, il s'était plusieurs fois réveillé en sursaut, terrorisé, et avait même souillé son lit. Quoique déterminé à demeurer à ses côtés et à l'aider, je sentais toujours son inquiétude dès que je m'approchais de lui et j'avais résolu de rester à l'écart, de laisser Julia le réconforter de son mieux.

Commodément perché à la jonction des autoroutes de Cabrillo et de Mission Valley, le Hilton était facilement accessible. Après avoir croisé des familles dont les gosses excités couraient partout en tee-shirt et casquette du SeaWorld, des petits groupes de congressistes qui s'efforçaient d'avoir l'air heureux d'être là, je conduisis Tess à la suite chambre-salon, avec chambre supplémentaire communicante, que l'équipe de Villaverde avait réservée pour nous.

Alex était recroquevillé devant le téléviseur du salon, Julia, toujours aussi prévenante et attentive, assise à côté de lui. Je me demandais comment l'enfant réagirait à Tess – encore un nouveau visage surgissant dans sa vie alors que le seul qu'il souhaitait voir était celui de sa mère –, mais tout se passa bien mieux que je ne l'avais imaginé. Pour elle, en tout cas. Moi, je figurais toujours sur sa liste de croque-mitaines. Tess le remarqua immédiatement.

Au bout d'un moment, elle se tourna vers moi et me glissa, assez bas pour qu'Alex ne puisse pas l'entendre :

— Il a vraiment peur de toi.

— Je te l'avais dit, répondis-je tristement. Je ne sais pas comment faire.

Elle me pressa le bras.

— Il a juste besoin de temps. Tu étais là quand sa mère est morte, il t'associe à ce qui lui est arrivé.

— Ouais, mais il y a autre chose… Ça a commencé avant.

Son visage se plissa de perplexité et elle se tourna de nouveau vers Alex.

— Pourquoi ne pas le sortir de cette chambre ? L'emmener dans un endroit agréable, lui redonner une raison de sourire ?

Sans attendre de réponse, elle s'approcha de l'enfant, s'agenouilla pour mettre ses yeux au niveau des siens.

— Alex, ça te dirait d'aller manger une pizza ou autre chose ? Qu'est-ce qui te plaît le plus ? Ce que tu voudras, choisis.

Il ne fallut pas longtemps pour qu'il succombe au charme de Tess, qui lui arracha son premier quasi-sourire en déclarant que le Cheesecake Factory était aussi son restaurant préféré. Je les écoutai débattre des mérites comparés de la tarte au citron vert et des Oreo, mais le feu de petit bois qui commençait à flamber en moi s'éteignit lorsque Alex prononça la terrible question qu'il avait déjà posée tant de fois :

— Et ma maman ? Elle vient avec nous ?

Tess me coula un regard, prit la main de l'enfant et répondit :

— Non, mon petit cœur, ta maman ne viendra pas avec nous, j'en ai peur.

— Pourquoi ? Où elle est ?

Elle hésita, prit une profonde inspiration et dit avec douceur :

— Elle est au ciel, trésor.

Je sentis mon cœur sombrer dans ma poitrine.

Nous finîmes par emmener Alex au SeaWorld après cette conversation poignante et Tess se montra remarquable à chaque instant. Elle parvint même à lui faire manger quelque chose, ce que je n'avais pas réussi à faire. Manifestement, Alex se méfiait encore de moi, il évitait de croiser mon regard et utilisait Tess comme bouclier entre lui et moi. Je me dis que le mieux que je pouvais faire, c'était de lui donner plus d'espace et de laisser la magie de Tess opérer. Nous avions toute une vie devant nous pour régler ces problèmes.

À notre retour à l'hôtel, vers dix-huit heures, Tess alla dans la chambre communicante essayer de mettre Alex au lit. Je descendis au bar et me commandai une bière. Je ne tenais pas en place. Une journée entière s'était écoulée et je n'avais rien fait pour percer le mystère de la mort de Michelle, excepté faire défiler devant moi quelques centaines de regards froids, troublés ou simplement vides. Je n'étais pas habitué à une telle inaction, cela me rongeait. Je me sentais impuissant : on était maintenant dimanche soir et j'attendais que Villaverde revienne avec des infos émanant des techniciens du labo ou des inspecteurs de la Criminelle qui enquêtaient sur les fusillades. J'avais également conscience qu'il fallait s'occuper d'Alex, même si la présence de Tess l'avait certainement aidé à aller mieux.

J'avais quand même besoin de faire quelque chose mais je ne voyais pas quoi, et j'hésitais à commander une autre bière quand Tess apparut et se glissa sur le tabouret voisin du mien.

— Vous venez souvent ici ? me demanda-t-elle avec un sourire las.

Je parvins à lui rendre brièvement son sourire.

— Ma copine occupe notre chambre. Il faudra aller dans la vôtre.

— Tu sais quoi ? dit-elle en haussant un sourcil. Les mots te sont venus trop naturellement.

Son regard s'attarda sur moi pour quelques secondes d'examen moqueur puis elle se tourna vers le barman et, de l'index et du majeur, lui fit signe de nous amener deux autres bouteilles.

— Il dort ?

— Oui. Julia est avec lui. Formidable, cette fille, à propos. Tu as de la chance de l'avoir trouvée.

Je haussai les épaules en fixant le vide.

— Ouais, un week-end plein de coups de chance.

Tess se rapprocha de moi et passa une main dans mes cheveux à l'arrière de ma tête.

— Ça va, mon chéri ?

Je ne savais pas trop ce que je ressentais. Demeurant un moment silencieux, je fixai la collection de bouteilles alignées derrière le bar.

— C'est curieux, dis-je finalement, je n'avais pas pensé à elle depuis des années. Littéralement. Et puis elle appelle et…

Je me tournai vers Tess.

— Elle n'est plus là et j'ai un fils. D'un seul coup, comme ça.

— Je sais, dit-elle, resserrant sa main sur ma nuque. C'est horrible, ce qui lui est arrivé. Horrible. Et cependant… tu as maintenant un beau petit garçon, Sean.

Sa voix se fêla, ses yeux s'embuèrent. Elle battit des paupières pour chasser une larme et je ne pus m'empêcher de l'attirer contre moi et de l'embrasser, là dans le bar. Longuement. Puis je la gardai contre moi, son souffle près de mon oreille, ses cils m'effleurant la joue.

— Tu pourras le supporter ? marmonnai-je.

— Sans problème, murmura-t-elle en réponse. Sans le moindre problème.

Nous restâmes un moment enlacés, retrouvant nos marques, puis je l'embrassai de nouveau et m'écartai, levai ma canette en un toast silencieux. Tess me regarda et, doucement, cogna sa bouteille contre la mienne. Nous bûmes une longue gorgée.

— J'ai parlé à Stacey, ce matin. Tu te souviens ? Stacey Ross.

Le nom me disait quelque chose et, tout à coup, cela me revint : Stacey était une psychiatre spécialisée dans le traitement des enfants. Elle et Tess étaient devenues amies quand Stacey s'était occupée de Kim, la fille de Tess, après qu'elles avaient été prises dans le bain de sang du Met, le soir où j'avais fait sa connaissance. Kim avait neuf ans à l'époque et Stacey l'avait beaucoup aidée à surmonter les retombées émotionnelles de cette soirée.

— Elle m'a donné quelques tuyaux. Pour Alex.

— Lesquels ?

— Elle dit qu'il passera par les cinq stades, exactement comme un adulte. Tu sais… déni, colère, marchandage, dépression, acceptation. Mais les filles et les garçons réagissent différemment à ce genre de chose. Alex se renfermera probablement davantage sur lui-même que ne le ferait une fille. Et cela pourrait retarder un peu sa maturité, c'est là-dessus que nous devrons l'aider. Parler, ne pas tout garder en nous… Mais nous le tirerons de là, affirma-t-elle, les yeux de nouveau couverts d'une pellicule humide. Et Stacey sera là, si nous avons besoin d'elle.

Elle but une autre gorgée et je vis que c'était un moment difficile pour elle. Pendant des années, nous avions discuté de sa peur de laisser Kim seule s'il lui arrivait quelque chose. C'était la principale raison pour laquelle elle s'était mise à écrire des romans, renonçant à suivre l'appel de l'aventure.

— Qu'est-ce qu'elle a dit d'autre ? Pour maintenant ?

— Il va beaucoup pleurer, évidemment. Il se réveillera en pleine nuit, dormira par intermittence. Il fera peut-être pipi au lit. Stacey dit que nous ne devons pas lui mentir, c'est pour ça que je lui ai parlé du ciel. Il a besoin de croire que sa mère est heureuse, qu'elle va bien, même si elle ne peut pas être ici avec lui. Stacey dit aussi que nous devons lui assurer le plus de continuité possible. J'imagine qu'il ne peut pas retourner dans la maison de Michelle ?

Je fis signe que non.

— Ce ne serait pas bien pour lui, de toute façon, sans sa mère. Mais il a besoin d'avoir autour de lui des objets familiers, où qu'il soit. Ce qu'elle appelle des objets transitionnels. Des jouets, son oreiller peut-être, ou sa couverture. Sa tasse préférée. Ce genre de chose. Peut-être même la chemise de nuit de Michelle ou un autre vêtement imprégné de son odeur. Tu serais d'accord ? Je pourrais demander à Alex ce qui lui manque et aller le chercher là-bas demain.

La maison de Michelle était toujours une scène de crime et je n'étais pas trop emballé par l'idée d'y envoyer Tess, mais je comprenais que c'était nécessaire.

— D'accord. Je t'y conduirai.

— Super. Autre chose : tu sais si Michelle avait de la famille proche dans le coin ? Des gens avec qui Alex se sentirait bien ? Sa mère, peut-être, ou sa sœur…

Je transmis à Tess le peu que je savais sur la famille de Michelle et promis de voir ce que je pouvais faire à ce sujet. Elle m'attira de nouveau vers elle et m'embrassa, garda une main sur ma joue.

— Nous l'aiderons à redevenir heureux, Sean. Je te le promets.

Je lui adressai un hochement de tête et un sourire, elle me pressa le bras avant de remonter voir Alex. Je restai seul à siroter ma bière et à me replonger dans mes pensées les plus sombres jusqu'à ce que mon portable sonne.

C'était la cavalerie.

Villaverde semblait avoir le moral.

Il s'enquit d'Alex mais je n'avais pas grand-chose à dire. Il s'écoulerait un bon moment avant que je puisse répondre à cette question par un « Il va bien » enjoué. Puis il en vint à la raison de son coup de téléphone :

— Le service balistique m'a rappelé, on a quelque chose sur le 9 mm que Michelle a pris aux types. Tu te souviens du double enlèvement dans un centre de recherches proche de Santa Barbara, il y a six mois environ ?

Je revis en esprit de vagues images d'un reportage télévisé.

— Une sorte de centre médical, non ?

— Exactement. L'institut Schultes. On s'est servi de la même arme.

Ça, c'était du solide.

Je me souvins qu'en plus des deux scientifiques kidnappés il y avait eu des morts.

— Pour tuer quelqu'un ? demandai-je.

— Ouais. Un vigile. Le copain de Michelle aussi a été abattu avec cette arme.

Je me sentis un peu réconforté de savoir que Michelle avait probablement liquidé l'homme qui avait descendu Tom et que ce type avait déjà tué auparavant. Cela ne ramènerait pas Michelle, mais j'avais besoin de me raccrocher à tout motif de satisfaction à ma portée, aussi infime soit-il.

— Cette affaire d'enlèvement n'a pas été élucidée, non ?

— J'attends des infos supplémentaires, répondit Villaverde, mais, autant que je sache, la piste est froide.

— Qui mène l'enquête ?

— La DEA et le FBI. Conjointement.

— Les bureaux de LA ?

— Ouais.

Je plissai le front : l'inévitable se profilait à l'horizon.

— Il va falloir qu'on parle à mon vieux copain Hank Corliss, j'ai l'impression.

— Ouais, répéta Villaverde. J'ai déjà téléphoné. On le voit demain matin.

14

À moins de cinq kilomètres au nord, un jet Embraer Legacy se posait à l'aérodrome Montgomery. Il avait décollé cinq heures plus tôt de l'aéroport international de Merida, au Yucatán, et transportait quatre personnes, tous des hommes.

L'agent des services d'immigration qui monta à bord du petit appareil vérifia l'identité des passagers et leur donna dans la foulée l'autorisation de débarquer.

Il n'avait aucune raison de les soumettre à une inspection plus poussée : la compagnie charter avait une excellente réputation et il avait rencontré plusieurs fois les membres de l'équipage. Les passagers, tous mexicains, élégamment vêtus et soignés de leur personne, parlaient avec retenue. Les documents de vol de l'avion étaient irréprochables et les passeports des quatre hommes portaient les cachets de plusieurs pays d'Europe et d'Extrême-Orient. Tout cela donnait l'impression d'un monde huppé avec, plus important encore, une intangible et désarmante aura d'intégrité.

Peu après le départ de l'agent, les quatre hommes descendirent de l'avion et montèrent dans deux limousines Lincoln avec chauffeur. Des lits confortables les attendaient dans une luxueuse villa de six chambres au bord de l'océan, qu'on avait louée pour eux dans une rue tranquille de Del Mar.

Ils avaient besoin d'une bonne nuit de sommeil.

Ils avaient du pain sur la planche.

LUNDI

15

Après avoir laissé Tess, Alex et Julia à l'hôtel, je retrouvai Villaverde à son bureau. Notre rendez-vous avec Corliss était fixé à dix heures et demie, ce qui nous éviterait la brutale heure de pointe matinale de Los Angeles et nous permettrait de savourer à la place ses délicieux bouchons de milieu de matinée. Tess était impatiente d'aller chez Michelle prendre ce qu'il fallait pour tenter de réconforter Alex, et Villaverde s'était arrangé pour que des policiers de San Diego l'y conduisent en voiture et veillent sur elle pendant notre absence.

La première partie de notre trajet se révéla assez aisée, une longue ligne droite jusqu'à la route inter-Etats, avec le soleil derrière nous, l'océan à notre gauche, des dunes et des collines ondulantes sur notre droite pendant trois bons quarts d'heure. Puis ce fut San Clemente, dont le cadre enchanteur nous aida à affronter ensuite les aspects moins séduisants de la colonisation humaine et le chaudron d'asphalte chaotique qu'est le centre de LA.

Une fois passés devant l'immeuble, nous tournâmes pour prendre la rampe conduisant au parking souterrain. Devant l'entrée du bâtiment se dressaient quatre sculptures métalliques de cinq mètres de haut, silhouettes masculines découpées dans de la tôle et s'inclinant l'une vers l'autre pour former un groupe serré. Elles étaient criblées de centaines de petits trous ronds, comme si elles avaient été mitraillées par un gang en plein délire. Je n'étais pas sûr que ce soit la meilleure image à présenter devant un bâtiment fédéral mais je n'ai jamais prétendu comprendre l'art moderne, et le symbolisme qui m'échappait était probablement beaucoup plus profond et sophistiqué que tout ce que je pouvais espérer saisir.

Au dix-neuvième étage, on nous fit entrer dans le bureau de Corliss et j'éprouvai deux petits chocs.

Le premier fut de le revoir après toutes ces années. Je savais ce qu'il avait traversé, bien sûr – c'était arrivé après mon départ du Mexique, mais l'histoire, avec ses détails sanglants, avait fait sensation au FBI –, et cependant je fus étonné qu'il ait autant vieilli. Non, il n'était pas vieilli, usé plutôt. Le Hank Corliss que j'avais connu était un enfant de salaud coriace, têtu et généralement désagréable, avec des neurones affûtés en batterie derrière des yeux pleins d'énergie auxquels aucune astuce n'échappait. L'homme qui nous accueillit était le reflet dans un miroir ancien du Corliss que je me rappelais. Un visage émacié, une peau ridée et grise, des coffres noirs sous les yeux. Son pas était lent et ma grand-mère octogénaire avait une poignée de main autrement plus vigoureuse.

Le second choc fut de découvrir Jesse Munro à son côté. Deux revenants, deux vestiges d'un chapitre déplaisant de ma vie. Munro, en revanche, n'avait pas du tout vieilli. Je savais qu'il passait beaucoup de temps en salle de gym pour tenter de préserver son image de beau mec. Il était resté semblable au souvenir que j'avais de lui. Une épaisse chevelure blonde plaquée en arrière par du gel, le teint bronzé, une chemise non boutonnée sur un tee-shirt blanc à col en V qui découvrait le haut de ses pectoraux et quelques anneaux d'une lourde chaîne en or. Et toujours ce grand sourire satisfait, mielleux, qui n'était jamais loin de la surface.

Corliss nous indiqua la partie salon de la pièce située de l'autre côté de son bureau et, m'examinant comme si j'étais là pour un entretien d'embauche, attaqua :

— J'ai entendu dire que vous abattez du bon boulot, à New York. Votre retour là-bas vous a fait beaucoup de bien, apparemment.

Le sourire ironique qui étira ses lèvres me confirma le message sous-jacent de sa remarque. Je n'avais d'ailleurs pas pensé une seule seconde qu'il avait oublié les propos extrêmement vifs que nous avions échangés au Mexique. À l'époque, j'étais furax qu'on m'ait ordonné d'éliminer – d'exécuter, à vrai dire – un citoyen américain désarmé, Wade McKinnon, dont je savais uniquement qu'il était un génie de la chimie et qu'il mettait au point, sous la menace, une sorte de superdrogue pour un narco du nom de Navarro. Munro était avec moi cette nuit-là et il avait commis des actes encore plus condamnables pendant cette malheureuse mission, des choses qu'on n'aurait dû pardonner à personne. À notre retour, alors que Munro n'éprouvait aucun remords, je n'arrivais pas à oublier mon acte. Cela me torturait tellement que je finis par décider que je devais faire quelque chose pour réparer : essayer de retrouver des membres de la famille de McKinnon, les mettre au courant, me laver de ce crime, obtenir une sorte d'absolution ou affronter le mépris ou la haine que je pensais mériter. De leur côté, Corliss et le reste des pontes n'avaient pas ce genre de scrupules et se fichaient totalement de mes démons intérieurs. Mais surtout, ils ne voulaient pas que je me répande en jérémiades à tous les coins de rue. Ils avaient donc agité une carotte devant moi : un transfert au bureau de New York, avec un poste important à la division antiterroriste à la clé, affectation prestigieuse par laquelle ils pensaient me circonvenir. Après m'être torturé l'esprit pendant des jours, j'avais fini par accepter – ce n'est pas ce que j'ai fait de plus glorieux, je l'admets – et nous nous retrouvions dans ce bureau, cinq ans plus tard, avec le fantôme de Corliss, qui ne semblait même plus capable d'avoir l'air content de lui.

Je faillis répliquer que cela nous avait fait beaucoup de bien à tous les deux, mais compte tenu de ce qu'il avait enduré après mon départ, c'eût été vraiment nul. J'optai plutôt pour un moyen terme qui pouvait passer pour une offrande de paix :

— Une vraie partie de plaisir.

Il m'observa, comme s'il ne savait pas trop quoi répondre à ça, puis remua dans son fauteuil et en vint au fait :

— Je suis profondément désolé pour Martinez. Elle avait fait du bon boulot pour nous, même si son départ de l'agence a été un peu… hum… abrupt.

Il me regarda comme si j'y étais pour quelque chose. C'était le cas, en fin de compte, mais j'étais sûr qu'il n'en savait rien. Il était au courant de ma liaison avec Michelle, ce n'était pas un secret, mais elle m'avait confié qu'elle n'avait parlé de sa grossesse à personne de l'agence.

— Dites-moi ce que nous pouvons faire pour vous aider, conclut-il.

Munro et lui m'écoutèrent avec attention exposer le peu que je savais, puis Villaverde leur communiqua les infos du service balistique, qu'on leur avait transmises. C'était cette partie de l'histoire qui suscitait la curiosité de Corliss car elle fournissait une nouvelle piste pour une de ses enquêtes actuellement au point mort.

— Vous avez autre chose sur l'équipe de tueurs ? demanda-t-il quand David eut terminé.

— Pas encore, répondit-il. C'est pour ça qu'on est ici.

Corliss plissa les lèvres, écarta les mains.

— Hé, j'espérais que vous m'apporteriez de quoi nous aider à coincer ces enfoirés !

— Pour le moment, c'est tout ce que j'ai.

Corliss fronça les sourcils.

— On n'est pas plus avancés l'un que l'autre, alors. Notre enquête a abouti à une impasse. Ces types sont venus, ils ont fait leur truc, ils sont repartis. Ils portaient des masques. Les véhicules utilisés avaient été volés, ils les ont soigneusement nettoyés et y ont mis le feu avant de les abandonner. Les balles récupérées et les vidéos des caméras de surveillance ne nous ont pas fait progresser davantage. Aucune rumeur dans les rues sur cette affaire, aucun crétin qui bavasse dans un bar, rien. Et six mois plus tard, la piste n'est pas froide, elle est gelée.

J'espérais quelque chose, n'importe quoi, mais pas ça. Je jetai un coup d'œil à Munro et revins à Corliss.

— C'est tout ?

— C'est tout, confirma-t-il d'un ton abattu. Qu'est-ce que vous voulez que je vous dise ? Vous croyez que je suis content ? Je suis bien emmerdé, oui. On me met la pression. Le gouverneur a tellement gueulé dans mon téléphone que je sentais l'odeur de son cigare. Ça ne me gênait pas, j'étais aussi remonté que lui. Je veux leur peau, à ces salauds, mais ils ne nous ont pas laissé grand-chose sur quoi travailler.

Le silence se fit dans la pièce tandis que nous assimilions cette nouvelle déprimante, puis Villaverde demanda :

— Et la piste des trois écussons ?

Il se référait aux bandes de motards et à leurs insignes en trois parties – les deux « rockers », généralement en forme de croissant, avec le nom du club et sa ville, la pièce centrale avec son logo – qu'ils portaient au dos de leurs blousons ou de leurs vestes en jean à manches coupées.

— Vous en êtes où, avec ça ?

Villaverde et moi en avions discuté en chemin. Il m'avait parlé du témoignage d'un des rescapés du raid sur l'institut, selon qui les kidnappeurs avaient « le type motard », ce qui cadrait assez bien avec ceux que j'avais vus. Les gars qui avaient agressé Michelle étaient des durs aux visages ravagés par l'alcool et la dope. Il pouvait s'agir de motards, mais c'était difficile à affirmer, étant donné qu'ils n'arboraient pas leurs couleurs et qu'ils dissimulaient une trop grande partie de leur anatomie pour qu'on puisse repérer un tatouage de bande révélateur, style motard ou autre. Les bandes servaient cependant de plus en plus de gros bras aux cartels au nord de la frontière – ça au moins on le savait avec certitude. On pouvait facilement imaginer que pour un narco ayant connu Michelle autrefois et voulant s'emparer d'elle, pour une raison ou une autre – récupérer l'argent qu'elle lui avait fait perdre, ou simplement se venger –, le recours à une bande de motards constituait un choix tentant. Villaverde et moi estimions que je devais retourner feuilleter l'album de famille, en délimitant mieux le champ des recherches. Les gars de l'ATF étaient des experts ès motards et Villaverde avait déjà téléphoné à son contact dans cette agence pour qu'on prépare les photos que j'examinerais.

— On continue à chercher de ce côté-là, répondit Munro. On met la pression à toute la racaille de nos fichiers, on bosse avec l'ATF, mais c'est comme essayer de faire saigner une pierre. Ces bandes, elles sont soudées. Les seules fois où un de ces branleurs ouvre sa gueule, c'est pour nous embrouiller en faisant courir le bruit que c'est un concurrent qui a fait le coup. Les Desperados disent que c'est les Huns, les Huns disent que c'est les Sons of Azazel, les Sons of Azazel disent que c'est les Aztecas… Un vrai cauchemar. On peut seulement y voir un peu plus clair en infiltrant quelqu'un, et ça demande du temps. En plus, on ne sait même pas de quelle bande il s'agit, encore moins quelle section…

— Et les cartels ? intervins-je. Ça donnerait quelque chose en prenant par l'autre bout, du sommet vers la base ?

Corliss eut un petit rire.

— Je vous souhaite bonne chance. Nos amis du Sud ont un code d'omerta encore plus strict.

— Mais, si on a bien affaire à des motards, vous pensez que dans cette histoire ce sont des hommes de main, pas des consommateurs ? insistai-je.

— D'après moi ? Oui. Absolument.

Corliss se pencha en avant, indiqua Villaverde et dit :

— Nous avons tous réussi à éliminer un grand nombre de labos locaux, mais vous savez aussi bien que moi que ça n'a fait que déplacer au sud de la frontière la partie production du problème. Et c'est là-bas qu'ils ont besoin de blouses blanches. Pas ici. Nos amis mexicains dirigent au Mexique des superlaboratoires capables de fournir chacun cent cinquante à deux cents kilos de meth par jour. *Par jour*. C'est beaucoup et ça demande du savoir-faire. Alors, quand ils mettent la main sur un crack en chimie qui peut rationaliser leur production et obtenir un produit de meilleure qualité sans faire exploser leurs labos, ils ne le laissent pas partir.

J'avais l'impression qu'il me manquait encore une pièce essentielle du puzzle.

— Je ne vois toujours pas le rapport avec Michelle. Ça remonterait à cinq ans.

— Qui sait ? dit Corliss, écartant l'objection d'un geste désinvolte. Elle suivait la piste de l'argent des cartels. Elle a beaucoup fait souffrir quelques affreux en les privant de leurs jouets et en nettoyant leurs comptes en banque. L'un d'eux a peut-être voulu le lui faire payer. Ces types… ils passent un moment en prison, ils sortent en graissant des pattes ou en tirant dans le tas, ils changent de coin et restent en dessous du radar… Il a peut-être fallu tout ce temps à l'un d'eux pour la retrouver. D'autant que Martinez était un agent infiltré.

Ça me semblait toujours bancal, mais pour l'heure il faudrait que je m'en contente.

— Ils ont emporté son ordinateur portable, rappela Villaverde en me regardant d'un air gêné, comme s'il renforçait le point de vue de Corliss. Ils cherchaient peut-être un moyen d'inverser un marché. D'obliger Michelle à leur transférer des fonds.

Je me raidis, sachant où cela menait. Corliss haussa un sourcil et lui lança un regard dubitatif.

— Son portable ?

Le directeur du bureau local du FBI hocha la tête. Corliss ne dit rien mais signifia clairement ce qu'il pensait par son expression matoise.

— Quoi ? fis-je.

— Eh bien, elle a confisqué pas mal de fric à plusieurs de ces narcos, répondit Corliss avec une moue, comme s'il venait de renifler du lait tourné. Elle en avait peut-être gardé une partie pour elle. Ce ne serait pas la première fois que ça arriverait.

Je sentis mon visage s'embraser.

— Michelle était clean, affirmai-je en veillant à garder mon calme.

— Vous le savez parce que vous avez eu une aventure avec elle ?

— Elle était clean, persistai-je.

— C'était un agent infiltré, ne l'oubliez pas. Elle savait cacher un secret. Même à celui avec qui elle partageait son lit.

Je surpris le regard qu'il échangea avec Munro et je sentis les veines de mon cou se durcir. Je dus faire un effort pour me contrôler. Michelle n'était pas encore enterrée que ce connard amer et à moitié déglingué salissait sa mémoire. Après m'être brièvement tourné vers Villaverde, je revins à Corliss.

— Elle était clean. À cent pour cent. Cela ne fait aucun doute.

J'attendis, prêt à riposter à toute contestation, mais il n'y en eut pas. Corliss soutint simplement mon regard de ses yeux las puis haussa les épaules, la moue toujours perplexe.

— Peut-être, admit-il. Dans un cas comme dans l'autre… c'est à vérifier. Ça pourrait conduire à nos tueurs.

Je n'appréciais pas son attitude soupçonneuse, mais je n'y pouvais rien changer. Il y avait cependant un argument que je pouvais lui renvoyer à la figure :

— Si c'était bien des narcos qui en voulaient à Michelle, vous avez une taupe ici. Ils n'auraient pas pu la retrouver autrement.

Corliss ne fut pas ébranlé.

— Vous savez le temps et les ressources que nous consacrons à garder notre maison saine ? C'est une bataille incessante.

— Vous voyez un narco en particulier qui aurait voulu se venger d'elle ? demanda Villaverde à Corliss pour passer adroitement sur un autre terrain. Quelqu'un à la rancune assez forte pour refaire surface cinq ans après ?

— J'en vois un ou deux, répondit Corliss. Personne n'aime se faire rouler, surtout par une femme.

Il parut passer en revue une série de possibilités et Munro intervint :

— Faudrait que je revoie son dossier, mais son dernier boulot était un gros truc. Carlos Guzman. Elle l'a lessivé. Près d'un demi-milliard. Et comme vous le savez, il est toujours là. Probablement plus friqué que jamais.

Je coulai un regard à Villaverde. Ni lui ni moi n'avions quoi que ce soit à ajouter. Je me disais que nous n'obtiendrions pas grand-chose d'autre d'eux non plus quand Corliss se tourna vers moi et me demanda :

— Pourquoi elle vous a téléphoné ? Après tout ce temps, pourquoi vous ?

Vu les saletés qu'il avait insinuées sur elle, je n'avais aucune envie de lui apprendre que Michelle et moi avions eu un enfant ensemble.

— Elle avait peur, elle ne savait pas vers qui se tourner, répondis-je. Et allez savoir, elle croyait peut-être encore à ce truc désuet qu'on appelle la confiance…

Il poussa un long sifflement triste puis hocha lentement la tête.

— La confiance, hein ?

Il se tut et son regard se voila, comme s'il s'était égaré dans un endroit lointain et sombre.

— Ma femme m'a fait confiance quand je lui ai juré que mon travail ne les mettrait jamais en danger, elle et ma fille, reprit-il.

Puis son regard accommoda de nouveau et se posa sur moi.

— Ça n'a pas vraiment bien fini, pour l'une comme pour l'autre, vous ne croyez pas ?

Il n'y avait pas grand-chose à ajouter.

16

Tess se sentait nerveuse quand elle franchit le seuil de la maison de Michelle.

Elle avait laissé Alex à l'hôtel avec Julia, dessinant sur la petite table du salon de la suite. Comme Reilly avait besoin de se rendre à LA, il l'avait fait escorter par deux types de la police de San Diego.

C'était étrange pour elle de se retrouver là. À plusieurs égards. Étrange d'être dans la maison vide de quelqu'un qui venait de se faire assassiner. Cela pesait lourdement sur elle et rendait son pas hésitant. Étrange aussi d'être dans la maison de l'ex de Reilly, la maison de la mère de son fils. Tess se sentait dans la peau d'une intruse, d'une sorte de parasite grignotant la carcasse de la morte. C'était absurde, bien sûr : Tess se répétait que Michelle lui aurait probablement été reconnaissante qu'elle ouvre ainsi son cœur à Alex. Et cependant elle n'arrivait pas à chasser son malaise.

Elle ne comptait pas rester longtemps. Elle prendrait simplement ce qui, selon elle, pouvait aider Alex, puis elle repartirait.

La respiration oppressée, elle contourna la tache de sang sur le sol pour passer dans la salle de séjour, où des photos encadrées posées sur une étagère attirèrent son attention. Elle s'en approcha, presque avec solennité, s'arrêta sur une photographie d'Alex en compagnie d'une brune qui devait être Michelle puisqu'elle figurait aussi sur plusieurs autres photos. C'était la première fois qu'elle voyait à quoi Michelle ressemblait. Elle la trouva plus que séduisante. Il y avait en elle quelque chose d'extrêmement attirant, un magnétisme qui brillait dans ses yeux et rayonnait des photos. Cela fit naître chez Tess un nouveau nœud de sentiments contradictoires : une tristesse profonde et sincère, une empathie mêlée d'un soupçon de jalousie.

Tess prit deux photos sur lesquelles Alex et Michelle arboraient des sourires éclatants et les glissa avec précaution dans l'un des deux sacs à linge de l'hôtel qu'elle avait emportés. Elle savait qu'Alex se sentirait mieux de les avoir. Puis elle explora lentement la maison en tâchant de se faire une idée du genre de femme que Michelle avait été et de la vie qu'Alex avait menée. Elle inspecta la cuisine, examina les dessins d'enfant sur les murs et la porte du réfrigérateur, regarda même à l'intérieur pour voir ce que Michelle y rangeait, ce qu'Alex avait l'habitude de manger.

En refermant le frigo, elle jeta un coup d'œil au jardin de derrière à travers les portes-fenêtres et quelque chose retint son regard. Des petites taches de couleur, sur la pelouse. Des jouets d'Alex. Elle sortit et un sourire doux-amer creusa des fossettes dans ses joues. Les petites figurines Ben 10 qu'Alex avait réclamées étaient encore là, personne n'y avait touché. Tess savait que c'était bien ça parce qu'Alex lui avait montré des images qu'il avait fait apparaître sur le petit écran de son bracelet Omnitrix ; elle avait fait une recherche sur Internet et demandé à Alex de les lui désigner. Elle imagina l'enfant en train de jouer sur la pelouse quand les tueurs avaient fait irruption, sentit son cœur se serrer en voyant par la pensée Michelle et Alex se mettre à courir pour leur échapper. Secouant la tête pour chasser cette image, elle ramassa les jouets et retourna à l'intérieur.

Elle visita la chambre de Michelle puis son bureau, se surprit à examiner les étagères pour se faire une idée de Michelle, de ce qui l'intéressait. Une tâche écrasante l'attendait. Puisque Alex faisait désormais partie de sa vie, elle lui devait d'essayer d'en savoir le plus possible sur sa mère. Par exemple en passant plus de temps dans cette maison, en parlant aux amis et aux parents de Michelle.

Pas maintenant, toutefois. C'était encore trop tôt.

Son regard se porta sur le bureau où avait dû se trouver, selon Reilly, l'ordinateur portable disparu. Le bureau était bien rangé, avec deux piles de papiers et de factures de chaque côté de l'espace central vide. Tess allait s'éloigner lorsqu'elle remarqua un dessin dépassant d'un des deux tas. Elle l'en extirpa. Encore une œuvre d'Alex. Elle représentait deux personnages, de chaque côté de la feuille, dessinés dans le style comiquement étrange des enfants : une dragée allongée en guise de torse, des bâtons pour les bras et les jambes, des ronds pour les mains et les pieds, des traits pour les doigts et les orteils. Tess sourit, s'apprêtait à remettre la feuille en place quand quelque chose arrêta son geste. L'un des personnages, celui de gauche, semblait tenir un objet qu'il braquait sur celui de droite. C'était difficilement identifiable, mais on aurait dit un pistolet. Le torse du personnage de gauche était coloré en sombre. Celui de droite était plus petit, les cheveux bruns, les yeux écarquillés et la bouche grande ouverte, comme s'il criait. Lui aussi tenait quelque chose dans la main, une sorte de minuscule bonhomme. Tess inclina le dessin vers la lumière pour mieux le voir. Le bonhomme avait sur la tête un gribouillis foncé tenant lieu de cheveux, et du vert sur les jambes.

Cela parut à Tess étrangement familier, alors que l'impression générale que ce dessin lui faisait était, pour une raison ou une autre, assez troublante. Tout à coup, elle comprit. Le dessin à la main, elle retourna dans le hall, fouilla dans le sac où elle avait mis les jouets, y prit la figurine de Ben lui-même. C'était un jeune garçon brun portant un tee-shirt blanc et un pantalon cargo vert. Tess examina de nouveau le dessin et fut sûre que l'objet que le personnage de droite avait dans la main était la figurine de Ben. Ce qui signifiait que ce personnage était Alex.

Mais, en ce cas, pourquoi avait-il aussi dessiné un personnage plus grand, aux vêtements sombres, pointant vers lui ce qui était peut-être une arme ?

Tess sentit naître en elle un picotement d'inquiétude tandis que son imagination partait en tous sens. Elle se força à chasser son appréhension, se reprocha de s'être laissé influencer par le lieu et les circonstances. Alex était un enfant, les enfants jouent avec des pistolets. Elle voyait trop de choses dans ce dessin. Qui n'existaient pas.

Elle remit la figurine dans le sac et entreprit de rassembler les affaires dont Alex et elle avaient parlé : d'autres jouets, sa couverture et son pyjama – orné de dessins de Ben, là encore –, des vêtements, sa brosse à dents Buzz l'Éclair et quelques livres d'images.

Une demi-heure plus tard, Tess était de nouveau assise dans la voiture de patrouille qui la ramenait à l'hôtel.

17

Il était près de trois heures de l'après-midi quand je laissai Villaverde sur le parking jouxtant son bureau dans Aero Drive, montai dans ma LaCrosse et pris la direction du centre pour affronter d'autres regards de gros durs. Villaverde avait téléphoné de la voiture sur le chemin du retour pour expliquer à l'un des inspecteurs de la Criminelle de San Diego ce que nous cherchions. L'homme aurait ainsi le temps de prendre contact avec l'ATF avant mon arrivée et de préparer les fichiers que je devais consulter.

Plus j'y pensais, plus cette piste semblait constituer une véritable ouverture. Ça collait : ces types n'étaient ni noirs ni latinos, et si on cherche une équipe de cogneurs blancs dans le sud de la Californie, une bande de motards offre assurément un bon point de départ. Je commençais à croire en nos chances, même si le sud de la Californie grouillait de « 1 % », nom que les OMG – pour rester dans les appellations hip – se donnaient à eux-mêmes. Je veux parler des Outlaw Motorcycle Gangs, les bandes criminelles de motards, pas du sempiternel OMG, généralement suivi de quatre points d'exclamation[1] ou d'une binette souriante. La plupart d'entre eux portaient même un écusson *1 %* sur leurs couleurs. Le terme était censé se référer à la déclaration faite un jour par un dirigeant d'une association nationale de motards selon qui 99 % des motards étaient des citoyens respectueux des lois. Depuis, cette association avait nié qu'un de ses membres ait jamais tenu de tels propos et nous étions nombreux à penser que c'étaient les « 1 % » eux-mêmes qui avaient inventé cette histoire et s'en servaient pour faire la pub de leurs rituels et du caractère fermé de leurs bandes. Quoi qu'il en soit, étant donné la mer de photos dans laquelle j'allais devoir patauger, la formule me semblait tout à fait inexacte, du moins en ce qui concernait la Californie du Sud.

L'itinéraire pour le centre était plutôt direct, à en croire les indications de Villaverde : prendre au sud par la 15 puis vers l'ouest par la 94. Je n'utilisais même pas le GPS intégré à la voiture. La circulation sur l'autoroute était fluide, avec peu de véhicules sur les deux voies. Sauf imprévu, le trajet ne me prendrait pas plus d'une demi-heure.

C'était oublier un peu vite que si l'homme propose l'imprévu dispose.

Sa première manifestation prit la forme de deux silhouettes dans une berline marron qui semblait maintenir derrière moi une distance par trop constante. Je n'abuse pas habituellement de mon privilège de porteur d'insigne en fonçant comme un dingue sur les autoroutes pour aller récupérer mes vêtements à la teinturerie, mais cette fois-là j'étais pressé de me plon-

1. *Oh My God !!!!* (« Oh mon Dieu »).

ger de nouveau dans le trombinoscope pour voir s'il était d'humeur généreuse. Je roulais probablement une vingtaine de kilomètres-heure au-dessus de la vitesse limite autorisée et la berline – un modèle japonais d'une dizaine d'années, peut-être une Mitsubishi, je n'aurais pas su le dire – restait derrière moi, en laissant cependant un intervalle de cinq ou six longueurs. Quand on roule aussi vite, ceux qui vous collent au train ont du mal à garder un tampon de plusieurs véhicules entre eux et vous, et c'était le cas pour ces types. Il arrivait aussi que des chauffards prennent mon sillage en se disant qu'en cas de contrôle de vitesse je serais l'agneau sacrificiel que les flics arrêteraient tandis qu'eux pourraient poursuivre tranquillement leur route, mais ça n'avait pas l'air d'être ce genre de situation. Mon radar interne se mit à biper, or lui accorder le bénéfice du doute ne m'avait pas trop mal réussi, au fil des ans.

Je me glissai dans la voie de droite, levai légèrement le pied et, comme de juste, mes deux groupies parurent tout à coup moins pressés d'arriver on ne sait où et s'empressèrent de m'imiter. Là encore, il arrivait à certains chauffeurs inoffensifs de faire de même, généralement parce qu'ils pensaient que je savais quelque chose qu'ils ignoraient et que je devais avoir une bonne raison de ralentir. Dans ce genre de cas, cependant, ils se maintenaient plus près de moi, alors que les deux types laissaient le même long intervalle entre nous. Ce n'était pas déterminant, mais ces deux bonshommes ne me plaisaient décidément pas.

Je repris de la vitesse et changeai de voie ; eux aussi.

Mon radar me vrillait les tympans.

Je ressentis une petite poussée d'excitation. Si ces gars me suivaient, ils devaient faire partie de l'équipe originelle, même si je ne voyais pas trop pourquoi ils me filaient. Je récapitulai rapidement ce que nous savions d'eux jusqu'ici. Ils avaient enlevé deux chercheurs. Ils s'en étaient pris à Michelle, par deux fois. Pourquoi me filer ? Michelle était morte. Je me demandai s'ils voulaient récupérer quelque chose que Michelle aurait détenu et qu'ils s'imaginaient peut-être en ce moment même être en ma possession. Ils avaient pris son ordinateur portable mais n'avaient peut-être pas réussi à entrer le bon mot de passe. Il me vint tout à coup une explication plus plausible : ils ne savaient peut-être pas que Michelle était morte, ni même blessée. Du coup, ils continuaient à la chercher pour la contraindre à leur donner ce qu'ils voulaient d'elle. Si mon hypothèse était la bonne, j'avais là une occasion d'en apprendre un peu plus sur leur compte. Je devais simplement veiller à ne pas faire de conneries au moment de les agrafer.

J'arrivais à la bretelle qui partait vers la droite pour rejoindre l'autoroute Martin Luther King Jr. Je la pris. La berline marron itou.

Je restai sur la voie de droite.

Vous pouvez imaginer ce que firent les deux types.

Mon cerveau tournait à plein régime, passait en revue les choix possibles. J'étais presque sûr qu'ils me filaient et je les voulais, ces types. À mort. Dans l'immédiat, je voyais deux problèmes à résoudre. D'abord, je devais trouver un endroit tranquille pour porter mon attaque. Ces hommes avaient plusieurs fois montré qu'ils n'hésitaient pas à faire des victimes innocentes et il n'était pas question que je tente quoi que ce soit là où des gens se retrouveraient en danger.

Cette difficulté était aggravée par mon deuxième problème : je ne connaissais absolument pas San Diego et mon GPS ne m'apporterait pas de solution. Il pouvait m'aider, cependant, et je le mis en marche, pressant le bouton « Carte » avant d'appeler Villaverde sur mon portable.

Je gardai l'appareil hors de vue sur mes genoux et mis l'amplificateur dès que Villaverde répondit.

— Je crois qu'on me file, dis-je. Deux gars dans une berline marron. Je suis sur la 94.

Des panneaux annonçant l'aéroport apparurent devant moi et ne firent qu'entretenir ma colère.

— Tu peux lire leur plaque ? me demanda-t-il.

Je regardai dans le rétroviseur.

— Non, ils sont trop loin.

— OK, mmm… Laisse-moi… Comment tu veux la jouer ? On peut établir un barrage et…

— Non, trop long, le coupai-je. Je ne veux pas risquer de les perdre ou de les faire déguerpir.

— Je comprends mais tu ne peux pas non plus les affronter seul.

— D'accord. Pour le moment, j'ai surtout besoin de savoir où je vais…

Je regardai défiler les panneaux routiers, qui confirmaient ce que Villaverde m'avait dit dès le début : l'autoroute finissait et se transformerait très bientôt en F Street. Le central de la police de San Diego n'était plus qu'à quelques pâtés de maisons. Je pouvais m'y rendre, me garer au parking de la police et faire en douce le tour du bâtiment pour surprendre les types en train d'attendre que je reparte, mais la perspective de passer à l'action avec des renforts armés dans une rue pleine de monde ne me tentait pas du tout, pas face à des cyborgs à la gâchette facile. De toute façon, je n'avais plus trop le choix puisque j'allais arriver bientôt au bout de l'autoroute. Je tenais absolument à éviter les rues de la ville et les feux rouges – trop de piétons, moins d'options –, mais la seule sortie menait à l'autoroute de San Diego, en direction du nord.

Je regardai l'écran de mon GPS. L'autoroute filait vers le nord sur un kilomètre et demi, tournait ensuite à gauche et brièvement vers l'ouest, vers l'aéroport, avant de monter de nouveau vers le nord. Je ne pouvais pas courir le risque de prendre ce chemin après avoir constamment roulé en direction du sud depuis que j'avais quitté le bureau de Villaverde. Cela me ferait décrire une curieuse grande boucle qui alerterait très certainement mes deux suiveurs et les inciterait à jeter l'éponge. Je passai donc devant la sortie et continuai tout droit.

La voiture marron me suivait toujours.

— J'arrive dans F Street, annonçai-je à Villaverde.

Je demandai à Villaverde de me trouver un endroit loin de la foule, où je pourrais affronter les deux gars sans craindre de dommages collatéraux.

Je descendais maintenant F Street, large rue à sens unique qui traversait le centre d'est en ouest, et je pouvais presque entendre cliqueter le cerveau de Villaverde tandis qu'il traitait ma demande.

— Il y a les installations des gardes-côtes dans Harbor Drive, lâcha-t-il enfin. Je peux téléphoner pour que la sentinelle de l'entrée te laisse passer et qu'une équipe se tienne prête à t'épauler…

— Non. Ni les gardes-côtes ni la Marine, rien de ce genre. Ça pourrait les effrayer.

Je me doutais que mes suiveurs n'auraient pas trop envie de planquer devant une base militaire, pas dans cette période de lutte antiterroriste intense.

— Presse-toi, David. Je serai bientôt à cours de bitume…

— Ne quitte pas.

Après un silence, il revint en ligne :

— Qu'est-ce que tu dirais du terminal maritime de la 10e Rue, dans le port ? Il y a des dépôts de conteneurs, des entrepôts, des réservoirs de stockage…

Ça semblait jouable.

— Ça aurait l'air normal d'avoir quitté l'autoroute là où je l'ai fait si j'avais depuis le début cette destination en tête ?

Il réfléchit un instant avant de répondre :

— Je n'aurais pas forcément pris la sortie 15 mais, ouais, pourquoi pas ? Ça ne fait pas un très grand détour. D'ailleurs, tu n'es pas du coin, tu n'es pas censé connaître l'itinéraire idéal.

Je n'aimais pas trop qu'on me rappelle cette lacune. En plus, j'ignorais ce que les deux types pensaient ou projetaient. Mais le centre-ville ne semblait pas pouvoir m'offrir ce que je cherchais et le port constituait apparemment le meilleur choix.

La suggestion de l'entrée des installations des gardes-côtes m'avait donné une idée.

— Il y a un entrepôt sous douane, avec une entrée sécurisée ? demandai-je.

— Ouais, absolument.

Je lus les plaques des rues au carrefour suivant.

— Je viens de traverser la 13e. Il faut que tu me guides jusqu'au terminal. Et vois si tu peux appeler le gars de l'entrée et le prévenir que j'arrive.

Villaverde m'indiqua de prendre la première à gauche. Tendu, je tournai le volant en regardant dans mon rétroviseur.

18

Installé sur un canapé au cuir craquelé et déchiré, séparé d'Eli Walker par une table basse couverte de taches, Navarro sentait dans ses veines le grondement d'une tempête imminente.

Il s'efforça cependant de n'en rien montrer, tout en promenant son regard sur l'intérieur spartiate du club-house et sur les cinq autres motards assis çà et là dans la pièce, tandis qu'il tendait l'oreille pour suivre la conversation que leur chef, le président du club, avait au téléphone. L'homme lui avait plusieurs fois donné toute satisfaction. Ils avaient fait de bonnes affaires ensemble, des années plus tôt, à l'époque où Walker et le reste du monde de la dope le connaissaient sous le nom de Raoul Navarro, où, par la magouille et la violence, il grimpait l'échelle des narcos vers le pouvoir et la notoriété. Ils avaient aussi fait des affaires d'une nature différente au cours des derniers mois.

Le club-house jouxtait la façade du garage où Walker et sa bande vendaient et entretenaient des motos de toutes sortes. Navarro savait que ce garage rempli d'engins laqués ornés de chromes coûteux était une affaire prospère. Il savait que les motards vouaient une véritable passion à leurs bécanes, surtout en Californie, et qu'il y avait des gens prêts à débourser des sommes exorbitantes pour les motos customisées que Walker créait pour eux. La semaine d'avant, il avait lu dans le journal qu'on avait retrouvé aux Philippines, endroit improbable, la moto volée d'un scénariste de Hollywood, estimée à près de cent mille dollars. Les machines entreposées dans le garage représentaient un coquet paquet de fric. Comme la main-d'œuvre constituait une partie essentielle de la customisation et que la marge sur les accessoires utilisés était énorme, le garage offrait l'endroit idéal pour blanchir l'argent que la bande de Walker tirait du trafic de drogue et d'armes, entre autres activités criminelles.

Le club-house lui-même n'était pas au goût du Mexicain. Il puait le sordide avec ses meubles dépareillés et ses murs lépreux, sans parler des cendriers débordants et de l'odeur de bière éventée. C'était la première fois que Navarro y mettait les pieds et il trouvait bizarre que des types qui ramassaient clairement une telle quantité de blé vivent comme des clodos. Il comprenait que cela faisait partie de ce qu'ils étaient, de leurs valeurs, de la seule vie qu'ils connaissaient et désiraient, mais c'était carrément à l'opposé de ce à quoi il était habitué, de ce à quoi il aspirait, tout comme les *bandidos* de son pays, qui s'entouraient de luxe et cherchaient à projeter une image de richesse et de statut élevé dès qu'ils en avaient les moyens, creusant peut-être par là même leur tombe. Les gars de Walker avaient sûrement raison de mener une vie moins ostentatoire. C'était peut-être ça qui leur permettait d'échapper au radar de l'ATF.

Enfin, peu importait, pensa-t-il. Du moment qu'ils pouvaient lui fournir ce qu'il attendait d'eux.

Il saurait bientôt s'ils en étaient capables.

Il jeta un coup d'œil à Walker, qui grognait dans son portable, et leurs regards se croisèrent. Le motard garda une expression à la fois impassible et grave, avant d'adresser un signe de tête rassurant à Navarro tout en caressant les longs poils de son bouc de ses gros doigts calleux. Navarro lui rendit son hochement de tête d'un air détaché mais, en fait, il venait de perdre une grande partie de sa confiance envers les compétences de Walker, celui-ci ne l'ayant pas reconnu quand il avait débarqué avec ses deux assistants. Ce faisant, le Mexicain avait pleinement conscience de porter un jugement injuste envers le colosse. Le chirurgien avait fait un travail si remarquable sur le visage de Navarro que sa propre mère – si elle avait daigné s'attarder un peu auprès de son enfant après l'avoir mis au monde – ne l'aurait pas reconnu non plus. *Personne* ne le reconnaissait, ce qui justifiait amplement le long et pénible traitement qu'il avait subi. Et cependant, d'une manière perverse, Navarro avait attendu davantage de Walker. Il aurait voulu qu'il le reconnaisse. Cela aurait témoigné de sa perspicacité. Mais Walker, de même que la poignée de gens du passé à qui Navarro s'était montré sous son nouvel aspect, n'avait pas décelé la supercherie et comme les actions du motard étaient en chute libre depuis le premier échec chez cette femme, cela ne présageait rien de bon pour lui.

Navarro espérait que le costaud ne tomberait pas plus bas.

— OK, bon boulot, entendit-il Walker grommeler. Continue à lui coller au cul et tiens-moi au courant.

Le chef du gang de motards referma son portable et se tourna vers Navarro.

Le Mexicain soutint son regard avec un sourcil haussé qui réclamait des explications.

— Mes gars filochent ton fed, l'informa Walker. Il descend en ville.

Le narco marqua son approbation d'un hochement de tête lent et pensif et laissa simplement tomber :

— *Muy bien.*

19

Les indications de Villaverde étaient de première et je ne tardai pas à arriver au vaste terminal maritime, où je repérai aussitôt la grille de l'entrepôt sous douane.

— J'y suis, lui annonçai-je, toujours par l'ampli de mon BlackBerry.

— OK, tout est prêt.

Il n'y avait dans les parages que quelques voitures et pas le moindre piéton, comme je l'espérais. Je mis intentionnellement mon clignotant très tôt pour que les gorilles de la voiture marron aient le temps de réagir. Ils ralentirent et rapetissèrent dans mon rétro. Quand je dus m'arrêter pour laisser passer un camion de conteneurs avant de pouvoir tourner vers l'entrée de l'entrepôt, qui se trouvait de l'autre côté de la rue par rapport à nous, je les vis s'approcher du trottoir.

Apparemment, ils avaient décidé de m'attendre. Ce qui signifiait qu'ils avaient besoin que je les conduise à quelque chose ou à quelqu'un. À Michelle, bien sûr. C'était certainement elle qu'ils voulaient.

En attendant que le semi-remorque passe, je balayai des yeux le périmètre extérieur de l'entrepôt. Il était entouré d'un grillage de deux mètres cinquante de haut qui ne devait pas être trop difficile à escalader. Je roulai jusqu'à la cabine de l'entrée et baissai ma vitre quand un vigile en sortit d'un pas lourd. Je savais qu'il s'appelait Terry puisque, quelques instants plus tôt, j'avais entendu Villaverde s'adresser à lui au téléphone. Terry avait une bonne cinquantaine d'années et n'était pas le type le plus en forme et le plus agile que j'aie croisé. Le terme « mammouth » me vint à l'esprit et je me félicitai de n'avoir pas prévu de lui demander de m'aider en quoi que ce soit d'un peu sportif.

— Terry, c'est ça ?

Je lui montrai mon insigne, à la fois pour respecter la procédure et à l'intention de ceux qui m'épiaient de l'autre côté de la rue. Voyant son expression devenir un peu nerveuse, j'ajoutai aussitôt :

— Ne me quittez pas des yeux et gardez un air naturel. Faites comme si vous me posiez quelques questions, genre « Qu'est-ce que c'est que cette histoire ? », avant de me laisser entrer.

— OK.

Ses yeux palpitaient de tension et il avait visiblement du mal à ne pas jeter un coup d'œil par-dessus le toit de ma LaCrosse pour repérer les méchants.

— Toujours sur moi, Terry, lui rappelai-je d'un ton calme. Vous répondez à mes questions sans regarder dans leur direction.

— Désolé. D'accord, euh… qu'est-ce que vous voulez savoir ?

J'inspectai rapidement les lieux, portai mon choix sur un hangar, à ma droite, et l'indiquai discrètement de la tête.

— Je veux laisser ma voiture derrière ce bâtiment, là-bas, pour qu'elle soit hors de vue pendant que j'escaladerai la clôture et que je prendrai à revers les gars qui me suivent.

Il lui fallut une seconde pour se calmer les nerfs, puis il répondit :

— Ouais, d'accord.

Jugeant que le numéro destiné à mes suiveurs avait suffisamment duré, je baissai les yeux vers l'automatique niché dans un étui quasi invisible sous sa panse.

— Vous savez vous en servir, je suppose…

Il sourit, laissa tomber sa main pour tapoter la crosse.

— Je veux.

Réponse un peu trop bravache à mon goût, mais ça valait mieux que s'il s'était évanoui d'un coup, là, devant moi.

— Des renforts arrivent, précisai-je, pas la peine de jouer au héros. Vous restez simplement vigilant, OK ?

Ses bajoues s'affaissèrent, de déception me sembla-t-il, et il m'adressa un lugubre « Compris ».

— Et ne les regardez pas en me laissant entrer.

Terry hocha la tête, recula pour faire rouler la barrière sur le côté. Je lui adressai un petit signe de la main avant de redémarrer.

— Je suis entré, dis-je à l'intention de Villaverde.

Je tournai derrière l'entrepôt et roulai jusqu'à son extrémité la plus éloignée, me garai le long du mur. La voix de Villaverde résonna dans la LaCrosse :

— J'ai une voiture blanc et noir de la police du port à trois minutes de toi environ, une autre qui est en route.

Je pris mon portable et débranchai l'ampli en sortant de ma Lincoln.

— Retiens-les, dis-leur de ne pas approcher avant que je leur donne le signal, déclarai-je d'un ton ferme.

Arrange-toi pour qu'ils comprennent bien ça, David. Je ne veux pas que les deux types détalent ni que ça vire à OK Corral… Ils sont camés jusqu'aux yeux, ces mecs.

— Bien reçu. Et reste en ligne.

— Entendu.

Je devais faire vite.

J'ôtai ma veste et la lançai dans la voiture, je dégainai mon arme, fis monter une balle dans la chambre et relevai le cran de sûreté avant de remettre le pistolet dans son holster. Puis je me mis en mouvement.

À petits pas, j'approchai du coin de l'entrepôt en veillant à ce qu'on ne puisse pas me repérer de la rue. Des herbes hautes poussant à la base du grillage fournissaient un semblant de couvert. J'avais vu les deux gars s'arrêter de l'autre côté de la chaussée, mais ce n'était pas un endroit où on pouvait se garer et ils ne devaient probablement plus y être.

Je passai la tête pour regarder.

Je mis une ou deux secondes à les repérer, garés sur le petit parking d'un magasin d'approvisionnement pour bateau, presque en face de moi. Les emplacements étaient légèrement en biais, comme des arêtes de poisson, et la voiture marron avait l'avant tourné vers la cabine de Terry, ce qui signifiait que je devais prendre du champ avant d'escalader le grillage si je ne voulais pas le faire quasiment sous le nez de mes bonshommes.

Un deuxième entrepôt se trouvait derrière celui contre lequel j'étais plaqué. Longeant le mur, je m'éloignai de la rue puis couvris au sprint, plié en deux, la distance séparant les deux bâtiments. Je continuai à courir jusqu'au bout de l'autre entrepôt, jetai un coup d'œil prudent, tournai le coin et m'approchai du grillage. Là, je m'accroupis. J'estimai avoir mis une trentaine de mètres entre eux et moi. Cela suffirait.

Lorsqu'un camion passa dehors, je rampai jusqu'à la clôture, tirai dessus pour éprouver sa rigidité. C'était du solide et les losanges formés par les fils métalliques croisés étaient juste assez larges pour accueillir la pointe de mes chaussures. Je restai allongé dans l'herbe, attendant le passage d'un autre camion, quand se présenta quelque chose de mieux encore : un long semi-remorque à seize roues sortit de l'entrepôt sous douane. Il ne pouvait manquer de retenir l'attention des deux types et je me raidis, prêt à m'élancer. Lorsque le gros cul passa en grondant, je sautai sur le grillage, grimpai en quatre mouvements, basculai de l'autre côté, heurtai durement le trottoir de mes jambes fléchies, filai me mettre à couvert derrière le semi-remorque avançant lentement et traversai la rue dans son sillage poussiéreux.

Je me planquai derrière une voiture garée à une douzaine d'emplacements de la berline marron, repris ma respiration avant de risquer un coup d'œil. J'aperçus de profil le type assis sur le siège passager. Il regardait droit devant lui, en direction de l'entrée. Browning à la main, je passai d'une voiture à l'autre par bonds furtifs. Je m'efforçais de réduire le risque de me faire repérer en faisant coïncider mes mouvements avec le passage d'autres camions.

Je m'arrêtai quand je fus à cinq voitures des types et que je pus parfaitement voir le passager de la berline marron. Il avait le crâne rasé, avec une sorte de flamme tatouée sur le côté, au-dessus de l'oreille, et des lunettes à monture métallique. Il fumait en silence, le coude appuyé au rebord de la fenêtre, le regard rivé à l'entrée de l'entrepôt. Je le reconnus, même si, à l'hôtel, une casquette dissimulait son tatouage. C'était un des trois gus qui étaient montés par l'ascenseur, celui que j'avais percuté dans le hall.

Je ne parvenais pas à distinguer le visage de l'autre.

J'avançai de nouveau, tout le corps en alerte. Mon bras armé tendu devant moi, je me glissai derrière la voiture la plus proche de la leur. Un emplacement vide séparait les deux véhicules. Je m'accroupis, pris deux profondes inspirations et quand un autre camion passa je fis rapidement le tour de l'arrière de la voiture, longeai le flanc côté passager et braquai le canon de mon arme à un mètre de la joue de l'homme à la torche.

— Les mains en l'air, que je puisse les voir, ordonnai-je. Tous les deux.

Ils sursautèrent, se tournèrent vers moi, l'expression indéchiffrable derrière les lunettes noires.

— Allez, on se dépêche.

Pour bien me faire comprendre, je fis pivoter mon Browning vers la gauche, à quelques centimètres du crâne de la Torche, et tirai dans la lunette arrière. Elle se brisa, projetant sur eux des éclats de verre.

Je ramenai aussitôt le canon sur la tête de la Torche.

— Ça va, ça va, marmonna-t-il en levant les mains.

Je perçus un autre mouvement dans la voiture quand le chauffeur se tourna, le visage crispé de colère, vis sa main droite tendue vers la crosse d'un flingue fourré sous sa ceinture. Je fis feu, à nouveau.

Il poussa un cri, y ajouta un « Putaaain ! » de belle facture, porta la main gauche au trou que ma balle avait fait dans son épaule et se mit à geindre.

— T'es fêlé, mec ? couina la Torche, le regard faisant la navette entre son copain gémissant et moi.

— Possible, répliquai-je. Descends, maintenant.

La portière s'ouvrit et la Torche sortit, lentement, les bras en l'air. Il portait un coupe-vent noir sur un tee-shirt sombre, un jean baggy et de grosses chaussures de chantier. Impossible de dire s'il était armé ou non.

— Tu as un flingue ? lui demandai-je, me baissant un peu pour garder à l'œil le gars assis derrière le volant.

— Ouais, grogna la Torche. Étui de ceinture.

— Avec deux doigts. Doucement. Et tu le déposes gentiment par terre…

Après un hochement de tête réticent, il tira de son holster un automatique, le posa près de ses pieds.

— Maintenant, tu le pousses sous la voiture.

Il s'exécuta.

— Les deux mains sur le toit et les jambes écartées, lui enjoignis-je avant de me tourner vers le chauffeur : Toi, dehors.

Je reculai de quelques pas, passai devant la voiture afin de pouvoir le surveiller. Le Browning dans ma main droite, je pris mon portable de la gauche.

— Ça baigne, dis-je à David Villaverde. Envoie les troupes.

Le chauffeur jura, sortit de la voiture en marmonnant. Plus petit et plus trapu que la Torche, il arborait une mouche et une touffe de barbe sous la lèvre inférieure, et de longs cheveux raides coiffés en catogan. Il contourna la portière pour me faire face, me lança un regard mauvais avant de cracher par terre.

— Du calme, terreur, lui intimai-je. Un trou, ça suffit pour aujourd'hui, tu crois pas ?

Du menton, j'indiquai le pistolet à sa ceinture.

— Avec deux doigts. Tu connais la manœuvre.

Il cracha de nouveau mais obéit.

— Pousse-le sous la voiture. Et pas assez loin pour le refiler à l'autre gland, là.

La Mouche se pencha et fit ce que je lui avais demandé. C'est alors que Terry sortit des coulisses.

— Pu… putain, mon pote, ça va ?

Mon regard obliqua en direction de sa voix sonore et pantelante et je le vis traverser la rue, son arme à la main, le visage couvert de sueur, ses bajoues tressautant à chacun de ses pas lourds…

… et cette diversion d'une fraction de seconde suffit aux deux tueurs pour tenter d'inverser le cours des événements.

Ils s'élancèrent presque en même temps, tels de monstrueux frères siamois, se ruant tous deux sur moi en poussant des cris démoniaques. Surgissant par la gauche, la Torche arriva le premier mais je réussis à parer son jab de mon bras gauche et le frappai d'un coup de ma main armée, pile sur son nez et sa lèvre supérieure. Il chancela, trébucha sur le côté, les jambes soudain en coton, mais j'avais découvert mon flanc droit et la Mouche me gratifia aussi sec d'un plaquage qui m'expédia à terre. Browning et Black-Berry jaillirent de mes mains quand je heurtai durement l'asphalte et je les oubliai dans l'instant, réservant mon attention au poing de la Mouche qui s'élevait au-dessus de moi. Je bloquai de l'avant-bras, enchaînai par un direct du gauche sur son épaule ensanglantée, lui arrachant un cri de douleur.

— Stop ! brailla Terry.

Voyant la Mouche lever les yeux, je tournai la tête sur le côté et découvris Terry à cinq mètres de nous, le visage crispé de concentration, le pistolet braqué dans notre direction dans une prise à deux mains.

— Je vous préviens ! cria-t-il.

J'entendis la Torche lâcher « Et merde ! », tournai la tête vers la gauche, le vis décamper. La Mouche s'écarta de moi, se mit debout et se précipita sur les talons de son copain.

— Stop ! vociféra de nouveau Terry.

Juste à cet instant, au moment où je m'écriais « Non ! », il appuya sur la détente, une fois, deux fois, une fois encore, trois coups rapides qui fouettèrent l'air.

— Nooon ! répétai-je en me relevant.

Mes yeux quittèrent le vigile pour se porter vers la chaussée et je vis la Torche trébucher et s'écrouler en vrac sur l'asphalte, tel un jouet aux piles soudain hors d'usage.

— Arrêtez de tirer ! criai-je à Terry les bras écartés, les mains ouvertes.

Il eut l'air dérouté puis il hocha la tête.

— Appelez le 911, faites venir une ambulance ! repris-je en pointant un doigt furieux sur l'homme effondré au milieu de la chaussée.

Je me détournai pour chercher du regard mon Browning et mon BlackBerry, repérai près d'une voiture le téléphone et sa batterie, projetée hors de sa coque, décidai que ça pouvait attendre et me concentrai sur mon arme, qui reposait près d'une touffe d'herbe au bord du trottoir.

Je la ramassai et levai la tête.

La Mouche avait tourné à droite et je l'aperçus se faufilant entre les voitures d'un parking adjacent.

Je m'approchai de la Torche, qui gisait par terre, la respiration sifflante. Comme il portait des vêtements sombres, je ne vis pas tout de suite où il avait été touché, puis je découvris un petit trou dans son coupe-vent, à la base de son omoplate droite.

La Mouche disparut derrière d'autres voitures et je me dis qu'il fallait que je lui colle au train.

Terry s'approchait d'un pas lent, l'air abattu.

— Restez là jusqu'à l'arrivée de l'ambulance ! lui criai-je. Et envoyez les flics derrière moi !

— D'accord…

Je me glissai entre les voitures, déboulai dans le parking voisin, passai devant un chantier de radoub et un entrepôt de viande, mais je ne voyais plus la Mouche. Ce salaud traçait, malgré sa blessure. Je l'avais touché à l'épaule, dans une zone où je savais qu'il n'y avait ni grosses artères qui l'auraient rapidement vidé de son sang, ni évidemment d'organes vitaux. Il devait quand même perdre pas mal de sang.

Je regardai à droite, à gauche, cherchant une trace de lui. Tout autour de moi se pressaient des bâtiments bas abritant des ateliers de réparation de bateaux et de voitures, de grandes cours jonchées de matériel : quantité d'endroits où se cacher, de voitures à faire démarrer en tripotant les fils du contact. Je continuai à avancer dans la direction où je l'avais vu disparaître, mais, à chaque pas, la certitude que ce pourri avait filé pour de bon se faisait plus forte en moi.

20

— T'es où ? aboya Walker dans le téléphone.

— Dans le Barrio, répondit Ricky Torres, dit « Scrape[1] ». C'est la merde, mec. Je suis blessé…

Walker perçut la tension et le désarroi imprégnant la voix de son frère motard.

— Quoi ? ! Qu'est-ce qui s'est passé ?

— Cet enculé est sorti de nulle part et nous est tombé dessus. On le voit entrer dans l'entrepôt, et une minute après il braque son calibre dans la tronche de Booster[2]… Quand j'ai voulu prendre mon feu, il m'en a collé une dans l'épaule. Je saigne comme un porc…

— Et Booster ?

— Descendu. L'autre enfoiré de vigile lui a tiré dans le dos. Je sais pas s'il est mort ou quoi.

— Nom de Dieu ! cracha Walker, les veines gonflées de fureur. Comment il a fait pour vous baiser comme ça ?

— Je sais pas. Faut que tu m'aides, je perds tout mon sang. J'ai besoin qu'on me soigne.

---

1. « Pétrin », « emmerdes ».
2. « Fusée », mais aussi « voleur à la tire ».

Walker réfléchit et vit que le reste de ses gars l'observait, de l'inquiétude et de la colère dans les yeux. Son regard se porta sur le Mexicain, qui l'observait lui aussi. Ce putain de Mex et son fed. Walker jura intérieurement en se reprochant d'avoir attiré tous ces ennuis à son club, de ne pas avoir laissé tomber dès qu'il avait su qu'il y avait un agent fédéral dans le coup. Il avait été aveuglé par l'argent facile qu'il avait touché contre l'enlèvement des chercheurs pour le compte du Mexicain, il n'avait aucune raison d'imaginer que ce dernier coup se muerait en un tel désastre.

Mais ils avaient le nez dedans, maintenant, avec un homme à terre sur le terrain. Et Eli Walker le Wook[1] ne laissait jamais tomber ses hommes.

— T'es dans le Barrio, tu dis ?

— Ouais, je viens de passer sous le pont.

— À pied ou en voiture ?

— À pied, mec. La caisse, c'est mort.

Walker ne s'en faisait pas pour la voiture, ils l'avaient volée, de toute façon.

— T'es en état de conduire ?

— Ouais, je crois. Mais faudrait que je pique une caisse.

Walker réfléchit un instant.

— OK, trouve-toi une tire et fonce à la Grotte. Tu pourras y arriver, tu crois ?

— Ouais.

— Alors vas-y. J'enverrai quelqu'un s'occuper de toi.

— Grouille, geignit Scrape. Je suis en train de crever.

1. Allusion aux Wookies de *La Guerre des étoiles*.

— Va là-bas et reste planqué. Tout ira bien.

Walker raccrocha et se retrouva face à un mur de regards interrogateurs. Avant qu'il ait eu le temps de donner des explications, le Mexicain s'enquit :

— Il y a un problème ?

Le chef de bande n'était pas d'humeur à chercher à l'amadouer.

— Ça, on peut le dire. J'ai un gars descendu, un autre avec une balle dans l'épaule, tout ça à cause de toi.

Navarro se leva du canapé, tranquillement, et fit un pas vers Walker, faisant aussitôt grimper la tension dans la pièce. Les autres motards se redressèrent, visiblement prêts à se friter, tout comme les deux assistants de Navarro.

Le narco calma ses hommes d'un geste apaisant sans même les regarder et continua à observer Walker avec curiosité.

— À cause de *moi* ?

— T'aurais dû m'affranchir dès le début, que cette pute était maquée avec un fed.

Navarro garda son sang-froid.

— Hé, tu savais que c'était une ancienne de la DEA. Si tes *babosos* et toi vous n'étiez pas aussi nuls, on n'aurait pas eu le *federal* dans les pattes.

Quelque chose dans la façon de parler du Mexicain déclencha un signal d'alarme dans le cerveau de Walker. Il n'aurait pas su dire ce que c'était, mais ça le fit flipper. N'empêche, ce métèque était là à bavasser devant ses motards, dans leur propre club-house. Si quelques mecs s'y étaient risqués par le passé, aucun n'avait vécu assez longtemps pour s'en vanter.

— Écoute-moi, enculé de Mex de mes deux. Je sais pas ce que tu glandes ni de quoi il retourne au juste, mais nous deux, c'est fini. Alors, prends ce que tu es venu chercher, file-moi le reste de ma thune et casse-toi pendant que je suis encore d'humeur charitable.

Un silence pesant envahit la pièce. Du coin de l'œil, Walker vit que ses hommes étaient prêts à faire face à toute manœuvre menaçante. Ils étaient six contre trois Mexicains dans la pièce et un dehors, un rapport de forces qui rassurait totalement Walker. Il savait que les gonzes du Mexicain devaient être enfouraillés, mais ses gars à lui étaient tout sauf des joueurs de pipeau et ils avaient aussi des flingues.

Le Mexicain parut évaluer la situation de la même manière et, après quelques secondes de réflexion, il ouvrit grand les bras en un geste conciliant.

— Je comprends que tu sois remonté, Walker. À ta place, je serais dans le même état. Mais on a fait de bonnes affaires ensemble, ce serait dommage qu'on arrête. Alors, on se serre la main et on oublie cette malheureuse histoire qui empoisonne nos relations ? D'accord, *amigo* ?

Le motard scruta le visage du Mexicain, qui le regardait avec une expression cordiale, sereine.

Ce type leur avait en effet rapporté gros pour des boulots relativement faciles et le motard convenait qu'il n'y avait aucune raison de gâcher la perspective de nouvelles affaires lucratives. Walker préférait ne pas avoir à se débarrasser de quatre cadavres et à faire disparaître de son club-house des quantités d'indices compromettants, sans parler de représailles potentielles de la part des *compadres* du métèque au sud de la frontière.

— D'accord, répondit-il.

Le Mexicain ouvrit les bras plus largement encore, avec une expression à la fois légèrement réprobatrice et soulagée, puis il fit un pas en avant et rapprocha ses bras, invite à une poignée de main.

Walker haussa les épaules, avança d'un pas lui aussi et tendit la main.

Le même signal d'alarme se déclencha dans son cerveau lorsque les mains du Mexicain se refermèrent sur son poignet. Au même instant, le regard du métèque se durcit, laissant entrevoir à Walker un gouffre d'obscurité qui lui rappela aussitôt quelque chose, et le motard sentit une vive piqûre à l'intérieur de son poignet.

Une sensation de brûlure embrasa sa peau. Il chancela, tenta de libérer sa main, mais le Mexicain continuait à lui tenir solidement le poignet en plongeant en lui son regard glacé. Finalement, Walker parvint à se dégager, baissa vers sa main un regard désorienté et furieux, vit de petites gouttes de sang apparaître là où il avait senti la piqûre.

— Qu'est-ce…

Il n'eut pas le temps de finir. De chaque côté du Mexicain, les deux *sicarios* avaient dégainé des automatiques munis de silencieux et lâchaient une pluie de balles avec une précision chirurgicale.

Trois secondes plus tard, les hommes de Walker étaient allongés sur le sol, morts ou agonisants.

Bouche bée, le motard fixa d'un regard incrédule ses frères éparpillés à terre, puis il vit comme dans un cauchemar les deux tueurs s'avancer et leur donner le coup de grâce en leur tirant calmement une balle dans la tête. Détournant les yeux du massacre, Walker revint au Mexicain et il éprouva alors un double choc.

D'abord, il comprit qui cet homme était réellement.

Ensuite, il sentit que ses bras et ses jambes avaient perdu toute sensation.

Il tomba, s'effondrant sur lui-même comme si quelqu'un avait transformé tous ses os en marmelade.

Walker ne pouvait plus bouger, pas même remuer une épaule ou lever un doigt. Plus rien ne fonctionnait. Il fut parcouru par une onde de terreur alors qu'il gisait sur le flanc, la joue et le nez écrasés contre le plancher, les yeux fixés selon un axe oblique troublant qui ne lui offrait qu'un gros plan du sol poussiéreux et des saletés qui le jonchaient.

Les bottes du Mexicain se rapprochèrent jusqu'à frôler le visage du motard et, du coin de l'œil, Walker vit l'homme qui le dominait de toute sa hauteur et le regardait comme s'il n'était qu'un cafard.

Puis l'une des bottes du Mexicain se leva.

21

Je regagnai la rue longeant l'entrepôt sous douane pour découvrir une voiture pie arrêtée près de l'endroit où j'avais laissé la Torche. L'un des agents de la patrouille du port discutait avec Terry tandis que l'autre parlait dans sa radio. Quelques secondes plus tard, un autre véhicule apparut, amenant deux policiers de plus. Je leur communiquai à tous un signalement sommaire de la Mouche, que l'un d'eux transmit par radio avant de lancer un avis de recherche. Les flics remontèrent ensuite dans leurs voitures et partirent en chasse au moment où l'ambulance approchait en ululant.

La Torche n'allait pas très fort. Il gisait toujours au milieu de la chaussée, étendu sur le ventre, bras et jambes écartés. Je ne voyais pas beaucoup de sang sous lui mais, quoique conscient, il fixait l'asphalte d'un regard vide et réagissait à peine à ce qui l'entourait. Terry et moi nous reculâmes pour laisser l'équipe médicale s'occuper de lui.

Je m'en voulais terriblement. Au départ, j'avais deux types bien vivants à même de m'apprendre qui avait pris Michelle pour cible et pourquoi ; je n'avais plus maintenant qu'un gars à moitié mort sorti tout droit de *Mad Max* et qui ne semblait pas près de retrouver la parole.

Après avoir replacé la batterie de mon BlackBerry, je regardai l'un des membres de l'équipe prendre la tension artérielle de la Torche tandis que l'autre, à l'aide de ciseaux chirurgicaux, taillait dans le coupe-vent et le tee-shirt pour révéler un orifice d'entrée de balle ovale dans la partie supérieure droite du dos du blessé.

— Le pouls est à plus cent, annonça l'un.

— J'ai une blessure par balle au poumon, dit l'autre. On le retourne.

Ils coopéraient efficacement, comme s'ils avaient déjà fait ça un millier de fois, et utilisèrent de nouveau les ciseaux pour couper le devant du tee-shirt. La Torche avait une plaie de six centimètres à la poitrine, juste en dessous du mamelon droit.

Celle qui semblait être le chef, une brune impressionnante avec des yeux bleu acier, une abondante chevelure bouclée nouée derrière la nuque – « Abisaab », d'après les lettres brodées sur sa blouse –, examina et palpa le blessé d'une main experte puis dit à son collègue :

— Il est en hypoxie, saturation d'O_2 à 80 %, on dirait que la balle a traversé le poumon. Il fait une pneumo. Mets-lui le masque.

Ils lui attachèrent sur le visage un masque à oxygène à haut débit sans réinhalation, lui enfoncèrent dans l'avant-bras deux aiguilles d'IV au moment où le logiciel de mon téléphone achevait son interminable réinitialisation. Le moral dans les chaussettes, j'appelai Villaverde pour le mettre au courant.

J'entendis l'autre infirmier, un Latino courtaud et musclé étiqueté « Luengo », annoncer, d'un ton plus inquiet qu'auparavant :

— La systolique est descendue à quatre-vingts.

— J'ai une écume sanglante qui sort de la blessure, il faut la sceller maintenant, dit Abisaab.

En quelques secondes, ils passèrent à la vitesse supérieure, obturèrent l'un des orifices et laissèrent l'autre ouvert. Quand ils eurent terminé, Luengo s'écarta pour préparer la civière à roulettes.

— Dites, j'ai besoin d'infos, intervins-je.

Sans quitter la Torche des yeux, Abisaab répondit :

— Son poumon s'affaisse, il fait de l'hypoxie et de la tachycardie. Il peut à peine respirer. Il faut l'amener aux urgences et lui mettre un drain thoracique.

— Il faut s'attendre à quoi ? demandai-je.

Elle comprit où je voulais en venir et se retourna pour me faire face. Ses sourcils eurent un haussement dubitatif mais elle garda le silence, procédure standard étant donné que la victime était encore consciente et pouvait tout à fait entendre ce qui se passait autour d'elle.

Je reculai pour les laisser travailler et communiquai à Villaverde le diagnostic d'Abisaab. Après un soupir frustré, il suggéra :

— Si tu allais à Broadway regarder des photos, comme prévu ?

Je ne pouvais pas faire grand-chose de plus. Même si la Torche s'en tirait, il me serait impossible de l'approcher avant des jours, ce qui m'exaspérait. Pour une raison que je ne comprenais pas encore, ces types me filaient et ça ne me disait rien de continuer à regarder par-dessus mon épaule en attendant que ce salaud retrouve l'usage de ses cordes vocales. Il fallait que je découvre qui me faisait suivre.

Je regardai Abisaab et Luengo soulever le blessé, le mettre sur la civière et l'attacher avec des lanières.

— J'ai besoin de le fouiller, dis-je en m'approchant.

— Il faut qu'on y aille, répondit Abisaab sans interrompre sa tâche.

— C'est l'affaire d'une seconde, insistai-je en glissant déjà mes doigts dans ses poches.

— Monsieur…

— Donnez-moi une seconde !

La Torche n'avait sur lui ni portefeuille ni papiers d'identité. Je ne m'attendais pas vraiment à trouver quelque chose, mais un coup de veine n'est jamais totalement exclu. Il avait quand même un portable bon marché à carte prépayée, que j'empochai.

Je m'écartai de nouveau et, au moment où ils l'emmenaient, je remarquai quelque chose sur le bras de Luengo. Le bas de ce qui semblait être un tatouage élaboré dépassait de sa manche.

— Un instant, un instant ! m'écriai-je.

Je me précipitai vers eux et les bousculai pour accéder à la Torche.

— Il faut qu'on l'emmène, maintenant, protesta Abisaab.

— Je sais, mais…

Je fis glisser d'un côté puis de l'autre le tissu coupé du tee-shirt, ne vis rien.

— Donnez-moi vos ciseaux, dis-je à la jeune femme.

— Quoi ?

— Vos ciseaux. Donnez-les-moi.

— Il faut *l'emmener*, répéta-t-elle en me transperçant du regard. Tout de suite.

— Alors ne perdez pas de temps et donnez-moi ces foutus ciseaux !

Elle dut lire ma détermination sur mon visage car elle secoua la tête et fouilla dans sa trousse médicale avant de me tendre ses ciseaux, comme à regret. Je m'attaquai aussitôt à la manche la plus proche du coupe-vent de la Torche.

— Mais qu'est-ce que vous faites ?

Je continuai à couper, écartai le tissu avec précaution, dénudant l'avant-bras puis le reste du bras droit jusqu'à l'épaule. La peau était vierge.

Je passai de l'autre côté et fis de même avec le bras gauche, contournant avec soin les IV fichées dedans. Rien sur l'avant-bras mais quand je dévoilai le reste je vis un tatouage sur l'épaule.

Un aigle tenant dans ses serres deux M-16 croisés tels des os sous une tête de mort. Curieusement, l'aigle portait des lunettes noires et un bandana et ses ailes ressemblaient à des flammes.

Je fixai les lunettes noires et le bandana.

Je tenais peut-être – *peut-être* – quelque chose.

Avec mon portable, je pris deux photos du tatouage puis me tournai vers Abisaab.

— Il est à vous, dis-je en lui adressant un regard contrit. Désolé, c'est important.

Mes excuses n'adoucirent pas l'intransigeance de ses yeux, mais elle me fit quand même la grâce d'un léger hochement de tête.

J'appelais déjà Villaverde quand ils poussèrent la civière dans l'ambulance.

— Le gars a un tatouage à l'épaule, je l'ai pris en photo, l'informai-je. Il a peut-être été fait à l'armée, mais ça pourrait aussi être l'insigne d'une bande…

— Envoie-le-moi. Je le transmettrai à l'ATF.

Le moral revint. Si c'était l'insigne d'une bande, l'ATF aurait un dossier sur ces types et nous saurions bientôt qui ils étaient.

J'envoyai le tatouage par e-mail à Villaverde et courus vers ma voiture en sentant poindre en moi une lueur d'espoir.

22

Le coup de botte retourna Walker sur le dos.

Le Mexicain continuait à le regarder avec un amusement glacé. Walker sentit le sang affluer à ses tempes et, tandis qu'il fixait les yeux du narco, la révélation soudaine qui l'avait transpercé se fit certitude.

Cet homme n'était pas un « ancien lieutenant » de Navarro, il ne s'appelait pas « Nacho », comme il le prétendait.

C'était Navarro lui-même.

Ce fils de pute n'était pas mort.

Navarro tendit la main et ajusta une grosse bague en argent qui recouvrait curieusement deux de ses doigts, le majeur et l'annulaire.

— On dirait de la magie, hein ? La tribu d'où ça vient, elle le croit, elle, que c'est magique. Ça l'est, en un sens. Un puissant petit cocktail neurotoxique qui neutralise les neurones moteurs au niveau de la partie supérieure de la moelle épinière et provoque une quadriplégie.

Le Mexicain donnait ces explications avec exubérance, comme si c'était la première fois qu'il voyait agir son poison – ce qui n'était pas le cas, Walker le savait par expérience.

Il avait déjà vu le poison en action. Au Mexique, sur quelqu'un soupçonné d'être une balance.

Ce souvenir le terrifia.

— Il faut un anesthésiste très compétent et du bon matériel pour obtenir ça dans une salle d'opération, poursuivit Navarro. Pourtant, c'est seulement une toxine d'un lézard de la jungle.

Il s'accroupit pour examiner Walker de plus près et son regard passa soudain d'émerveillé à prédateur.

— Ce qu'il y a de formidable, c'est que ça ne paralyse pas tous les muscles. Tu as peut-être senti que certains de tes nerfs, dans ton cou et au-dessus, fonctionnent toujours, hein ? Ce qui veut dire que tu peux parler. Alors, dis-moi, *amigo*, poursuivit Navarro, baissant le ton, murmurant presque. C'est quoi cette « grotte » ? Et c'est qui, ce Scrape ?

Walker fixa le Mexicain dans les yeux.

— Je t'encule.

L'expression de Navarro s'éclaira, comme si la réaction du motard était celle qu'il espérait, comme s'il n'attendait que ça, en fait. Sans se retourner, il tendit le bras derrière lui.

Walker parvint à soulever légèrement la tête, vit l'un des gros bras donner quelque chose à Navarro mais ne put distinguer ce que c'était. Le narco ramena alors sa main devant lui avec un grand sourire, tel un illusionniste tirant un lapin d'un chapeau, et montra l'objet : une cisaille de jardin, le modèle avec ressort entre les lames, pour utilisation d'une seule main.

Il referma les lames en guise de démonstration, porta ensuite son attention sur le bas du corps de Walker.

— Voyons… par où commencer ?

Walker s'efforça de lever davantage la tête mais ne vit pas grand-chose au-delà du dos de Navarro, dont les bras remuaient. Puis il entendit un craquement, un claquement sec, et le narco se retourna, lui montrant quelque chose avec une joie malicieuse.

Un doigt reposait dans sa paume couverte de sang.

Walker sentit son estomac se révulser.

— Un de moins, reste neuf… non, excuse, dix-neuf, fit Navarro. On continue ?

Walker sentait des ruisseaux de sueur couler de son corps.

— Je-t'en-cule.

Navarro le regarda avec une mine de parent déçu, détourna la tête.

— Comme je n'ai pas trop le temps, on va laisser tomber les doigts et les orteils pour le moment et passer à quelque chose de plus… convaincant.

Navarro adressa un signe de tête à ses « assistants » et Walker, avec un mélange de terreur et de fascination, les vit se pencher vers lui, déboutonner son jean.

Puis Navarro se remit au travail.

23

Les Aigles de Babylone.

C'était le nom que ces salauds se donnaient.

Gloire aux gars de l'ATF : il leur avait fallu moins de dix minutes pour obtenir l'info, après que Villaverde leur eut transmis la photo du tatouage. Ils avaient également une adresse pour le local des Aigles à San Diego, la section mère de la bande. Le clubhouse jouxtait un garage leur servant de façade dans une petite rue derrière El Cajon Boulevard, à La Mesa. Cette adresse ne me disait rien mais je l'entrai sur mon GPS et je me mis en route. Villaverde me retrouverait là-bas avec des renforts : Brigade d'intervention de chez nous, ATF et police locale.

De retour sur l'autoroute, je fonçai vers le nord, un chargeur plein dans mon Browning, un gyrophare bleu sur le toit de ma voiture et le pied au plancher.

En espérant que j'arriverais là-bas avant tout le monde.

24

Walker fut pris d'un vertige qu'il n'avait jamais connu auparavant.

Bâti comme un ours, il avait été blessé au combat, des années plus tôt. La chair meurtrie par des balles et des éclats d'obus, il était revenu dans l'armée et était retourné au feu. Depuis qu'il était rentré du Golfe et qu'il avait fondé les Aigles, il avait connu son lot de situations risquées. Il avait affronté toutes sortes de lames, toutes sortes de bastons, du coup-de-poing américain à la batte de base-ball. Il savait encaisser. On ne le surnommait pas Wook uniquement à cause de son épaisse tignasse rebelle et de son bouc.

Ce qu'il ressentait cette fois était différent.

Il tombait en tournoyant, il se vidait de son sang. Il le savait. Mais cela ne s'accompagnait d'aucune douleur normale. C'était une sensation bien plus pénible, une souffrance étrange, interne. Navarro lui avait expliqué que c'était une douleur viscérale qui provenait de l'organe même et ne se transmettait pas par la moelle épinière.

Une douleur qui vous rongeait de l'intérieur.

Il n'avait pas tenu le coup, il avait dit à Navarro

ce qu'il voulait savoir. Et maintenant, il était prêt à mourir. Il n'avait plus envie de vivre.

Pas comme ça.

— C'est quoi, fi… finalement, ce bordel ? balbutia-t-il, presque incapable d'articuler. Qu'est-ce que tu cherches ?

Navarro baissa les yeux vers lui en s'essuyant les mains à un chiffon.

— Tu ne le sauras jamais, *amigo*. Mais qui sait ? Peut-être dans une autre vie…

Il lança le chiffon à l'un de ses gorilles et quand sa main réapparut elle tenait un pistolet.

— *Vaya con Dios, cabrón.*

Sans la moindre hésitation, il pressa l'extrémité du silencieux entre les yeux de Walker et appuya sur la détente.

Navarro se redressa, tira sur sa veste et la lissa de la main, remit l'arme au *sicario* le plus proche.

— Allez chercher notre invité, ordonna-t-il en espagnol. Ensuite, on va récupérer le dénommé « Scrape ».

25

Je n'arrivai pas le premier.

Et à en juger par le nombre de rampes lumineuses et de gyrophares qui m'accueillirent quand je quittai El Cajon pour tourner dans la rue, nous étions tous arrivés trop tard.

Deux voitures-radio et plusieurs véhicules banalisés étaient déjà disséminés devant le garage, sans compter une autre voiture blanc et noir et une ambulance. Deux agents s'efforçaient d'entourer les lieux d'un ruban jaune tout en repoussant une foule croissante de curieux.

Je garai ma LaCrosse aussi près que je pus et fis le reste à pied, montrai ma carte à l'un des policiers qui s'approchaient pour me bloquer le passage. Je trouvai Villaverde de l'autre côté de la cour du garage, devant ce qui devait être l'entrée du club-house, discutant avec des gars du shérif et deux mécanos en combinaison bleue. Il se détacha du groupe et se dirigea vers moi.

— Qu'est-ce qui s'est passé ? demandai-je.

— Viens, répondit-il simplement en passant devant moi.

Désignant du pouce un des mécaniciens, il ajouta :

— Un des aspirants les a découverts et a appelé. C'est pas joli à voir.

Les « aspirants » étaient des gars qui, à force de traîner autour du club, en étaient devenus membres potentiels. Ils étaient en période d'essai et n'avaient pas encore gagné leur insigne.

David me fit franchir une porte latérale pour pénétrer dans le club-house.

L'abattoir, plutôt.

Je dénombrai six cadavres gisant çà et là dans la grande salle. Cinq d'entre eux figés dans une mise en scène grotesque de la mort. Du travail de pro : une ou deux balles dans la poitrine, une de plus entre les yeux pour les achever.

Le sixième, c'était autre chose.

Un colosse avec de longs cheveux gras et un bouc broussailleux, allongé sur le dos au milieu de la pièce. Comme les autres, il portait une veste en denim aux manches coupées et avait pris une balle dans la tête. Mais on lui avait tranché un doigt que je repérai sur le sol, comme un mégot de cigarette. Ce qui attirait l'attention, cependant, c'était son entrejambe. On lui avait baissé son slip et coupé le sexe. Il ne restait qu'une plaie innommable au-dessus d'une flaque de sang qui avait coulé entre ses jambes, jusqu'à ses pieds.

Mes entrailles se tordirent et je ne cherchai pas des yeux où se trouvait maintenant la partie manquante du corps. Je me tournai vers Villaverde.

Il me rendit un regard qui reflétait mes pensées.

Un nouveau joueur était entré dans la partie.

Et il fallait requalifier l'affaire à un tout autre niveau.

Après avoir laissé une seconde à mes tripes pour se remettre, je demandai :

— Les gars du garage ont vu quelque chose ?

David haussa les épaules.

— Le type qui a prévenu la police a vu une voiture s'éloigner. Un 4 × 4 noir aux vitres teintées. Un gros engin, comme un Escalade, mais il ne pense pas que c'était un Cadillac.

Il marqua une pause et reprit :

— Il y a autre chose qu'il faut que tu voies…

Mes yeux inspectèrent la salle pendant qu'il me la faisait traverser. Sur le mur de gauche, derrière un canapé en cuir, j'avisai un poster de l'insigne du club, celui qui était tatoué sur l'épaule de la Torche. Il y avait un bar, un piano droit et, plus loin, une sorte de salle de réunion avec, curieusement, une rangée de battes de base-ball accrochées à côté de l'encadrement de la porte. Quelque chose attira mon œil. Sur le mur du fond, derrière un billard. Une série de photos encadrées.

— Attends, dis-je.

Je m'approchai pour les examiner.

C'était le genre de photos de guerre qui ne m'étaient que trop familières, des gars marqués par les combats souriant à l'objectif en faisant un V avec leurs doigts sur la toile de fond d'un désert intemporel. Sur l'une d'elles, le motard mutilé se tenait fièrement avec deux autres troufions devant un arrière-plan apocalyptique fait de chars éventrés par des obus à uranium appauvri et de puits de pétrole en flammes. Manifestement l'Irak, soit au début des années 1990, soit deux ans après le 11 Septembre. À côté de la galerie des anciens combattants, une douzaine de portraits de mêmes dimensions étaient disposés sur deux rangées. Des photos anthropométriques en noir et blanc, format 20 × 12, de ce que je supposai être les membres à part entière du club.

Je reconnus immédiatement plusieurs d'entre eux : celui qui venait d'être émasculé ; le type qui avait descendu Michelle et que j'avais plié en deux ; la Torche ; la Mouche, également, arborant une expression de défi. Comme les autres, il tenait devant lui une tablette noire portant le numéro qu'on lui avait attribué au moment de son arrestation et l'endroit où cela s'était fait, en l'occurrence dans les locaux de la police de La Mesa. Il s'agissait d'une affaire locale, et s'il ne figurait pas déjà dans le dossier de l'ATF que Villaverde avait dans son portable, nous n'aurions pas de problème à trouver son vrai nom.

— Voilà les deux qui me filaient ! lançai-je à David en tapotant un cadre d'un doigt replié.

Il me rejoignit.

— Là, c'est celui que le vigile a abattu, précisai-je en indiquant la Torche. Et là, celui qui s'est débiné.

— OK, dès qu'on a son nom, on lance un message à toutes les unités.

Il fit signe à l'un des flics d'approcher.

J'avais des sentiments mêlés concernant ce que nous venions de découvrir. D'un côté, le club avait été anéanti. Du moins tous les membres à part entière. Six morts dans cette salle, plus le meurtrier de Michelle et celui qu'elle avait poignardé, auxquels il fallait ajouter la Torche et la Mouche. Dix au total. Il y avait douze photos accrochées au mur, mais les deux qui manquaient à l'appel pouvaient être des membres morts depuis longtemps, dont on aurait laissé les portraits en bonne place pour la postérité. Si c'était cette bande qui avait enlevé les scientifiques du centre de recherches, elle ne constituait plus une menace pour personne. Mais un groupe plus violent encore l'avait apparemment supplantée et il était dans la nature. Et maintenant que les motards étaient morts, nous étions revenus à notre point de départ, sans aucune piste susceptible de nous conduire à celui qui était derrière tout ça.

À moins de réussir à mettre la main sur la Mouche.

Avant les autres.

— Ricky Torres, annonça Villaverde. Nom de club Scrape.

Il me le montra sur son portable. C'était une autre photo anthropométrique que celle du mur, mais c'était bien le même type, aucun doute.

Je hochai la tête, donnai le feu vert au policier. Tandis que celui-ci s'éloignait, Villaverde désigna une porte latérale du menton.

— Par ici.

Une fois la porte franchie, je descendis un escalier étroit menant au sous-sol. C'était une vaste salle sans fenêtres, encombrée de caisses en bois et en carton. L'air sentait la poussière, le moisi.

— Regarde ça, me dit-il en indiquant des tuyaux courant en bas d'un des murs.

Je vis par terre dans le coin du fond, près des tuyaux, des menottes en plastique qu'on avait coupées. Le sol était également jonché d'emballages de fast-food et de gobelets en carton. Je me penchai pour les examiner. Ils sentaient encore et avaient l'air récents.

Ceux qui avaient été attachés dans ce sous-sol ne l'avaient pas quitté depuis très longtemps.

— C'est peut-être ici qu'ils ont amené les deux chercheurs, avançai-je.

— Peut-être. Mais je ne vois pas les motards les garder ici pendant des mois.

— Alors, ils les ont laissés un moment ici avant de les transférer ailleurs. Ce qui voudrait dire qu'ils en ont kidnappé d'autres récemment. Il faut consulter la liste des personnes disparues, voir s'il n'y a pas d'autres chimistes envolés.

Je regardai de nouveau autour de moi et, à côté d'une des menottes, un reflet attira mon attention. Je me baissai. Un verre de contact.

Je le montrai à Villaverde et, comme il avait des gants, il le ramassa et le glissa dans un sac à indices.

Je réfléchis. Ceux qui avaient été détenus dans ce sous-sol n'avaient peut-être rien à voir avec Michelle, ni avec les chercheurs kidnappés, ni même avec la fusillade du rez-de-chaussée, et il s'agissait peut-être d'une autre affaire dans laquelle les motards étaient mouillés. La coïncidence me troublait, toutefois. La bande se serait occupée de tant de choses en même temps, tel un jongleur ayant plusieurs balles en l'air ? Ça me semblait improbable. Je me demandai si la tuerie d'en haut n'était pas liée à ceux qu'on avait nourris de hamburgers en bas et si, en ce cas, il n'y avait pas un rapport avec Michelle. Il restait trop d'inconnues dans l'équation. Pour la résoudre, il fallait trouver qui avait embauché les motards et cela me fit penser à un autre détail.

— Tu m'as dit que c'était la section mère du club, ici ? dis-je à Villaverde pendant que nous remontions l'escalier.

— Ouais, pourquoi ?

— Donc, il y a d'autres sections ?

— Quelques-unes.

Il fit défiler de nouveau le dossier de l'ATF sur l'écran de son portable.

— On y est… Le club a trois autres sections dispersées en Californie et, étrangement…

Il releva la tête.

— … une quatrième en Hollande. En Europe.

— Il faut joindre les plus proches, celles avec lesquelles ils avaient sans doute le plus de contacts. Leurs membres pourraient savoir pour qui ces types travaillaient.

Il plissa le front d'un air sceptique.

— D'accord, mais quand un club fait du business de ce genre, c'est compartimenté. Je doute que les autres sections soient au courant de ce que faisait celle-ci. Et si elles l'étaient, elles ne sont sûrement pas prêtes à nous en parler.

— Peut-être qu'après ce qui vient de se passer ici…

— C'est pas dans leur ADN, estima-t-il.

Je tournai la tête en direction du garage.

— Et les aspirants ? Même s'ils ne sont pas encore dans les secrets du club, l'un d'eux aurait pu surprendre une conversation et savoir quelque chose sur les types emprisonnés en bas…

— Absolument, approuva Villaverde. Ils sont déjà bien secoués, ça devrait nous aider à leur foutre suffisamment la trouille pour qu'ils parlent.

En regagnant la salle principale avec lui, je vis de nouveau les corps ensanglantés et cela me fit penser à la Mouche, Scrape. J'avais un mauvais pressentiment, le concernant.

— Il faut qu'on trouve rapidement Scrape, soulignai-je.

— Son dossier indique son dernier domicile connu, sa dernière copine en date, l'adresse de ses parents. On aura bientôt quelque chose.

Je songeai à sa blessure à l'épaule.

— Il a sûrement appelé ici pour prévenir ses potes de ce qui était arrivé au terminal. Ce qui veut dire que les psychopathes auteurs de cette hécatombe savent qu'il existe. Et peut-être même où il est susceptible de se rendre. Ils ont liquidé tous ces types, ils ont sans doute l'intention de le supprimer aussi. Il faut faire vite.

Un sentiment de frustration montait en moi. Nous devions absolument le retrouver. Il y avait de bonnes chances pour qu'il puisse nous apprendre ce qui se passait, et qui étaient les nouveaux venus dans la danse.

Il y eut alors un remue-ménage devant l'entrée du club-house.

— Non, m'dame, protestait un homme en élevant la voix. Vous pouvez pas…

— Me dites pas ce que je peux faire ou pas, le coupa une femme avec véhémence. C'est la boîte de mon mari et je veux le voir !

Deux policiers apparurent dans l'encadrement de la porte, essayant – sans succès – d'empêcher une femme de passer entre eux. Elle leur échappa et se rua dans la salle. La quarantaine, des formes rondes et des cheveux auburn veinés de mèches claires, elle portait un jean taille basse et une chemise en denim nouée au-dessus du nombril. Elle n'était pas vraiment jolie mais elle avait quelque chose, une sorte de charme brut difficile à ignorer.

Ses yeux se rivèrent immédiatement au motard charcuté. Elle se figea, laissa tomber son sac et leva les mains vers son visage.

— Wook ! s'écria-t-elle, les larmes aux yeux. Wook, oh, mon Dieu, non, Wookie chéri, non non non…

Elle vacilla et j'eus l'impression que ses jambes allaient se dérober sous elle. Je me précipitai pour l'aider, suivi de Villaverde.

En la rejoignant, je m'arrangeai pour me placer entre elle et le cadavre du motard.

— Madame, vous ne devriez pas être ici. Je vous en prie, dis-je en posant les mains sur ses épaules.

— J… je… bredouilla-t-elle.

Elle se tut, les larmes ruisselant à présent sur ses joues. Puis la voix lui revint, pleine de rage.

— Qu'est-ce qui s'est passé ? Qu'est-ce qu'ils lui ont fait ?

Je la tins un moment contre moi pour lui laisser le temps de se calmer et de reprendre sa respiration.

— Allons là-bas, suggérai-je en la dirigeant vers la salle de réunion.

Je fis de mon mieux pour rester entre elle et le motard mutilé mais je ne pus l'empêcher d'apercevoir deux des autres cadavres et elle tressaillit au passage. Je la fis asseoir sur une chaise, le dos tourné à la salle principale, lui proposai un verre d'eau. Je ne sais pas pourquoi on fait toujours ça, comme si l'eau avait un pouvoir magique permettant aux gens d'effacer les événements les plus traumatisants. Encore sous le choc, elle acquiesça de la tête. Villaverde alla chercher de l'eau au bar.

Il fallait que j'opère en douceur mais il fallait aussi parvenir à lui soutirer rapidement quelque chose d'utile. Je croyais entendre tictaquer une horloge : le temps jouait contre Scrape. Et contre nous. Elle me dit qu'elle s'appelait Karen, qu'elle était la femme de Wook – Eli Walker –, le président du club. L'un des jeunes l'avait appelée dès qu'il avait vu le carnage et elle s'était précipitée ici.

Je tâchai de répondre à ses questions en demeurant dans les limites de ce que je pouvais lui révéler, mais bientôt je dus en venir à ce que nous avions besoin de savoir :

— Il faut qu'on trouve Scrape, lui déclarai-je.

Elle me regarda, déroutée, comme si je m'étais soudain mis à parler du temps qu'il ferait la semaine prochaine.

— Pourquoi ?

— Il est blessé et je pense que les tueurs le recherchent. Si nous ne le retrouvons pas avant eux, il sera bientôt mort, lui aussi.

Elle me regarda nerveusement.

— Blessé ?

— Il a reçu une balle.

Je la laissai enregistrer l'information avant de reprendre :

— Vous savez comment le joindre ? Vous avez le numéro de son portable ?

Elle détourna les yeux et battit des cils.

— Ne vous inquiétez pas, la rassurai-je. Il ne s'agit de rien d'autre que de garder Scrape en vie. J'ai vraiment besoin de savoir comment le joindre.

Elle hésita, secoua la tête.

— J'ai pas son numéro. De toute façon, s'il était en train de faire quelque chose pour le club, ajouta-t-elle avec un regard sous-entendant clairement une activité illégale, il n'aurait pas pris son portable. Il aurait acheté un appareil à carte prépayée.

Je me tournai vers Villaverde.

— On a trouvé un téléphone sur Walker ?

— Non.

Je sentais le temps fuir, comme si nous nous tenions sur un sablier géant dont le sable s'écoulerait sous nos pieds.

— Et une planque où il pourrait attendre qu'on vienne l'aider ? Ou un docteur avec qui le club aurait l'habitude de travailler ? La maison de quelqu'un ? Une copine ?

Elle secoua de nouveau la tête, nerveusement.

— S'il vous plaît, Karen, insistai-je avec douceur. Il faut qu'on le retrouve.

— On connaît un docteur à Saint Jude qui pose pas trop de questions, mais Scrape n'irait pas là-bas avec une blessure par balle.

— Où, alors ?

Elle me regarda en plissant les yeux, comme si la réponse que je cherchais demandait un effort physique.

— La Grotte, lâcha-t-elle enfin.

26

— Je l'ai. Suspect appréhendé. Je répète, suspect appréhendé.

Todd Fugate, shérif adjoint du poste de San Marcos et membre de sa brigade des gangs et des stupéfiants, était tout heureux d'annoncer la nouvelle par radio. L'appel avait été lancé par le bureau de San Diego et c'était une requête prioritaire du FBI, ce qui n'arrivait pas tous les jours à San Marcos. Fugate quittait le centre commercial de Grand Plaza quand il l'avait reçu et il s'était tout de suite mis en route. L'endroit visé, un ensemble d'entrepôts délabrés nichés derrière La Mirada, et connu sous le nom de « la Grotte », se trouvait à moins de huit kilomètres du boulevard bordé d'arbres. Sachant qu'il serait le premier sur les lieux, il mit la gomme.

Une fois arrivé, il n'attendit pas de renforts pour se montrer. L'appel précisait que le suspect était blessé à l'épaule et se déplaçait probablement seul. Aucune mention d'une arme. Fugate n'en avait pas besoin de plus pour se décider, et la suite lui donna raison. Le suspect n'avait effectivement pas d'arme, il était affaibli et semblait sur le point de tourner de l'œil. Il se rendit sans faire d'histoires. À voir sa tête, il était même probablement soulagé que ce soit fini. Fugate résolut de le conduire lui-même à l'hôpital – ce serait plus rapide qu'attendre que l'ambulance fasse tout le trajet – et ce saligaud se retrouverait bientôt dans un lit d'hosto douillet, avec des infirmières flirteuses aux petits soins pour le mauvais garçon qu'il était, ce qui valait mieux que perdre son sang tout seul dans un entrepôt miteux.

Fugate était toujours aussi content de lui tandis qu'il faisait monter le suspect à l'arrière de sa Crown Vic. Il ne prit pas la peine d'attacher ses menottes à l'anneau d'acier fixé au plancher. Le type était déjà quasiment KO. Oui, le shérif adjoint était content de lui. Les services du shérif du comté de San Diego assuraient « le maintien de l'ordre depuis 1850 », comme le proclamait le slogan sur le flanc de sa voiture pie, et en ce moment même, par cette belle soirée d'été, Fugate se sentait fier d'apporter une notable contribution à cette noble tradition.

Qu'il en profite. Il serait mort dans une minute.

Il quittait l'entrepôt quand un gros SUV apparut à la grille d'entrée et fonça droit sur lui. Fugate donna un coup de volant pour éviter la collision, mais le pare-chocs avant du 4 × 4 accrocha l'arrière de la Crown Vic, la fit tourner comme un jouet et la projeta, capot en avant, dans un fossé bordant l'entrée de l'entrepôt. Eberlué, le shérif adjoint vit le SUV faire rapidement demi-tour et revenir lui barrer le chemin. Avant même que ses roues se soient immobilisées, ses portières s'ouvrirent et deux hommes en descendirent.

Fugate passa en marche arrière, appuya sur l'accélérateur, mais ses pneus tournèrent vainement en crissant sans que sa voiture avance d'un centimètre. Renonçant à la sortir du fossé, il dégaina son arme.

Trop tard : les deux hommes avaient été plus rapides. La première balle lui fit atrocement mal quand elle lui transperça le poumon, mais la douleur ne dura qu'une seconde : la deuxième balle l'effaça en pénétrant dans son cerveau et en éteignant toutes les lumières d'un coup.

Il n'y avait donc personne pour voir les deux types sortir le blessé de la voiture et le porter à l'arrière de leur SUV, ni pour les voir s'éloigner, le plus tranquillement du monde.

27

Nous étions de retour à la case départ.

La Mouche – pardon, Scrape, ou Torres, ou Tête de Nœud, comme vous voudrez – avait disparu. La Torche – en réalité Billy Noyes, dit Booster – était en réanimation à Scripps Mercy avec un gros tube dans le gosier. Le reste des frères motards gisait en hibernation définitive sur des plateaux d'aluminium de la morgue.

Nous avions aussi un shérif adjoint mort qui n'avait sûrement pas imaginé au réveil que cette journée serait sa dernière.

Et surtout, nous avions un tas de questions sans réponses.

Questions qui me harcelèrent tandis que la nuit tombait et que je regagnais finalement l'hôtel, prêt à balancer le souvenir de cette journée de merde dans la partie incinérateur de mon esprit et à passer au plus vite au lendemain.

J'étais épuisé, de mauvais poil, et retrouver Tess me réconforta. Elle avait réussi à endormir Alex, ce qui était bon signe, même si je savais que ça ne durerait pas toute la nuit. J'allai le voir, pelotonné sous ses draps d'enfant, entouré de ses peluches et jouets en plastique, et il me parut plus paisible que la veille.

Tess faisait cet effet à tout le monde.

Je renvoyai Julia chez elle pour lui permettre de renouer avec sa vie privée après avoir été réquisitionnée tout le week-end. Je commandai un sandwich mixte au room-service, soulageai le minibar de deux bières, en tendis une à Tess et m'assis avec elle sur le canapé.

Je lui livrai la version courte de ma journée en dévorant le sandwich, l'informai de ce que nous avions découvert au club-house en omettant les détails les plus sanglants. Lui raconter ma journée m'aidait toujours parce que cela me donnait l'occasion d'opérer un retour en arrière et de considérer la situation avec un recul souvent bienvenu. Cela mettait aussi en relief les questions essentielles.

Du genre : pourquoi me suivait-on ? Pourquoi avait-on enlevé Scrape au lieu de l'abattre sur-le-champ ? Et celle qui les surpassait toutes, naturellement : qui a tué les motards ? Quelqu'un qui les avait embauchés pour s'occuper de Michelle ou des prisonniers du sous-sol ? Ou les deux choses n'avaient-elles aucun rapport ? La succession des événements et mon instinct me faisaient pencher pour la première hypothèse, que je retins comme base de réflexion. Du coup, au-delà du « qui ? » se posait la question du « pourquoi ? ». Les motards, trop cupides, s'étaient-ils bagarrés pour l'argent ? Étaient-ils devenus un risque pour celui qui les employait et pourquoi ? Avaient-ils salopé le boulot – auquel cas tuer Michelle aurait été une erreur ? Mais peut-être ignoraient-ils sa mort. Je me demandai ensuite si leur employeur n'avait pas estimé qu'ils ne lui servaient plus à rien : puisqu'ils me filaient hier encore, ils n'avaient manifestement pas réussi à trouver ce qu'on leur avait demandé de chercher. Et leur employeur avait peut-être décidé de prendre lui-même les choses en main. Ce qui, étant donné le sort d'Eli Walker, n'avait rien de rassurant.

Quand, à son tour, Tess me raconta sa journée, je laissai mon esprit réduire l'allure et passer au ralenti tandis que j'écoutais sa voix et que je regardais son visage s'animer. Puis ses traits se plissèrent pour prendre cette expression inquisitrice avec laquelle j'avais une véritable relation amour-haine : amour parce que le fait qu'elle soit tenacement curieuse faisait partie du charme de Tess ; haine parce que, généralement, cela annonçait des ennuis. Elle se leva du canapé, passa dans la chambre et revint avec un dessin qu'elle avait trouvé sur le bureau de Michelle, parmi ses papiers, et qu'elle me montra.

— C'est Alex qui l'a fait ? demandai-je.

— Sûrement. Il ressemble à ceux qui sont disséminés dans la maison.

Je l'examinai. D'accord, c'était pas mal mais en ce qui me concernait, ça s'arrêtait là. Puis une Tess de plus en plus animée repartit à l'assaut :

— Qu'est-ce que tu vois ?

Je pataugeai un moment avant de répondre :

— Deux formes vaguement humaines. Ou des extraterrestres, peut-être ?

Elle me lança son regard accablant.

— Des personnes, idiot. Deux personnes. Et je crois que là c'est Alex, dit-elle en tendant le doigt vers celle de droite. Le jouet, dans sa main. C'est Ben, sa figurine préférée. Il m'a demandé de la lui rapporter de la maison.

Je ne voyais toujours pas de quoi il s'agissait.

— Tu lui as posé la question ?

— Non.

— Pourquoi ?

Elle plissa le nez. Là encore, cela faisait partie de son charme.

— Ce n'est pas un dessin très gai.

— « Pas un dessin très gai »... répétai-je. Pourquoi ? Parce que ça manque d'arc-en-ciel et de papillons ?

J'adore l'asticoter.

— Regarde son visage, m'enjoignit-elle. La bouche bée, les yeux écarquillés. Moi, j'ai l'impression qu'il a peur. Et le type, en face de lui. Vêtements sombres. Un objet à la main.

— Voldemort ? Houps. Non, j'ai rien dit.

Le même regard, dix crans au-dessus.

— Je suis sérieuse. C'est peut-être un pistolet qu'il tient.

Je regardai de nouveau. Ça pouvait être un pistolet, de fait. En même temps, ça pouvait être à peu près tout ce qu'on voulait étant donné que le personnage était aussi éloigné d'un véritable être humain qu'un Picasso d'un Norman Rockwell.

— Les gosses jouent aux soldats, aux cow-boys, aux chasseurs d'extraterrestres, ils font ça tout le temps, arguai-je. Alors, même si c'est Alex... C'est peut-être lui avec un personnage de dessin animé, ou un de ses copains. Ça peut être n'importe quoi.

— Alors pourquoi ce dessin était sur le bureau de Michelle, parmi ses papiers, et pas sur les murs de la cuisine ou de la chambre d'Alex, comme les autres ?

Je n'avais pas de réponse à ça – ou plutôt j'en avais trop. De plus, mon cerveau était assez pris comme ça par la vie réelle. Les envolées fantasques de l'imagination d'Alex, aussi charmantes soient-elles, devraient attendre.

— Aucune idée, répondis-je simplement.

Je pris le dessin de la main de Tess et le posai sur la table basse. Puis je me retournai et acculai Tess contre le dossier du canapé, l'embrassai avidement. Me souvenant tout à coup de l'endroit où nous étions, je m'écartai d'elle, me levai et lui tendis la main.

— Si nous passions dans mon bureau pour en discuter ?

En suivant Reilly dans la chambre, Tess ne pouvait s'empêcher de continuer à penser au dessin.

Reilly avait peut-être raison, elle imaginait des choses.

Le problème, c'était que l'agaçant petit démon de la curiosité tapi dans les recoins obscurs de son esprit s'agitait et réclamait à grands cris son attention.

Le démon bondissait encore en elle quand, après qu'elle eut fermé la porte derrière elle, Reilly se retourna et la plaqua contre lui. Le démon cessa totalement de l'importuner pendant l'heure qui suivit mais après, alors qu'elle s'endormait dans les bras de Reilly, il surgit de nouveau au premier plan de ses pensées, déchaîné et réclamant une audience.

28

Plus haut sur la côte, un démon d'une espèce très différente traversait un paysage tout à fait autre.

Navarro était de retour à la villa en bord de mer de Del Mar, assis en tailleur sur une terrasse en teck derrière la remise de la piscine. La mer était à un jet de pierre, droit devant, et la lune basse semblait peser sur lui tandis qu'il demeurait immobile, silencieux et serein. Du moins, vu de l'extérieur.

À l'intérieur, en revanche…

Cela faisait plus d'une heure qu'il s'enfonçait dans des tunnels de feu et des abysses de ténèbres sans fond, qu'il tombait et s'élevait, tournoyait dans des kaléidoscopes de couleurs, des visions surnaturelles de son passé et de son avenir.

C'était une expérience qu'il avait déjà faite, bien sûr.

De nombreuses fois.

Chez ceux qui n'y étaient pas habitués ou qui ne savaient pas le contrôler, l'épais breuvage marron qu'il avait ingéré pouvait avoir des effets désastreux, à la fois immédiats – ils vomissaient, se pissaient dessus et, convaincus qu'ils étaient de mourir, hurlaient, imploraient qu'on les délivre d'une terreur qui semblait sans fin – et à plus long terme. Mais pas chez Navarro. Il savait ce qu'il faisait et quand il s'écarta finalement du bord et se retrouva dans une lumière blanche, aveuglante, il se sentit incroyablement lucide. Sa respiration se ralentit, apaisée par la paix intérieure qui s'épanouissait au plus profond de son être, et il ouvrit les yeux.

Magnifique.

Il inspira une longue bouffée d'air marin et la retint un moment dans ses poumons, savourant une hypersensibilité à tout ce qui l'entourait. Les vagues clapotant contre la côte, les criquets dans l'herbe – il entendait même les crabes trottinant sur le sable. Grâce à l'œil de son esprit, il voyait avec une clarté grisante des choses qui lui avaient échappé jusque-là ou qu'il n'avait pas vraiment remarquées.

La drogue avait opéré ainsi qu'il s'y attendait. Car il avait été formé par les meilleurs maîtres depuis qu'avait commencé, à l'aube de son adolescence, sa fascination pour ce que les ethnopharmacologues appelaient « le remède de l'esprit sacré ».

Comme tous les enfants, Raoul Navarro avait cru à la magie dans son jeune âge. La différence, c'était qu'il n'avait jamais cessé d'y croire.

Il avait grandi à Real de Catorce, un village aux rues en pente bordées de maisons coloniales espagnoles délabrées, perché au flanc d'une montagne sur l'un des plus hauts plateaux du Mexique. Construit un siècle plus tôt pendant la ruée vers l'argent puis abandonné, Real présentait l'avantage d'être la porte du désert de Wirikuta, là où les Indiens Huichol cueillaient le peyotl sacré. C'était un lieu où un gosse démuni comme Navarro pouvait gagner quelques dollars en dénichant les petits boutons de peyotl cachés sous les buissons de mesquite et en les vendant à des *primeros*, touristes en quête d'un trip réputé. Il ne se contentait cependant pas de les vendre. Il était curieux de connaître les effets du peyotl et il n'eut pas à attendre très longtemps pour les découvrir. Peu après le treizième anniversaire de Raoul, un chaman huichol lui banda les yeux, le conduisit dans le désert et fit de lui un *primero*.

Cette expérience changea sa vie.

Elle lui apprit que les esprits étaient partout et qu'ils observaient ses moindres mouvements. Il voulut les connaître.

L'adolescent passa une grande partie de son temps avec les chamans, qui lui apprirent à lire. Il dévorait tout ce qui lui tombait sous la main, des livres de Carlos Castaneda aux ouvrages des grands psychopharmacologues et ethnobotanistes. Puis, quand le monde réel se révéla impitoyable, il prit le même inévitable chemin que tant d'autres jeunes, se retrouva aspiré dans la lutte violente pour gravir les échelons du trafic de drogue, et il découvrit qu'il aimait ça. Non seulement il aimait ça mais il était doué pour ça. À mesure que son pouvoir et sa fortune croissaient, il put s'adonner davantage à sa passion.

Son argent lui permit de voyager dans tout le Mexique et de descendre vers le sud, dans les jungles et les forêts pluviales du Guatemala, du Brésil et du Pérou. Il s'y lia avec des anthropologues et rechercha des peuplades isolées consacrant autant de temps et d'énergie à comprendre les royaumes invisibles des dieux et des esprits, les chemins de la courbure du temps menant à notre passé et à notre avenir, que nous à percer les mystères du réchauffement global et des nanotechnologies.

Cherchant sans relâche à s'ouvrir des voies vers de nouveaux états de conscience, à atteindre de nouveaux sommets de lucidité, Navarro gagna la confiance de guérisseurs et de chamans. Avec leurs conseils, il expérimenta toutes sortes de substances psychotropes et d'enthéogènes, pour la plupart des breuvages tirés de plantes jouant un rôle essentiel dans les pratiques religieuses des tribus qu'il explorait. Il commença par les substances psychotropes locales les plus accessibles, comme les champignons à psilocybine et la *salvia divinorum,* sous le contrôle de chamans mazatèques des forêts de brume des montagnes de la Sierra Mazateca. Puis il passa à des hallucinogènes plus puissants et plus obscurs, tels l'ayahuasca, la liane des âmes, l'iboga, la racine sacrée, le borrachero, et d'autres encore, qu'on n'avait offerts qu'à de rares étrangers. Il alla même en Afrique, s'aventura dans des contrées isolées du Gabon et du Cameroun, prit part à des cérémonies ngenza du culte bitwi, au cours desquelles il apprit à communiquer avec les esprits de ses ancêtres. Mais il venait d'un lieu sombre, son âme était déjà asservie par la violence, et à mesure que ces drogues altéraient sa conscience et désintégraient peu à peu son moi, il s'enfonçait dans les abîmes plus sinistres de son subconscient et y découvrait des choses que la plupart des gens n'auraient pas voulu seulement imaginer.

Mais Navarro était différent de la plupart des gens.

À chaque nouvelle expérience, il était entraîné plus profondément par les démons qui rôdaient dans les abysses de son royaume astral. Il ne parvenait toutefois pas à s'arrêter, de plus en plus fasciné par les portes que chaque voyage faisait apparaître dans son esprit et par les révélations spirituelles sur lesquelles elles ouvraient.

Des révélations qui allaient parfois au-delà du spirituel.

Qui l'aidèrent à se tirer de situations dangereuses dans le monde réel et à s'élever parmi les chefs narcos avec une remarquable facilité.

Qui lui valurent le surnom El Brujo.

Le sorcier.

Et c'était l'une de ces révélations qui l'avait orienté dans une nouvelle direction, qui lui avait donné une nouvelle détermination. Elle était à la racine de ce qui le motivait à présent.

Navarro savait depuis longtemps que le jeu changeait. Pour qui se donnait la peine de l'observer, le monde de la drogue était en constante évolution. Le produit phare du moment, la cocaïne, était sur le déclin. L'avenir, il le savait, résidait dans un nouveau type d'expérience, qui ne nécessitait pas de se piquer, de faire fondre la dope, pas même de la sniffer ; il suffisait d'avaler une pilule pas plus grosse qu'un cachet d'aspirine. C'était là le principal attrait des drogues de synthèse et des amphétamines.

Si Navarro voulait modeler l'avenir, rien ne devait lui barrer le chemin.

Il émergea de son trip, son imagination et sa capacité de perception décuplées. Des pensées jaillissaient de recoins jusque-là ignorés de son esprit et éclataient en pleine lumière.

L'une d'elles prenait le pas sur toutes les autres.

Il se concentra sur elle, la cajola et la nourrit jusqu'à ce qu'elle resplendisse de clarté.

Puis il rentra et prit une douche, laissant l'eau laver sa sueur et le ramener dans le monde que les autres appelaient réalité. Il se sécha, enfila ses vêtements de nuit et se pencha de nouveau sur le dossier de Reilly.

Tout était là.

Navarro attrapa son téléphone et appela Octavio Guerra, l'homme qui le fournissait en gardes du corps. L'homme qui lui prodiguait sur les Américains toutes les informations qui l'intéressaient. L'intermédiaire qui lui procurait généralement tout ce dont il avait besoin. Et bien qu'il fût tard, il savait que Guerra répondrait à son appel, et il en irait toujours ainsi, quelle que soit l'heure, de jour comme de nuit.

— Reilly, l'agent du FBI, attaqua Navarro sans préambule. D'après son dossier, il a une femme à New York. Tess Chaykin.

Après une pause, il ordonna :

— Trouve-la.

MARDI

29

Ce fut à nouveau sous un ciel d'un bleu parfait que je me rendis en voiture à La Mesa pour interroger Karen Walker.

Nous avions arrangé un rendez-vous là-bas, dans les locaux tout neufs de la police, sur University Avenue, parce que c'était plus près du club-house des Aigles et de l'endroit où elle vivait. J'estimais qu'après ce qu'elle venait de subir, ce serait plus courtois que de lui imposer le long trajet jusqu'aux bureaux fédéraux de Villaverde. Elle arriva à l'heure – c'est à mettre à son crédit – et, quoiqu'elle eût l'air secouée et à cran, elle semblait tenir à peu près le coup. Elle ne s'était pas non plus fait accompagner par un avocat.

Je l'accueillis avec Villaverde et Jesse Munro, spécialement descendu de LA ce matin-là. Après mon départ, la veille, David avait téléphoné à Corliss pour le mettre au courant et celui-ci avait proposé d'envoyer Munro pour que nous puissions avoir un accès direct aux ressources de la DEA maintenant que l'enquête prenait de l'ampleur. Nous nous trouvions dans une salle de réunion du premier étage, un lieu qui m'avait paru plus propice qu'une des salles d'interrogatoire exiguës et sans fenêtres du rez-de-chaussée, où des inspecteurs étaient occupés à cuisiner les aspirants du club.

Les fichiers de l'ATF indiquaient que Walker et elle s'étaient mariés en 2003, peu avant qu'il soit envoyé en Irak. Ils avaient deux gosses, un garçon de huit ans et une fille de trois ans. Karen tenait une onglerie à La Mesa. Elle avait un casier, une peine légère pour coups et blessures, ce qui ne cadrait pas vraiment avec la femme posée que j'avais devant moi, mais la réinsertion des anciens détenus n'est pas nécessairement quelque chose de vain.

Nous étions à peine assis qu'elle demanda si nous avions retrouvé Scrape ou non. Les médias avaient parlé du meurtre du shérif adjoint, mais nous ne leur avions pas communiqué la raison de sa présence à l'entrepôt. Karen avait visiblement fait le rapport, étant donné le lieu de la fusillade, et je décidai que lui confier des détails que la presse ignorait contribuerait à établir une certaine confiance entre nous.

— Ils l'ont embarqué, dis-je. Ils ont descendu l'adjoint et emmené Scrape. Nous ne savons pas où ils sont et nous n'avons aucune piste là-dessus non plus.

Son regard, qui se porta tour à tour sur chacun de nous, était empreint de perplexité et de gêne. J'y décelai toutefois de la peur.

— Vous avez rien de rien ?

— C'est pour ça que vous êtes ici, madame Walker…

— Karen, coupa-t-elle sans sourire.

Je pris une inspiration, hochai la tête.

— OK, Karen. Voilà la situation : votre mari et ses copains faisaient un boulot pour quelqu'un. Je ne parle pas de motos customisées, je parle d'enlèvements à main armée qui remontent à déjà quelques mois. De fusillades qui ont causé la mort de plusieurs personnes. Mais ce n'est pas pour ça que nous sommes ici maintenant. Nous n'essayons pas de vous impliquer dans ces affaires. Nous sommes ici à cause de ce qui s'est passé au club-house. Parce qu'il faut retrouver les types qui ont fait ça et les coller en prison. D'accord ?

J'attendis qu'elle m'adresse un petit hochement de tête pour continuer :

— Vous avez vu de quoi ils sont capables. Nous ne savons pas qui ils sont ni ce qu'ils cherchent exactement, mais apparemment ils ne l'ont pas encore trouvé. Et tant qu'ils seront en liberté, tous ceux qui sont liés au club de près ou de loin seront en danger. Vous plus que n'importe qui d'autre, Karen.

Je m'interrompis pour la laisser assimiler l'avertissement. Soyons clairs, je n'essayais pas de lui mettre la pression. Je pensais sincèrement qu'elle était en danger. Je n'aurais pu certifier pour autant que cela me causait réellement du souci, étant donné ce que la bande de son mari avait fait à Michelle et aux autres. Au fond de moi, mon attitude envers elle n'était peut-être pas aussi ambivalente que je le pensais. Elle ne m'inspirait pas une aversion viscérale et cependant, même si j'ignorais ce qu'elle savait au juste des activités de son mari, je présumais qu'elle était en partie au courant. Mais je savais par expérience que les conjoints de criminels violents sont souvent aussi des victimes, à leur façon.

— Nous avons besoin de savoir pour qui les Aigles travaillaient et ce qu'ils faisaient, conclus-je.

Son regard passa de nouveau d'un visage à l'autre, comme si elle était tiraillée dans des directions opposées. Le seul fait d'être dans ce bâtiment la mettait mal à l'aise, je le savais. J'avais vu son casier, elle avait fait de la prison. Ce n'était pas une fan des forces de l'ordre. Elle tira de son sac un paquet de Winston, en prit une, se mit à la tapoter contre la table. Elle portait de grosses bagues en argent à ses doigts soigneusement manucurés. Je remarquai aussi qu'elle avait aux poignets des tatouages qui disparaissaient sous ses manches.

— Vous voulez qu'on coince ceux qui ont fait ça à votre mari, n'est-ce pas, Karen ?

— Bien sûr, rétorqua-t-elle.

— Alors, aidez-nous.

Le tapotement s'accéléra puis elle poussa un long soupir, détourna son regard avant de le ramener sur moi.

— Je veux l'immunité, déclara-t-elle.

— L'immunité ? Contre quoi ?

— Pas de poursuites. Écoutez, je connais la musique. Supposons que je sache quelque chose et que je vous le dise, je deviens complice. Au mieux. Je veux vraiment que vous chopiez les pourris, les malades qui ont fait ça à Wook, mais je suis pas chaude pour retourner en cabane.

Elle se tut, me regarda, passa aux autres et revint à moi. Elle tentait de prendre une attitude d'indifférence et de défi mais j'avais suffisamment vu de gens dans sa situation pour savoir que, derrière cette façade de nana de motard à la redresse, elle était terrifiée. Ce qu'elle demandait n'en était pas moins logique, de son point de vue. Malgré ma rogne contre son mari et sa bande, je ne pouvais pas être sûr qu'elle était au courant de tout, ni que nous parviendrions à la faire condamner. L'important, c'était qu'elle pouvait nous aider à trouver qui était derrière tout ça, et mettre fin à cette spirale morbide. Arrêter celui qui avait lancé la bande sur Michelle valait bien de passer un marché qui éviterait à Karen de retourner en prison.

Je coulai un regard à Villaverde. Connaissant le casier de Karen, nous avions anticipé sa demande. Nous avions aussi estimé que nous ne pouvions pas nous permettre de la refuser.

— D'accord, lui dis-je.

Elle parut surprise, comme si elle ne savait pas comment prendre ma réponse.

— Quoi ? Comme ça ? Vous avez pas autorité pour décider. Vous devez pas d'abord avoir l'accord du procureur ?

— C'est fait. Nous en avons discuté avec les services du procureur du comté de San Diego. Ils sont partants. Le comté de LA ne posera pas de problème non plus.

Du menton, j'indiquai Munro, qui confirma d'un petit hochement de tête.

— On est en train de taper le papier en ce moment même, repris-je. Ce n'est pas vous qu'on veut, Karen. Vous avez ma parole d'agent fédéral que rien de ce que vous direz ici ne sera utilisé contre vous. Mais si on veut serrer ces types, il faut agir, et vite. Ils sont peut-être en train de se faire la belle. Si vous savez quoi que ce soit sur eux, c'est le moment de parler.

Je vis les muscles de sa mâchoire se contracter.

— Faut combien de temps pour que le papier arrive ici ?

— Pas très longtemps, répondis-je. Mais trop peut-être pour choper ces types.

Elle eut un autre soupir, plissa les yeux, se renversa en arrière et regarda par la fenêtre, puis se tourna de nouveau vers nous. Elle hocha plusieurs fois la tête, comme pour se convaincre qu'elle prenait la bonne décision.

— Ils travaillaient pour une raclure de Mex. Je connais pas son nom. Wook l'appelait juste « le métèque ».

Mes synapses s'allumèrent. C'était parti.

— Qu'est-ce qu'ils faisaient pour lui ?

— Ça a commencé il y a six, sept mois. Il les a embauchés pour kidnapper deux mecs…

— Les chercheurs du labo proche de Santa Barbara ? intervint Munro.

Elle acquiesça.

— J'en ai plus entendu parler pendant un moment. Ça valait mieux, vu comment ça s'était terminé. Et puis, y a quelques semaines, Wook a eu d'autres boulots. Encore des enlèvements.

— Qui, cette fois ? demandai-je.

— J'en sais rien. Franchement. Le premier, c'était pas ici non plus.

— C'était où ?

— Plus haut sur la côte. Pas loin de San Francisco, je crois. Vous savez, Wook me disait pas tout. Des fois, même, il me disait rien, pas tout de suite, en tout cas. Il m'en parlait après, surtout si ça avait mal tourné et que ça le foutait en boule.

Je me demandai ce que faisait Wook quand il se foutait en boule.

— Vous ne savez rien d'autre sur ceux qu'ils ont enlevés ? insistai-je.

— Non. Sauf que c'était encore une tronche. Et puis, quelques jours après, ils se sont occupés de quelqu'un d'autre, et là ça a encore foiré.

Je sentis mes muscles se raidir, le sang me monter à la tête. C'était de Michelle qu'elle parlait.

— Qui était-ce ?

— Je sais pas. Mais d'après ce que j'ai entendu, ça devait être une femme.

Je scrutais les pores de son visage, cherchant à savoir dans quelle mesure elle disait la vérité, mais impossible d'avoir une certitude, dans un sens ou dans l'autre. Je n'avais pas besoin cependant d'entendre le reste de cette histoire, pas pour le moment du moins, et je lui posai une question plus pertinente :

— Ce Mexicain, qu'est-ce que vous savez de lui ?

Elle écarta les mains.

— Rien, répondit-elle d'une voix moins forte. Wook ne m'a rien dit d'autre, je le jure.

Ça ne collait toujours pas.

— Donc, votre mari et ses gars ont rencontré cet homme il y a six, sept mois, et juste comme ça, ils ont accepté de faire un boulot extrêmement risqué pour lui ? Ça ne paraît pas très prudent, non ?

— D'après Wook, ils avaient déjà bossé ensemble. Des années plus tôt.

— Où ?

Karen soupira, comme si elle s'en voulait de devoir tout déballer.

— Y a de ça quatre ou cinq ans, Wook et les gars assuraient la sécurité des livraisons de ce côté-ci de la frontière pour un baron de la drogue mex. Le nouveau, c'était un des anciens lieutenants de ce baron. Wook se souvenait pas de lui, mais ce mec était au courant de trucs que seul quelqu'un qui aurait été là à l'époque pouvait savoir.

— Quoi, par exemple ?

Elle me fixa longuement, de plus en plus nerveuse.

— Le baron mexicain soupçonnait un de ses gars de travailler pour un cartel concurrent. Pour lui piquer son territoire. Wook était là, ce jour-là. Gourou aussi.

— Gourou ?

— Gary. Gary Pennebaker. Wook et lui ont fondé les Aigles à leur retour d'Irak.

Je pensai aux deux visages qui ne faisaient pas partie des morts, sur les photos accrochées au mur du club-house.

— Bref, ils étaient là tous les deux, et le Mexicain se met à taillader le gars pour le faire parler. Je connais pas les détails, mais c'était moche. Façon Hannibal Lecter. Wook disait que le Mex était un vrai tordu. Gourou a dégueulé devant tout le monde, Wook pouvait plus s'arrêter de rigoler…

L'expression de Karen s'assombrit, sous l'effet de la gêne, supposai-je, d'avoir été mariée à un citoyen aussi éminent. Ou plus probablement en pensant à ce qui lui était arrivé par la suite…

— Pour en revenir au nouveau, il était forcément présent ce jour-là, vu la façon dont il racontait cette histoire. C'était un des gros bras du baron. Ça a suffi pour les convaincre d'accepter le boulot.

Elle nous avait déjà dit qu'elle ne connaissait pas le nom du nouveau, mais je tentai un autre biais :

— Wook a mentionné le nom du baron ?

Elle secoua tristement la tête.

— Et Pennebaker ? Comment se fait-il qu'il n'ait pas été au club-house ?

Villaverde consultait déjà le dossier de l'ATF sur les Aigles.

— Apparemment, il a quitté le club après un séjour en prison.

Il leva les yeux vers Karen pour obtenir confirmation.

— Exact, dit-elle.

J'étais tout excité. Ce Gourou pouvait nous aider à identifier notre dingue. S'il était encore en vie.

— On peut le trouver où ?

Elle haussa les épaules et répondit :

— J'en sais pas plus que vous.

30

Du seuil de la chambre d'Alex, Tess le regardait jouer par terre près de son lit avec ses figurines.

Ils étaient déjà descendus au buffet petit-déjeuner puis étaient remontés à la suite, où ils attendaient Julia, qui était en route. Alex avait passé une grande partie de la journée de la veille à l'hôtel et Tess pensait qu'il fallait le sortir pour lui changer les idées. Julia avait suggéré de l'emmener à Balboa Park, qui se trouvait à proximité. Il y avait là-bas de quoi le distraire : le zoo, le musée de l'Air et de l'Espace, le musée d'Histoire naturelle, et bien d'autres choses encore. L'idée avait ravi Alex qui, comme on pouvait s'y attendre, avait choisi le zoo.

Tess était impatiente de l'y conduire. Elle espérait que les animaux et les spectacles détourneraient son esprit de ce qui s'était passé et l'aiderait à retrouver son sourire, fût-ce pour un moment seulement.

Elle ne parvenait pas à chasser le dessin de sa tête et se reprochait d'en faire une obsession. C'était plus fort qu'elle.

Comme elle détournait les yeux, son regard tomba sur la table du salon et la pile de dessins qu'Alex avait faits la veille.

Elle eut une idée. Une idée à laquelle elle aurait dû résister, mais elle en fut incapable.

Tess alla dans sa chambre prendre le dessin rapporté de la maison de Michelle, retourna dans le salon et prit sur la table deux des dessins de la pile. Elle glissa le plus ancien sous les deux nouveaux et rejoignit Alex dans sa chambre.

Assise sur le lit près de lui, elle lui montra les dessins.

— Ils sont super, Alex. Ils me plaisent beaucoup. Tu les as faits avec Julia, n'est-ce pas ?

Il hocha la tête, mais resta concentré sur la bataille d'extraterrestres qu'il mettait en scène.

Tess regarda le premier dessin, un personnage à la poitrine en forme de dragée accompagné d'une énorme créature marine, dauphin ou baleine. SeaWorld, manifestement. Le personnage avait des cheveux bruns et tenait dans sa main un petit bonhomme, semblable à celui du dessin qui l'intriguait.

— C'est toi et le dauphin à SeaWorld ?

L'enfant ne répondit pas.

— Alex, dis-moi… c'est toi et l'un des dauphins ?

Cette fois, il jeta un coup d'œil dépourvu d'intérêt au dessin et secoua la tête.

— Ce n'est pas toi ? dit Tess, déçue.

Il secoua de nouveau la tête et répondit, sans la regarder :

— C'est pas un dauphin. C'est Shamu.

Elle ressentit un pincement d'excitation.

— Ah, alors, c'est toi et une baleine ?

Il acquiesça.

Le dessin suivant montrait Alex et sa représentation de dauphin en train de sauter. Mais il demeurait plongé dans son monde imaginaire et Tess avait du mal à attirer son attention. Elle se sentait coupable d'essayer de le faire parler – d'autant plus coupable, compte tenu de ce qu'elle allait lui infliger – mais elle se sentait aussi contrainte de le faire. Le petit démon de la curiosité l'exigeait.

— Alex, j'ai trouvé un autre dessin hier chez toi et j'ai une question à te poser. Je peux ?

Il ne répondit pas.

— C'est celui-là, dit-elle en lui montrant la feuille. C'est bien toi qui l'as fait ? Et là, c'est toi, non ? Avec Ben dans la main ?

Cette fois, l'enfant accorda un regard furtif au dessin. Tess s'était préparée et elle observa attentivement son visage pour lire sa réaction. Il parut aussitôt mal à l'aise, mais elle ne put s'empêcher de demander :

— Qui est avec toi ?

Le petit garçon resta muet.

— Qui est-ce, Alex ? J'aimerais vraiment le savoir.

Il ne se tourna pas vers elle.

— Alex ?

Silence.

Tess décida d'essayer autre chose :

— Dis-moi, est-ce que ta maman t'a aussi posé des questions sur ce dessin ?

Cette fois, elle obtint une réaction. Un lent hochement de tête réticent.

— Et qu'est-ce que tu as répondu ?

De mauvaise grâce, et sans regarder Tess, il marmonna :

— On en a parlé un petit peu.

— De quoi vous avez parlé ?

— Maman aussi, elle voulait savoir qui c'était.

— Qu'est-ce que tu lui as dit ?

— Que je savais pas.

Il paraissait sincère.

— C'est tout ce que tu as dit à ta maman ? Que tu ne savais pas ?

— Oui, persista-t-il. C'est ce que je leur ai dit.

« *Leur* ait dit ». Pas « lui ai dit ».

— Alex… À qui d'autre tu as parlé du dessin ?

Pas de réponse.

— Alex ? Tu as dit que tu ne savais pas à ta maman et à quelqu'un d'autre. Qui était-ce ? À qui d'autre tu as parlé du dessin ?

Après avoir hésité, il lâcha :

— À Jim.

Tess sentit un picotement parcourir sa nuque.

— Qui est-ce, Jim ?

Alex plissa le front, répondit :

— Le copain de maman.

Tess fut déroutée. Reilly lui avait parlé d'un Tom, pas d'un Jim.

— Tu l'as vu où, Jim ?

— À son bureau, avec maman. Il a un aquarium. Il m'a laissé donner à manger aux poissons.

— Pourquoi ta maman t'a posé des questions sur ce dessin ? Qu'est-ce qu'il a de spécial ?

— Rien.

L'esprit de la jeune femme partait dans toutes sortes de directions, dont aucune ne lui apparaissait clairement. Elle décida de revenir une dernière fois à sa première question et indiqua le personnage avec le jouet dans la main.

— Mais là, c'est bien toi ?

Alex coula un regard oblique au dessin, acquiesça d'un signe de tête hésitant.

— D'accord, donc… Là, c'est qui ? demanda-t-elle avec douceur en désignant l'autre personnage. Répète-moi ce que tu as dit à Jim, j'aimerais vraiment le savoir. Qui est-ce ?

Après un silence, et toujours sans regarder Tess, le garçonnet répondit :

— C'est personne.

Tess sentait qu'il cachait quelque chose. Elle sentait aussi qu'il avait peur.

Ce qui confirmait ce qu'elle soupçonnait : c'était important.

Qui était Jim et pourquoi Michelle avait-elle conduit Alex dans le bureau de cet homme ?

Elle ne voulut pas continuer à interroger Alex, elle se reprochait déjà de l'avoir bousculé. Mais elle n'avait personne d'autre à qui poser ses questions. Elle ne connaissait pas les amis de Michelle, elle ignorait si l'ex de Sean avait des parents dont elle avait été proche, et même si c'était le cas, elle n'était pas sûre que Michelle leur en aurait parlé.

Il n'y avait qu'un endroit où elle pouvait peut-être obtenir un début de réponse.

— Tu vas à quelle école, Alex ?

31

Il fallait absolument trouver Gourou.

Le problème, c'était qu'il n'avait apparemment pas envie qu'on le trouve.

Entre Karen et les fichiers de l'ATF, nous avions une bio à peu près correcte, quoique incomplète, de l'individu. Pennebaker et Walker – Gourou et Wook –, deux gars du coin qui s'étaient retrouvés à Camp Pendleton, où ils avaient rejoint les rangs de la 1re division de Marines. Ils avaient tous deux servi en Irak en 2003 et 2004, d'abord contre la Garde républicaine irakienne puis contre des rebelles plus combatifs et plus dangereux, un mélange de miliciens locaux et de mercenaires étrangers qui se détestaient mutuellement et dont le seul lien était leur haine commune des troupes américaines et britanniques en Irak. Fait plus important, Pennebaker et Walker s'étaient battus côte à côte à Falloujah, pendant l'opération Phantom Fury, une semaine de combats de rues sanglants et sordides qui avait profondément marqué tous ceux qui y avaient participé. Ils avaient tous deux réussi à rentrer en Californie avec leurs quatre membres intacts et de bons états de service, mais selon tous les témoignages, c'étaient des hommes changés et désillusionnés qui avaient quitté l'Irak. Des hommes aigris et en colère, selon Karen. Ils avaient démissionné de l'armée dès qu'ils avaient débarqué sur le sol des États-Unis et avaient regagné le comté de San Diego. Peu de temps après, ils fondaient les Aigles de Babylone. C'était Pennebaker, semblait-il, qui avait trouvé le nom du club.

Deux ou trois camarades de guerre s'étaient joints à eux, ainsi que le jeune frère de Pennebaker, Marty, qui glandait depuis un moment et subsistait tant bien que mal. Les deux visages de la galerie de photos du club-house qui ne correspondaient pas à un des cadavres retrouvés sur place, c'étaient eux, les frères Pennebaker. Un an après la création du club, suite à une bagarre avec une bande de motards rivale, Marty s'était vidé de son sang dans une ruelle. Pennebaker avait pété les plombs. Il avait retrouvé le type qui avait saigné son frère et l'avait illico transformé en bouillie. Puis il avait surpris tout le monde en se livrant à la police.

Au procès, deux éléments avaient joué en sa faveur. Le motard qu'il avait tué était une ordure reconnue, avec un casier long comme un rouleau d'essuie-tout. En outre, l'histoire de Pennebaker avait touché les jurés, à une époque où l'opinion estimait que le gouvernement ne s'occupait pas des anciens combattants avec l'attention qu'ils méritaient. Gourou avait été condamné à sept ans de prison pour homicide involontaire. Il en avait purgé quatre seulement, à Ironwood, avant d'être libéré pour bonne conduite. Au printemps dernier.

Depuis, il avait disparu.

L'ATF n'avait pas la moindre idée de ce qu'il était devenu. Selon Karen, il était sorti de prison avec une nouvelle façon de voir les choses et ne voulait plus avoir rien à faire avec le club. Toujours selon Karen, il avait rencontré Walker une fois et il avait mis les bouts.

Plus de traces. Rien. Il avait disparu des écrans radar.

Je tenais plus encore à le retrouver. Il pouvait nous aider à mettre la main sur le Mexicain en nous révélant pour qui Walker et lui avaient travaillé autrefois. Et le fait qu'il ait soudain tout plaqué aiguisait ma curiosité. Pennebaker s'évapore et il arrive toutes sortes d'ennuis à ses anciens copains motards. Ça pouvait être une coïncidence. Il y en a vraiment, parfois.

Je ne le saurais qu'après l'avoir retrouvé.

32

En prenant l'I-95 pour se rendre à Mamaroneck, l'inspecteur Andy Perrini, de la brigade des stupéfiants, se demandait pourquoi Octavio Guerra tenait tant à localiser l'archéologue qui s'était mise à écrire des romans à l'eau de rose. Manifestement il y avait une bonne raison – le Mexicain avait toujours une bonne raison –, mais, ayant lui-même plusieurs fers au feu en ce moment, Perrini avait décidé de ne pas essayer de savoir ce que cherchait cette fois l'homme qui le payait.

Perrini avait déjà trouvé l'adresse de Tess Chaykin, elle se trouvait dans le dossier qu'il avait préparé pour Guerra quelques semaines plus tôt. La maison appartenait à la mère de la fille, Eileen, qui, quoique veuve, n'y vivait apparemment plus. On n'avait pas demandé à Perrini de découvrir où elle était, et s'il y avait une règle qu'il respectait quand il bossait pour quelqu'un d'autre, c'était de s'en tenir toujours au strict minimum. À moins qu'un effort supplémentaire ne lui permette de ramasser un peu plus de thune, évidemment.

Le mec de Chaykin, un agent du FBI affecté au groupe de travail antiterroriste, sujet principal de son rapport, s'était installé chez la fille deux ans plus tôt et le couple jouait maintenant à papa-maman avec Kim, la fille adolescente de Chaykin. Perrini avait des haut-le-cœur rien qu'à l'idée de vivre avec le gosse de quelqu'un d'autre, mais le pire, c'était de combiner les responsabilités familiales et le plaisir. Il compartimentait toujours strictement les deux choses. Rachel et les garçons à Greenpoint, Louise dans l'appartement de la Deuxième Avenue dont il payait le loyer avec ce que par euphémisme il appelait ses revenus non imposables.

Perrini pénétra dans Mamaroneck juste après deux heures de l'après-midi et brancha la voix féminine soporifique de son SatNav pour la partie finale du trajet.

Il avait lu des infos sur Mamaroneck avant de se mettre en route. Les structures administratives de cette localité semblaient inutilement complexes, avec un village et une ville portant le même nom, mais une partie seulement du Village de Mamaroneck se trouvait dans la Ville de Mamaroneck, alors que tout le Village de Larchmont était considéré comme faisant partie de la Ville de Mamaroneck. Le site Web de la ville offrait même une page pour vous aider à déterminer si vous y viviez ou pas. L'un des principaux – et tout aussi rares – titres de gloire du patelin était que la chanson *Santa Claus is Coming to Town* y avait été écrite et interprétée pour la première fois. Tout cela rappelait à Perrini, s'il en était besoin, pourquoi il ne se risquait jamais au nord de Mount Vernon.

Dès qu'il arriva à destination, il effaça les données de son SatNav. Il remonta la rue bordée d'arbres en respectant la vitesse limite, examina au passage la maison cible et celles qui la jouxtaient. Au fil des ans, il avait appris à recueillir un grand nombre d'informations en un simple coup d'œil. Lorsqu'il quitta la rue et entama le tour du pâté de maisons, il savait déjà qu'il n'y avait pas de voiture garée devant le domicile de Tess Chaykin, que la boîte aux lettres n'avait pas été vidée depuis deux jours et qu'on avait laissé les rideaux à moitié ouverts, stratagème ridicule que les gens utilisent pour faire croire qu'ils sont chez eux alors qu'ils sont en voyage. L'élément de la maison auquel il s'intéressait le plus était facilement accessible d'un côté mais masqué de l'autre par un gros rhododendron. Un cas d'école, quoique Perrini fût préparé naturellement à toute autre éventualité.

Les voisins de gauche avaient deux gosses encore trop jeunes pour la colonie de vacances – déduction tirée des deux vélos de garçon de tailles différentes négligemment laissés sur le gazon – mais étaient apparemment sortis. Les voisins de droite devaient être des retraités, à en croire le jardin impeccablement entretenu et la série de cannes appuyées au mur de la véranda. La Lexus étincelante garée dans l'allée indiquait qu'un des deux au moins était à la maison. Ce qui convenait tout à fait à Perrini.

De retour dans la rue, il s'arrêta une centaine de mètres avant la maison de Tess Chaykin et se gara derrière une Prius bleue. Puis il appela de nouveau le numéro de Chaykin, qu'il avait enregistré sur le portable à carte prépayée acheté en liquide quelques heures plus tôt. Il le laissa sonner aussi longtemps que le réseau le permettait puis le rempocha.

Personne à la maison.

Il prit dans le bric-à-brac encombrant la banquette arrière une tablette à pince et un tournevis cruciforme, dénoua le lacet d'une de ses chaussures en cuir et sortit de sa voiture. Il descendit la rue d'un pas désinvolte, redressa sa cravate, passa une main dans l'épaisse chevelure d'un noir de jais qui faisait partie de son charme. Un charme qui l'avait bien aidé dans son boulot pour interroger les femmes et dans sa vie privée pour séduire la toujours ravissante Louise, à peine âgée de vingt ans quand ils avaient commencé à coucher ensemble.

Lorsqu'il fut presque devant la maison de Chaykin, il baissa les yeux, « remarqua » son lacet défait et s'agenouilla près du rhododendron pour le renouer. Il posa la tablette par terre, prit le tournevis et s'attaqua aux vis du numéro fixé sur le poteau d'entrée le plus proche. Quand il l'eut suffisamment écarté du bois, il glissa la tête du tournevis derrière, fit sauter le numéro en faux fer et le mit prestement dans sa poche. Puis il récupéra la tablette et se remit à marcher.

Il passa devant l'allée du couple en retraite, devant leur Lexus immaculée, et pressa la sonnette, tenant sa tablette avec l'allure officielle qui remplit d'appréhension la plupart des citoyens ordinaires.

Une femme d'une soixantaine d'années ouvrit la porte, vêtue d'un tailleur-pantalon bien coupé et portant un collier de vraies perles. Perrini sentit une onde de satisfaction parcourir sa poitrine. Ce serait presque trop facile.

— Bonjour, madame, la salua-t-il du ton qu'il réservait d'ordinaire à la mère de Rachel et à l'épouse du capitaine de son district. Je suis du Service de prévention des incendies, de Weaver Street. Nous vérifions que tout le monde a bien le numéro de sa maison clairement visible de la rue, comme le stipule le règlement municipal.

La femme regarda immédiatement par-dessus l'épaule de Perrini le disque de porcelaine peinte collé à l'un des piquets de sa clôture. Il était bien là et elle ramena sur Perrini un regard interrogateur.

Il lui sourit.

— Vous êtes parfaitement en règle, madame. Un très joli numéro, en plus, si je peux me permettre. Il fait très bien devant votre mimosa.

Ce fut au tour de la retraitée de sourire.

Perrini baissa les yeux vers sa tablette, dont la pince maintenait de façon incongrue le tableau de service de la semaine pour la brigade des stups du 9e District.

— Non, madame, en fait, c'est au sujet du numéro de votre voisine…

Il tapota la tablette de son stylo.

— … Tess Chaykin ?

Il pointa le doigt vers le poteau d'entrée dont il venait d'enlever la plaque de faux fer et eut une grimace d'excuse.

— Pas de numéro visible.

La femme tira nerveusement sur ses perles. À l'évidence, l'idée que quelqu'un de sa rue puisse enfreindre le règlement municipal la perturbait.

Perrini dut retenir un sourire suffisant.

— Nous avons déjà écrit à Mme Chaykin à ce sujet, mais nous n'avons pas reçu de réponse à ce jour. Nous ne dressons contravention que lorsque nous y sommes absolument obligés, vous savez. Peut-être que Mme Chaykin est en vacances et qu'il n'y a personne pour s'occuper du courrier ?

La femme hocha la tête.

— Elle est partie. Mais son ami est là, dit-elle, avec une petite moue désapprobatrice pour accompagner le mot « ami ». Quoique je ne l'aie pas vu depuis samedi matin. Il n'ouvre peut-être pas le courrier de Mme Chaykin.

Pas de surprise de ce côté-là, Guerra avait informé Perrini que Sean Reilly était à San Diego.

— Il y a moyen de la joindre ? demanda Perrini sans mettre dans sa question la moindre nuance agressive. Je peux retarder la contravention, mais pas indéfiniment.

— Je ne sais pas trop. Elle est en Arizona avec sa fille. Chez sa tante. Ça ne peut pas attendre son retour ? Je pense qu'elle rentrera d'ici deux semaines.

Ayant obtenu l'info qu'il cherchait, Perrini décida de filer et de laisser le règlement de la Ville de Mamaroneck là où il était. Il griffonna n'importe quoi sur la première feuille de sa tablette.

— Je crois que ça peut attendre. Je repasserai dans deux semaines. Merci beaucoup, madame.

La femme lui sourit et referma la porte.

Perrini retourna à sa voiture et appela la ligne sécurisée de Guerra avec son propre portable. Il savait que le Mexicain répondait uniquement si son pare-feu identifiait le correspondant et autorisait l'appel. Guerra décrocha immédiatement.

— Tu l'as trouvée ?

La brusquerie militaire de Guerra agaçait toujours Perrini, bien qu'il sût que l'homme avait été colonel dans l'armée mexicaine avant d'être contraint à prendre sa retraite dans des circonstances passablement troubles.

— Elle n'est pas là. Elle est en Arizona, chez sa tante.

Au bout d'une seconde, Guerra reprit :

— J'ai besoin d'une confirmation. Rappelle quand tu l'auras.

La communication fut coupée.

Perrini ne pouvait s'empêcher d'admirer l'efficacité brutale de Guerra, à défaut d'autre chose.

Il démarra et prit la direction de New York. En rejoignant l'autoroute, il téléphona à Lina Ruiu, une secrétaire du 9e District envers qui il montrait à sa manière une même efficacité brutale. Elle faisait tout ce qu'il lui demandait pour qu'il n'informe pas son boss qu'elle était accro à la coke, addiction qu'il avait suscitée et qu'il entretenait à présent.

Il savait qu'elle ne le doublerait pas. Le dernier type qui s'y était risqué, on l'avait remonté de l'East River avec une moitié du visage en moins. Et ce trou du cul avait été flic.

33

Vers midi, nous tournions à plein régime.

Nous étions toujours tous les trois au poste de police de La Mesa et nous finissions d'interroger les aspirants du club. Villaverde avait mis autant d'hommes sur Pennebaker qu'il pouvait en obtenir du bureau. Munro avait fait la même chose avec son équipe de LA. L'ATF était aussi sur le coup et c'est sur elle que j'aurais parié, mais la percée que j'attendais se faisait désirer.

Les aspirants n'avaient pas grand-chose à dire. Dans des circonstances ordinaires, cela ne m'aurait pas surpris. Les clubs de motards plaçaient l'engagement et la loyauté au-dessus de tout. Dans les bandes criminelles, c'était comme un serment scellé par le sang. Les membres à part entière ne discutaient jamais des affaires du club avec quelqu'un d'extérieur. Normalement, j'aurais attribué le peu de loquacité des aspirants à leur volonté de montrer qu'ils étaient dignes de devenir membres du club mais, en l'occurrence, il n'y avait plus de club. Plus personne. Tous ceux de la section mère avaient été supprimés. Je ne voyais pas pourquoi les aspirants auraient encore voulu protéger leurs parrains puisqu'ils étaient tous morts. Ce qui m'incitait à penser qu'ils nous disaient la vérité. Walker et sa bande savaient garder un secret.

Aucun des rapports sur des personnes récemment disparues dans la région ne cadrait avec le profil des victimes d'enlèvements antérieurs : hommes de science, chimistes, pharmacologues. Nous élargissions les recherches à San Francisco et au-delà, dans tout l'État, mais jusque-là sans résultat.

Nous finîmes par dénicher un indice, cependant. Rien d'important, mais c'était mieux que rien.

Il provenait de la voiture-radio avec laquelle le shérif adjoint s'était rendu à la Grotte pour arrêter la Mouche/Scrape.

De plus en plus de ces véhicules étaient équipés de caméras vidéo intégrées. C'était logique à de nombreux égards. Souvent les chauffeurs en état d'ivresse reconnaissaient les faits quand on leur annonçait qu'ils étaient filmés, ce qui réduisait la paperasse et les heures de tribunal. Les comptables municipaux les adoraient – les caméras, pas les alcoolos – puisqu'elles permettaient d'économiser des dizaines de millions de dollars d'actions en justice en réfutant des demandes d'indemnités abusives grâce aux enregistrements vidéo. C'était aussi un atout précieux pour étayer de fortes présomptions et permettre la fouille ou la saisie de véhicules de dealers. Enfin, les flics appréciaient que les durs hésitent à leur balancer des coups de poing ou même à se montrer simplement agressifs s'ils se savaient filmés.

Malheureusement, les caméras n'avaient pas dissuadé les types qui voulaient Scrape.

Elles nous offrirent cependant un aperçu de ce qui s'était passé, bien qu'ils aient pensé à retirer le disque réinscriptible de la console installée dans la voiture.

Ce qu'ils ignoraient, c'était que le système vidéo du véhicule de Fugate comportait un disque dur intégré qui non seulement sauvegardait tout ce qu'il y avait sur le disque mais y ajoutait dix minutes d'enregistrement avant et après l'événement.

Tout cela nous attendait, téléchargé, prêt pour un visionnage en couleurs haute résolution.

Nous commençâmes par l'enregistrement de la caméra de devant. Bref mais intense. La voiture de l'adjoint se dirige vers la grille de l'entrepôt. Personne aux alentours. Puis un gros SUV noir, un Chevrolet Tahoe, tourne vers l'enceinte et fonce sur la voiture. On ne fait que l'entrevoir tandis que l'adjoint jure et donne un coup de volant pour l'éviter. L'angle de la caméra change, l'image saute et tournoie lorsque le SUV percute la voiture-radio et l'expédie dans le fossé.

Fugate jure de nouveau mais, à partir de là, l'enregistrement de la caméra avant est inutile. Il ne se passe plus rien devant la voiture immobilisée. C'est alors que la caméra de la banquette arrière entre en jeu.

L'enregistrement est cette fois beaucoup plus perturbant.

Au début, on voit Scrape glisser d'un côté à l'autre de la banquette, une main pressée contre l'épaule. Il murmure « Du calme » et grimace de douleur en se redressant. Il n'a pas l'air bien. La voiture démarre et il est ballotté sur la banquette. Puis son visage se crispe d'angoisse, le coup de bélier du SUV le projette en l'air comme une marionnette, il tombe en avant et heurte violemment la paroi de verre séparant l'avant de l'arrière tandis que la voiture se retrouve bloquée dans le fossé.

Et c'est là que ça devient vraiment moche.

Tandis que Scrape regarde devant lui avec une expression terrifiée, un coup de feu claque dans nos oreilles, du sang éclabousse le panneau de verre quand, hors du champ de la caméra, Fugate reçoit une balle, aussitôt suivie d'une deuxième, tirées à bout portant. Scrape crie et se recroqueville sur la banquette aussi loin de la portière que possible au moment où une silhouette – floue pour l'instant – tend le bras pour le saisir. Nous entendons les bottes de Scrape frapper la séparation de verre, nous voyons les mains gantées de la forme sombre se refermer sur le motard hurlant, le tirer hors de la voiture par les jambes. Puis nous n'avons plus que l'image de la banquette vide tandis qu'on entend en bruit de fond, faible mais audible, des portières qui claquent et le Tahoe qui démarre.

Après un moment de silence atterré, je suggérai :

— On repasse le moment où le tueur empoigne Scrape.

Nous regardâmes de nouveau la sinistre séquence en cherchant un indice qui pourrait nous aider. J'espérais avoir quelque chose sur le type qui se penche pour saisir Scrape : une brève vision de son visage, ou simplement son reflet dans le verre, mais sa tête était en grande partie cachée par l'épais cadre métallique de la séparation. Je remarquai alors quelque chose et appuyai sur le bouton « pause ».

— Là. Qu'est-ce que c'est ?

Je revins en arrière, arrêtai sur l'image du tueur s'efforçant d'empoigner une des jambes de Scrape. Il portait un vêtement sombre à manches longues, mais, alors qu'il s'efforçait de venir à bout de la résistance de Scrape, sa manche gauche se releva et je vis quelque chose autour de son poignet, entre l'extrémité du gant et celle de la manche.

Je demandai au technicien de zoomer et d'améliorer autant qu'il pouvait la qualité de l'image. Quand elle fut plus claire, je découvris un bracelet en cuir d'environ deux centimètres de largeur. Ouvragé, avec des fils d'argent et de petites pierres précieuses bleues.

Ça ne vaut pas une empreinte digitale, marmonnai-je intérieurement en fixant l'écran, en me demandant pourquoi ces types avaient emmené Scrape au lieu de l'abattre sur place, et dans quel état il serait lorsque nous le retrouverions.

Je fus tiré de mes réflexions quand notre contact à la police de La Mesa frappa à la porte. À travers le panneau vitré, Villaverde lui fit signe d'entrer et il nous rejoignit d'un pas vif qui nous apprit qu'il s'agissait d'une chose importante.

— Karen Walker veut vous parler, annonça-t-il. Elle est en attente. Ligne 4.

Je pressai le bouton indiqué, branchai l'amplificateur.

— Karen ? Agent Reilly.

— Quelque chose m'est revenu. À propos du jeune frère de Gourou, Marty. Je sais pas pourquoi j'y ai pas pensé hier, ça pourrait vous aider à le retrouver.

Elle s'efforçait manifestement d'obtenir son immunité.

— Allez-y.

— Marty avait une copine. Dani Namour. Ils étaient vraiment mordus, tous les deux. Quand il est mort, elle s'est effondrée. Au point que je me suis demandé si y avait pas autre chose et je lui ai posé la question. Elle était enceinte, le gosse était de Marty. C'est peut-être rien, mais on sait jamais.

— Tout peut nous aider, assurai-je. Où est-ce qu'on peut la trouver ?

— On s'est perdues de vue peu de temps après la fusillade. Elle a peut-être fait comme Gourou, je sais pas. Elle voulait peut-être plus nous voir, elle aussi. Je sais juste qu'elle a eu le bébé. Une fille.

— Où peut-on la trouver ? insistai-je.

— La dernière fois que j'ai eu de ses nouvelles, elle vivait à Chula Vista, elle travaillait dans une boutique chic du centre. Mais ça remonte à deux ans.

— Merci, Karen. Nous irons lui parler.

J'entendis du soulagement dans sa voix quand elle ajouta :

— Je veux vraiment que vous chopiez les fumiers qui ont fait ça à Eli.

Je mis fin à la communication et me tournai vers notre contact, qui se dirigeait déjà vers la porte.

— On s'en occupe tout de suite, dit-il en quittant la pièce.

Je fixai le téléphone en repensant à l'info de Karen. C'était peut-être sans intérêt, mais le sang est le plus fort de tous les liens, surtout quand la tragédie frappe. Je venais d'en faire l'expérience.

Manifestement, Pennebaker avait une conscience.

Elle incluait peut-être sa nièce.

34

Tess se sentit mal à l'aise quand le visage de la directrice blêmit.

Holly Cohen n'était pas au courant de la mort de Michelle et Tess se serait bien passée de lui apprendre la nouvelle mais elle n'avait pas eu le choix. Elle évita cependant de rentrer dans les détails, se contenta de dire qu'il y avait eu un cambriolage chez Michelle, qu'un des voleurs avait tiré sur elle, la blessant mortellement.

Les deux femmes se trouvaient dans le bureau de la directrice de l'école Merrimac, un établissement chic allant de la maternelle à la fin du primaire, situé au fond d'une impasse proche de San Clemente Park et de la maison de Michelle. Tess était allée auparavant sur le site Internet de l'école et avait tout de suite remarqué les appréciations élogieuses qu'elle suscitait. À l'évidence, Michelle avait sélectionné pour Alex une école réputée. Tess songea qu'elle devrait bientôt elle aussi se battre sur ce front : le choix de l'établissement, l'admission, et tout ce qu'impliquait être le parent d'un jeune enfant dans un monde de compétition délirante. Cela faisait des années que Kim, sa fille, avait quitté l'école primaire et la perspective de devoir recommencer la même course d'obstacles avait quelque chose de décourageant. En parcourant le site de l'école d'Alex, Tess s'était dit que sa vie serait désormais très différente.

La page indiquait aussi que l'école organisait des colonies de vacances, ce qui signifiait qu'il y aurait quelqu'un pour la recevoir. Elle donnait la liste des enseignants, parmi lesquels ne figurait aucun « Jim ». Elle savait que ce prénom était également utilisé comme diminutif de « James », mais ne trouva pas de « James » non plus sur la liste. En fait, la plupart des membres du personnel enseignant étaient des femmes. Elle avait pris un taxi pour se rendre à l'école et avait demandé à voir la directrice.

Cohen mit un moment pour se ressaisir puis demanda comment Alex réagissait, ce qu'il faisait, ce qu'il allait devenir. Elle précisa qu'elle ne le connaissait pas personnellement mais qu'elle pensait l'avoir vu avec sa mère lors de diverses réunions ou fêtes organisées à l'école.

— En quoi puis-je vous aider ? s'enquit-elle enfin.

— Alex a fait un dessin qui a piqué ma curiosité, et quand je l'ai interrogé il m'a répondu que sa mère l'avait emmené voir un nommé Jim. J'ai pensé que c'était peut-être un psychologue. Ce nom vous dit quelque chose ?

Cohen plissa les lèvres, secoua la tête.

— Non, pas vraiment. Nous n'avons aucun Jim ici. Que représentait le dessin ?

— Je ne sais pas exactement. Alex et quelqu'un d'autre, une sorte de personnage menaçant. Lorsque je lui ai demandé qui c'était, il a refusé d'en parler.

Il semblait avoir peur. Et ses professeurs ? Ils savent peut-être quelque chose.

— Alex était en maternelle, dit Cohen après un coup d'œil à l'écran de son ordinateur. Classe 2. Le groupe de Mme Rademan.

— Elle ne vous a jamais signalé quoi que ce soit à son sujet ?

— Rien.

Tess fronça les sourcils.

— Elle est ici ? J'aimerais la voir.

— Elle ne travaille pas cet été.

— J'ai vraiment besoin de lui parler. Je peux lui téléphoner ? Vous savez si elle est partie ?

La directrice la regarda, indécise.

— Je vous en prie, insista Tess. C'est important.

— D'accord, capitula Cohen avec un sourire. J'essaie de la joindre.

Elle décrocha le téléphone, jeta un nouveau coup d'œil à son ordinateur et composa un numéro. Au bout d'un long moment, elle dit dans l'appareil :

— Carla, c'est Holly… J'ai dans mon bureau une jeune femme qui souhaiterait vous parler au sujet d'Alex Martinez…

Tess grimaça : au ton de la directrice, elle avait deviné qu'elle s'adressait à un répondeur. Elle donna son numéro de téléphone, que Cohen ajouta au message. Puis elle remercia la directrice et sortit.

En regagnant le taxi qui l'attendait, elle sentit peser sur elle le soleil de midi, accablant. Elle repensa à sa conversation avec Alex, elle revit le visage de l'enfant et la peur qu'elle y avait lue, cette image la suivant comme un spectre dans la brume de chaleur.

Dans le taxi, elle prit son iPhone pour prévenir Julia qu'elle était sur le chemin du retour mais elle arrêta son geste et fixa un moment l'appareil.

Les coins de sa bouche se relevèrent en un petit sourire et elle pressa le 2 sur sa liste de numéros pré-enregistrés. Celui de Reilly.

Comme toujours, il répondit presque aussitôt.

— Tout va bien ? demanda-t-il.

— Oui. Je suis à l'école d'Alex, je viens de voir la directrice. Formidable, cette petite école. Des gens charmants. Dis-moi, vous avez le portable de Michelle ?

— Oui.

— Tu peux regarder s'il y a un « Jim » dans son carnet d'adresses ou dans son agenda ?

— Pourquoi ?

— Selon Alex, Michelle l'aurait emmené voir quelqu'un de ce nom. Je ne sais pas qui c'est mais on pourrait lui dire un mot, tu ne crois pas ?

Reilly demeura un moment silencieux puis :

— Le dessin, c'est ça ?

Elle jura intérieurement : il la connaissait trop bien.

— Oui, reconnut-elle. Je lui ai posé des questions et il avait peur, Sean. Vraiment peur. Il ne voulait pas répondre. Tout ce que j'ai pu obtenir de lui, c'est que Michelle aussi était intriguée par le dessin et l'avait emmené voir ce « Jim » pour en discuter. Ça vaut le coup de vérifier, non ? Et si quelqu'un le menaçait ? Et si c'était lié à ce qui est arrivé à Michelle ?

— Jim… fit Reilly d'un ton pensif après un autre silence.

— Oui.

— OK, acquiesça-t-il, pas vraiment convaincu. Il faut que je te laisse.

— Je t'aime, mon grand.

— Je te rappellerai.

Tess reposa son téléphone, regarda par la fenêtre et soupira en tentant d'ignorer les petits picotements d'impatience qui parcouraient son corps.

35

Assis seul dans un box au fond du Black Iron Burger Shop de la 5e Rue Est, Perrini essuya les dernières traces de hamburger et de rondelles d'oignon frites sur ses lèvres et étira paresseusement les bras. Pour un travail en free-lance, celui-là était d'une facilité presque embarrassante. C'était rare, surtout après le boulot de l'année précédente pour Guerra, au départ une simple collecte d'informations, qui s'était transformée en élimination du réseau local d'un cartel mexicain particulièrement agressif tentant de s'implanter en force dans la ville.

Au départ, Perrini avait hésité à fermer de lui-même l'une de ses sources d'approvisionnement en liquide les plus juteuses, sous la forme d'enveloppes bourrées à craquer de biftons, mais le cartel qui avait embauché Guerra avait été si content de la façon dont les choses avaient tourné qu'il avait gratifié Perrini d'une prime importante – sur laquelle Guerra avait toutefois prélevé au passage une commission de vingt pour cent. Cela suffirait quand même pour payer les études de Nate, son fils aîné, et dans une bonne université.

Perrini n'avait pris aucun risque avec les retombées potentielles. Une semaine après que tous les dirigeants du nouveau cartel installés à New York eurent été envoyés à la prison de Rikers, Perrini s'était arrangé pour que celui qui lui avait brièvement servi de contact soit mortellement blessé d'un coup de couteau par un jeune lieutenant en pleine ascension de la bande afro-américaine en place dans le South Bronx, un service favorisé par un vieil ami du 41e District. Les autorités avaient conclu qu'une insulte à caractère racial était la cause du meurtre et n'avaient établi aucun lien avec une guerre de territoire entre gangs mexicains.

Perrini avait gagné sur tous les tableaux puisque les boss de la nouvelle bande, récemment victorieuse, se montraient plus que généreux en cash et en marchandise. D'ailleurs, Perrini avait un sachet de vingt grammes de leur meilleure cocaïne non coupée dans la poche gauche de son pantalon en ce moment même.

Il fit signe à la serveuse de lui apporter un autre milk-shake à la vanille et regarda Lina Ruiu entrer dans le restaurant. Elle regarda nerveusement autour d'elle pour s'assurer qu'il n'y avait dans la salle personne d'autre qu'elle connaissait puis s'approcha du box et s'assit en face de l'inspecteur.

Comme le Black Iron n'était qu'à deux rues du poste de police, tomber sur quelqu'un qu'elle ou lui connaissait était un risque réel. La seule fois où c'était arrivé, Perrini avait calmement répondu au sourire grivois que lui avait adressé un inspecteur de la Crim qu'il ne connaissait que pour l'avoir croisé dans les couloirs. Tant mieux si ce type pensait qu'il s'envoyait une secrétaire. Bien que la coke commençât à la marquer, Lina était extrêmement séduisante dans le genre Sicilienne à la peau mate et aux cheveux auburn, et Perrini savait que le code de conduite tacite entre policiers mâles empêcherait que sa femme soit mise au courant.

— Tu veux manger quelque chose ? proposa-t-il en souriant à la jeune femme, comme si elle était sa nièce favorite ou sa sœur bien-aimée, pas une civile qui gagnait péniblement le tiers de son salaire d'inspecteur.

— Non. Juste un Sprite light.

Elle posa son sac ouvert sur le tabouret voisin du sien.

Perrini passa la commande à la serveuse puis, sans quitter Lina des yeux et sans cesser de sourire, il tira nonchalamment le sachet de cocaïne de sa poche, passa le bras sous la table, aussi haute que le comptoir, et laissa tomber le sachet dans le sac de Lina.

Il avait pour principe de toujours faire le premier pas dans une transaction. Perrini faisait volontiers confiance à l'autre partie et entendait le lui montrer, à charge pour ladite autre partie de comprendre qu'il ne trouverait pas du tout drôle qu'elle cherche à le baiser.

Lina prit son rouge à lèvres d'un geste bien rôdé qui lui permit en même temps de glisser la coke dans une poche latérale de son sac, où elle ne pourrait être vue par un client passant près d'eux.

La serveuse apporta les boissons tandis que Lina se passait du rouge sur ses lèvres pâles. Elle remit le tube dans son sac, y prit une feuille de papier pliée en quatre qu'elle ouvrit sur la table devant elle.

— « Hazel Lustig, née le 18 juillet 1947, lut-elle. Sœur d'Eileen Chaykin, née Lustig. Jamais mariée. Pas d'enfant. Pas de mandat fédéral. Pas d'infractions au code de la route. Paie ses impôts. Diplôme de vétérinaire en 1971. En 1985, ouvre sa propre clinique dans le New Jersey et se spécialise dans les chevaux de course. Revend l'affaire en 1998 et se retire dans le comté de Cochise, Arizona, où elle possède cent cinquante hectares et s'occupe d'une quarantaine d'anciens chevaux de course. Le ranch n'est pas ouvert au public. Deux comptes en banque, tous deux créditeurs, dont un bien garni… »

Lina fit glisser la feuille vers Perrini.

— Numéro de téléphone ? demanda-t-il après avoir avalé la moitié de son milk-shake d'une longue gorgée.

— Le fixe est inscrit. Elle n'a pas de portable. J'ai vérifié la qualité de la réception dans la région, comme tu me l'avais demandé. Ça passe mal. Les gens du coin et la presse en font tout un foin, mais apparemment les compagnies de téléphone s'en fichent.

Elle but un peu de son Sprite tandis que Perrini parcourait la feuille.

— Autre chose ? demanda-t-elle.

Il replia la feuille et la glissa dans une poche.

— Pas pour le moment, mais ça pourrait changer. Je te contacterai. Comme d'hab.

— Une chose qu'il faut que tu saches. Ils suppriment tous les comptes non utilisés du Fichier des recherches criminelles. Je vais devoir créer un nom d'utilisateur bidon.

— Tant que tu me tiens en dehors de ce que tu fais, je m'en cogne, répliqua Perrini en lui lançant un regard glacial.

L'instant d'après, le sourire avec lequel il l'avait accueillie avait réapparu.

— Il faut que je retourne au boulot. J'ai une montagne de choses à faire.

Elle prit son sac et se leva.

— Profite du petit cadeau, dit Perrini en indiquant le sac. Y en a encore plein, là d'où ça vient.

Il lui adressa un clin d'œil, attrapa son verre et le vida.

Quand il le reposa, Lina avait déjà franchi la porte.

Vingt minutes plus tard, Perrini était de nouveau dans sa voiture, de l'autre côté de Tompkins Square. Après avoir envisagé diverses possibilités, il opta pour une méthode qui faisait généralement des merveilles : flatter la vanité naturelle de la cible, même si c'était une vanité au deuxième degré.

Il défit l'emballage d'un nouveau portable à carte prépayée et composa le numéro de Hazel Lustig.

Elle répondit à la cinquième sonnerie.

— Allô ?

— Bonjour. Hazel Lustig ?

— Oui. Qui êtes-vous ?

— Je suis Daniel Shelton, de la Historical Novel Society. D'après l'agence littéraire Friedstein & Bellingham, Mme Chaykin serait chez vous en ce moment ?

Il avait pris le risque de parier que Chaykin avait laissé le numéro de téléphone de sa tante à son agent, et si son séjour là-bas devait durer un mois, et si la réception des portables était mauvaise, il y avait de bonnes chances pour qu'il ne se soit pas trompé.

— Elle n'est pas là en ce moment. Je peux lui transmettre un message ?

Le ton était défensif. Protecteur. Trop tard pour changer de tactique.

— Oh, quel dommage… Nous venons de recevoir un article sur son dernier livre, très élogieux. Le critique a vraiment adoré ce roman. Alors, j'ai pensé que ce serait formidable de l'accompagner d'une interview, d'un petit article sur elle, mais j'ai beaucoup de retard dans mon travail, il y a pas mal de personnes en vacances ici et la date limite de remise des textes approche à grands pas. Vous savez quand elle sera de retour ? On pourrait faire ça par téléphone, ou même par e-mail…

La tante resta un instant silencieuse avant de répondre :

— Je ne suis pas vraiment sûre qu'elle ait le temps en ce moment, elle… elle doit s'occuper de problèmes familiaux.

Le ton s'était adouci depuis la mention de la critique louangeuse. Apparemment, jouer sur la vanité par procuration marchait presque aussi bien que des éloges directs.

— Je suis vraiment désolé. Nous sommes tous ici de grands admirateurs de ses livres. J'espère que ce n'est rien de grave.

Hazel ne mordit pas à l'hameçon :

— Non, rien de grave, merci. Laissez-moi votre numéro, je transmettrai votre message.

Perrini donna le numéro de son nouveau portable à carte prépayée ainsi qu'une adresse e-mail qu'il avait créée dans sa voiture en digérant le double hamburger de son dernier en-cas. Puis il remercia poliment la tante et mit fin à la communication.

Mme Chaykin se faisait désirer. Et bien que Perrini prît plaisir à faire sauter à travers son cerceau les femmes de soixante ans – sa mère exceptée, qui semblait savoir toujours exactement ce qu'il pensait –, le moment était clairement venu de procéder à une approche plus directe.

Il réfléchit à ce que cette femme lui avait dit : Tess Chaykin avait des « problèmes familiaux », elle lui

« transmettrait le message ». Cela signifiait sans doute que Chaykin avait quitté le coin. Il se rappela que le compagnon de la romancière était à San Diego et se demanda si ce n'était pas lui, le problème familial dont elle devait s'occuper.

L'ennui, c'était que Guerra ne s'intéressait pas aux probabilités. Il exigeait des faits. Perrini n'avait pas le choix, il allait devoir céder une part plus grosse de ses honoraires qu'il ne l'aurait souhaité à une tierce personne, option qu'il évitait autant qu'il le pouvait, non seulement à cause de la perte financière que cela impliquait mais aussi parce qu'il n'aimait pas recourir à des gens qu'il ne connaissait pas pour leur demander de commettre un délit susceptible de leur valoir des problèmes au niveau fédéral s'ils étaient découverts.

Il prit son téléphone et appela Lina. Elle répondit immédiatement.

— J'ai besoin de localiser un portable. Le grand jeu.

— Aïe.

Lina connaissait les risques, elle aussi.

— J'en ai vraiment besoin. Je t'envoie le numéro par texto.

— D'accord, marmonna-t-elle à contrecœur.

Perrini connaissait la routine. Il faudrait à Lina entre trente minutes et cinq heures pour le rappeler avec une localisation. Plusieurs variables entraient en jeu : la marque et le modèle du portable de Chaykin, le nom de son opérateur, la couverture de l'endroit où elle se trouvait, le nombre de tours-relais dans la région. Côté positif, Lina avait plus d'un tour dans son sac. Grâce à son habileté à utiliser les données dont elle disposait, conjuguée aux contacts qu'elle entretenait chez trois des grands opérateurs de téléphonie mobile, elle n'avait jamais échoué à lui fournir une localisation précise sur les numéros qu'il lui communiquait.

Perrini décida de s'accorder un petit somme avant de retourner au poste. À la fin de la journée, il y aurait de bonnes chances pour qu'il sache exactement où se trouvait Tess Chaykin, et Guerra le saurait aussi.

Ce que le Mexicain déciderait alors de faire ne le concernait pas, mais Perrini était à peu près sûr, vu le genre de clients pour lesquels Guerra travaillait généralement, que les beaux jours de Tess Chaykin étaient probablement derrière elle.

36

En quittant le poste de police de La Mesa dans l'Explorer de Munro, nous empruntâmes Sprint Street pour rejoindre l'autoroute de South Bay, en direction du sud.

Villaverde avait décidé de retourner à Aero Drive et de communiquer à son équipe tout ce que nous avions appris jusque-là. Il précisa qu'il inclurait Julia dans le briefing par téléphone à haut-parleur. Un de ses gars s'était porté volontaire pour ramener ma LaCrosse au QG afin que je ne me retrouve pas sans voiture plus tard dans la journée, un service que personne du bureau de New York, je pense, n'aurait songé à me proposer.

Le trajet jusqu'à Chula Vista fut sans problème : l'heure de pointe de la fin de journée était encore loin et Munro conduisait avec le sentiment d'urgence que nous éprouvions tous. Les flics de La Mesa avaient fait du bon boulot en localisant Dani Namour et nous avaient envoyé le nom du magasin où elle travaillait. Je leur avais demandé de ne pas la prévenir de notre venue parce que, si elle avait clairement coupé les liens avec les Aigles, nous ne savions rien du reste de sa vie et nous ne pouvions pas être sûrs qu'elle ne déguerpirait pas au premier signe d'intervention des forces de l'ordre. Une des policières de La Mesa avait donc téléphoné à la boutique avec son portable et demandé quels jours Dani travaillait car elle avait été « si serviable » la dernière fois qu'elle était venue... Non seulement Namour travaillait ce jour-là, mais elle assurait le service de milieu de journée.

Nous tenions peut-être enfin quelque chose. Je me sentais optimiste puisqu'il était peu probable que ceux qui avaient quasiment supprimé les Aigles de Babylone soient au courant de l'existence de Dani Namour.

Quelques rues avant notre destination, le casier de Dani nous parvint par le portable de Munro. Contrairement à ce qu'on pouvait attendre, elle avait apparemment réussi à garder le nez propre. Excepté deux ou trois contraventions, c'était, semblait-il, une citoyenne modèle. Ce qui était de bon augure pour sa fille.

Munro se gara sur le parking devant le grand magasin Macy's et nous marchâmes vers l'entrée principale, indiquée par une tour octogonale surmontée d'une fausse coupole ressemblant de très loin aux dômes du Vatican qui l'avaient probablement inspirée. Un coup d'œil au plan nous permit de repérer « Vanessa » – la boutique où travaillait Dani –, dans la partie sud du centre commercial, en face d'une médiathèque CVS, et nous prîmes cette direction après que Munro se fut arrêté pour acheter deux sodas, ce qui me rappela que je roulais à vide depuis le matin.

Vanessa était une de ces boutiques de luxe qui ne proposent qu'un nombre limité d'articles, tous de grands noms de la haute couture. Une femme élégante et lourdement maquillée, la quarantaine, s'occupait d'une cliente tandis que sa collègue plus jeune, vingt-cinq ans environ, feuilletait un magazine derrière la caisse : Dani. Elle ne ressemblait pas du tout à ce à quoi je m'attendais, puisque je m'étais fait d'elle l'image d'une fille de motard. Ses vêtements, sa coiffure, son maquillage étaient irréprochables. Elle avait manifestement laissé derrière elle cette partie de sa vie, mais j'espérais qu'il restait quand même un lien avec ce monde, un lien aussi fort que le sang, en l'occurrence.

Munro demeura devant la porte tandis que j'entrais.

— Mademoiselle Namour ?

Elle avait déjà levé la tête et me détaillait. Impossible que je sois venu jusque-là pour acheter une robe.

— Oui ?

Son visage commençait à prendre l'expression de quelqu'un qui se rend compte que sa journée va mal tourner. Je lui montrai discrètement mon insigne après m'être assuré que la vendeuse plus âgée ne nous regardait pas.

— Nous pouvons sortir une minute ?

Dani lissa le devant de sa veste et se tourna vers sa collègue ou patronne.

— Suzie, j'ai besoin de m'absenter un instant pour aider ce monsieur.

Suzie eut un hochement de tête hésitant puis revint à sa cliente. Dani m'indiqua la porte et la franchit derrière moi.

— Les restaurants sont au niveau supérieur. Nous pourrons parler là-bas.

D'un signe, j'invitai Munro à nous suivre et nous nous dirigeâmes tous les trois vers l'escalator.

Dani avait de toute évidence progressé dans la vie après son passage chez les Aigles et je m'en voulais de réveiller toute cette souffrance, mais notre enquête était au point mort et il nous fallait quelque chose pour redémarrer. Nous nous installâmes à la terrasse d'un de ces restaurants mexicains qui sont un peu au-dessus des Taco Bell mais encore loin de l'authentique cuisine mexicaine.

— Je suis l'agent Reilly, du FBI, attaquai-je. Et voici l'agent Munro.

— DEA, précisa-t-il.

Avant que je puisse aller plus loin, elle m'interrompit :

— C'est au sujet de Walker, hein ?

Je confirmai.

— J'ai vu les infos, et vous perdez votre temps. Je ne suis au courant de rien, affirma-t-elle d'un ton ferme. Je n'ai plus rien à voir avec ces types depuis des années.

Sa colère et son amertume jaillirent si subitement que j'en fus presque surpris, bien que des années d'interrogatoire m'eussent appris que les sales trucs se trouvent toujours juste en dessous de la surface, qu'on puisse les voir ou non.

— Votre fille, Naomi, dis-je. C'est l'enfant de Marty, non ?

Quand je mentionnai le nom de sa fille, le visage de Dani se durcit.

— Pourquoi vous êtes là ? Naomi ne sait pas quel genre de type était son père et je veux que ça reste comme ça.

Munro prit le relais avec un timing parfait. Les mains à plat devant lui sur la table, il adressa à la jeune femme un large sourire.

— Vous avez refait votre vie, on n'est pas là pour tout bousiller. Quand les gens arrêtent de déconner, trouvent un boulot, élèvent leur gosse, paient leurs impôts… ça rend notre travail beaucoup plus facile. Une vie gâchée en moins, c'est une mort violente en moins à comptabiliser. Si toutes les copines, les femmes et les mères plaquaient les bandes, combien de temps vous croyez que les gars tiendraient avant de revoir leur choix de vie ?

Il lui fit de nouveau son sourire breveté Y-a-pas-plus-sympa-que-moi.

Dani se détendit visiblement. Munro avait pincé la corde sensible. Il connaissait son boulot, ce salaud. C'était à mon tour :

— On cherche Gary. On pense qu'il peut nous aider à agrafer les gars qui ont décimé son club. Je ne vous reproche pas de ne pas vouloir être mêlée à ça, mais ces types sont de vrais affreux. Ils ont aussi tué un shérif adjoint de San Marcos. Il avait un gosse. Du même âge que Naomi.

Je laissai l'info infuser un moment avant de poursuivre :

— Nous pensons que Gary a connu l'un d'eux dans le temps. Nous devons le retrouver, pour savoir à qui nous avons affaire, et nous avons besoin de votre aide pour ça.

Dani prit une inspiration et soupira, soudain résignée au fait irréfutable qu'on ne laisse jamais vraiment le passé derrière soi.

— Il ne veut pas qu'on le retrouve et ça me convient parfaitement. Je me débrouille très bien sans eux.

Elle se tourna vers Munro et ajouta :

— Comme vous venez de le dire.

Il hocha la tête, satisfait qu'elle l'ait écouté.

— Mes parents m'ont quasiment reniée quand j'ai commencé à traîner au club, mais ils m'ont aidée après la mort de Marty. Ils étaient soulagés que je sois encore en vie, je pense. Ils s'occupent de Naomi pour que je puisse travailler. L'année dernière, j'ai payé l'opération au laser de l'œil de mon père. Il dit qu'il voit mieux maintenant que quand il avait vingt ans.

Dani était fière du chemin qu'elle avait parcouru. Et à juste titre. Mais il apparaissait que nous étions venus à Chula Vista pour rien. Je vis le regard de Dani dériver. Munro et moi étions depuis assez longtemps dans ce boulot pour la laisser à ses pensées. Au bout d'un long moment, elle revint avec nous. Je me penchai en avant, sentant qu'elle avait peut-être rapporté quelque chose de sa rêverie.

— Je ne sais pas où il est. Il m'a dit en partant que Naomi et moi, on lui manquerait beaucoup, mais que les choses changeraient peut-être un jour. Ce jour n'est pas encore venu.

Je devais insister, continuer à l'inciter à parler jusqu'à ce que quelque chose remonte à la surface.

— Les gens réussissent rarement à disparaître tout à fait, arguai-je. Ils oublient souvent quelque chose, un détail, un contact, un mot qui leur aurait échappé. Réfléchissez, Dani. Si c'était pour vous une question de vie et de mort et que vous deviez absolument le joindre, comment feriez-vous ?

— Je ne sais pas, répondit-elle, s'efforçant visiblement de trouver quelque chose. Il voulait juste refaire sa vie.

Et une étincelle s'alluma dans son regard.

— Vous pouvez peut-être quand même essayer un truc… Quand j'étais enceinte, Marty et moi, on a discuté de ce qu'on ferait s'il fallait fuir. Je pensais au bébé et le genre de vie que menait Marty m'inquiétait. Il m'a parlé d'un gars que Gary avait connu dans les

Marines. Un vrai génie pour les faux papiers. Marty a dit que si ça devenait trop chaud on ferait appel à lui avant de prendre le chemin de la frontière. C'est peut-être ce que Gary a fait lorsqu'il a décidé qu'il avait besoin de changer de décor.

J'échangeai un regard avec Munro. On tenait peut-être une piste. Quand un type disparaît, il se sert parfois de faux papiers ou de papiers volés, et connaître la source de ces papiers nous aiderait beaucoup.

— Il vous a dit le nom de cet homme ?

Elle secoua la tête.

— Non. S'il l'a fait, je ne m'en souviens pas. Désolée.

Nouvelle impasse. La chance, ça va, ça vient.

— Si vous le retrouvez, saluez-le de ma part, reprit-elle. Dites-lui que je pense qu'il serait bon pour Naomi d'apprendre à connaître son oncle.

Elle se leva, défroissa sa jupe de la main et commença à s'éloigner. Une seconde plus tard, elle se retourna.

— N'oubliez pas, il a sûrement encore moins envie que moi qu'on le retrouve, dit-elle.

Puis elle se dirigea vers l'escalier mécanique et disparut.

J'appelai Villaverde pour le mettre au courant : il fallait chercher des Marines qui avaient servi à la même période que Walker et Pennebaker, qui avaient été condamnés pour faux ou usage de faux ou avaient eu un casier avant de s'engager. J'eus une autre idée. Plus restrictive et cadrant avec les sentiments des deux motards envers l'armée :

— Cherche des soldats portés disparus au combat ces dix dernières années mais qui ont fait ensuite leur réapparition. Commence par Camp Pendleton.

Villaverde saisit immédiatement ce que je suggérais.

— Pennebaker sort de taule et prend l'identité d'un soldat porté disparu ?

— Ouais. Et très probablement quelqu'un n'ayant plus de parents vivants. À mon sens, Pennebaker n'aurait pas voulu faire de peine à la famille d'un soldat mais il n'aurait eu aucun scrupule à tromper le gouvernement.

— Je mets mes gars dessus tout de suite. Tu repasses ici ?

Je répondis que nous irions directement à Aero Drive.

Le temps que nous arrivions à son bureau, David était installé à la table de la principale salle de réunion avec deux autres agents et épluchait des livrets militaires. Je me joignis à eux tandis que Munro cherchait un bureau libre pour appeler Corliss.

Villaverde m'informa qu'il avait pris contact avec le Bureau des investigations criminelles de l'armée des États-Unis, installé sur la base de Marines de Quantico, pour obtenir les fichiers que nous cherchions. Avec l'appui du FBI et de la DEA – sans compter la détermination de la police de San Diego et des services du shérif à ne rien lâcher avant d'avoir trouvé le meurtrier de l'adjoint Fugate –, il n'avait pas eu à palabrer longtemps.

Dix-sept soldats correspondaient au profil. Tous avaient été portés disparus au combat à un moment ou à un autre pendant la dernière décennie, mais cinq seulement étaient rentrés au bercail d'une façon ou d'une autre au cours des deux dernières années, ce qui constituait notre créneau pour Pennebaker. La mort de neuf des douze restants avait été confirmée, les trois autres demeurant sur la liste des disparus.

Nous essayions de trouver des types nés entre 1970 et 1985 ressemblant assez à Pennebaker pour qu'il puisse endosser leur identité. Un nom s'imposa. Le sergent de Marines Matthew Frye. Né en 1982. Porté disparu en 2003. De retour en 2009. Ne s'était pas présenté à trois rendez-vous pour évaluation psychologique mais avait été finalement réformé au début 2010. Il portait encore ses plaques militaires et avait été identifié par sa sœur, seule parente en vie. Placés côte à côte, Frye et Pennebaker auraient pu passer pour frères.

— Où est Frye, maintenant ?

L'un des jeunes agents tapota sur le clavier de son ordinateur portable et le tourna vers Villaverde, qui nous transmit l'information :

— D'après la Sécu, à Los Angeles. Il travaille dans une clinique privée de désintox de Montecito Heights. Il y dort aussi, apparemment. L'adresse de son lieu de travail est aussi celle de son domicile.

Appelez ça de l'instinct, ou l'expérience de quinze ans de FBI, je savais que c'était notre homme. Pennebaker sort de prison totalement changé mais très probablement encore amer. Il se sent plus soldat qu'autre chose mais il en a trop vu et entendu pour reprendre du service. Il doit laisser son passé récent derrière lui parce que ces quelques années ont été marquées par des activités criminelles aggravées. Nous savions que Pennebaker et Walker avaient la réputation d'assurer. Sinon, pourquoi quelqu'un aurait-il voulu les embaucher de nouveau, des années après qu'ils avaient travaillé pour lui ? Ce genre de réputation marche dans les deux sens. Ça collait. Le seul moyen d'avoir une certitude, c'était de le rencontrer en chair et en os. Toute tentative pour le joindre avant risquait de le remettre sur la liste des disparus.

Je me tournai vers Villaverde.

— Il faut qu'on aille à LA.

— À cette heure de la journée, pas question de le faire par la route.

Il avait apparemment analysé les faits de la même manière que moi.

Il décrocha un téléphone et annonça à la personne se trouvant à l'autre bout du fil qu'il avait besoin d'un hélico.

Vingt minutes plus tard, un JetRanger du LAPD nous emmenait dire un mot à un homme dont j'espérais qu'il se révélerait être notre Gourou.

37

Tess détestait attendre.

Dès la première minute elle s'impatientait, comme sa mère ne manquait jamais de le lui rappeler, ajoutant souvent que c'était un petit miracle que Tess ait eu la décence d'attendre en elle la fin des neuf mois et de ne pas sortir prématurément en se dégageant le chemin à coups de pied.

Elle était de retour à l'hôtel où, après un déjeuner léger avec Julia et Alex, ils étaient remontés à la suite. Julia était en téléconférence avec son bureau tandis que Tess, assise sur le canapé, lisait *Tikki Tikki Tembo* avec Alex. C'était un de ses livres favoris, l'un de ceux qu'il lui avait demandé de rapporter de la maison. Elle se souvenait de l'avoir lu à Kim des années plus tôt, mais même avec cet attrait supplémentaire le charme de ses amusantes chausse-trapes linguistiques ne suffisait pas à lui sortir le dessin d'Alex de la tête ni à calmer son impatience bouillonnante.

Son téléphone sonna.

Elle vit un numéro qu'elle ne connaissait pas et son pouls s'accéléra. Jamais elle n'avait répondu aussi vite.

Carla Rademan, l'institutrice d'Alex.

Tess la remercia de rappeler, se leva d'un bond du canapé, gagna prestement sa chambre et ferma la porte derrière elle. Elle expliqua ensuite qui elle était et ce qui s'était passé. Rademan non plus n'était pas au courant de la mort de Michelle et sa voix se brisa tandis qu'elle peinait à trouver les mots de circonstance. Tess l'aida en résumant l'objet de sa visite à l'école et sa conversation avec la directrice.

— La maman d'Alex est effectivement venue me voir et m'a montré le dessin, déclara l'enseignante.

— Pourquoi ?

— Elle ne m'a pas donné beaucoup d'explications. Elle a simplement dit qu'Alex semblait perturbé par quelque chose et qu'elle voulait savoir comment il était en classe.

— Et il était comment ?

— Normal. Heureux. Je n'avais rien remarqué de particulier.

— Mais elle, si ?

— Eh bien… oui.

Rademan semblait un peu gênée mais elle poursuivit :

— Il dormait mal, il faisait des cauchemars… Il disait des choses qu'elle ne comprenait pas, ou qu'elle était étonnée qu'il connaisse. Elle voulait savoir si j'avais parlé de ces choses en classe…

— Quoi, par exemple ?

— Des noms de lieux. De villes d'Amérique du Sud. D'animaux comme le boa, les piranhas…

— Vous n'aviez pas mentionné ces choses en classe ?

— Non.

Tess se demanda pourquoi cela avait tant intrigué Michelle.

Alex aurait pu facilement apprendre ces choses en regardant la télévision.

— Alex vous parlait aussi de ces choses ?

— Après la visite de sa mère, j'ai remarqué que certains de ses dessins étaient différents de ce qu'on attend normalement d'un enfant, mais, là encore, ça n'avait rien d'extraordinaire. Il m'avait dit cependant une chose qui m'avait surprise et à laquelle je n'ai accordé d'importance qu'après la discussion avec sa maman.

— Qu'est-ce que c'était ?

— Nous étions dans le parc et j'avais demandé aux enfants de dessiner les fleurs qu'ils voyaient. Alex avait fait le dessin d'une magnifique fleur blanche, mais quand je lui avais demandé de me montrer où elle se trouvait, il avait répondu qu'elle n'était pas dans le parc. Et il avait ajouté : « On dit qu'elle guérit le cœur mais, en vrai, elle tue des gens. »

Tess se demanda quel genre de série télévisée il avait regardé.

— Une fleur qui tue des gens ?

— Je sais, bizarre, n'est-ce pas ? Et quand je lui ai demandé ce qu'il voulait dire, il n'a pas répondu.

— Vous en êtes restée là ?

— J'ai promis à sa mère de l'appeler s'il disait ou faisait quelque chose d'étrange, ou s'il semblait malheureux. Je l'ai revue deux ou trois fois quand elle l'amenait à l'école. Elle m'a dit qu'il voyait un spécialiste, mais elle n'est pas entrée dans les détails.

— Quoi, un psy ?

— Oui. Un psychologue pour enfants. Cabinet privé. Elle ne voulait pas mêler l'école à ça, elle ne voulait pas qu'Alex soit tout de suite catalogué. Vous savez comment ça se passe.

Tess connaissait ce genre de pressions.

— Vous savez chez qui elle l'emmenait ?

— Non.

— Elle ne vous a rien dit sur ce psy ?

Rademan réfléchit puis répondit :

— Non, désolée. J'ai eu l'impression qu'elle regrettait de m'en avoir parlé.

Tess voulait absolument en savoir plus.

— C'était un homme, vous êtes sûre ?

L'enseignante marqua de nouveau une pause. Puis :

— Un homme, oui. Je suis presque sûre qu'elle a dit « il » en en parlant.

Tess la remercia, prit son numéro et raccrocha.

Elle n'avait pas grand-chose. Rien qu'un prénom pouvant être – ou non – celui d'un psy du coin.

En sortant de sa chambre, elle vit que Julia avait fini sa téléconférence et jouait maintenant avec Alex. Elle hésita à les interrompre, prit son iPad, retourna dans sa chambre, alla sur Safari et se mit à chercher les pédopsychologues de San Diego prénommés Jim répertoriés sur le Net.

38

Nous nous posâmes à Hooper Heliport à cinq heures et demie, prîmes l'ascenseur pour descendre au niveau de la rue, où un Suburban du FBI nous attendait. Notre destination se trouvait à moins de neuf kilomètres au nord. Tandis que nous roulions vers les collines, l'agent assis à côté du chauffeur nous briefa sur la clinique de désintoxication.

— Elle a été fondée il y a une vingtaine d'années par Ursula Marshall. Elle dispose de vingt lits. Le centre de jour accueille dix patients de plus. Les soins sont totalement gratuits et il y a plus de deux cents personnes sur la liste d'attente. Ursula avait une fille qui a fugué et est morte d'overdose à dix-neuf ans. Le père d'Ursula avait eu dans son portefeuille d'actions un bon paquet de Washington State et Ursula était sa fille unique. La clinique est une des choses pour lesquelles elle a utilisé son héritage.

— Et Frye y travaille à temps plein ? demandai-je.

— Il la dirige, apparemment. Il y fait un peu de tout, y compris le psy. Sur les vingt patients de la clinique, seize sont d'anciens militaires.

— « Aimer le soldat, détester la guerre », récita Munro avec plus qu'une pointe de sarcasme.

Depuis la dernière fois que nous avions travaillé ensemble, il n'avait manifestement pas changé de position, à savoir que la guerre n'est finie qu'une fois morts tous les combattants ennemis, qu'il s'agisse des guerres du Golfe, de la guerre au Terrorisme ou de la guerre à la Drogue. À ce stade, tant qu'il n'énervait pas Pennebaker, je me foutais de ce qu'il pensait.

Au sortir de Griffin Avenue, le Suburban commença à monter plus haut dans les Monterey Hills. Le paysage était époustouflant, les maisons rares et espacées. Si vous cherchiez un lieu isolé et cependant proche de la ville, le coin était idéal. La dernière chose dont un toxico a besoin, c'est de se retrouver dans le centre-ville, avec toutes ces distractions traîtresses et ces délices mortelles autour de lui.

La clinique était un bâtiment de deux étages dans le style hacienda. Quelques palmiers la bordaient sur deux côtés et une pelouse en pente descendait jusqu'à la route. Nous sortîmes du Suburban et nous dirigeâmes vers l'entrée principale. La porte était ouverte. Ouvrant la marche, je m'avançai dans un atrium où s'élevaient plusieurs hauts cactus. À gauche, il y avait une salle commune meublée de fauteuils et de canapés. À droite une vaste cuisine, dont une table de réfectoire occupait le centre, sur toute la longueur de la pièce. Au fond, un large escalier en bois.

Une jeune femme vêtue d'un tee-shirt et d'un jean délavé descendait en faisant danser derrière elle une longue queue-de-cheval blonde.

— Salut, je peux vous aider ?

Elle ramena la mèche qui lui barrait le front derrière son oreille gauche et j'aurais parié que les soldats fondaient en la voyant faire ça.

— Nous cherchons Matthew Frye.

Elle se retourna, appela :

— Matt ? Il y a des gens qui veulent te parler.

Quand elle nous fit de nouveau face, je reconnus immédiatement la lueur de son regard. Elle et Matthew avaient une liaison.

— C'est au sujet de Donaldson ? demanda-t-elle.

— Non, pourquoi ?

Elle haussa les épaules.

— Un de nos patients. Il réclame des indemnités à l'armée. Il a perdu un bras en Afghanistan, il est devenu accro aux analgésiques et, comme ils n'agissaient plus, il est passé à l'héroïne. Après un test obligatoire de dépistage, il s'est fait virer de son boulot. Il est resté trois ans sans travailler. Il est ici depuis trois mois, il n'a pas touché à la drogue depuis six semaines…

Notre conversation avec celle qui devait être une infirmière fut interrompue quand un grand type sec et musclé descendit à son tour l'escalier.

— Vous êtes de la Commission de révision ? nous lança-t-il d'un ton méprisant. M'étonne pas que vous soyez pas en uniforme. Vous avez probablement jamais été au feu de votre vie !

Il s'arrêta devant nous. Il ressemblait étonnamment à la photo de Frye, mais c'était bien Pennebaker.

Munro ne pouvait pas laisser passer cette vanne :

— On y a été, au feu. Des tas de fois. Et pas seulement en tenue de combat.

Pennebaker nous examina d'un œil plus attentif. Je le sentis revenir sur sa première impression et commencer à se demander s'il allait pouvoir nous faire notre affaire à tous les deux.

Munro fit deux pas en direction de la porte, au cas où Pennebaker déciderait de se ruer vers la sortie.

Le chauffeur du Suburban devait déjà couvrir l'arrière du bâtiment et la voiture du bureau local du FBI était garée cent mètres plus bas dans la rue.

Un moment, Pennebaker se tint sur la pointe des pieds, les membres raidis – réaction instinctive de soldat –, puis tout son corps se détendit et il inclina la tête sur le côté.

— Vous savez qui je suis. Bravo.

J'entrai dans la salle commune et m'assis, fis signe à Pennebaker de me rejoindre.

— Venez. Nous avons besoin de vous parler. Il s'agit du club.

Après un long soupir d'agacement, il s'installa en face de moi. Munro nous rejoignit mais resta debout.

— J'ai rien à dire, affirma Pennebaker. J'ai tout plaqué. Depuis des années. Fin de l'histoire.

Son visage n'exprimait ni culpabilité ni paranoïa, sa voix était calme, assurée. Le chemin nouveau qu'il avait pris, quel qu'il soit, avait transformé des pulsions potentiellement autodestructrices en confiance en soi et sentiment de sa propre valeur.

— D'ailleurs, pourquoi je devrais vous parler, à vous ?

Je fis apparaître sur l'écran de mon portable une photo de son ancien frère d'armes mutilé et la lui montrai.

— Je ne crois pas que Walker verrait un inconvénient à ce que vous le fassiez.

Pennebaker fixa un moment la photo sans ciller.

— En fait, vu ce qu'ils lui ont fait, ajoutai-je, je suis même sûr qu'il serait pour.

39

Lina Dawetta livra l'information à Perrini, comme il s'y attendait.

Elle lui apprit que la cible utilisait un nouvel iPhone Verizon, ce qui lui avait facilité la tâche. Son contact chez cet opérateur était extrêmement efficace, docile et loin d'être insensible à l'attrait d'une petite liasse de billets de cent dollars tout neufs comme au charme de sa peau sombre de Sicilienne. Le fait que Chaykin eût laissé son service GPS branché avait également aidé. La plupart des gens faisaient la même chose, sans s'en rendre compte. Dans le cas de Chaykin, cela révéla qu'elle se trouvait à San Diego, comme Perrini le soupçonnait.

Il eut un petit rire et se demanda s'il y avait eu des étincelles dans le couple lorsqu'elle avait découvert que son mec avait un gosse dont elle n'avait jamais entendu parler.

Ah, les pétrins dans lesquels on se fourre !

— Je viens de t'envoyer par e-mail l'application repérage, dit Lina. Ton client est sur Android, non ?

— Exact, répondit-il. Bon boulot, chérie. À plus tard.

Il raccrocha, vérifia qu'il avait bien reçu ce qu'elle lui avait adressé puis composa le numéro d'Octavio Guerra.

Une heure plus tard, Tess n'avait toujours pas trouvé de « Jim » dans sa recherche en ligne.

Elle quitta son logiciel de navigation, jeta son iPad sur le lit et se redressa. Le temps filait et elle n'avançait pas.

Ses pensées revinrent à Alex et elle se dit qu'ils avaient tous besoin de changer de décor. Balboa Park, avec ses vastes espaces découverts et ses musées, n'était qu'à deux pas. Le zoo avait tenu l'enfant occupé et l'avait arraché à une réalité qui, elle le savait, le harcelait à toute heure. Il y avait là-bas quantité d'autres attractions qui le distrairaient.

Tess passa la tête dans la pièce voisine, où Alex et Julia accueillirent sa suggestion avec enthousiasme.

Quelques minutes plus tard, ils étaient tous les trois dans la voiture de Julia, en route pour Balboa Park.

À une trentaine de kilomètres de là, le Chevrolet Tahoe noir franchit la grille d'une villa du bord de mer et se glissa en douceur dans la rue silencieuse, en direction de l'autoroute.

Le SUV était occupé par trois hommes soignés de leur personne et portant des tenues décontractées : pantalon de toile, chemisette ou polo, Timberland ou Merrell. Ils portaient aussi des lunettes de soleil dissimulant la détermination de leur regard et des coupe-vent légers cachant les automatiques logés dans leurs étuis d'aisselle.

L'un d'eux, celui qui était assis à côté du chauffeur, gardait les yeux sur le téléphone HTC Android qu'il tenait à la main.

Il venait de charger une application qui lui avait été envoyée et qui fonctionnait sur le Google Maps intégré de l'appareil. Le logiciel de navigation du téléphone était ouvert sur une carte photographique de San Diego sur laquelle deux repères lumineux clignotaient : l'un, standard, utilisant la fonction GPS du téléphone cible pour indiquer sa position, l'autre, blanc, que l'application avait superposé à la carte.

Ce dernier repère, leur avait-on assuré, donnait la position de la cible à trois mètres près.

Les trois hommes s'apprêtaient à s'en assurer.

40

Pennebaker congédia l'infirmière de service – sincèrement inquiète maintenant qu'elle savait que nous étions là pour parler à son mec – et me rendit mon téléphone. Il ferma les yeux et prit une inspiration, hésitant clairement à replonger dans la partie de sa vie que la mort de Walker évoquait. Au bout d'un moment, il rouvrit les yeux et me regarda bien en face.

— Qu'est-ce qui s'est passé ?

Je lui racontai comment nous avions trouvé Walker et les Aigles. Ma filature. Le kidnapping des chercheurs de l'institut Schultes. L'enlèvement de Torres, probablement par ceux qui avaient tué Walker.

Quand j'eus terminé, il demeura silencieux puis une expression de colère indignée prit possession de son visage, chassant en un instant son calme apparent.

— Vous vous foutez de ce qui leur est arrivé ! explosa-t-il. Tout le monde s'en branle ! Tu fais une guerre impossible à gagner, tu massacres des civils innocents pour ton pays et, quand tu rentres, tu fais peur aux gens ou ils te méprisent pour ce qu'on t'a ordonné de faire !

Je jetai un coup d'œil à Munro. Il la bouclait mais je sentais que ça lui coûtait terriblement. Je n'avais surtout pas besoin d'un concours à celui qui pisserait le plus loin. Quelle que soit la virulence de Pennebaker, je devais absolument calmer les choses. Si sa rogne contre nous montait encore, il se tairait définitivement.

— Ça n'a pas dû être facile, dis-je. Se réadapter à la vie civile après l'Irak.

Il ignora ma tentative de conciliation et poursuivit, plus amer à chaque phrase :

— On a dû se serrer les coudes. Mais on a eu du mal à s'en sortir parce que la douleur et la violence étaient si profondément ancrées en nous qu'on n'arrivait pas à s'en débarrasser. En créant les Aigles, on n'a fait qu'exacerber cette violence. L'intérioriser. Chacun de nous a fini par se battre contre lui-même. Et perdre. Vous voulez me remettre là-dedans ? Me ramener à la merde qui a tué Marty et a failli m'avoir ? Je vous pisse à la raie !

Il nous fixait d'un regard de défi absolu, le genre de regard qu'on est prêt à faire suivre de violence, au besoin. Je compris à cet instant comment Pennebaker et Walker étaient devenus ces types à qui il fallait s'adresser pour certains boulots. La force brute de Walker et la rage plus cohérente de Pennebaker devaient faire une combinaison redoutable.

— Mais vous vous en êtes tiré et apparemment…

Je ne pus m'empêcher d'indiquer de la tête l'endroit où sa copine s'était tenue.

— … ça va plutôt bien, pour vous. Écoutez, nous ne cherchons pas à bousiller ce que vous avez construit ici…

— Mais on le fera si vous nous y obligez, intervint Munro, ayant choisi le rôle du mauvais flic, que ça me plaise ou non.

— Nous voulons coincer ces ordures, c'est tout ce qui nous intéresse, rectifiai-je. Ils ont complètement pété les plombs, et vous savez les ravages que ça peut faire.

Pennebaker plissa les yeux pour me dévisager mais ne dit rien. Je lui tendis de nouveau mon téléphone.

— Ça vous plaît qu'ils soient dans la nature ? Qu'ils fassent d'autres victimes ? Le jeune frère de quelqu'un, peut-être ?

Je perçus un changement dans son expression et j'attendis que mes mots fassent totalement effet. Au bout de deux ou trois secondes, il poussa un soupir, ses épaules s'affaissèrent.

— Marty n'était pas taillé pour être motard mais j'arrivais pas à le faire changer d'avis. J'avais sauvé la vie de Wook en Irak, c'est pour ça qu'il m'a laissé partir, mais j'ai pas pu sauver celle de Marty. Les premiers mois, je me supportais plus. Si on m'avait pas foutu en taule, je serais sûrement mort, maintenant.

— Mais vous vous êtes trouvé un objectif.

— J'ai connu la merde. Et je sais qu'on peut s'en sortir. Mais faut être fort. Et faut avoir des gens à aimer. Des tas de gars, à peine rentrés d'Irak ou d'Afghanistan, ils se collent une pipe de meth dans la bouche. Pas de meilleur ami, pas de pire ennemi.

L'ironie de la formule le fit ricaner.

Je savais d'où venait ce rire hanté. « Pas de meilleur ami, pas de pire ennemi », telle était la devise de la division de Marines dans laquelle Pennebaker et Walker avaient servi en Irak.

— N'importe quoi pour calmer la souffrance, reprit-il avec un lent hochement de tête. Mais ça ne fait qu'aggraver le problème. Ça recouvre juste ce qui est cassé pour que t'aies pas à le voir. Ici, on les décroche de la dope et on essaie de s'atteler à la raison pour laquelle ils ont commencé à en prendre au départ. La route est longue, y a pas de solution rapide.

— Maintenant que les Aigles ont été liquidés, vous ne pourrez jamais revenir en arrière. Même si vous le vouliez.

— Ce n'était qu'une question de temps, de toute façon. C'est pour ça que je leur ai tourné le dos à ma sortie de prison.

— Je vois pourquoi. Je ne vois pas comment. La couverture Matthew Frye est en béton. Comment vous êtes arrivé à ça ?

— À ma sortie de taule, j'avais besoin d'un nouveau départ. Je voulais laisser le passé derrière moi. Un faux nom fait ça pour vous. Un gars me devait un service, c'est tout. Il s'est même débrouillé pour qu'on se porte garant pour moi. Il a payé une fille pour jouer le rôle de la sœur de Frye. La vraie, c'est une pute qui marche au crack. Elle ne sait pas quel jour on est, encore moins si son frère est vivant ou mort. Si je pouvais l'amener ici, je le ferais mais elle ne veut pas lâcher la drogue. C'est le problème. Il faut le *vouloir*, même si on pense qu'on n'y arrivera pas. Quelques-uns de nos patients replongent, mais la plupart réussissent. Huit sur dix. Mieux que n'importe quel programme gouvernemental.

— On dirait que t'es en train de gagner ta propre petite guerre à la drogue, hein ? commenta Munro, sans tenter cette fois de masquer son ton sarcastique.

Pennebaker inclina la tête sur le côté. Il pouvait faire aussi dans le sarcasme.

— Walker et moi, on était mêlés à une connerie de guerre totale. Et la « guerre à la Drogue » est une aussi grosse connerie que la guerre pour le pétrole. Criminaliser et emprisonner, ça ne sert à rien, mais personne n'a le courage de changer quoi que ce soit. Un quart de la population carcérale purge une peine pour un délit mineur lié à la drogue et tout le monde s'en bat les couilles.

J'avais déjà entendu ces arguments mais je n'avais pas de réponse à donner. C'était le genre de problématique morale qui pouvait vraiment vous ébranler. Tout ce que je savais – et dont j'étais chaque année plus convaincu –, c'était que le système en place ne fonctionnait pas et que la prétendue « guerre à la Drogue » était ingagnable. Il y avait beaucoup trop de demande, trop de gens qui se faisaient de l'argent facile en fournissant la marchandise, et nous aurions beau en arrêter en grand nombre, il s'en trouverait toujours davantage, prêts à chausser leurs bottes. C'était une bête invincible, omnipotente. Je le savais parce que j'avais été un fantassin dans cette guerre. Nous n'avions apparemment pas tiré les leçons de la Prohibition. Alors qu'on dépensait plus d'argent que jamais dans cette guerre, la production, la distribution et la consommation de drogues comme la coke, l'héroïne et la meth, en particulier, croissaient chaque année. Je connaissais les statistiques – les vraies – et la triste ironie de l'histoire, c'était que cette « guerre à la Drogue » – bon Dieu, cette formule me sortait par les yeux – faisait maintenant plus de dégâts que la toxicomanie. Nous avions simplement créé un immense marché noir international, donné du pouvoir à des armées de criminels organisés, attisé la violence chez nous, dévasté quelques pays étrangers et saccagé la vie d'innombrables consommateurs inoffensifs. Ce qui ne veut pas dire que j'aurais préféré que tout le monde passe son temps à se tirer dessus et à se détruire avec du crack et de la meth. D'un autre côté, je n'aimais pas non plus les souffrances causées par l'alcool et l'oxycodone. Il fallait que quelqu'un se lève et reconnaisse que cette prohibition-là ne servait à rien. Il fallait briser ce tabou, mettre cartes sur table et entamer une discussion lucide, sans préjugés, sur des approches alternatives. Mais je ne comptais pas trop là-dessus. L'histoire ne regarde pas d'un œil favorable ceux qui reconnaissent qu'ils sont en train de perdre une guerre, même si elle est déjà perdue depuis longtemps.

D'un ton méprisant, Pennebaker poursuivait :

— On a eu ici une femme qui avait fait six ans de prison pour avoir vendu trente dollars d'herbe. On lui avait pris ses enfants, elle s'était mise au crack dès sa sortie. Sa façon de laisser tomber. 1-0 pour le système, hein ? Même la Commission des Nations unies sur la drogue reconnaît maintenant que l'interdiction est un échec et réclame la légalisation. Ces mêmes Nations unies qui nous ont envoyés dans le Golfe. Vous croyez que quelqu'un à Washington a les couilles d'écouter ? La seule façon de traiter le problème est d'affronter les raisons de notre conduite et d'éduquer les gens, de leur faire connaître toutes les possibilités. Ils feront peut-être alors de meilleurs choix. Je suis maintenant content des choix que j'ai faits. C'est la première fois que je peux dire ça.

Je jugeai le moment propice pour inciter Pennebaker à répondre à la question que nous étions venus lui poser :

— Aidez-nous et nous vous ficherons la paix. Nous savons que vous et d'autres gars du club avez assuré la sécurité du réseau d'un narco mexicain, à l'époque. Qui c'était ?

Son expression s'assombrit.

— Pourquoi ?

— C'est peut-être le même type qui a embauché les Aigles… et les a ensuite liquidés.

Pennebaker grimaça, comme si ce souvenir était curieusement plus pénible que tous les autres réunis.

— Ce mec était un vrai dingue, ça se voyait dans son regard. Je connais ce genre de regard. Il engageait toujours d'anciens soldats. Américains et mexicains. Il pensait que ça lui donnait un avantage. D'ailleurs c'était vrai, je crois. On faisait ce qu'il demandait et il payait bien. Nos gouvernants sont peut-être naïfs, pas très perspicaces, incompétents, mal conseillés et parfois tout simplement stupides, mais ce mec, là, c'est le mal à l'état pur.

— Il s'appelle comment ?

— Navarro. Raoul Navarro.

41

Ils étaient de nouveau à Balboa Park : Tess, Alex et Julia, traversant nonchalamment la place, entourés d'une foule de gens, profitant d'une autre superbe journée californienne et contemplant la profusion d'attractions que le parc avait à leur offrir.

Tess n'avait trouvé aucun psychologue de la région prénommé Jim. Ou James. Renonçant à chercher plus avant, elle avait décidé qu'Alex avait besoin d'une autre sortie, cette fois au musée de l'Air et de l'Espace.

Ils avaient laissé le Ford Explorer de Julia au parking, derrière le Starlight Theatre, et tandis qu'ils longeaient un massif de fleurs colorées qui bordait l'allée, Tess repensait à sa conversation avec l'institutrice d'Alex et à la fleur qui tue. Sa première réaction avait été de conclure que cette histoire provenait d'un dessin animé qu'Alex regardait à la télévision, peut-être un odieux extraterrestre avec le rire du Dr Denfer tentant de s'attaquer à un monde sans méfiance pour être finalement terrassé au dernier moment par Ben et sa merveilleuse Omnitrix. Mais Tess y songeait de nouveau, maintenant, et se demandait pourquoi cette fleur qu'elle avait chassée de ses préoccupations revenait la titiller au lieu de rester au tapis pour le compte.

— Alex, tu te souviens de la fleur que tu as dessinée pour ton institutrice ? La fleur blanche ?

Il hocha distraitement la tête.

— Tu l'avais vue où ? Dans le parc ?

— Non.

— Où, alors ?

Il lui coula un curieux regard et répondit :

— Je… je sais pas.

— Mais tu as dit quelque chose sur cette fleur. Tu te rappelles ?

Il acquiesça.

Tess s'arrêta, s'accroupit pour mettre son visage au niveau de celui de l'enfant et passa un bras autour de ses épaules avec douceur.

— Explique-moi ce qu'elle a de spécial, cette fleur.

Il la regarda comme s'il la découvrait et répondit :

— Elle peut guérir les gens mais elle les tue aussi. Alors, c'est pas bien.

Après une pause, il ajouta :

— Je leur ai dit.

— À qui, Alex ? À qui tu l'as dit ?

— Aux gens. À Brooks et aux autres. Ça leur a pas plu.

Tess se sentit totalement déroutée par cette réponse puis quelque chose derrière elle attira le regard de l'enfant, dont le visage s'illumina.

— Regarde !

Elle se retourna pour suivre des yeux la direction indiquée par le doigt d'Alex. Devant eux se trouvait le musée de l'Air et de l'Espace, dont deux avions chasseurs profilés flanquaient l'entrée. Le petit garçon échappa à l'étreinte d'Alex et se mit à courir.

Elle n'était pas de taille à lutter contre le musée.

Tess se tourna vers Julia, haussa les épaules et les deux femmes s'élancèrent derrière lui.

La fleur meurtrière devrait attendre.

42

Navarro.

Ce nom me tomba dessus comme une vague géante.

Pennebaker et Walker avaient fait du trafic pour Navarro ? !

J'étais emporté par un ouragan de pensées, d'associations, d'hypothèses, et je n'écoutais qu'à moitié tandis que Pennebaker fournissait des détails sur le travail des motards pour le Mexicain.

C'était à peu près ce que Karen Walker nous avait raconté. Les deux hommes étaient à l'avant de la voiture transportant la drogue – la drogue de Navarro –, une fois que la marchandise avait passé la frontière. Du fric facilement gagné, jusqu'au jour où ils avaient eu connaissance d'un cartel rival cherchant à supplanter le narco mexicain avec l'aide d'une taupe infiltrée dans son entourage.

— … et il arrange une réunion pour discuter d'une nouvelle livraison, il convoque tout le monde pour ne pas alerter le type, était en train d'expliquer Pennebaker. On passe la frontière, on se retrouve tous dans un bar tranquille de Playas. On parle gentiment, tout le monde est cool, et d'un seul coup le mec s'écroule par terre comme si le Dr Spock lui avait fait sa prise vulcaine. Sauf qu'il est pas dans les pommes. Il est comme paralysé. Dans la seconde suivante, les *pistoleros* de Navarro sortent leurs flingues et dézinguent les gardes du corps du traître. Navarro prend un couteau et se met à charcuter calmement le gars. Il lui ouvre le ventre, il lui sort les intestins, il les coupe en morceaux devant lui et les balance aux chiens en lui expliquant qu'il va crever. C'était dingue.

— Et t'as gerbé, dit Munro d'un ton dédaigneux.

Pennebaker secoua la tête avec une expression où se mêlaient la gêne et l'admiration apeurée.

— Ouais, j'ai dégueulé tripes et boyaux. El Brujo le vidait comme un poisson…

— Le Sorcier, marmonna Munro.

— Le Sorcier, le Magicien, comme vous voudrez. El Loco, ça lui aurait mieux convenu. Totalement barré, le bonhomme. J'ai compris ce qui nous attendait, j'ai décidé qu'il fallait arrêter de bosser pour ce type et chercher autre chose, mais j'ai pas eu à le faire parce que Marty s'est fait buter…

Je n'arrivais pas à me concentrer sur ce que Pennebaker disait, je ne captais que des bribes. Mon esprit était ailleurs, tapi dans de sombres tranchées. Je dus finalement l'interrompre :

— Vous nous accordez un instant ? dis-je à l'ancien motard.

Je fis signe à Munro de me suivre. Pennebaker me regarda, l'air à la fois indifférent et dérouté, tandis que j'entraînais Munro hors de la pièce.

— C'est lié à ce qui est arrivé il y a cinq ans au Mexique, murmurai-je.

Il plissa le front.

— Ouais, d'accord. Mais comment ? Et pourquoi maintenant ?

Ça ne m'aidait pas d'avoir ce salaud avec moi. Je n'avais jamais vraiment pu l'encadrer et ça ne s'était pas arrangé après l'opération foirée au Mexique. En le regardant, je sentis un picotement dans mon doigt, celui qui avait pressé la détente pour descendre McKinnon, et même si je rejetais sur moi toute la responsabilité de cet acte, j'en voulais encore à Munro pour ça.

Je devais cependant oublier ma rancœur et rester concentré.

— Je ne sais pas, mais réfléchis une seconde. On a descendu un chimiste qui mettait au point une nouvelle superdrogue. Les types qui ont tué Michelle ont enlevé deux chimistes, peut-être plus…

Mon cerveau tournait à toute vitesse et, comme dans ce jeu pour enfants, traçait mentalement des lignes reliant des points. Je commençais à avoir une idée du tableau final que j'allais obtenir.

— La drogue de McKinnon, on ne l'a pas trouvée, cette nuit-là. Qu'est-ce qui s'est passé, après mon départ ? J'ai simplement entendu dire qu'on n'a jamais réussi à mettre la main dessus.

Munro confirma d'un hochement de tête.

— Son ordinateur…

— Je sais, ça aussi, je l'ai entendu. Deux essais et il a grillé.

Cette nuit-là, nous avions réussi à rapporter deux choses que McKinnon avait emballées : un ordinateur portable et un journal intime à la reliure en cuir déchirée. Ce journal s'était révélé sans intérêt : selon Corliss et un analyste de l'agence, il contenait les divagations d'un missionnaire jésuite nommé Eusebio qui avait vécu Dieu sait quand, écrites à la plume en espagnol et à moitié effacées. L'ordinateur, sur lequel

McKinnon conservait probablement ses recherches, était protégé non seulement par un mot de passe et une empreinte digitale mais aussi par un logiciel Blowfish de deux cent cinquante-six bits extrêmement efficace qui fit griller le disque dur au second mot de passe incorrect. Au *second*. Pas dix ni cinq. Les meilleurs techniciens de l'agence ne parvinrent pas à récupérer quoi que ce soit sur le disque après qu'il eut été bousillé. Ce niveau de sécurité n'était pas surprenant puisque les chimistes des narcos travaillaient sur de nouvelles drogues pouvant rapporter des milliards, mais ça ne faisait vraiment pas nos affaires.

— Vous avez pourtant mis le paquet contre Navarro après qu'il s'en est pris à Corliss, arguai-je. Vous n'avez rien trouvé à ce moment-là ?

— Navarro l'avait pas non plus, rétorqua Munro. Pourquoi tu crois qu'il a fait ça à Corliss ? La formule de la drogue est morte avec McKinnon, c'est pour ça que Navarro a pété un câble. Il est devenu fou furieux, il a reporté sa rage sur Corliss. Du coup, la DEA lui est dégringolée dessus comme une tonne de briques et il est devenu en même temps la cible numéro un des tueurs des cartels…

Les pièces du puzzle s'assemblaient mais je sentais en même temps quelque chose agiter ses griffes au fond d'une crevasse de mon esprit et tenter désespérément d'attirer mon attention.

— D'accord, la formule est perdue… mais ils pensent que nous l'avons, dis-je. Quelqu'un le pense. C'est pour ça que Navarro a cherché à tuer Corliss à l'époque. C'est pour ça que le type qui est derrière cette histoire a embauché les motards pour qu'ils kidnappent des chercheurs. Et c'est pour ça qu'ils ont voulu enlever Michelle.

— Michelle ne faisait pas partie de notre commando, me rappela Munro. Elle n'avait rien à voir avec le raid contre le labo de Navarro…

— Elle, non. Moi, si.

Cette soudaine prise de conscience me tomba au creux de l'estomac comme une bombe à fragmentation et me déchira les entrailles. Dans mon cerveau, les rouages s'enclenchèrent et se mirent à tourner dans une clarté aveuglante.

— Ils ne voulaient rien d'elle, poursuivis-je. C'est moi qu'ils voulaient. Je suis celui qui a supprimé McKinnon, ils doivent penser que je sais quelque chose.

Je revis Michelle recevoir la balle, se tourner vers moi pour me regarder tandis que la mort se rapprochait d'elle ; je la revis allongée sur le trottoir, la vie s'écoulant par sa blessure, ses lèvres prononçant quelques ultimes mots dans un râle d'agonie… et j'eus envie de me faire sauter la tête.

C'était moi qu'ils voulaient. Depuis le début.

Ils voulaient enlever Michelle pour avoir accès à moi.

J'étais responsable de sa mort.

Mon sang se changea en un torrent d'acide qui déferla dans mon corps, brûlant tout sur son passage. Ils s'en étaient pris à Michelle parce qu'ils ne connaissaient pas l'existence de Tess, probablement. Ou parce que New York était hors de portée pour eux et qu'ils avaient besoin de m'attirer ici, sur leur terrain, à un saut de la frontière.

Et comme si cela ne suffisait pas, je me rendis compte d'autre chose.

Alex.

— Ce n'était pas seulement Michelle qu'ils voulaient, fis-je d'une voix sifflante, le souffle court. Ils voulaient aussi Alex. Ils doivent savoir qu'il est mon fils. Ils sont venus l'enlever. Pour avoir un moyen de pression sur moi.

Ça devait être la raison pour laquelle ils continuaient à me suivre. Non parce qu'ils ignoraient que Michelle était morte. Parce qu'ils me voulaient *moi*. Ils voulaient quelque chose de moi et ils avaient l'intention de se servir d'Alex pour obtenir ce qu'ils désiraient tant.

Ce qui signifiait qu'Alex était toujours une cible.

Qu'il était en danger.

Et Tess aussi.

Ma vision devint trouble tandis que le plan tout entier défilait dans ma tête à vitesse rapide. Je saisis mon portable et pressai la touche du numéro préenregistré de Julia.

43

— Ouah, regardez celui-ci ! hurla Alex, surexcité, en montrant les avions exposés devant le musée de l'Air et de l'Espace.

Ils se tenaient sous le Blackbird de Lockheed, qui les dominait du haut de ses trois supports métalliques, à l'entrée du musée.

— C'est le plus rapide de tous, une vraie fusée ! poursuivit Alex, s'extasiant devant l'avion espion noir et effilé qui avait volé pour la première fois au-dessus des lacs de la Zone 51, dans le Nevada.

Bourré d'énergie, il passa du Blackbird au Convair Sea Dart, plus petit, qui flanquait également l'entrée du musée.

Julia vit le plaisir s'afficher sur le visage de Tess. Suivant du regard le gosse qui courait en tous sens, elle ne put s'empêcher de sourire à son tour. Elle savait ce que Tess ressentait. Voir Alex exprimer un tel bonheur, même pendant un instant fugitif, après tout ce qu'il avait traversé, était aussi enivrant qu'un verre de pur malt.

Tess se tourna vers elle.

— Et si on allait faire un tour à l'intérieur ?

Alex s'y trouvait déjà.

Le musée circulaire était constitué d'une rotonde extérieure pleine d'avions de toutes formes et de toutes tailles disposés autour d'un pavillon central. Un énorme hydravion de la Seconde Guerre mondiale dominait l'ensemble. Alex avait expliqué à Tess qu'il était déjà venu au musée, mais qu'il n'avait jamais vu les films en relief qu'on projetait au Zable Theatre. Ces films étaient agrémentés d'effets spéciaux mécaniques qu'un quelconque sorcier du marketing avait décidé de baptiser « 4D » – même si, à proprement parler, tous les films en 3D étaient déjà projetés à l'intérieur d'un machin einsteinien à quatre dimensions.

Ils se promenèrent dans l'exposition, Alex menant la marche et gesticulant avec excitation d'un avion à l'autre. L'endroit bourdonnait d'activité, aussi animé à l'intérieur que la promenade à l'extérieur. Julia se surprit à examiner les alentours. Toutes sortes de gens se trouvaient là – familles, couples, citadins, étrangers, vieux et jeunes. Cet échantillon varié d'humanité avait convergé autour d'un remarquable aperçu du génie de l'homme lancé dans sa quête pour satisfaire son désir primitif de voler.

Ils étaient là depuis une demi-heure et s'apprêtaient à entrer dans la salle de projection, quand un homme attira le regard de Julia. Un Latino à la peau olivâtre vêtu d'un jean, d'un coupe-vent et de bottes de cowboy. Le cordon d'un téléphone mains libres lui pendait à l'oreille, et il parlait dans son micro. Julia ne savait pas bien pourquoi son regard s'était attardé sur lui à cette seconde précise. Quelque chose dans son attitude lui sembla bizarre, sans qu'elle puisse y mettre un nom. L'homme semblait déplacé. Il ne ressemblait pas à un touriste. Il avait l'air mal à l'aise dans ce contexte, comme s'il n'était pas vraiment là pour regarder les avions. Après l'avoir observé pendant quelques secondes, Julia décida qu'elle devenait parano. Pas une seule fois il n'avait regardé dans leur direction. Sans doute répondait-il à un coup de fil lié à son travail. Ou bien avait-il été obligé de faire une balade avec sa nouvelle petite amie et le gosse de cette dernière, et il n'avait pas envie d'être là. Quelle que soit son histoire, Julia se dit qu'il ne méritait pas son attention et décida de l'ignorer.

Elle se réprimanda mentalement à propos de cet incident. Une preuve supplémentaire qu'elle était incapable de se détendre tout à fait. Elle faisait ce boulot depuis trop longtemps pour baisser sa garde. Elle imaginait les réflexions de ses amis, mais le fait est qu'elle aimait son travail au Bureau. Sa meilleure amie, qui avait été sa colocataire à l'université, prenait plaisir à la taquiner à propos du mariage et des enfants, mais Julia repoussait en riant les piques et les encouragements. Elle lui promettait d'essayer de se détendre et de profiter de ce que la vie avait à lui offrir, mais elles savaient toutes deux que ce n'étaient que des vœux pieux.

La file d'attente pour la projection avançait. En entrant dans la salle, Julia prit soin de repérer les issues – outre l'accès principal, il y avait au fond de la petite salle de trente-six places deux portes donnant sur le centre éducatif – et se rendit compte qu'elle l'avait fait machinalement.

Même lorsqu'elle était de sortie, pour une journée de plaisir avec un gosse de quatre ans, elle n'était pas fichue d'oublier son travail.

Elle vit que Tess et Alex mettaient leurs lunettes spéciales pour le relief et s'asseyaient, prêts à se laisser absorber par les délices de *Jet Pack Adventure*. Elle décida de les attendre à l'extérieur de la salle, où elle pourrait télécharger les dernières infos sur son portable. Un instant, elle envisagea même de faire un essai au simulateur de vol – elle avait souvent volé à bord d'hélicoptères et de petits avions, mais elle n'était jamais montée dans un avion de chasse F-18 –, mais elle n'eut pas le temps d'y penser sérieusement. Son téléphone vibra.

Elle vérifia l'identité de son interlocuteur. Reilly. Il appelait sans doute pour prendre des nouvelles de son fils.

— Où êtes-vous ?

Il semblait nerveux.

Elle se crispa, balayant machinalement les lieux d'un regard panoramique.

Reilly fit l'économie des formules de politesse.

— Je veux que vous fassiez sortir Alex et Tess de là, sans les alarmer. David est en train de leur préparer une planque.

Un doigt glacé descendit le long de la colonne vertébrale de Julia.

— Pourquoi, qu'est-ce qui s'est passé ?

— Ils sont à mes trousses. C'est pour ça qu'ils ont attaqué Michelle et Alex. Ils voulaient se servir d'eux pour m'avoir. Ce qui signifie qu'Alex est toujours en danger. Et Tess, aussi.

Julia l'écouta avec attention résumer la situation. Le Mexique, cinq ans plus tôt. Raoul Navarro. Quand il prononça ce nom, elle décela un mélange de frustration et de malaise mal dissimulé. Elle connaissait Reilly depuis très peu de temps, mais elle avait été impressionnée par sa lucidité et son énergie, au point d'éprouver déjà un léger béguin (qu'elle savait parfaitement vain) pour lui. L'entendre s'inquiéter de la sorte était assez déstabilisant.

Il lui expliqua également que les hommes de main qui avaient enlevé les Aigles étaient sans doute d'anciens militaires – ce qui correspondait au *modus operandi* de Navarro.

— Je dois demander du renfort ? fit-elle dès qu'il s'interrompit pour reprendre son souffle.

— Non, pas pour le moment. Je ne veux pas qu'Alex soit plus terrifié qu'il ne l'est déjà. Ramenez-les à l'hôtel et préparez les bagages. Je suis sur le chemin du retour à San Diego.

— Comme si c'était fait.

Elle coupa la communication, se glissa à couvert sous un avion surbaissé, balaya rapidement le musée d'un regard circulaire. Tout d'abord, elle ne vit rien de suspect. Puis elle aperçut le Latino de tout à l'heure. Juste à l'intérieur du pavillon central. Sauf que, cette fois, un deuxième type se tenait à côté de lui. Le fil d'un téléphone mains libres lui sortait également de l'oreille. Le nouveau venu tenait une sorte de portable, dont les deux hommes regardaient l'écran avec attention. L'un d'eux jeta un coup d'œil vers Julia et fit à l'intention de son comparse un signe de tête discret en direction de la salle de projection… c'est alors que Julia le vit. Un léger renflement sous son coupe-vent. Elle savait qu'il s'agissait d'un revolver, dans un étui sous l'aisselle.

Sa nuque la chatouilla, et elle eut la certitude que des événements désagréables se préparaient.

Julia ne quittait pas les deux hommes des yeux. Ils ne bougeaient pas. Ils regardaient derrière elle et semblaient ne pas l'avoir remarquée. Mentalement, elle fit un bond, comme elle était entraînée à le faire, et passa immédiatement différentes hypothèses en revue. Dans le meilleur des cas, ces types jouaient aux Angry Birds sur leurs portables, ou ils consultaient des résultats sportifs. Dans le pire des cas, ils étaient hostiles. C'était précisément ce qu'elle avait lu dans leur regard et dans leur langage corporel.

Ce qui signifiait qu'ils étaient là parce qu'ils filaient Alex et Tess.

Ce qui signifiait aussi qu'ils avaient un traqueur GPS – très probablement dissimulé dans le téléphone de Tess.

Si c'était le cas, ils ne semblaient pas prêts à avancer leurs pions. Ils avaient l'air d'attendre que Tess et Alex sortent de la salle, peut-être qu'ils s'avancent dans l'entrée – ou qu'ils soient en route, dans la voiture – avant de passer à l'action.

Nom de Dieu.

Julia ignorait le nombre de types déployés dans le musée, mais elle savait que la dernière chose dont on avait besoin était une fusillade dans un lieu bondé, par un bel après-midi d'été. Et s'il fallait tenir compte du passé récent, il était évident que ce Raoul Navarro n'éprouverait aucun scrupule à sacrifier des innocents, et qu'il était prêt à atteindre Reilly de n'importe quelle façon, y compris à travers des femmes et des enfants.

Différentes options se bousculèrent dans son esprit, puis une idée la frappa. Si ces types étaient vraiment des hommes de main au service des cartels, elle pouvait se servir contre eux du traqueur GPS. Elle pouvait mettre Tess et Alex en sûreté sans qu'il y ait de blessés. La seule question était de savoir si elle devait rappeler Reilly. La veille, Villaverde l'avait prise à part. Il lui avait dit que même si Reilly se trouvait au cœur des événements ils devaient veiller à ce que son implication personnelle dans l'affaire ne crée pas de problèmes, pas même à lui-même. La priorité, pour Julia, était de protéger Alex. Descendre les méchants pouvait attendre que le garçon soit en sécurité.

Elle devait quand même l'appeler.

Julia composa son numéro et lui décrivit ce qu'elle voyait.

— Que veux-tu que je fasse ?

— N'engagez pas le combat, d'accord ? fit-il après un silence. Sous aucun prétexte. Comme vous l'avez dit, on ignore combien ils sont. Il doit y avoir des flics sur la plaza, ou non loin de là. Je vous envoie du renfort…

— Sean, il faut absolument éviter qu'il y ait une fusillade. Pas ici, pas avec tous ces gens. Pas avec Alex et Tess au milieu.

Elle lui fit part de son idée. Il soupira.

— Vous allez devoir les laisser sans surveillance…

— Oui, mais avec un peu de chance, ils n'auront personne aux trousses.

Un silence, de nouveau. Visiblement, il soupesait deux options, aussi peu exaltantes l'une que l'autre.

— Je peux le faire, Sean. Ça va marcher.

— OK. Mais ne prenez aucun risque superflu. Pas d'héroïsme. J'insiste.

Elle eut un sourire nerveux. Elle réalisa soudain que son cœur battait très vite.

— Je vous tiens au courant.

Et elle raccrocha.

44

D'un air détaché, Julia fit demi-tour et se dirigea vers le cinéma. Elle repéra immédiatement Tess et Alex. Ils étaient assis au bout d'une rangée, Tess sur le premier siège, Alex à côté d'elle, l'air émerveillé.

Julia s'accroupit à côté de Tess.

— Il y a deux types dehors… Je crois qu'ils pourraient nous créer des problèmes.

Elle regarda Tess pour s'assurer qu'elle avait bien compris.

— Nous n'avons pas beaucoup de temps. Il est probable qu'ils te suivent grâce à ton téléphone. Il faut que tu me le donnes. Je vais m'en servir pour les éloigner de vous deux.

— Mais…

— J'ai parlé à Sean, insista Julia, toujours à voix basse, d'un ton calme. Il est d'accord. Donne-moi ton portable.

Tess lui tendit son iPhone. Julia se rappela que la romancière avait connu sa part de situations dangereuses, et qu'elle savait sans doute que l'efficacité était souvent le meilleur gage de survie.

— Restez ici encore dix minutes. Puis venez me

retrouver près de la sortie du parking où nous nous sommes garés.

Elle lui tendit les clés de la voiture. Julia calcula qu'il ne leur faudrait pas plus de dix minutes pour rejoindre le parking. Dès qu'ils se seraient retrouvés, ils sortiraient directement sur Park Boulevard et disparaîtraient.

— Bonne chance, dit Tess en lui posant la main sur le bras. Et merci.

Julia hocha la tête, puis se dirigea discrètement vers la sortie.

Elle éteignit l'iPhone avant de le glisser dans sa poche. Quittant la salle de projection, elle retrouva la lumière de l'esplanade, regarda autour d'elle. Les deux gars se trouvaient près d'un avion en forme de boomerang. S'il s'agissait de professionnels qui suivaient à la trace l'iPhone de Tess, ils agissaient de manière appropriée, anticipant le mouvement de leur cible, mais dans une position qui leur permettrait, si nécessaire, de changer de direction. Ils devaient rester à proximité, mais pas trop.

Une confirmation de plus que Julia ne s'était pas trompée.

Elle se dissimula au milieu d'un groupe de visiteurs, se baissa et fonça vers l'entrée principale. Elle disposait de trente secondes avant qu'ils comprennent qu'ils avaient été bernés. La filature par GPS était assez précise, mais ce n'était pas parfait. Le signal était dynamique avant de parvenir au serveur de la compagnie du téléphone. Il y avait ensuite une latence entre le signal lui-même et le réseau cellulaire qu'utilisaient les truands pour le traquer. Si elle n'allumait pas l'iPhone pendant plus de trente secondes, elle se donnait le temps dont elle avait besoin pour distancer ses poursuivants, lesquels ne sauraient pas qu'ils avaient perdu le signal.

Julia sortit du musée par l'entrée principale côté rotonde, ralluma l'iPhone et prit la direction du musée d'Art de San Diego. La plaza vibrait toujours de la présence des vacanciers en visite pour la journée, de groupes de touristes montant et descendant des autocars, de parents qui aidaient leurs rejetons à débarquer des 4 × 4 et d'amoureux se tenant la main, chargés de paniers de pique-nique. Tout le monde jouissait de la douceur de la température et du temps ensoleillé. Julia savait qu'elle ne pouvait marcher plus vite qu'un gosse de quatre ans surexcité, mais elle utilisait tout ce qui pouvait l'aider à se dissimuler : groupes de retraités, véhicules de grande taille, familles se disputant sur ce qu'elles devaient visiter en premier lieu. Quand elle remonta sur le large trottoir qui longeait les files de voitures en stationnement, elle se laissa absorber par un groupe de touristes.

Elle s'efforçait de ne pas regarder derrière elle. Les truands savaient certainement à quoi ressemblait Alex – peut-être même avaient-ils une photo de Tess –, mais il était impossible qu'ils connaissent Julia de vue. Ils auraient du mal à repérer un garçon de quatre ans dans une foule en mouvement. Julia espérait simplement qu'ils ne comprendraient pas qu'ils suivaient une fausse piste avant que ça n'ait plus d'importance.

Une centaine de mètres plus loin, elle se baissa derrière les arbres, trouva un abri et examina le chemin qu'elle venait de parcourir. Il était très probable que les gars étaient tout près, les yeux fixés à la fois sur l'écran de leur appareil et sur le groupe de touristes qui s'éloignait lentement du musée.

Alors qu'elle progressait sous les arbres et remontait la rampe menant au théâtre de marionnettes Marie Hitchcock, Julia trouva l'occasion qu'elle espérait. Un buggy électrique chargé de deux vieilles dames s'éloignait du théâtre à la vitesse de l'escargot. Le flanc du véhicule s'ornait des mots *San Diego Zoo*.

Le zoo se trouvait à l'autre bout du parc. La voiturette allait dans cette direction. Julia jeta un coup d'œil derrière elle, s'assura que les malfrats étaient hors de vue et courut vers le buggy.

Elle ralentit en arrivant à sa hauteur.

— Excusez-moi ? fit-elle en agitant la main pour demander au conducteur de s'arrêter.

L'homme freina.

— Est-ce que vous revenez par ici ? demanda-t-elle en souriant. Je suis avec mes grands-parents, et je crois qu'ils apprécieraient qu'on les conduise jusqu'au zoo.

Le conducteur du buggy déclara qu'il viendrait les chercher vingt minutes plus tard. Julia le remercia et s'écarta du véhicule qui reprit sa route. Au passage, elle laissa tomber l'iPhone de Tess dans une des sacoches placées à l'arrière, retourna se dissimuler sous le couvert des arbres et attendit.

Vingt secondes plus tard, les deux truands passèrent à moins de dix mètres d'elle, toujours sur la piste du signal GPS de l'iPhone. Elle les suivit des yeux, immobile, les sens en éveil, puis se glissa hors du couvert et repartit en sens inverse.

Un instant plus tard, elle regarda par-dessus son épaule, vit qu'ils passaient le tournant. Désormais, elle était invisible à leurs yeux. Elle repartit vers le musée au pas de gymnastique, courut franchement dès qu'elle eut mis quelque distance entre elle et les deux hommes. Le musée de l'Air et de l'Espace se trouva bientôt à moins de deux cents mètres devant elle. Elle attaqua en petites foulées l'allée menant au parking – le long d'une voie de service séparant deux grands immeubles administratifs –, parvint dans la grande salle… et s'immobilisa net.

Il y avait un troisième malfrat.

Un Latino, lui aussi. Il se tenait à moins de trois mètres de Julia, près d'un 4 × 4 Chevy Tahoe noir – celui qu'elle avait vu sur la vidéo de la voiture de l'adjoint mort. Il avait une oreillette, comme les autres.

Il se tourna à l'instant précis où elle le vit. Leurs regards se croisèrent pendant une fraction de seconde, et chacun sut immédiatement que l'autre l'avait identifié. Ce qui voulait dire qu'il avait compris que Tess et Alex n'étaient pas là où ses *compadres* croyaient les trouver.

Julia n'avait aucun moyen de prévenir Tess, dont le téléphone se trouvait maintenant à mi-chemin du zoo…

De toute façon, c'était trop tard. Les seules pensées qui lui traversèrent l'esprit, c'était qu'elle ne pouvait laisser le salaud prévenir les autres, et qu'elle n'aurait pas le temps de saisir son arme. Il ne restait plus qu'une chose à faire.

Elle fonça.

Elle vit l'homme rejeter la tête en arrière, entre amusement et incrédulité, une demi-seconde avant qu'elle le percute de plein fouet, le projetant contre le flanc de la Chevy, puis au sol, la respiration momentanément coupée.

Elle se laissa retomber sur lui et tâtonna à la recherche de ses menottes, tout en s'efforçant de le maintenir à terre, mais il était beaucoup plus fort qu'elle. Il se tortilla, pivota sur lui-même et la repoussa contre la voiture. La tête de Julia rebondit contre la portière. Sa vision se brouilla. Elle se ressaisit juste à temps pour apercevoir l'éclair de l'acier : un stylet à l'air particulièrement vicieux venait d'apparaître dans la main du tueur.

Julia se jeta de nouveau sur lui avant qu'il ait eu le temps de se relever, saisit son poignet de la main gauche et d'un coup du tranchant de la droite lui fit éclater le nez. L'homme laissa échapper un grognement de douleur tout en essayant de libérer sa main armée.

D'un coup du genou droit, il tenta de la frapper dans les reins. Julia accompagna le mouvement et parvint, dans une ultime poussée d'adrénaline, à lui tordre le bras pour retourner sa lame contre lui et la lui enfoncer dans le ventre.

Les yeux écarquillés, le tueur lâcha prise, se mit à haleter. Julia le fit rouler sur le côté, s'assit sur son dos, sortit son Glock de son étui et lui expédia un violent coup de crosse à la tempe. L'homme perdit aussitôt connaissance. Elle le fouilla prestement, empocha son téléphone et un pistolet en acier inoxydable, et pour finir lui passa les menottes. Elle se releva enfin, à bout de souffle. Plusieurs touristes la fixaient des yeux, avec des expressions allant de la terreur à l'admiration.

— FBI ! hurla-t-elle en agitant son insigne. Tenez-vous à distance ! Cet homme est dangereux !

Elle composa le numéro d'urgence et demanda au dispatcher d'alerter par radio la police de San Diego et d'envoyer sur le parking le plus d'agents possible.

Julia ignorait où se trouvaient les *compadres* du tueur, mais elle devait supposer qu'ils avaient maintenant réalisé qu'on les avait menés en bateau. Elle les aperçut alors, qui entraient sur le parking, à son extrémité nord. Elle repartit en courant en direction de son 4 × 4 gris.

Julia allait aussi vite que possible, zigzaguant entre les voitures. Il fallait qu'elle rejoigne Tess et Alex avant que les tueurs les repèrent. Elle contourna la partie sud du parking, jetant des coups d'œil répétés par-dessus son épaule. Soudain, l'un des truands la repéra et cria quelque chose à son comparse.

Les deux hommes brandirent leurs revolvers et se lancèrent à sa poursuite. Elle-même sortit son arme quand plusieurs balles sifflèrent autour d'elle. Des gosses qui s'apprêtaient à monter en voiture se mirent à hurler lorsque le pare-brise vola en éclats. Julia levait son revolver vers le premier tireur lorsqu'une voiture de la police entra sur le parking, sur sa droite. Les tueurs la virent également et l'un d'eux ralentit sa course pour lui tirer dessus. Julia s'arrêta, s'accroupit et tira cinq coups rapprochés. Elle manqua le truand, mais l'obligea à se mettre à couvert.

L'autre continuait d'avancer, plié en deux pour se dissimuler. Il se dirigeait droit vers la sortie du parking. Droit sur le Ford Explorer.

Julia comprit le danger. Elle repartit en avant au moment où la voiture de police freinait brutalement. Deux flics en jaillirent et tentèrent de prendre position derrière leur véhicule, mais l'un d'eux reçut une balle et s'écroula contre sa portière. Julia repoussa son impulsion de se porter à son secours. Il fallait qu'elle continue. Le tueur qui se dirigeait vers Tess s'approchait rapidement du 4 × 4.

Elle regarda à droite et à gauche. Elle ne pourrait pas rejoindre Tess sans se mettre à découvert.

Tandis que leurs trajectoires convergeaient vers l'Explorer, Julia vit le tueur braquer son revolver sur le 4 × 4. Elle s'arrêta aussitôt, mit l'homme en joue. Elle n'eut pas le temps de tirer, un coup de feu retentit et une balle lui laboura l'épaule, la projetant à terre et lui faisant lâcher son arme.

Elle tourna la tête pour regarder derrière elle. Le second tueur était à moins de trente mètres, et il venait vers elle, pour en finir.

Tout en cherchant son arme à tâtons autour d'elle, elle entendit alors, sur le côté, un hurlement de moteur. L'Explorer surgit en marche arrière, s'immobilisant à côté d'elle.

Elle roula sur le côté, se redressa, ouvrit la portière arrière à la volée et se jeta à l'intérieur.

— Fonce ! hurla-t-elle.

Elle n'eut pas besoin de se répéter. Ils franchirent la sortie en coup de vent. Tess tourna sur Park Boulevard et s'éloigna du parking. Sous peu, le quartier grouillerait de flics.

Julia ferma les yeux et essaya de retrouver son calme, de réfléchir.

Alex et Tess étaient sains et saufs.

C'était bien là l'essentiel.

45

Je pouvais respirer.

Tess et Alex étaient en sécurité, à l'abri dans la planque fournie par le FBI. Julia les y avait conduits directement de Balboa Park, sans repasser par l'hôtel. Villaverde avait dépêché deux agents pour récupérer leurs bagages à l'hôtel. L'un d'eux resterait avec eux pour assurer leur sécurité. J'avais promis à Tess de les rejoindre dès que possible. Pour le moment, je me trouvais avec Munro dans le bureau de Villaverde, discutant de ce que signifiaient les dernières informations de Pennebaker.

— Ce doit être un proche de Navarro, avança Munro. Quelqu'un qui sait sur quoi il travaillait, et qui essaie de prendre la suite. Un de ses lieutenants, qui aura grimpé les échelons après son assassinat…

C'est comme ça que ça marche. À chaque fois qu'un caïd quelconque est arrêté ou tué, quelques sous-fifres partent en guerre les uns contre les autres dans l'espoir de prendre sa place. La violence s'exacerbe, et c'est reparti pour un tour.

Ses hommes de main ne nous apprendraient rien. Celui que Julia avait poignardé était mort avant d'arriver à l'hôpital. Les deux autres s'étaient fondus dans la foule et avaient disparu.

— Qu'est-ce que c'est que cette drogue ? demanda Villaverde. Qu'a-t-elle de spécial ?

— On n'en sait rien, dit Munro. Tout ce qu'on sait, c'est qu'il s'agit d'un hallucinogène très puissant, que McKinnon a découvert dans une tribu oubliée de Dieu, au milieu de nulle part.

J'avais entendu l'enregistrement de l'appel de détresse de McKinnon. Il était arrivé subitement, *via* un téléphone cellulaire qu'on lui avait fait passer clandestinement.

Le message était bref, chaotique et intense.

Après s'être identifié, il disait qu'il avait été kidnappé quelques mois plus tôt par des bandits armés, alors qu'il faisait de la bioprospection dans la forêt équatoriale au sud du Mexique, près du Chiapas. Les *bandidos* pensaient d'abord exiger une rançon du groupe pharmaceutique qui était censé l'employer – un job classique pour les chercheurs qui travaillaient dans l'arrière-pays de cette partie du monde. Quand ils comprirent que McKinnon ne travaillait pour personne d'autre que lui-même, ils envisagèrent de le tuer, mais ils trouvèrent un autre moyen de monnayer leur prise. Ils l'offrirent à Navarro, persuadés que les talents du chimiste intéresseraient El Brujo.

Ils ne s'étaient pas trompés.

Dans une tentative désespérée de se montrer utile pour rester en vie, McKinnon commit l'erreur de parler de sa découverte à Navarro. Quelque chose qu'il avait cherché pendant des années, quelque chose que lui avait fait partager le sorcier d'une petite tribu isolée, au fond de la forêt vierge : un hallucinogène radical, selon lui différent de tout ce qu'on connaissait.

Navarro l'essaya, l'apprécia, et cela devint son obsession.

— McKinnon ne nous a donné que très peu de détails, dit Munro à Villaverde. Il a juste dit que c'était un alcaloïde, qu'il aurait un succès énorme, et il l'a décrit comme « de l'ayahuasca avec des stéroïdes ». Mais Navarro avait un problème. Avec la plupart des hallucinogènes qu'on trouve dans les tribus, comme l'ayahuasca… on a l'impression d'avaler de la vase. Littéralement. Une bouillasse épaisse, dégueulasse, qui a un goût de merde et vous fait vomir pendant des jours. Personne n'aurait envie d'essayer ça. Navarro voulait que McKinnon transforme sa découverte en une pilule facile à avaler, sans les horribles effets secondaires. Et dès que ce serait au point, Navarro pensait y ajouter des composants capables de rendre le produit hautement addictif. Il a menacé McKinnon d'une mort lente… On sait maintenant à quel point il peut être convaincant dans ce domaine. McKinnon s'est donc mis au travail. Et il a réussi. Il nous a dit qu'il avait trouvé comment synthétiser le produit sous forme de pilule, mais il ne l'avait pas encore dit à Navarro. Il avait assez vite compris que cela équivaudrait à signer lui-même son arrêt de mort. Il ne savait pas combien de temps il pourrait le tenir à distance. Nous avons fait des recherches sur McKinnon, et ça collait. Il avait le profil et les compétences nécessaires pour mettre au point un produit de ce genre. Il fallait donc faire quelque chose. On ne pouvait pas se permettre de laisser cette drogue arriver dans la rue. C'est pourquoi il fallait le sortir de là.

Ou le tuer.

— Mais vous ne savez pas quels sont les effets de cette drogue ? insista Villaverde.

— McKinnon ne nous a rien dit de plus. Et il a lancé son SOS. Et apparemment il n'a pas laissé le moindre dossier. En tout cas, nous n'avons rien trouvé.

Villaverde réfléchissait.

— Ainsi nous avons un nouveau joueur sur le terrain, celui qui a engagé les motards. Pourquoi toi ? ajouta-t-il en me regardant. Qu'est-ce qu'ils croient que tu peux leur donner ?

— Je n'en ai aucune idée. Mais ils doivent savoir que j'étais là...

Je me tournai vers Munro.

— ... que *nous* étions là... Ils pensent peut-être que j'ai trouvé les notes de McKinnon et que je les ai toujours. Tu y étais aussi, dis-je à Munro. Pourquoi moi, et pas toi ?

— Bon Dieu, je n'en ai pas la moindre idée, fit-il en haussant les épaules avec nonchalance.

En résumé, il nous fallait absolument savoir à qui nous avions affaire, pour que Tess et Alex (et moi, peut-être) ne finissent pas leurs jours enfermés dans le pays des merveilles de la protection de témoins. En outre, quelque chose me tracassait.

Je me tournai de nouveau vers Munro.

— Que sais-tu de la mort de Navarro ?

Il eut un petit sourire entendu. Il savait où je voulais en venir.

— Je ne peux pas jurer que ce salopard est bien mort, si c'est le sens de ta question.

Je sentis la pression monter en moi.

— C'est bien le sens de ma question, oui.

Il haussa de nouveau les épaules.

— Nous étions à ses trousses, comme tu le sais. La DEA ne prend pas à la légère une attaque contre un de ses agents, surtout lorsqu'un *maricón* bourré de coke s'en prend à quelqu'un comme Hank Corliss...

N'importe quel narco, Navarro y compris, devait le savoir. C'était une règle absolue, depuis qu'Enrique Camarena avait été arraché à sa voiture et torturé à mort, au Mexique, au milieu des années 1980. La DEA n'avait pas pris de gants pour déférer ses assassins en justice. Elle avait purement et simplement kidnappé des suspects difficiles à extrader, et leur avait fait passer la frontière clandestinement pour les amener devant un tribunal américain. Pourtant, Navarro s'était attaqué en personne à Corliss, impudemment et à la vue de tous.

— Les narcos nous ont devancés, poursuivit Munro. À cause de Navarro, la pression était telle qu'ils ont décidé de mettre fin eux-mêmes à la chasse aux sorcières. Mais ils ne pouvaient pas nous le livrer vivant, il en savait beaucoup trop. Ils l'ont invité à bavarder avec eux. Il n'a pas marché.

— Alors ils l'ont eu en faisant sauter sa voiture, ajoutai-je.

Je me rappelais avoir parcouru un rapport interservices à ce sujet.

— Le rapport du légiste était solide ?

— Allons... Tu sais à quoi on a affaire, ici. Des Mexicains... Mais on a fait ce qu'on a pu. On a envoyé nos propres gars pour faire les tests ADN et poser les bonnes questions. Et à leur avis, c'était bien lui.

— Vous vous êtes basés sur quoi ?

— Sur tout ce qu'on a pu dégoter. Les trucs qu'on a trouvés chez lui... sa brosse à dents, des cheveux, du foutre sur les draps. Sa taille, son poids.

— Des empreintes digitales ?

— Oui, plusieurs. Elles correspondaient à celles qu'on a trouvées chez lui. Elles collaient aussi avec un dossier que les *federales* avaient constitué lorsqu'ils l'avaient arrêté, au début de sa carrière.

Rien de tout cela n'était incontournable. S'il avait assez d'argent, et s'il disposait des relations nécessaires pour le dépenser là où il fallait – et dans sa situation, ce ne devait pas être un problème –, Navarro aurait pu mettre tout cela en scène.

C'était précisément ce que je croyais.

Il n'existait aucun moyen d'en être sûr. Pas encore, en tout cas.

Et ce n'était pas ça le plus important, pour l'heure. Qu'il s'agisse de Navarro ou d'un de ses anciens lieutenants, le plus important était que l'un ou l'autre cherchait quelque chose qu'il croyait en ma possession. À cause d'une faute, d'une erreur de jugement de ma part – ou d'un crime que j'aurais commis, inutile de mâcher ses mots –, cinq ans plus tôt. On récolte toujours ce qu'on a semé, hein ? Toute ma vie j'avais entendu cette connerie. Je n'y avais jamais beaucoup fait attention. Jusqu'à maintenant. Mais si c'était le cas, et si j'avais bien compris, ça voulait dire que le plan de l'ennemi consistait à me mettre la main dessus. Cela voulait dire que j'étais leur poule aux œufs d'or.

Et ça, je pouvais m'en servir.

46

La planque était une maison de trois chambres, dans le style ranch, non loin du sommet de la colline, à El Cerrito. Elle ressemblait plus ou moins à ce que j'attendais. Si on était enclin à la générosité, on pourrait dire qu'elle était minimaliste, classique, ou fonctionnelle. Moi, je pense qu'elle sortait tout droit du rayon Goulag d'Ikea. Je ne m'attendais pas vraiment à un confort digne d'un hôtel Four Seasons, mais je me sentais mal à l'aise pour Tess et Alex, d'autant que j'ignorais combien de temps on allait les garder enfermés dans ce trou. L'endroit était sinistre.

Pourtant, le salon donnait à l'ouest et offrait une vue plutôt agréable sur les toits de la ville et l'océan au-delà, surtout à l'heure où le soleil disparaissait à l'horizon. Des locataires amenés à occuper la maison pour des raisons différentes auraient sans doute trouvé cela excitant. Pas moi. Je restais simplement là, seul, observant sombrement le passage d'un autre jour, en pensant au Mexique, à Michelle, et à la manière dont un seul coup de feu avait créé, on ne savait comment, une sorte d'ondulation cosmique qui, cinq ans plus tard, lui avait valu de recevoir à son tour une balle tout aussi mortelle que la première.

— Belle vue.

Tess se glissa près de moi, les yeux fixés sur le paysage. Elle me caressa le dos, puis son bras vint s'enrouler autour de ma taille.

— Rien n'est trop beau pour ma petite femme, tu le sais.

Elle eut un petit sourire en coin.

— Vous me gâtez, cher monsieur.

Je jetai un coup d'œil derrière moi, vers les chambres. J'entendais Julia et le nouvel agent, Cal Matsuoka, qui bavardaient tranquillement dans la cuisine.

— Comment va Alex ?

— Pas terrible. Il est encore très perturbé par ce qui s'est passé. Et le fait de s'installer ici n'arrange rien, pour lui.

Elle regarda autour d'elle.

— Je ne sais plus trop quoi lui dire.

— Nous trouverons un moyen de sortir d'ici, fis-je en hochant la tête.

Haussant les épaules, elle regarda à l'extérieur. Ses yeux ternis étaient incapables de dissimuler la frustration et le malaise qui grondaient en elle.

— Qu'arrivera-t-il quand vous aurez arrêté ces types… ceux qui ont tué les motards et l'adjoint ? Que se passera-t-il ? Comment saurons-nous que celui qui les a envoyés ne va pas en lancer d'autres à nos trousses ?

Elle se tourna pour me faire face. Elle avait l'air vraiment terrifiée.

— Comment savons-nous si ça finira vraiment un jour ?

C'était assurément une bonne question, et c'était aussi le moment de la regarder droit dans les yeux et de prononcer des mots héroïques, rassurants et suprêmement confiants, du style : « Ne t'inquiète pas. Nous les aurons. » Mais Tess me connaissait trop bien, et elle savait que le monde ne fonctionnait pas ainsi. Le truc, c'est qu'à ce moment précis je me refusais à imaginer, ne serait-ce qu'une seconde, que ces types puissent nous échapper. J'allais faire en sorte qu'ils sortent de notre vie une fois pour toutes. Alors je le dis tout de même :

— Nous les aurons. Eux, et quiconque se trouve derrière eux.

À son crédit, je dois dire qu'elle ne s'est pas moquée de moi. Elle n'a même pas montré ses doutes. Elle a simplement hoché la tête, et son visage s'est tendu, déterminé.

Son regard se fixa de nouveau sur le soleil couchant.

— Raconte-moi ce qui s'est passé. Le type que vous avez tué. Le savant. Parle-moi de ça.

J'avais évoqué la connexion entre les Aigles et Navarro, et lui avais raconté dans les grandes lignes, en restant délibérément vague, comment tout cela était lié à notre mission au Mexique. Je ne lui en avais jamais parlé, tout comme je n'avais rien dit à Michelle à l'époque.

— Parle-moi, Sean, insista-t-elle en me voyant hésiter. Dis-moi ce qui s'est passé.

Quelque chose remua en moi, et je décidai de ne pas commettre la même erreur qu'avec Michelle. J'allais tout lui raconter, comme j'aurais dû tout raconter à Michelle, un siècle auparavant.

Je regardai dehors. Le soleil n'était plus qu'un disque doré que la mer allait bientôt avaler, et je voyais les événements défiler dans ma mémoire comme si c'était la veille – mais on ne sait jamais, n'est-ce pas ? L'esprit nous joue des tours. J'ai découvert que certains des souvenirs les plus vifs, ceux que nous sommes sûrs de reconnaître avec précision, ne sont pas toujours aussi fidèles que nous le pensons. Le temps passe, l'esprit manipule la vérité. Il déforme, ajuste et ajoute de menus détails, au point qu'il est difficile de faire la part de ce qui est vraiment arrivé et de ce dont on jurerait se souvenir. Mais, là dans le cas qui nous occupait, je crois que ma mémoire était d'une acuité absolue.

J'aurais été beaucoup plus heureux s'il en avait été autrement.

Il n'était pas facile de parvenir jusqu'à lui.

Le laboratoire de Navarro se trouvait au milieu de nulle part, très haut dans l'impénétrable et anarchique Sierra Madre occidentale, une chaîne de hautes montagnes volcaniques séparées par des gorges escarpées, des ravins et des canyons vertigineux, les barrancas, *parfois plus profonds que le Grand Canyon américain. Ni les empereurs aztèques ni les conquistadors espagnols n'étaient parvenus à imposer leur autorité aux villageois violents et farouchement indépendants qui vivent dans les plis de la Sierra, et le gouvernement mexicain n'obtenait pas de meilleurs résultats. Couvertes de champs de marijuana et de pavot, les montagnes étaient contrôlées par les caïds locaux et les mafias en guerre pour le marché de la drogue. Des bandes de hors-la-loi et de renégats armés errent encore aujourd'hui dans l'arrière-pays à dos de cheval et de mule, comme il y a un siècle. Navarro avait bien choisi le lieu de son repaire.*

Nous n'avions pas trop de problèmes. Nous avions localisé avec précision la position de McKinnon grâce au signal de son téléphone portable. La mission avait été organisée à la hâte, et pour éviter d'alerter des fonctionnaires corrompus par Navarro nous avions nous-mêmes collecté les renseignements dont nous avions besoin à l'aide d'un drone de l'US Air Force, sans faire appel aux autorités mexicaines.

Le plan prévoyait qu'on nous larguerait par hélico, mais le paysage ne nous était pas favorable. Le repaire était construit sur une haute mesa, *et le terrain alentour était trop hostile et trop inhospitalier pour permettre une invasion par le sol. L'altitude et la possibilité de surveiller les alentours rendaient également toute approche par hélicoptère facilement détectable. Le mieux était de se poser à cinq kilomètres de l'objectif et de parcourir le reste du trajet à pied, sur un terrain que nous savions plein de scorpions, de serpents à sonnette, de pumas, d'ours et de ces bêtes étranges et mythiques évoquant des couguars mutants – les* onzas.

Du gâteau, donc.

Nous nous sommes posés près de trois heures avant l'aube, persuadés que ça nous donnerait le temps de rejoindre le repaire dans l'obscurité, de récupérer McKinnon et retrouver l'hélico avant l'aurore. Nous avancions rapidement et sans accrocs sur les pentes escarpées et rocheuses et dans les lits des torrents, à travers les forêts de pins et les fourrés de jeunes chênes, de genévriers et de cactus. L'équipe d'assaut comptait huit personnes : moi, Munro, deux hommes du groupe de combat de la DEA et quatre militaires des Forces spéciales. Nous étions armés jusqu'aux dents : mitraillettes Heckler & Koch équipées de sound suppressors, *pistolets Glock avec silencieux, couteaux Bowie, gilets pare-balles, lunettes à infrarouges pour la vision nocturne. Nous portions également sur nos casques des caméras vidéo miniaturisées qui envoyaient les images en direct au bureau local de la DEA, à notre ambassade à Mexico, et le Predator qui nous survolait en permanence nous communiquait des visuels en temps réel,* via *les opérateurs du drone de la base aérienne Peterson, dans le Colorado. Le plan, bien entendu, était de ne pas engager le combat. Nous étions censés nous introduire dans les lieux, exfiltrer notre homme et disparaître avant qu'ils comprennent que nous étions là.*

Ça ne s'est pas du tout passé comme prévu.

Munro et moi avons passé sans trop de difficulté le poste de sécurité endormi. Il y avait un seul garde, que nous ne pouvions éviter. Munro l'a liquidé avec son poignard. Nous avons trouvé McKinnon là où il nous avait dit qu'il serait : dans son labo. C'était un homme proche de la soixantaine, de taille moyenne, un peu maigre, barbiche argentée et yeux bleu clair brillants d'intelligence. Il portait un chapeau de cowboy en paille blanc où était fixé un scorpion en argent, et une chemise western à boutons-pression. Une vieille serviette de cuir était posée sur le comptoir à côté de lui. Il a paru effrayé et excité à la fois de nous voir là, et très impatient de s'en aller. Mais il y avait un os.

Il n'était pas seul.

Une femme se trouvait avec lui, dont il n'avait pas parlé dans son message, une indigène qui lui faisait la cuisine et le ménage. Une femme à laquelle il était très lié, de toute évidence, car elle avait risqué sa vie en lui faisant parvenir un téléphone – celui dont il s'était servi pour nous appeler. Elle avait un gosse, son fils à elle, un garçon de trois ou quatre ans... En y repensant, aujourd'hui, j'ai l'impression d'avaler de travers. Et elle était enceinte. De McKinnon. Elle avait déjà le ventre rond.

Il ne partirait pas sans elle. Ni sans le gosse.

Ce qui posait un problème.

Un énorme problème.

Aucune limousine ne nous attendait devant la porte. Nous devions sortir sans attirer l'attention des gardes. Sans faire le moindre bruit. Puis nous retaper les cinq kilomètres de piste jusqu'à l'hélico. Sur un sol difficile. Dans le noir.

Munro déclara à McKinnon qu'il était hors de question que la femme et l'enfant fassent le voyage. Ils nous ralentiraient et trahiraient immanquablement notre présence, ce qui nous vaudrait à tous de nous faire tuer. Les lieux étaient gardés par une armée de pistoleros *bourrés de cocaïne, et Munro n'avait pas envie qu'ils sachent que nous étions là.*

McKinnon était furieux. Il refusa purement et simplement de partir sans eux.

Munro était intraitable. Il s'est mis en rogne.

Et tout a dérapé.

McKinnon a déclaré que ce n'était pas négociable.

Munro lui a rétorqué que ce n'était pas lui qui décidait du scénario, il railla sa naïveté, lui demanda comment il pouvait être sûr que le bébé était le sien, se moqua de lui : il avait sans doute été dupé par cette femme, qui le voyait comme son ticket de sortie de ce trou à rats et comptait sur lui pour la faire entrer aux États-Unis.

J'intervins en faveur de la femme et du garçon. Je dis à Munro que nous pouvions porter le gosse, et qu'elle connaissait sans doute le terrain beaucoup mieux que nous. Munro s'en prit à moi, grognant que notre mission ne consistait pas à sauver des otages innocents mais à ramener une fripouille qui se faisait payer pour trouver des moyens inédits de détruire la vie des gens. Nous ne lui devions rien du tout, siffla Munro. Nous n'étions pas là pour le secourir, mais pour nous assurer que le produit de son travail ne verrait jamais le jour, point final.

McKinnon l'a envoyé se faire foutre. Il a déclaré qu'il ne partirait pas.

Alors Munro a pété les plombs.

Il a brandi son Glock. Sans ciller, il a descendu le môme, puis sa mère.

Je n'en croyais pas mes yeux. Je vois encore le choc et l'horreur sur le visage de la femme, durant la fraction de seconde qui a suivi la mort de son enfant, et la manière, quand Munro lui a tiré dessus, dont sa tête a valsé en arrière comme si elle avait été secouée par une rafale de vent, juste avant de tomber à terre, déjà morte.

McKinnon a pété les plombs à son tour.

Il s'est mis à hurler, à nous insulter, à gesticuler frénétiquement, fou furieux, incontrôlable.

Puis il a tourné les talons.

Nous nous sommes précipités derrière lui, mais il avait atteint la porte du labo avant que nous le rattrapions... il l'a ouverte à la volée, s'est rué à l'extérieur, continuant à hurler à pleins poumons.

Et l'enfer s'est déchaîné.

Je l'ai attrapé le premier et l'ai tiré en arrière au moment où les premiers coups de feu claquaient dans la nuit et que des cris retentissaient autour de nous. Des gardes se précipitaient vers le labo, venant de toutes les directions. Les rafales des Kalachnikov des

Mexicains se croisaient en tous sens, les balles pulvérisaient les cloisons de bois. De l'extérieur de l'enceinte se firent entendre les salves de nos gars qui se trouvaient en position pour couvrir notre sortie. À ce chaos général s'ajoutaient les commentaires, secs et péremptoires, qui se déversaient dans mon oreillette.

Abrutis par l'herbe, la tequila trafiquée et la cocaïne, les pistoleros *n'avaient pas les idées claires, et la situation dégénérait. Je poussai McKinnon à travers le labo, le bras gauche passé autour de son cou, tenant de l'autre ma mitraillette à canon court que je pointai vers l'entrée quand les premiers gardes firent irruption. Ils étaient trois. J'ai descendu le premier, Munro le second. Le troisième s'est planqué derrière un comptoir et s'est mis à arroser la pièce.*

J'ai tiré McKinnon à moi, et nous avons plongé tous les deux pour nous mettre à l'abri derrière une armoire, atterrissant lourdement sous une pluie de débris arrachés par les projectiles qui hachaient littéralement tout ce qui se trouvait là. Munro disparut de mon champ de vision, sa voix dans mon oreillette m'informant qu'il allait mettre à l'abri les dossiers de McKinnon – ils se trouvaient à l'arrière, tout au fond du labo. Un autre pistolero *surgit sur le seuil, vira sur sa gauche, à l'opposé de son* compadre, *et avant d'avoir pu prendre la mesure de ce qui se passait je me retrouvai coupé de Munro et coincé par les deux tireurs.*

J'entendis McKinnon jurer et gémir, et je baissai les yeux vers lui.

Il avait pris une balle, à mi-chemin de l'aine et du genou. Je ne pouvais pas voir si elle était ressortie. Mais même si ce n'était pas joli joli, du moins le sang ne jaillissait-il pas à gros bouillons – ce qui voulait dire que l'artère fémorale n'était peut-être pas touchée. Il avait le visage déformé par la douleur, les yeux luisants d'un mélange de colère et de peur, les mains couvertes de sang, et je compris immédiatement qu'il ne serait pas capable d'aller jusqu'à l'hélico. Je n'étais même pas sûr d'en être moi-même capable – pas avec les deux flingueurs qui venaient de me prendre en tenaille.

Munro était lui-même dans le pétrin, acculé par d'autres pistoleros *; je l'entendis grogner dans mon oreillette qu'il allait tenter une sortie pour se mettre à couvert.*

J'étais seul avec McKinnon, acculé, le savant recroquevillé à côté de moi – et avec deux cinglés de Mexicains qui n'allaient pas tarder à se jeter sur nous des deux côtés à la fois.

Dehors, la bataille faisait rage. La vie ne valait pas cher, dans le coin, et Navarro disposait d'une petite armée basée dans l'enceinte, tout un tas de gus totalement défoncés qui ne demandaient qu'à se rouler dans le sang. Nos gars faisaient le maximum, mais le rapport de forces était tel qu'ils essuyaient des pertes, eux aussi. J'entendis que l'un d'eux, puis un second avaient été touchés. Je compris que je devais m'arracher de là, et un peu vite.

Je n'étais pas sûr de pouvoir m'en sortir en un seul morceau, mais j'étais foutrement certain de ne pas y arriver en remorquant McKinnon. De toute façon, je ne pouvais pas l'emmener avec moi. Pas dans l'état où il se trouvait.

Je ne pouvais pas non plus le laisser là.

Il en savait trop.

Munro criait dans mon oreille, m'engueulait, me conjurait de faire ce qui devait être fait.

Ce fut probablement une erreur terrible. Ou pire, le meurtre inexcusable d'un civil innocent. Ou peut-être était-ce la seule chose à faire. Aujourd'hui, je suis toujours incapable de donner la réponse. En tout cas, je tournai mon arme vers McKinnon et lui mis une balle dans la tête. Puis je balançai deux ou trois grenades incendiaires en direction des bandidos *et sortis de là juste avant que la baraque ne disparaisse dans les flammes.*

47

Tess me regardait comme si je venais d'étrangler son chat. Non, plutôt comme si je l'avais coupé en morceaux et jeté dans un mixer. Un regard que je n'oublierai jamais.

Elle garda le silence, pendant de longues minutes. J'étais à la torture. Je ne disais rien, moi non plus. J'attendais simplement qu'elle digère ce qu'elle venait d'entendre.

Au bout d'un moment, le silence était devenu insupportable.

— Dis-moi quelque chose, fis-je, très doucement.

Tess soupira avec lassitude. Elle parla enfin, presque à voix basse.

— C'est juste que… je ne… c'est la deuxième fois en une semaine que tu me balances des trucs de ton passé, et ça… je ne peux pas croire que tu ne m'en aies jamais parlé…

Il y avait de la douleur dans ses yeux. Et je détestais cela, car j'en étais responsable.

— Je n'en suis pas particulièrement fier.

— Quand même…

— Je… je me dégoûtais. J'ai du mal à vivre avec

l'idée d'avoir fait cela. Et je ne voulais pas te perdre non plus, à cause de ça.

Je la regardais, maintenant, et je n'étais pas sûr que nous nous en remettrions.

Elle n'essaya même pas de me contredire, ce qui ne m'avançait guère. Elle se contenta de détourner le regard, hochant la tête, l'air résolue, comme si elle cherchait quelque chose – n'importe quoi pour limiter les conséquences de la dispute.

— Pourquoi était-il si important de l'arrêter ? Quelle est cette drogue sur laquelle il travaillait ?

Je fronçai les sourcils. C'était ce qui rendait la situation encore pire.

— Nous ne l'avons jamais trouvée. Son secret a disparu avec lui. Et avec Navarro, je pense. Mais quelqu'un le veut, ce secret, quelqu'un qui est prêt à tout.

Je lui parlai de ce que j'avais lu sur McKinnon après notre retour du Mexique. J'avais cherché à en savoir le plus possible à son sujet. C'était devenu une obsession. J'avais mis la main sur le dossier que la DEA avait constitué sur lui, et j'avais mené quelques investigations de mon côté.

McKinnon était un homme tranquille, modeste et respecté, anthropologue et ethnopharmacologue en Virginie du Nord. Après avoir enseigné pendant des années à Princeton (dont il était diplômé) et à l'université de Hawaii à Manoa, il avait obtenu de la National Geographic Society une bourse lui permettant d'aller étudier les Indiens de régions reculées d'Amérique centrale et d'Amérique du Sud et l'usage médical qu'ils faisaient de certaines plantes. Durant ses voyages, il chercha les remèdes traditionnels dont le secret se transmettait oralement d'un guérisseur à l'autre, et en conçut une fascination croissante. Il s'était transformé en chasseur de remèdes et demeura quelque temps dans certaines tribus isolées de l'Amazonie et des Andes afin d'établir la nomenclature des plantes qu'ils utilisaient, finançant ses prospections successives en donnant des conférences et en vendant articles et reportages photographiques à des journaux et des magazines.

Sa vie et son œuvre avaient fusionné, et il n'avait ni femme ni enfants.

— Comment a-t-il fini par découvrir une superdrogue ? demanda Tess.

Je lui rappelai que de nombreuses cultures, surtout en Extrême-Orient, considèrent que le corps et l'esprit forment un tout, contrairement à ce que prétend la médecine occidentale. On ne pouvait, selon elles, soigner l'un sans soigner l'autre. J'avais découvert que les chamans amazoniens poussaient cette logique à un niveau plus élevé encore. Ils croyaient qu'une vraie guérison impliquait le corps, l'esprit et l'âme. Certains croyaient que les maladies du corps et les maladies mentales étaient causées par des esprits néfastes, que ceux-ci devaient être neutralisés grâce à des rituels religieux qui impliquaient souvent la présence de substances psychoactives – des hallucinogènes comme l'ayahuasca, dont ils se servaient pour soigner aussi bien la dépression que des cancers métastasés. Pour un homme comme McKinnon, qui étudiait les remèdes administrés par les guérisseurs et les chamans, ça signifiait qu'il fallait apprendre et comprendre les propriétés des concoctions que les guérisseurs avaient mises au point tout au long des siècles, et des plantes psychoactives qu'elles contenaient.

— La quête de McKinnon impliquait qu'il participe à des rituels religieux et qu'il prenne toutes sortes d'hallucinogènes, dis-je à Tess. Un jour, son travail a mis cette drogue sur son chemin.

— Vous ne savez pas où il l'a découverte, avec quelle tribu ?

— Non. Et il est évident que Navarro ne le savait pas non plus. Pas plus que celui qui court après, maintenant, qu'il s'agisse de Navarro ou de quelqu'un d'autre.

— Mais il est clair que ce produit est vraiment puissant… sans quoi ils ne feraient pas tout cela, cinq ans plus tard, non ? Peut-être as-tu fait ce qu'il fallait… Peut-être… peut-être que s'il avait vécu, les choses seraient bien pires, à l'heure qu'il est…

Michelle avait dit la même chose. J'essayais de m'en persuader depuis des années, et le fait d'entendre Tess le répéter… il y avait peut-être du vrai. En cet instant précis, j'étais heureux que Tess soit encore à mes côtés.

— Mais alors, qu'est-ce que c'est ? demanda-t-elle. Et comment ce produit aurait-il pu supplanter tous les autres ?

Je m'étais posé la question, à l'époque.

— Il y a trois raisons à cela. Primo, McKinnon affirmait que son produit aurait un succès énorme, qu'il contenait une telle énergie que les gens seraient incapables d'y résister, que comparée à ça la meth paraîtrait aussi fade que de l'aspirine… Ce sont les mots mêmes qu'il a employés… Deuzio, il était parvenu à le synthétiser sous forme de pilules. Ce qui veut dire qu'il est facile à prendre. Et l'on sait que la bonne drogue au bon moment peut se répandre aussi vite que la peste. Tertio, puisque Navarro en serait le producteur exclusif, il pourrait le rendre aussi addictif qu'il le souhaiterait. Ce qui serait une catastrophe… car nous parlons ici d'un hallucinogène très lourd.

— C'est-à-dire ?

— Le cerveau de la plupart des êtres humains n'est pas programmé pour supporter les effets d'un hallucinogène de cette puissance. C'est aussi simple que ça. Le cerveau peut gérer les effets de la coke ou de l'héroïne, mais un hallucinogène hard-core est très différent. Il présente un risque sérieux de détériorer en profondeur le tissu psychologique du consommateur. C'est pourquoi certaines religions païennes, par exemple, considèrent que les drogues doivent être réservées au plus petit nombre. C'est-à-dire qu'on ne peut les prendre qu'à l'issue d'une initiation. Ou comme élément d'un rituel, d'un rite de passage… On le fait une fois dans sa vie, peut-être quand on atteint l'âge adulte, à l'aube de la maturité, ou quand on est malade et qu'on a besoin d'être guéri… Les seules personnes qui peuvent en prendre régulièrement sont les chamans et les guérisseurs, et il y a une raison à cela : ils sont entraînés à en contrôler les effets, ils ont consacré leur vie entière à supporter les conséquences de ce qu'on voit, de ce dont on fait l'expérience pendant un trip. Sur le plan biologique, et surtout psychologique, l'individu moyen n'est pas équipé pour ça. Il n'est pas entraîné à réagir à une telle intensité, et d'un point de vue social l'utilisateur moyen ne doit pas y avoir accès. Sur la base de ce que nous en savons, le risque est réel, si une telle drogue se banalisait, qu'elle crée des problèmes dramatiques. Les consommateurs connaîtraient des troubles de fonctionnement importants. Ils pourraient développer dépression chronique et instabilité mentale, souffrir de maladies nerveuses inguérissables. Les services psychiatriques auraient à gérer l'afflux de centaines de milliers de patients. Il suffit de voir à quel point la meth est destructrice, comment elle transforme en zombies des gens en pleine santé, qui ont tout pour réussir… Et ça pourrait être bien pire, ajoutai-je. La meth et le crack, aussi dégueulasses soient-ils… ne reformatent pas le cerveau. Ils font planer, on devient accro, ils vous bousillent le corps, mais quand tu cesses d'en prendre ton cerveau retrouve plus ou moins son état normal, même si tout s'écroule autour de toi. Les hallucinogènes hard-core opèrent tout autrement. Ils sont capables de reprogrammer le cerveau. Celui qui prend des trucs comme ceux dont parlait McKinnon court réellement le risque d'être un autre homme à l'arrivée, avec des points de vue moraux potentiellement différents, une perception totalement différente du monde dans lequel il vit, de ses rapports à ce monde…

Tess semblait larguée.

— Comme… comme l'ayahuasca ? C'est un hallucinogène hard-core, non ? Je me rappelle un article sur des dépressifs chroniques qui étaient allés passer une semaine ou deux au fond de l'Amazonie, auprès de chamans qui leur en avaient fait prendre. À leur retour, ils disaient que ça les avait guéris…

— Oui, mais ils l'avaient fait dans le cadre d'une cérémonie, assistés d'un guérisseur. Et ils l'avaient pris *pour se soigner.* Ce genre d'article donne parfois l'impression que ces drogues sont un remède facile à tous nos problèmes. On croirait presque que l'ayahuasca est la panacée contre la dépression, et qu'on devrait prescrire de l'iboga à tous les héroïnomanes pour les aider à s'en sortir. Or, avec ces hallucinogènes, la question est moins du côté de la drogue que du consommateur. La question est de savoir dans quel état d'esprit on se trouve, ce qu'on espère en tirer, si on a la résistance nécessaire… et le soutien adéquat. C'est crucial. L'assistance, le cadre ritualisé et sacré, avec ceux qui t'entourent et les chamans qui veillent sur toi et te guident durant ton trip. Si le produit est balancé dans la rue, le junkie moyen, pas plus que l'ado de banlieue qui s'éclate dans un squat, dans sa cave ou dans le vacarme et la lumière stroboscopique d'une boîte de nuit, n'aura rien de tout cela. Qui le guidera ? Où sera le sorcier expérimenté capable d'interpréter avec lui les images refoulées auxquelles il sera confronté, de lui expliquer qu'il n'est pas en train de devenir dingue et de l'aider à comprendre ce que son inconscient est en train de lui dire ?

— D'accord, mais si la drogue se révèle dangereuse et provoque de mauvais trips, ça dissuadera les gens d'en prendre, non ? Je n'ai pas l'impression qu'elle serait très populaire dans les boîtes…

Je secouai la tête, un peu ironique.

— La psychologie du drogué n'a pas grand-chose à voir avec le bon sens. Tu le sais bien. Les gens cherchent ce qui est dangereux. Comme avec l'héroïne. Régulièrement, on voit arriver dans la rue une nouvelle molécule qui provoque des tas d'overdoses. Et tu sais quoi ? Tout le monde veut y goûter. Ils sont prêts à payer encore plus cher pour ça. Ils le cherchent. Suffit de savoir que des gens en meurent pour que ça devienne encore plus populaire. Comme avec le sida et les seringues, ou le krokodil, ce substitut de l'héroïne qui fait tant de ravages à Moscou. Les gens qui aiment ce genre de saloperies ne réagissent pas de manière rationnelle, par définition. Ils cherchent le frisson le plus fort disponible sur le marché. Ils en aiment le côté sombre… bien plus intense qu'un film d'horreur en relief. Et si ce n'est pas plus difficile que d'avaler une pilule…

Tess soupira.

— D'accord… fit-elle d'un ton las. Et maintenant ?

— Alex et toi, vous devez rester ici quelque temps. Désolé. Je pense aussi que tu devrais appeler ta mère, et Hazel, et leur donner une vague idée de ce qui se passe. Elles pourront avoir l'œil, en cas d'événement suspect.

— Tu crois que… fit-elle, l'air alarmée.

Je l'interrompis. Je savais ce qu'elle voulait dire.

— Non. Je ne crois pas qu'elles soient en danger. Mais je préfère être sûr que nous prenons toutes les précautions. J'ai déjà demandé au shérif de surveiller le ranch. Discrètement.

— Tu es sûr…

Je posai la main sur son bras.

— Elles sont en sécurité, Tess. J'ai fait le nécessaire.

Elle prit un air morose.

— D'accord. Je… je les appellerai demain. Mais… ceux qui sont derrière tout ça… ils pensent que tu l'as, hein ?

Je savais ce qui l'inquiétait.

— C'est mon boulot, Tess. Et je ne suis pas né de la dernière pluie.

Je lui adressai un sourire sans joie.

— Nous savons ce qu'ils cherchent. Ils le veulent et ils pensent que nous l'avons. Ce qui veut dire que nous avons la main. Et qu'on peut les forcer à faire une connerie et à se montrer.

Il fallait que je lui redonne confiance, même si je n'étais pas sûr d'y croire moi-même. Nous ne savions toujours pas à qui nous avions affaire. Je repensai aux paroles de McKinnon. La phrase qui avait tout déclenché.

« En comparaison, la meth paraîtra aussi fade que de l'aspirine. »

Les mots qui avaient scellé son sort.

Et celui de beaucoup d'autres, depuis lors.

D'une manière ou d'une autre, il fallait que j'y mette fin.

Et je savais que pour y parvenir il fallait les faire sortir de leur trou. En me servant de la seule chose qu'ils voulaient, à ma connaissance.

Moi.

48

Hank Corliss gara sa voiture dans le garage à une place attenant à la maison, grimpa les trois petites marches et franchit l'entrée étroite de son foyer, vide et silencieux.

Comme chaque soir.

Il posa son attaché-case sur le canapé et se rendit à la cuisine d'un pas lourd. Il prit un verre dans un placard. Il le remplit à la machine à glaçons du réfrigérateur puis, lentement, il se servit un scotch en contemplant le résultat d'un regard morne. Le verre à la main, il passa au salon, s'installa sur le canapé et alluma le téléviseur. Il ne changea pas de chaîne. Il ne régla pas le volume. Il regardait simplement les images qui se succédaient à l'écran. Il leva son verre pour en siroter la première gorgée, fit couler le whisky dans sa bouche, sentit l'alcool lui brûler la gorge et laissa le liquide opérer sa magie.

Comme chaque soir.

Sauf que ce jour-là les choses étaient un peu différentes.

Ce soir-là, un mince espoir pénétrait son esprit engourdi.

L'espoir que le monstre qui avait anéanti son existence allait peut-être payer enfin pour les horreurs qu'il avait provoquées.

Ce n'était pas sûr. Ce n'était même pas probable. Mais c'était possible. Et ça, ça valait quelque chose. Putain, c'était beaucoup plus que tout ce qu'il avait obtenu depuis des années.

Ses pensées remontèrent à l'époque – cinq ans plus tôt – où il dirigeait le bureau de la DEA à Mexico. Il y menait une guerre ingagnable contre un ennemi sans pitié et armé jusqu'aux dents, un ennemi omniprésent, capable de corrompre n'importe qui. Non seulement la tâche était dangereuse, mais elle était ingrate. Peu de Mexicains acceptaient sa présence et celle de ses agents dans leur pays, même si les guerres de territoire des cartels faisaient chaque année des milliers de victimes. Ils reprochaient aux Américains la situation dans leur pays, critiquant l'insatiable demande de drogue, au nord de la frontière, qui avait créé le marché, tout en fustigeant la quantité illimitée d'armes bon marché qui inondaient le sud du Rio Grande et faisaient couler le sang mexicain avec une sauvagerie toujours plus grande.

« Pauvre Mexique… si loin de Dieu, si près des États-Unis ! » raillait, au XIXe siècle, le dictateur Porfirio Diaz.

Pour la plupart de ses compatriotes la formule était toujours d'actualité.

En dépit de tout cela, malgré les difficultés auxquelles il faisait face sur le terrain, Corliss s'était investi dans sa mission avec la volonté de fer et le dévouement qu'on lui connaissait. À ses yeux, ce poste représentait un honneur absolu, le défi ultime pour quelqu'un qui avait consacré sa vie à la guerre contre la drogue. Il lui offrait la possibilité de combattre l'ennemi sur son terrain, de briser le fléau empoisonné à sa source, avant qu'il n'atteigne le sol américain.

De montrer à ces *cabrones*, à ces lâches, de quel bois il était fait.

Dans l'immédiat, ses hommes et lui avaient marqué quelques points. Face à un nombre croissant de têtes coupées trouvées dans des glacières, de charniers, face à une corruption inflationniste qui n'épargnait pas le sommet de l'État, les agents de Corliss avaient mené des raids fructueux sur plusieurs labos, brûlé des tonnes de narcotiques et saisi des millions de dollars de bénéfices illégaux.

Puis il y avait eu la visite.

La visite qui avait tout changé.

Corliss essayait de ne pas repenser à cette nuit-là, mais il ne pouvait s'en empêcher. Même s'il l'avait voulu, même s'il avait pu, d'une manière ou d'une autre, forcer son esprit, l'obliger à oublier, son corps aurait veillé à ce que cela ne dure pas.

La douleur et les cicatrices laissées par vingt-trois balles ne le permettaient pas.

Il ne s'était pas attendu à l'attaque. Personne ne pouvait la prévoir. Pas chez lui. Pas dans une enceinte protégée, pas au domicile privé du chef de la DEA au Mexique. Mais c'était là que c'était arrivé. Et le déluge d'images douloureuses qui ravageait son esprit quand il revivait les événements était si intense, si irréel, qu'il ne savait plus ce qui était réel et ce qu'il imaginait.

Les hommes avaient fait irruption au milieu de la nuit et les avaient tirés du sommeil, sa femme Laura et lui. Quatre hommes cagoulés, quatre démons sans âme qui avaient surgi du fond de l'enfer, les avaient sortis du lit et les avaient jetés dans leur salon où il avait dû faire face à sa terreur la plus profonde : Wendy, leur petite fille de neuf ans, le visage déformé par la terreur, entre les griffes de l'un de ces hommes. Celui qui était leur chef. Celui qui ne prenait même pas la peine de porter un masque.

Raoul Navarro.

L'homme qui ne se laissait jamais photographier, dont l'agence ne possédait que deux ou trois clichés anciens et granuleux. Et il était là, dans le salon de Hank Corliss, à visage découvert.

Ce qui ne présageait rien de bon.

Le Mexicain avait pris Wendy par le cou, contre lui. De l'autre main, il pressait un couteau, petit et très fin, sur la gorge de la fillette. La taille du couteau n'avait rien de rassurant, la lame lisse et brillante semblait capable d'une redoutable férocité.

— Tu as pris quelque chose qui m'appartient, fit Navarro. Je veux le récupérer.

Tout d'abord, l'esprit terrifié de Corliss refusa d'enregistrer le message. Il ne comprenait pas ce que voulait cet homme. Il le supplia de laisser partir sa fille, lui promit de lui donner tout ce qu'il exigerait, demanda qu'il lui explique de quoi il parlait.

— McKinnon, fit Navarro d'un ton glacé.

Dans un éclair aveuglant, Corliss comprit enfin.

— Le journal, murmura-t-il. Je l'ai. Il est ici.

Il montra un meuble dans un angle du salon, suppliant du regard qu'on le laisse aller le chercher.

Navarro hocha la tête. Corliss traversa la pièce, le souffle court, et fouilla nerveusement le tiroir, d'où il sortit le vieux cahier à couverture de cuir usagée.

Le journal qu'il avait fait traduire par un analyste de l'agence.

Celui dont il n'aurait communiqué le contenu à personne d'autre.

Il le montra à son geôlier, comme un trophée.

— Voici, dit-il en se dirigeant vers Navarro d'un pas hésitant, tel un suppliant approchant de son bourreau. Maintenant, je t'en supplie… laisse-la partir.

Sur un signe de Navarro, un des hommes s'avança et prit le journal, qu'il fourra dans son sac à dos.

— Je t'en supplie… fit Corliss.

Navarro eut un sourire ignoble. Un sourire beaucoup plus terrifiant que la grimace la plus horrible.

— Tu me prends pour un *baboso* ?

Corliss ne comprenait pas.

— Ce n'est pas pour ça que je suis venu, ajouta Navarro avec un regard assassin, en resserrant sa prise sur Wendy et en pressant la lame contre la peau de la petite fille.

Corliss voyait la veine de Wendy battre contre le fil du couteau.

— Non, je t'en supplie… Je ne sais pas ce que…

Il comprit soudain, et il eut envie de vomir. Il comprit ce que Navarro était venu chercher. Ce fut aussi violent qu'une décharge électrique.

— Écoute-moi, dit-il au Mexicain. Nous ne l'avons pas. Nous n'avons pas pu y accéder…

— Conneries !

Navarro appuya un peu plus sur la lame.

— Je te dis que nous ne l'avons jamais trouvé. L'ordinateur… il fallait un mot de passe, nous n'avons pas pu le forcer. Le disque dur s'est effacé. Je te dis que nous ne l'avons pas.

— Je ne te le demanderai plus.

Corliss se creusait la cervelle pour trouver une réponse.

— Je t'en supplie. Tu dois me croire. Si je l'avais, je te le donnerais. Je te donnerais tout ce que tu veux. Mais ne… ne lui fais pas de mal. Je t'en supplie.

Alors il vit. Navarro plissa les yeux, sa mâchoire se durcit. Il soupira, excédé. Ses doigts serrèrent encore leur prise sur le cou de Wendy. Et sur la lame.

— D'accord… si tu veux jouer à ça… dit Navarro.

Corliss s'élança.

— Non !

Il plongea, les bras tendus en avant pour saisir sa fille et la mettre en sécurité. Les hommes de Navarro bondirent sur lui tandis que le Mexicain, surpris, faisait un bond en arrière…

… et dans ce moment de chaos, cet instant de folie, Corliss vit la lame entailler le cou de Wendy, il vit le sang qui jaillissait, les yeux de la petite s'écarquiller sous l'effet de la peur, il vit sa bouche s'agrandir et entendit son hurlement…

Wendy glissa en se tenant le cou, le sang coulant implacablement entre ses doigts, son regard terrifié fixé sur son père…

En une fraction de seconde il fut près d'elle, il la serra contre lui, pressa sur la plaie de sa gorge, lui caressa les cheveux en répétant que tout irait bien, qu'elle allait vivre…

Sa femme, en sanglots, se trouvait déjà à côté de lui, essayant désespérément de retenir la vie qui s'échappait du corps de sa fille et de lui apporter un peu de réconfort…

— Aidez-nous ! hurla Corliss, le visage noyé de larmes. Aidez-nous, bande de salauds !

Navarro et ses hommes les regardaient, immobiles. Au bout de quelques secondes insoutenables, Wendy perdit connaissance. Puis elle cessa de respirer. Elle gisait là, simplement, dans les bras de Corliss.

Morte.

Corliss leva les yeux vers Navarro, étouffant de rage, de chagrin et de confusion.

— Pourquoi ? bafouilla-t-il entre deux sanglots. Pourquoi ? Je t'ai dit… Je t'ai dit que nous ne l'avions pas.

Il sut tout à coup que Navarro le croyait, enfin. Mais c'était trop tard.

Cela n'avait plus d'importance.

— Je t'ai dit que je ne l'avais pas… Pourquoi étais-tu obligé de faire ça ?

— Tu comprendras peut-être, répondit tranquillement Navarro. Dans une autre vie.

Quatre mots que Corliss n'oublierait jamais.

Il rugit, bondit sur ses pieds et se précipita vers Navarro.

Il ne parvint jamais jusqu'à lui.

Les balles l'arrêtèrent bien avant.

Vingt-trois balles.

Il ne se rappelait pas grand-chose d'autre de cette nuit-là.

Il avait passé des jours dans le coma. Des semaines aux soins intensifs. Des mois à l'hôpital. Des années en rééducation. Trois mois après la tragédie, on l'avait informé que sa femme s'était suicidée. Cela ne l'avait pas étonné. Il savait combien la mort de Wendy l'avait affectée, et qu'elle ne pouvait pas vivre avec le souvenir de cette nuit-là. Maintenant, elle était morte, elle aussi.

Elles étaient mortes, toutes les deux.

Mais Navarro était toujours là. Rôdant dans le pays, insouciant, causant sans doute de nouvelles horreurs, infligeant toujours plus de douleur et de souffrance sur son chemin.

Un monstre en liberté.

Au début, Corliss ne comprenait pas pourquoi il avait survécu. Il ne comprenait pas pourquoi il avait survécu à l'averse de grêle qui lui avait déchiré le corps. Après avoir quitté l'hôpital, il envisagea de se tuer, de rejoindre sa femme et sa fille dans l'au-delà. Il y pensa beaucoup. À plusieurs reprises, il fut bien près de passer à l'acte. Un jour, enfin, il comprit.

Il comprit la raison pour laquelle il s'en était sorti.

Il réalisa qu'il était vivant pour faire ce qui devait être fait.

Pour détruire le monstre.

Pour s'assurer qu'il ne ferait plus de mal à personne.

Pour s'assurer qu'il paierait.

Et une fois le monstre détruit, il avait continué. Le combat n'était pas fini. D'autant qu'il n'avait jamais vraiment cru à la mort du monstre.

Et il semblait maintenant qu'il ait eu raison de douter. Le monstre était de retour. Ici. Aux États-Unis. En Californie.

À sa portée.

Son bras glissa, reposa sur le canapé. Ses doigts lâchèrent le verre vide, qui roula sur les coussins. Au moment de plonger dans le sommeil, il eut une pensée. Si le monstre devait être pris, il serait là, lui, Corliss, et il lui trancherait la gorge. Lentement, afin de le regarder agoniser. Lentement, râle après râle.

Hasta la vista, espèce de salaud.

49

Sur le plancher de bois verni de son pool-house en stuc et carreaux de terre cuite, le monstre fouillait les tréfonds de son esprit, en quête de réponses.

La journée ne s'était pas bien passée.

Il avait perdu un homme. Ne lui en restaient que deux dans sa garde rapprochée. Sa cible avait disparu, et il ne voyait pas du tout comment il allait retrouver la trace de ce qu'il cherchait.

Il lui faudrait une illumination.

Une épiphanie.

L'herbe du Péruvien aveugle devrait l'aider. Comme toujours.

Il fallait qu'il trouve Reilly, mais ça allait être coton. L'ennemi était sur ses gardes. Ils auraient l'œil sur le moindre détail suspect.

Guerra et ses génies de la technique ne lui seraient pas non plus très utiles. Le téléphone de Reilly, comme celui de n'importe quel agent du FBI, possédait un dispositif antipiratage sophistiqué. Impossible de s'en servir pour le localiser.

Il était assis les jambes croisées, nu et immobile, alors que son esprit plongeait et planait sur des paysages à couper le souffle et des scènes hystériques, certaines reconnaissables, d'autres inconnues de lui – le réel se mêlait à l'imaginaire tandis que ses synapses explosaient dans des territoires vierges et s'unissaient en des liens jusqu'alors inexplorés.

Puis il sut. La réponse qu'il cherchait était à sa portée.

En fait, elle se trouvait à l'intérieur même de sa villa sécurisée.

Une réponse vivante qui l'appelait, qui réclamait son attention.

Un grand sourire apaisé éclaira le visage du sorcier. Il ferma les yeux.

Il savait que demain serait une journée bien meilleure.

MERCREDI

50

Je n'ai pas beaucoup dormi. Ma tête avait bouillonné toute la nuit, complotant et intriguant, imaginant sous la pression différentes solutions pour nous sortir de là – tout pour éviter de penser à Tess et à l'endroit où je me trouvais avec elle. Je n'avais pas trouvé de réponse infaillible, même de loin, mais certaines semblaient moins farfelues que d'autres. Tous les scénarios que j'avais explorés avaient un postulat en commun : la nécessité de me transformer en appât pour débusquer nos agresseurs mexicains.

Pas exactement de quoi sauter en l'air de joie.

À neuf heures, je me rendis au bureau de Villaverde pour passer en revue les différentes options. Munro arriva en même temps que moi. Je savais que Villaverde ne serait pas excité par mon idée. Je n'avais pas très envie de me découvrir pour attirer une bande de cinglés qui prenaient leur plaisir à éventrer et émasculer leurs ennemis. Mais à moins que Villaverde ou Munro ne mettent une autre proposition sur la table, j'étais plus ou moins prêt à mettre mon plan à exécution.

C'était peut-être une manière foireuse d'essayer de compenser ce que j'avais fait. Je ne sais pas. Ce dont j'étais sûr, c'est que les salauds devaient disparaître, et que je devais faire ce qu'il fallait pour que Tess et Alex n'aient plus de raisons de s'inquiéter.

Nous commençâmes par examiner toute une série de rapports sur les événements des jours précédents. Sans réel bénéfice. Le type que Julia avait descendu à Balboa Park n'avait rien sur lui qui permît de l'identifier, et ses empreintes étaient inconnues. Le 4 × 4 qu'ils avaient laissé derrière eux ne menait nulle part. Nous savions qu'il avait été volé deux ou trois jours auparavant. Des inspecteurs allaient interroger son propriétaire pour la forme, mais je savais que ce serait une perte de temps.

Les rapports sur le carnage, la veille, au club des Aigles, ne nous fournirent guère d'éléments nouveaux, même si j'avais ma petite idée à ce sujet.

— Un truc, tout de même… dis-je. Le type dont Pennebaker nous a parlé, celui dont Navarro s'est « occupé »… Pennebaker disait qu'il allait bien et qu'une seconde plus tard il tombait par terre comme s'il avait été frappé par un dard anesthésiant. Il était paralysé, mais parfaitement conscient…

— Et alors ? demanda Munro.

— Étant donné que je ne crois pas au vaudou, je dirais que Navarro lui a donné je ne sais quelle drogue. Ce qui me fait repenser à Walker. On l'a coupé en morceaux et laissé se vider de son sang, mais il n'y avait pas la moindre trace de lutte. Comme s'il n'avait pas résisté. Ça n'a aucun sens…

— À moins qu'il n'ait été drogué, ajouta Villaverde en attrapant l'idée au vol. D'accord. Je vais demander au légiste de faire des examens toxicologiques complets.

J'avais déjà une idée assez précise sur la question, et je savais ce que les tests toxicos confirmeraient.

Ce n'était pas le boulot d'un lieutenant de Navarro.

C'était lui.

J'en étais sûr.

Tout en décrochant son téléphone, Villaverde me tendit une feuille de papier.

— Les relevés du téléphone de Michelle. Il y a un Jim, comme tu le pensais. Regarde.

Je jetai un coup d'œil sur la page imprimée. Plusieurs appels étaient surlignés. Ils dataient tous des six dernières semaines, et le numéro était celui d'un certain Jim Stephenson. Le préfixe était 510.

— Ce n'est pas un numéro local.

Villaverde secoua la tête.

— Berkeley.

— Un psy ?

— Oui et non. Il enseigne la psychiatrie. Dirige le service psy de l'université de Californie à Berkeley.

Cela me surprenait et m'inquiétait à la fois. Le psy que Michelle avait choisi pour Alex était indiscutablement une grosse pointure… et il se trouvait à une heure et demie d'avion.

Pendant que Villaverde parlait au légiste, j'appelai Tess pour lui donner le nom et le numéro de téléphone du médecin. Je me dis qu'elle pourrait l'appeler pendant que nous cherchions une façon d'inciter les méchants à sortir du bois.

Autre chose me tarabustait, mais j'étais incapable de dire de quoi il s'agissait. Je n'eus pas le temps de formuler ma proposition. Un des hommes de Villaverde se précipita dans la pièce, très excité.

— Il faut que vous voyiez ça ! fit-il en s'approchant du bureau de Villaverde.

Il saisit une télécommande et alluma le téléviseur posé sur une étagère, au milieu des livres.

C'était une chaîne d'informations locales. Le défilant en bas de l'écran annonçait « Prise d'otages à Mission Valley ». La chaîne diffusait des images granuleuses sans doute filmées avec un téléphone portable. Un type armé d'un revolver tenait quelqu'un par le cou, hurlait et agitait son arme frénétiquement tout en s'éloignant de la caméra.

La touffe de poils sous sa lèvre inférieure me permit de le reconnaître immédiatement. Ricky « Scrape » Torres – le motard qui avait reçu une balle dans l'épaule, et qui avait été brutalement extirpé de la voiture de l'adjoint assassiné.

Il vivait et respirait, en couleur.

51

Ricky Torres ne savait foutrement pas ce qui lui arrivait.

On l'avait couvert de pansements, comme une momie, et détenu il ne savait où pendant une éternité. On avait soigné et recousu sa blessure, qui lui faisait toujours un mal de chien. Un peu plus tôt, il avait senti une piqûre au bras (sans doute une sorte d'antibiotique) puis on l'avait détaché, levé de force et embarqué dans une voiture.

Et maintenant, ça.

Ses gardiens l'avaient balancé hors de la voiture, sur l'asphalte, avant de disparaître dans un hurlement de pneus.

Après quelques hésitations, il s'était relevé et avait arraché son bandeau. Le soleil l'avait agressé, et il lui avait fallu un moment pour accommoder son regard.

Il réalisa qu'on l'avait largué à Mission Valley, près du parking du centre commercial de Westfield. Il se sentait somnolent, désorienté. Il constata qu'il fixait avec curiosité le Hooters, de l'autre côté de la rue. Un sourire étrange lui déforma le visage, car une pensée bizarre lui était venue. Dans l'immédiat, quelques bières en compagnie de filles à poil l'aideraient à oublier ce qui lui était arrivé récemment… Combien de temps ça avait duré, d'ailleurs ? Quarante-huit heures ? Plus ?

Il n'en savait rien.

Il resta un moment sur place, ignorant toujours pourquoi ces salauds l'avaient relâché. Pendant le trajet, il avait bien cru qu'ils le conduisaient dans un endroit isolé pour le tuer et y larguer son cadavre. Manifestement, ce n'était pas le cas. Mais il ne se sentait vraiment pas bien. Il avait un terrible mal de crâne, ses yeux ne parvenaient pas à faire le point, et la douleur à l'épaule (qui s'était calmée après qu'ils eurent recousu) se faisait sentir de plus belle. Il savait qu'on avait extrait la balle, mais il se demandait si la plaie ne s'était pas infectée. Depuis son séjour en Irak, il savait que les infections dues à un projectile sont plus souvent mortelles que la balle elle-même.

Il fallait qu'il s'en assure au plus vite.

Dans l'immédiat, une bonne bière lui ferait le plus grand bien.

Il fit quelques pas hésitants vers l'autre trottoir, lorsqu'un violent coup de trompe le fit s'arrêter sur place. Il se retourna, croisa le regard du chauffeur du camion qui venait de freiner après l'avoir évité de justesse. Le type gesticulait en jurant dans une langue qui ressemblait à l'espagnol, mais Torres n'en était pas sûr. Le son qui parvenait à ses oreilles était déformé et il semblait y avoir un décalage entre ce qu'il entendait et les mouvements des lèvres du routier. Ce type avait d'ailleurs quelque chose de *bizarre*. Torres loucha pour accommoder son regard contre le soleil. Puis il comprit.

L'homme avait les yeux jaunes.

Torres cligna des yeux. Il secoua la tête, regarda de nouveau. Les yeux étaient toujours jaunes. En outre, des crocs venaient d'apparaître sous la lèvre supérieure de l'homme, dont la peau scintillait comme celle d'un serpent.

Qu'est-ce que… ?

Torres remonta en chancelant sur le trottoir, secouant la tête, incapable de détourner les yeux de cette vision ignoble. Le chauffeur lui adressa un juron et siffla entre ses crocs pointus, tandis que le camion démarrait en grondant. Torres le suivit des yeux, totalement perdu, et se demanda ce qui s'était passé. Il avait très peu dormi depuis qu'on l'avait cueilli, et il était évident qu'il commençait à halluciner. Mais il devait rester concentré et garder l'esprit clair s'il voulait avoir une chance d'échapper aux flics. Il décida qu'il n'avait pas besoin de perdre un temps précieux à boire de la gnôle et de la bière, ou à essayer de se fourrer dans la culotte d'une hôtesse bien roulée.

Il se retourna de l'autre côté. C'est alors qu'il le sentit. Un objet pesant qui tirait sur sa ceinture. Torres souleva le bas du coupe-vent qu'on lui avait donné. Un pistolet automatique était glissé dans sa ceinture.

Stupéfait, il rajusta le coupe-vent par-dessus et regarda nerveusement autour de lui, espérant que personne ne l'avait repéré. Il vit qu'un magasin CVS occupait le rez-de-chaussée de l'immeuble le plus proche. Il lui fallait un antidouleur puissant. Pour faire disparaître la douleur lancinante de son épaule, avant d'aller se planquer quelque part pour réfléchir à la suite. Ouais, c'était le bon plan. Bien sûr.

Il s'avança sur le parking, en direction de la pharmacie. Tout à coup, en longeant la rangée de voitures en stationnement, il entendit le bruit caractéristique du chargeur qu'on insère dans une Kalachnikov AK-47.

Il pivota, en glissant machinalement la main sous sa ceinture pour se saisir de son arme. Une femme chargeait ses courses dans le coffre de sa voiture, flanquée d'un gamin qui hurlait qu'il ne voulait pas rentrer à la maison. Quand elle se pencha sous le hayon ouvert de la voiture, Torres comprit qu'elle avait caché sa Kalachnikov dans la voiture, pour qu'il ne la voie pas. Il envisagea d'aller vers la femme et d'exiger qu'elle lui donne son arme, mais les hurlements de l'enfant montèrent dans le suraigu et percèrent le crâne de Torres comme une douzaine de baïonnettes.

Il se couvrit les oreilles, fit demi-tour et entra en titubant dans le centre commercial.

Les gens semblaient l'éviter. En passant devant Macy's, il baissa les yeux et remarqua que sa chemise était trempée de sueur. Ou était-ce du sang ? Peut-être l'avait-on frappé, et la douleur à l'épaule l'avait empêché de le sentir ? Il se passa les doigts sur le visage. Non, ce n'était que de la sueur. Il avait la bouche horriblement sèche. Il lui fallait de l'eau. Et des médocs. Il se remit en marche mais une douleur fulgurante lui déchira soudain l'abdomen, l'obligeant à faire demi-tour. Appuyé contre un mur, il eut des haut-le-cœur. Il avait la nausée, mais il savait qu'il avait l'estomac vide. La douleur était si vive qu'il dut s'adosser au mur, et malgré ses efforts désespérés pour rester debout il se laissa glisser sur le sol.

Quelque chose n'allait pas. À l'intérieur de son corps. Il y avait un problème sérieux, très sérieux. Il le savait. Et ça commençait à lui faire peur.

Levant la tête, il vit qu'une vieille femme l'observait d'un air inquiet. C'est exactement comme ça que les kamikazes – les terroristes qui se font sauter – vous attrapent. Il le savait. Ils feignent d'être votre ami, et ils vous entraînent en enfer. Il avait perdu trois de ses copains de cette façon-là, réduits en bouillie au beau milieu d'une rue pleine de monde, alors que son unité passait d'une maison à l'autre pour débusquer les rebelles. Une femme avait proposé au sergent de leur montrer une maison où se cachaient plusieurs d'entre eux. Il était resté en arrière pour couvrir la rue. Quelques secondes plus tard, des morceaux de ses potes s'éparpillaient un peu partout dans la rue.

Il ne les laisserait pas l'avoir de cette façon.

Il fronça les sourcils, regarda la femme et chercha son arme, mais sa main s'immobilisa quand il la vit se courber en avant et se transformer. Ses yeux gris aimables étaient devenus noirs et menaçants, son nez avait pris la forme d'un bec d'oiseau. Torres essaya de bouger, mais la douleur au ventre était trop forte. Les bras de la femme s'étaient couverts de plumes noires, et elle avait, à la place des mains, des serres effilées comme des rasoirs. Elle se dirigeait lentement vers lui, toutes griffes dehors.

Au prix d'un effort considérable, il sortit le SIG-Sauer de sous sa veste et l'agita en direction de ce qui lui apparaissait maintenant comme une harpie.

— Va-t'en ! Fous le camp d'ici !

La bête ne se le fit pas dire deux fois. Elle fit demi-tour et s'éloigna comme en glissant au-dessus du sol.

Torres ne comprenait rien à ce qui lui arrivait. Il fourra le pistolet sous sa ceinture, se remit sur pied et tourna le coin, vers l'entrée du CVS. La pharmacie se trouvait à environ deux cents mètres. Il était certain d'y arriver, à condition de ne pas s'arrêter de nouveau.

Il avait parcouru la moitié du chemin quand il entendit une voix, derrière lui :

— Monsieur ? Monsieur ? Tout va bien ? Vous avez besoin d'aide ?

Ignorant la voix, Torres poursuivit son chemin. C'était un truc. Un truc pour l'empêcher de trouver l'aide dont il avait besoin.

— Monsieur ? fit la voix, désormais grinçante. Je vous demande d'arrêter, nous devons parler.

Torres pivota – beaucoup plus vite qu'il n'aurait souhaité, vu la douleur intolérable dans son ventre – et se retrouva en face d'un autre salopard de rebelle. L'homme avait la main posée sur l'arme qui pendait à sa ceinture. Torres ne reconnaissait pas vraiment l'uniforme que portait le bougnoule, mais il l'avait sans doute volé sur le cadavre d'un soldat américain.

C'était bien un *piège*.

Ils allaient le prendre en otage, le torturer et lui couper la tête. C'est ainsi que procédaient ces cinglés. Les yeux de Torres lancèrent des éclairs. À trente mètres de lui – trop loin pour qu'il fasse autre chose que lui tirer dessus – un homme plus jeune pointait un téléphone portable droit vers lui. Ils avaient commencé à filmer leur vidéo de prise d'otage. Il eut envie de descendre ce salaud, mais son capitaine lui avait ordonné de n'utiliser son arme qu'en cas de danger immédiat. Ou était-ce quelqu'un d'autre ? Il ne s'en souvenait pas. Mais il savait qu'il devait obéir aux ordres, dans la mesure du possible.

Il sentit une autre présence et se retourna. Un autre homme se dirigeait vers lui. Son déguisement consistait en un jean, des baskets et un polo. Bon Dieu. Ils lui en avaient envoyé toute une équipe.

Il devait agir, ou il était foutu.

Il avança une main, paume vers le haut, dans un geste de soumission, mais en même temps il fit deux pas vers la gauche. Au moment où le type en polo se trouva à sa hauteur, il l'attrapa par le col et sortit son pistolet qu'il pressa sur le crâne du rebelle.

— Restez où vous êtes ! hurla-t-il. Bordel, que personne ne s'approche de moi !

Le rebelle avec le faux uniforme avait déjà sorti son arme qu'il pointait sur Torres, mais celui-ci avait le dessus, maintenant. Il recula en direction du CVS en entraînant son otage, de plus en plus vite à chaque seconde, en dépit de la douleur lancinante dans son crâne et de la brûlure à l'estomac. Quand il jeta un regard vers le rebelle – qui n'avançait plus –, il vit que les yeux du salopard étaient jaunes et que des cornes jaillissaient de son crâne. Il cligna des yeux et secoua la tête. Mais, quand il ouvrit à nouveau les yeux, les cornes étaient toujours là, luisant comme de l'obsidienne noire, pointues et menaçantes. Le visage couvert de sueur, Torres se mit à hurler « Non ! », et repoussa son otage. Celui-ci se sauva, non sans avoir jeté un regard en coin vers Torres… il avait lui aussi les yeux jaunes et des cornes, et sa bouche ouverte révéla une rangée de crocs ignobles et une langue fourchue qui s'agitait furieusement.

Torres sentit la terreur s'emparer de lui, comprenant tout à coup que quelque chose lui permettait de voir ces fils de pute tels qu'ils étaient en réalité. Des démons, des agents de Satan, des soldats de l'Antéchrist. Il avait toujours su qu'ils étaient le mal incarné, mais il ne les avait jamais vus sous leur forme réelle. Il devait survivre, pour le raconter à tout le monde. Les gens devaient savoir. Mais il devait d'abord régler le problème de la douleur atroce qui lui déchirait l'estomac.

Il atteignit l'entrée du CVS. Un autre rebelle sortit du magasin et tenta de l'attraper. Torres lui balança son coude dans la figure, puis un violent coup de pied dans le tibia. Le démon s'écroula. Torres s'accroupit près de sa victime qui gémissait, lui arracha son arme et fit un tour sur lui-même, un pistolet dans chaque main : l'un pointé sur le rebelle au sol, l'autre sur le type au faux uniforme, qui se trouvait maintenant à vingt mètres de l'entrée du magasin. Il vit que d'autres ennemis étaient apparus, une véritable horde de bêtes grognant et griffant qui venaient dans sa direction.

Il était étourdi, sa vue refusait d'accommoder. Il se mit à hurler au gars qu'il venait de maîtriser :

— Ferme les portes ! Immédiatement !

S'il s'enfermait à l'intérieur, au moins ne pourraient-ils pas se saisir de lui. Et il trouverait peut-être les antidouleurs dont il avait si désespérément besoin.

Le vigile du magasin se releva et se dirigea en toute hâte vers les portes principales – deux grands panneaux de verre aux poignées chromées – qu'il ferma et verrouilla.

— Où est la pharmacie ? cria Torres.

L'homme fit un geste vers le fond du magasin.

— Donne-moi les clés !

Le vigile les lui tendit.

— Et ta radio !

L'homme obéit.

Torres fourra les clés dans sa poche et jeta la radio qu'il écrasa à coups de botte. Il regarda autour de lui. Plusieurs clients – ou s'agissait-il de combattants ennemis à double visage ? – faisaient mine de reculer, les mains levées, pleurant ou gémissant. L'espace d'un instant, il se demanda ce qu'il foutait là. N'était-il pas censé quitter la ville ? Fuir les flics ? Comment avait-il fini par s'enfermer dans un centre commercial ? Ça n'avait guère d'importance. Au moins, il était en vie. Oui. Les fils de pute n'étaient pas parvenus à l'avoir. Pas comme le reste de l'unité, qui avait été réduit en purée par ce bougnoule. Il ne restait plus que lui. Et il n'allait pas se laisser baiser.

Il lui fallait un plan.

Première étape : s'occuper de la douleur.

Deuxième étape : parler à l'officier le plus gradé, et passer un accord.

Il savait quelque chose qu'ils seraient contents d'entendre. Peut-être était-il *le seul* à savoir.

Couvrant le magasin de ses deux armes, il se dirigea lentement vers la pharmacie.

52

J'étais presque descendu de voiture avant que Villaverde ne finisse de la garer. Une bonne dizaine de véhicules de patrouille noir et blanc étaient dispersés sur le parking, plus un camion du SWAT[1] et deux véhicules d'intervention d'urgence. Deux agents en uniforme avaient déjà déployé le ruban d'interdiction de passer à une cinquantaine de mètres de l'entrée de la galerie commerciale. De l'autre côté du parking se trouvaient quatre camions des chaînes de télé locales. Un cinquième était en train de se garer, alors que je courais vers le camion de commandement, Villaverde sur mes talons.

J'agitai mon laissez-passer et grimpai dans le camion. L'officier commandant l'équipe nous attendait. Il se présenta : capitaine Jack Lupo. Il fit de même pour le sergent Alan Schibl, officier en charge du SWAT, un nommé Tim Edwards, spécialiste civil des négociations avec les preneurs d'otages, et Belinda

1. Pour « Special Weapons and Attack Tactics », unité de police spécialisée dans les opérations paramilitaires au sein des grandes villes américaines.

Zacharia, une femme élégante du bureau du shérif – ce qui était logique, considérant que Torres avait été témoin du meurtre de leur adjoint. Il y avait également deux ou trois types en uniforme, et un technicien des communications.

Lupo nous mit au parfum. À leur connaissance, il y avait dix-neuf otages dans le CVS – sept membres du personnel et douze clients –, mais ils n'étaient évidemment pas à cent pour cent certains du nombre des clients. Aucun otage n'avait été blessé. Pour le moment. Torres semblait agir seul. Le témoin qui avait filmé la vidéo avec son téléphone avait déclaré que Torres se comportait bizarrement, visiblement en proie à la douleur, et qu'il transpirait abondamment. Edwards avait essayé d'appeler la ligne fixe du magasin, mais, passé les automates de la messagerie, le numéro sonnait dans le vide. Torres ne décrochait pas.

Schibl, qui brûlait d'intervenir depuis que nous étions montés dans le camion, ne put se retenir plus longtemps :

— J'ai placé deux snipers de part et d'autre de l'entrée principale. Ils ne le voient pas pour le moment, mais s'il entre dans leur ligne de mire, et si l'on peut tirer sans mettre un otage en danger, j'ai donné l'ordre de le descendre.

Zacharia intervint avant que j'aie le temps de réagir :

— Une minute, sergent… il nous faut ce type vivant. Il est notre seule piste sérieuse. Le shérif a parlé au maire, qui le soutient à cent pour cent. Quel qu'il soit, nous ne pouvons laisser les assassins de l'adjoint Fugate s'en tirer. En aucun cas. Je vous demande donc d'ordonner à vos hommes de se retirer.

C'était bien parti pour que les choses tournent rapidement au vinaigre. J'avais passé une bonne partie de ma vie professionnelle coincé dans ces concours inter-services pour déterminer qui pisserait le plus loin. Bien que Villaverde fût officiellement responsable, il allait devoir se coltiner les envies des uns et des autres. Il me regarda avec un sourire un peu narquois. Je connaissais ce regard. Il allait attendre que les grandes gueules se fatiguent, puis il affirmerait tranquillement son autorité. Ce n'est pas ainsi que j'aurais géré une telle situation, mais j'étais sur son territoire. Contre toutes mes habitudes, je décidai de leur accorder quelques minutes pour parvenir d'eux-mêmes à la conclusion qui s'imposait.

Schibl bomba le torse – il ne pouvait pas faire moins pour montrer son extrême déplaisir à se voir rappeler à l'ordre par une femme, qui de surcroît n'était même pas flic – et sortit le grand jeu :

— Nous devons le descendre à la première occasion, répliqua-t-il. Point final. C'est un ancien Marine, avec des antécédents violents. J'ai déjà géré des situations de siège où le preneur d'otages était un soldat souffrant de stress post-traumatique. Il pourrait aussi bien être sous meth. Le résultat est toujours le même. D'une façon ou d'une autre, le gars finit par y passer. On doit donc mettre fin dès que possible à l'incident, pour éviter des pertes supplémentaires…

Il se tourna vers Lupo, comme si Zacharia n'existait pas.

— Je vous entends bien, lui dit l'officier, mais il y a d'autres enjeux, cette fois. Ce suspect trempe jusqu'au cou dans une affaire fédérale de premier plan. Il est le seul témoin de plusieurs crimes majeurs, où dix personnes au moins ont perdu la vie. Si on a la moindre chance de le faire parler, on doit la saisir. Je crains donc de devoir être d'accord avec Belinda. Dites à vos hommes de ne tirer que si un otage est en danger immédiat.

Schibl fit la grimace. Manifestement, il avait espéré que Lupo le soutiendrait. Du coup, je rendis son sourire à Villaverde, qui sauta enfin sur l'occasion de prendre la parole :

— Avant la fin de la journée, dit-il à Schibl, il est probable que nous vous demanderons de donner à vos hommes l'ordre de tirer. Pour l'heure, je crois que nous devons maintenir un équilibre entre le désir d'action et les bienfaits de la modération.

Il se tourna vers le négociateur.

— Donnez-moi la ligne. Essayons encore une fois de l'appeler.

Edwards composa le numéro, puis tendit le téléphone à Villaverde, qui fit un geste vers moi.

— Tu veux le prendre ?

Je saisis le combiné. Quelqu'un décrocha, après une douzaine de sonneries. Le visage d'Edwards s'éclaira. Le technicien confirma d'un signe de tête que l'appel était enregistré.

— Ricky, dis-je à mon interlocuteur, qui restait silencieux. Je m'appelle Reilly. Je bosse avec le FBI.

— Vous êtes l'un d'eux, aussi ?

C'était Torres. Il semblait agité, désespéré, absolument terrifié.

— Un de quoi, Ricky ?

— Ces choses…

— Quelles choses ? Je suis du FBI, Ricky. Tout le monde va bien, là-bas ?

— Empêche ces choses de s'approcher de moi, mec. Je les ai vues, devant l'entrée. Quoi qu'elles fassent, je ne les laisserai pas me prendre, t'as compris ? Dès qu'elles approchent de moi, je leur explose la tête.

Je n'avais pas envie de savoir de quoi il parlait. Clairement, il était au milieu d'un mauvais trip, et il avait beaucoup plus peur que quelqu'un qui a encore une chance de se rendre avant que la fusillade n'éclate. La stratégie que je devais employer était claire.

— Écoute-moi, Ricky. Je ne sais pas de quoi tu as peur. Nous pouvons te protéger. Nous voulions protéger Wook, mais ils l'ont eu avant qu'on fasse quoi que ce soit. Nous savons pour qui vous bossiez, toi et les autres Aigles. Gourou nous l'a dit. Il faut simplement que tu nous aides à les trouver. Pour qu'on puisse les enfermer et te mettre en sûreté…

— Gourou ? Gourou est mort, mec. Comment t'aurais pu lui parler ? Tu mens. Tu es l'un d'eux, pas vrai ? Tu veux simplement me faire sortir pour me planter tes griffes dans la peau. Eh bien, va te faire foutre, mec. Allez tous vous faire foutre !

Il raccrocha.

— Ce type déraille complètement, dit Schibl.

J'étais bien obligé d'en convenir. Ça n'augurait rien de bon pour Torres. Pas avec un sergent du SWAT que ça démangeait de l'envoyer au plus vite rejoindre ses copains motards.

Moi, je le voulais vivant, pour pouvoir lui parler. Je me disais que je n'aurais sans doute pas cette chance.

À l'extrémité ouest du parking, sous une rangée d'arbres, Navarro et ses deux derniers *pistoleros* se tenaient dans le Toyota Land Cruiser climatisé. Ils s'étaient repliés après avoir lâché Torres dans la nature, et s'étaient mis en planque au moment où il avait disparu dans le centre commercial.

Navarro braquait ses jumelles sur le parking envahi par la police. Il souriait en essayant d'imaginer l'enfer que Torres vivait sans doute au même moment. La drogue – une poudre grise qu'il avait frottée sur la plaie béante de Torres – était particulièrement vicieuse. Elle lui avait été fournie à Vanuatu, dans le Pacifique Sud, par un chaman au corps couvert de tatouages, appelé Vautour Noir. Navarro l'avait utilisée plusieurs fois sur des prisonniers, et il n'avait jamais été déçu. Elle fouillait l'inconscient de ses victimes et faisait remonter à la surface leurs terreurs et leurs paranoïas les plus profondes, transformant les éléments les plus banals en matière première pour films de Wes Craven. Quand on ne la contrôlait pas, elle avait le pouvoir étrange de pousser l'âme à l'autodestruction de manière toujours surprenante. Ce qui avait toujours amusé Navarro, même s'il savait qu'il ne pourrait jamais jouir personnellement de cette sorte d'implosion mentale.

Il vit Reilly et Villaverde jaillir de leur voiture et se joindre à la mêlée, ce qui le déçut. Il aurait préféré qu'ils arrivent séparément.

Mais il savait qu'il y avait là une magnifique occasion de réaliser le reste de son plan. Vu le spectacle à l'autre bout du parking, il était évident que la première moitié s'était déroulée exactement comme prévu. Encore une chose que lui avait apprise la drogue du Péruvien aveugle. Ce qui semble réel dans l'imagination (sous l'effet des drogues, ou pas) est aussi réel que ce qu'on a en main ou ce qu'on met dans sa bouche. Peut-être même plus. Il s'était imaginé qu'il pourrait avoir le monopole d'une drogue que personne ne refuserait. Très bientôt – après des années d'attente –, cela se réaliserait. Il n'était pas en proie à une excitation exagérée, car il savait depuis longtemps que ce moment viendrait tôt ou tard. Il l'avait imaginé et cela se réaliserait bientôt, pour de bon. Vraiment, qui oserait dire que l'imagination n'est pas aussi réelle que les événements qu'elle suscite ?

Il tourna la tête vers l'homme de main assis à l'arrière, pour l'heure occupé à regarder un reportage en direct sur la prise d'otages, sur une tablette équipée de la 3G.

Navarro lui fit un signe de tête.

Le *pistolero* hocha la tête à son tour, posa la tablette et descendit de voiture.

53

De plus en plus nerveux, Torres attendait que le pharmacien ait fini de fourrager dans les médicaments, derrière le comptoir. Il lui avait déjà donné des anti-douleurs à base de codéine, qui semblaient avoir empiré la situation. Le pharmacien cherchait maintenant des antibiotiques.

Torres fouilla le magasin du regard. Il savait qu'il était beaucoup trop vaste pour qu'il puisse le contrôler longtemps. Il espérait que son unité viendrait à la rescousse avant que les créatures ne le mettent en pièces. Il était perdu, incapable de décider si les rebelles étaient dirigés par les monstres, ou s'ils étaient une seule et même chose. Il lui semblait que sa tête allait éclater, et sa peau le démangeait au point qu'il avait envie de l'arracher. La douleur à l'estomac s'était un peu calmée, mais son épaule lui faisait si mal qu'il avait l'impression qu'on venait tout juste de lui tirer dessus.

Le pharmacien émergea de derrière son comptoir avec une boîte en carton d'où il sortit une plaquette de cachets. Il en extirpa deux, qu'il tendit à Torres, sur la paume de sa main.

— C'est la pénicilline la plus forte que nous ayons. Prenez-les. Il n'y a rien de tel contre l'infection.

Torres avança la main. À l'instant où ses doigts allaient toucher les cachets, il vit qu'il ne s'agissait pas du tout de cela. C'étaient deux insectes, luisants comme des scarabées, dont les pattes dentelées se terminaient par des crochets bien peu engageants. Ils agitaient leurs longues antennes en tous sens, dans leur effort pour le toucher.

Le pharmacien le regardait fixement.

— Ça va vous faire du bien. Croyez-moi.

Torres cligna des yeux. Les scarabées étaient toujours là, qui se tortillaient dans la main du pharmacien. Il repoussa brutalement la main de l'homme et s'écarta.

— Tu essaies de les introduire en moi ? hurla-t-il. Pour qu'ils me dévorent de l'intérieur ? Qu'est-ce que tu m'as donné, tout à l'heure ?

Son arme pivota vers le visage du pharmacien.

— C'est pour ça que j'ai si mal à l'épaule ? J'en ai déjà à l'intérieur de moi ?

Le pharmacien leva les mains, pour le calmer. Torres vit les yeux jaunes, les cornes tordues et pointues, les longs crocs et la peau luisante… Tout ce qui constituait, il le savait, leur véritable apparence. La bête s'avança vers lui…

Il appuya sur la détente et vit la tête du monstre exploser, projetant du sang sur les étagères derrière le comptoir.

Un vent de panique se répandait sur le parking. Le *pistolero* en ignorait la raison. Les envoyés spéciaux s'étaient mis en action et parlaient avec animation devant les caméras, tandis que les flics des divers services allaient et venaient en donnant l'impression d'une urgence absolue.

Il se dit qu'il avait dû se passer quelque chose dans le magasin. C'était à la fois bon et mauvais. Bon, parce que ça lui fournissait une diversion qui lui faciliterait la tâche. Mauvais, parce que ça signifiait peut-être que la situation que son patron avait créée de toutes pièces venait d'atteindre son apogée, auquel cas son créneau se refermerait plus vite que prévu.

Bon, ce n'était pas vraiment un problème. Il ne lui fallait pas beaucoup de temps.

Il reprit sa progression, s'assurant que personne ne l'avait remarqué, dans le désordre des voitures en stationnement.

Vingt secondes plus tard, il se trouvait près du 4 × 4 dans lequel il avait vu les agents arriver.

À peine vingt de plus, et il repartait d'où il était venu, un léger sourire de satisfaction aux lèvres.

Torres recula en titubant, agitant ses pistolets comme un fou. Des hurlements perçants lui parvenaient de l'autre côté du magasin, lui déchirant le crâne.

— Ne bougez pas ! Restez où vous êtes ! Ne vous approchez pas de moi !

Il avait la gorge sèche et brûlante, maintenant. Il n'avait toujours pas bu. Il avait eu l'intention de le faire en entrant dans le magasin, et il avait oublié. Il avait l'impression de ne pas pouvoir garder une seule pensée dans sa tête.

— Que quelqu'un m'apporte de l'eau. S'il vous plaît…

Personne ne bougea. Pourquoi refusaient-ils de l'écouter ? Il n'était pas déraisonnable. Il avait simplement besoin d'aide. Il voulait que la douleur lancinante dans son épaule cesse enfin. Et les palpitations dans son crâne. Il voulait ne plus avoir l'impression que sa bouche était pleine de sable. Il voulait ne plus transpirer comme s'il se trouvait à Nasiriyah. Incapable de comprendre pourquoi personne ne lui venait en aide, il s'emporta soudain :

— Apportez-moi de l'eau ! Immédiatement !

Il agita ses pistolets pour mieux se faire comprendre.

Quelques secondes plus tard, un homme s'approcha de lui. Il devait avoir au moins soixante ans. Il tenait à la main une bouteille d'eau.

— Tu es soldat, fiston ?

L'homme semblait amical. Comme s'il voulait l'aider.

— Je l'ai été, répliqua Torres en frissonnant. Pas maintenant. Non, plus maintenant.

L'homme fit quelques pas vers lui, tenant la bouteille comme un gage de paix.

— Mon frère était dans l'armée, fit-il. Il a été tué au Koweït, en 1991.

La bouteille était maintenant à quelques centimètres de la main de Torres.

— Tiens. Bois ça. Tu as l'air d'en avoir besoin. Mais ne fais plus de mal à personne, fiston.

Le regard sans expression, Torres fixait la bouteille. Au bout d'un long moment, il la prit. Il dévissa la capsule, approcha le goulot de ses lèvres. Mais, au moment de boire, il remarqua une étrange forme noire, presque au fond de la bouteille. Il la leva vers la lumière et aperçut un groupe de serpents enchevêtrés qui se tortillaient dans l'eau. Ils étaient grotesques, avec des yeux bulbeux trop gros pour leur corps, et des épines effilées tout le long du dos. L'un d'eux venait cogner le bord de la bouteille et sifflait en le regardant.

Ils essayaient de l'empoisonner. Ils feraient n'importe quoi pour introduire des créatures dans son corps, afin qu'elles le lacèrent de l'intérieur.

Il jeta l'eau dans la pièce et pointa ses deux pistolets sur l'homme, qui fit néanmoins un pas dans sa direction.

— Donne-moi tes armes, fiston, dit-il d'une voix calme. Tu dois me donner tes armes, pour recevoir l'aide dont tu as besoin.

Torres savait que ce type mentait, qu'il essayait de l'abuser. Il allait lui prendre ses armes, puis l'entraîner dans une cave obscure où ils le découperaient en morceaux pour le dévorer. Était-ce bien ce qu'ils faisaient ? Tout se mélangeait dans sa tête. Était-il de nouveau dans l'armée, ou bien rêvait-il ? Les monstres n'existaient pas. Il le savait. Sauf qu'il y en avait un, là, juste devant lui. Et pas question de prétendre que c'était le fruit de son imagination. Il était là, avec ses yeux jaunes et ses crocs, il le regardait fixement, la bave dégoulinant de sa lèvre inférieure, les serres tendues en avant.

Torres réalisa qu'il devait sortir de là avant qu'ils ne le dévorent vivant. Les créatures étaient beaucoup trop nombreuses pour qu'il les mette en échec tout seul, et il était enfermé là, dans ce magasin, avec elles. Il fallait qu'il s'en aille. S'il restait enfermé avec les créatures, elles finiraient par le dévorer, ce n'était qu'une question de temps. Dehors, au moins, il aurait une chance. Peut-être ne voulaient-elles pas essuyer d'autres pertes. Il le saurait bientôt, de toute façon.

Il s'écarta du monstre perfide et se dirigea vers un petit groupe de créatures qui feignaient encore d'être humaines. Il saisit une jeune femme par le cou et la tira vers l'entrée, tout en sortant les clés de sa poche. Il déverrouilla les portes sans cesser de maintenir la femme devant lui. Il en entrouvrit une de quelques centimètres et jeta un coup d'œil vers la plaza.

— Je sors ! cria-t-il. Laissez-moi passer, et j'épargnerai celui-là !

Le centre commercial était désert, sauf pour les deux créatures qui l'attendaient, soixante mètres plus bas, sur la plaza.

Torres fit un pas en avant. Il sentit que le poids de l'otage se déplaçait, comme si elle essayait de l'arrêter, comme si elle voulait l'empêcher d'aller plus loin. Il regarda la créature. De grands os, tranchants comme des rasoirs, lui déchiraient la peau du cou. De longues serres jaillirent de l'extrémité de ses bras. Son corps était couvert de plumes. Son visage se déformait, un bec au bord dentelé surgit de sa chair. Torres s'écarta de cette créature répugnante, leva son arme et fit feu. Il le crut, en tout cas. Il était sûr d'avoir pressé la détente, mais il n'y était pas parvenu. Peut-être à cause de l'obscurité qui se répandait dans son crâne.

Il sentit que ses jambes ne le soutenaient plus.

Sous ses bottes, le sol était comme du sable mouvant. Quand il tomba, il se demanda s'il allait enfin pouvoir dormir.

Je retins mon souffle en voyant Torres s'écrouler, sur les images de la caméra montée sur le casque du sniper. La balle l'avait touché à la tempe, un peu à l'avant de l'oreille droite. La femme dont il se faisait un bouclier, quelques secondes plus tôt, était en proie à une crise d'hystérie, mais elle était vivante.

Ce qui était l'objectif numéro un.

J'ignorais pourquoi Torres s'était écarté d'elle, mais, ce faisant, il avait offert au sniper une cible facile. Et le sniper n'avait pas eu le choix, car il était évident que Torres s'apprêtait à abattre son otage.

Torres mort, le siège était fini. Mais cela nous faisait une belle jambe. Une fois de plus, Navarro avait provoqué un bain de sang, et le seul homme qui pouvait nous conduire à lui était mort.

Je me demandai pourquoi Navarro avait décidé de lâcher un ancien Marine armé et en plein trip dans un centre commercial bondé. Mais avec tout ce que j'avais appris les jours précédents, il était évident que Navarro jouissait du chaos et de la mort qu'il causait. Et ce n'était sûrement pas terminé.

54

Tess n'avait pas bien dormi. Elle était surexcitée et furieuse à la fois, une foule d'émotions luttaient en elle. Pour ne rien arranger, elle avait l'impression d'être une bête en cage, à qui il était interdit de sortir, ne serait-ce que pour un jogging ou une tasse de café à l'extérieur.

Elle avait déjà appelé sa mère, et parlé à Hazel et Kim. Elle était passée rapidement sur les événements, avant de leur demander d'avoir l'œil, tout en s'efforçant de ne pas les alarmer. En pure perte, bien entendu. Ce n'était pas la première fois qu'elle se trouvait dans une situation délicate – même si, cette fois, elle n'y était pour rien.

Julia était au salon avec Alex, et faisait de son mieux pour l'occuper. Elle avait gagné le gros lot en l'inscrivant au Club Penguin sur son ordinateur portable. À en juger par les rires et les exclamations du gamin, il s'en donnait à cœur joie. Tess les avait laissés tous les deux après le petit déjeuner, car elle ressentait le besoin de s'isoler. Elle était au jardin, derrière la maison. Perdue dans ses pensées, elle s'était assise dans l'herbe, adossée au tronc d'un sycomore isolé.

Elle était encore secouée par ce que Reilly lui avait raconté, la veille au soir. D'abord, elle avait été horrifiée, quelle que soit la manière d'envisager les choses. Elle y avait réfléchi une bonne partie de la nuit en essayant de se mettre à sa place, revivant la situation de son point de vue à lui. Elle s'était demandé ce qu'il avait ressenti, et ce qu'elle aurait fait à sa place. Pour arriver à la conclusion qu'elle n'en savait rien. Sinon qu'il était facile de formuler un jugement inconsidéré quand on est passif et hors du coup. Il en va différemment quand on se trouve sur le terrain, dans le feu de l'action, au milieu des balles qui sifflent, entouré d'hommes déterminés à vous tuer, qu'il faut prendre dans la seconde des décisions où l'éthique et la nécessité ne pointaient jamais dans le même sens. Il ne s'agissait pas d'excuser ses actes. Plutôt d'essayer de comprendre, sachant que dans son boulot, dans le genre de situation où l'entraînait son devoir professionnel, il était parfois confronté à des choix impossibles.

Tess se focalisait aussi sur une autre idée. Elle savait que, tôt ou tard, Navarro aurait tué McKinnon. C'était là un argument pro domo, elle ne l'ignorait pas, mais elle y trouvait un certain réconfort. Puis elle se rappela autre chose, qui lui avait un peu remonté le moral sur le moment. À l'issue de leur conversation, tard dans la nuit, elle avait demandé à Reilly s'il y avait encore quelque chose qu'il ne lui aurait pas dit. S'il existait d'autres bombes à retardement capables d'ébranler leur univers. Il lui avait juré que non, et elle l'avait cru.

Ses pensées dérivèrent vers l'origine de tout ce qui était arrivé, glissèrent vers Alex. Tess repensa au dessin, à ce que sa maîtresse lui avait raconté, à ce que le petit garçon avait dit à propos de la plante.

Elle entra dans la maison, prit son iPad et le téléphone portable sécurisé que Julia lui avait apporté pour remplacer son iPhone, ainsi que le papier où elle avait gribouillé le numéro que Reilly lui avait donné. Elle retourna dans le jardin.

Elle composa le numéro de Berkeley.

Une voix enregistrée l'informa qu'elle était au cabinet de Jim Stephenson, que ni le docteur ni son assistante, Marya, n'étaient disponibles, et l'invita à déposer un message.

Ce qu'elle fit, après le bip.

— Bonjour, je m'appelle Tess Chaykin. J'aimerais parler au professeur Stephenson. C'est à propos d'Alex Martinez. C'est… il faut absolument que je vous parle. La mère d'Alex est…

Elle hésita, incertaine de ce qu'elle pouvait dire, froidement, dans un message téléphonique.

— … elle est morte, et j'aimerais vous parler, pour savoir ce que nous pouvons faire pour aider Alex pendant ces moments difficiles.

Elle conclut en demandant qu'on la rappelle, laissa son numéro et remercia.

Cet appel la mettait mal à l'aise, sans qu'elle sache pourquoi. Elle pensa à l'autre problème qui la taraudait : ce qu'Alex avait dit à la maîtresse, et à elle, à propos de la fleur qu'il avait dessinée.

Elle interrogea Google en tapant « Brooks » (le nom qu'Alex avait mentionné), « plante » et « cœur ». Elle obtint plus de treize millions d'entrées. Après en avoir passé un paquet en revue sans rien trouver d'utile, elle décida d'essayer autre chose.

Elle tapa « Brookes », avec un e.

Trente-quatre millions de réponses.

Elle fronça les sourcils, revint à la première orthographe et tapa « Brooks », « plante », « fleur », « cœur », « médecine », « traitement » et « mort ».

Trois cent mille réponses. Elle se mit au travail.

Une heure plus tard, elle dénicha quelque chose.

Un article d'un site d'informations médicales, à propos d'un nouveau traitement des maladies cardiaques. La compagnie pharmaceutique qui produisait ce médicament venait d'annoncer qu'elle avait suspendu les tests. Le produit, synthétisé à partir d'un extrait d'une fleur rare, s'était pourtant révélé riche de promesses. Bien que la sève de la plante fût toxique, on avait identifié plus de vingt alcaloïdes courants contenant cet extrait, et les premiers tests avaient démontré que la drogue concoctée par le labo était un puissant inhibiteur de l'absorption du cholestérol. Ces premiers tests avaient fait s'envoler l'action en Bourse de la compagnie. Sauf que, deux ans après le début de la phase de test, tout était allé de travers. Plusieurs cobayes avaient développé des troubles cardiaques provoqués par l'usage de la drogue, et l'on avait décidé d'interrompre les tests.

Tess chercha sur Google la plante en question.

C'était une petite fleur blanche, d'aspect banal. Quelque chose attira son attention. L'habitat naturel de la plante.

Elle venait de la forêt amazonienne.

Mal à l'aise, Tess sentit que sa peau la picotait, comme si de toutes petites fourmis, invisibles à l'œil nu, couraient sur tout son corps.

Elle se demandait comment Alex pouvait connaître cette plante. Il pouvait l'avoir vue à la télévision, évidemment. Mais comment pouvait-il, à quatre ans, comprendre à quoi elle servait ? Comment pouvait-il connaître ce Brooks ? Il y avait aussi la manière dont il en parlait. À la première personne. « Je leur ai dit »… « Ils n'ont pas aimé ça »…

Les fourmis étaient de plus en plus agitées.

Tess rumina ce qu'elle venait d'apprendre, l'esprit passant d'une pensée à l'autre, sans parvenir à les relier entre elles. Frustrée, elle décida de retourner dans la maison. Cette fois, Alex lui fournirait peut-être des réponses. Son regard se posa sur la note qu'elle avait écrite quand Reilly avait appelé. Elle regarda fixement le nom qui y était inscrit, déroutée.

Jim Stephenson. Le professeur qu'elle venait d'appeler.

Quelque chose la tracassait, à ce sujet. Et pas seulement la voix enregistrée de sa secrétaire quand elle avait téléphoné… Quelque chose qu'elle aurait lu, ou entendu, dernièrement ? Elle était sûre que c'était là, quelque part au fond du grenier où s'entassaient toutes les informations que son cerveau était enclin à stocker, et qu'il la narguait… mais elle était incapable de remettre le doigt dessus.

Elle décida de tricher. Elle tapa « Stephenson » dans la boîte de recherche. Quinze centièmes de seconde plus tard, les résultats lui parvinrent.

Il y avait plus de quatre cent mille réponses. Sautant le lien avec la page Wikipedia du professeur, elle passa à la troisième réponse, qui la mena au site de Stephenson. On l'aiguilla vers le département psychiatrie et sciences neuro-comportementales de l'UCB (Université de Californie, Berkeley) et, plus précisément, vers une section spécialisée, la « division des études sur la perception ».

Quelques secondes plus tard, elle avait perdu conscience du temps qui passait et de l'endroit où elle se trouvait, lisant page après page, s'immergeant dans le travail de Stephenson et le flot illimité des informations, tout en essayant de relier ce qu'elle lisait aux événements des derniers jours.

C'est alors qu'une idée s'insinua en elle.

Impossible, et pourtant… elle ne pouvait l'ignorer.

Elle revint à l'article sur le remède contre les maladies cardiaques, nota le nom de la plante qui avait fourni cette molécule et lança une nouvelle recherche sur le traitement. Cette fois, elle ajouta « Wade McKinnon » à sa requête.

D'un doigt tremblant, elle toucha l'écran pour lancer la recherche.

La réponse s'afficha. Elle lut. Et elle sut.

55

Nous sommes rentrés à Aero Drive un peu traumatisés, et le moral en berne. Le nombre de cadavres avait encore monté d'un cran, un témoin indispensable avait été liquidé avant qu'on ait eu le temps de l'utiliser, et Navarro avait fait la preuve, une fois de plus, de son efficacité mortelle et de son audace, sans la moindre conscience des limites qu'il n'aurait pas dû franchir.

Je suivis Villaverde dans la grande salle de réunion qui était devenue notre centre d'opérations depuis la mort de Michelle, trois jours plus tôt. En liaison avec la police locale, deux jeunes agents tentaient de découvrir si Navarro avait laissé la moindre trace derrière lui avant le début du siège. Le premier visionnait les bandes des caméras filmant la circulation automobile. Un autre passait en accéléré les vidéos de surveillance du parking du centre commercial. Villaverde prit un siège et leur jeta un coup d'œil interrogateur. Ils secouèrent la tête. Rien, pour le moment.

Un peu plus tard, Munro nous rejoignit. Il n'avait pas l'air plus satisfait que Villaverde. En fait, il semblait encore plus frustré que moi. Villaverde enclencha l'interphone et demanda des sandwichs et du café pour tout le monde, puis se renversa en arrière et ferma les yeux. Visiblement, il essayait de rassembler ses idées, mais il semblait n'avoir pas grand-chose à rassembler.

— Ce type est un nom de Dieu de fantôme, grogna-t-il. Nous n'avons absolument rien, *nada*, et d'après la manière dont ça se passe depuis trois jours, je ne m'attends pas à de grands changements.

Il se tourna vers Munro.

— Rien de ton côté ?

Munro secoua la tête.

— Aucun résultat. Nous avons interrogé tout le monde, des gardes-frontières aux indics dans la rue. Corliss est en contact direct avec les flics fédéraux mexicains. Il a appelé tous les gens qui lui devaient une faveur, de part et d'autre de la frontière, et il est revenu les mains vides.

Nous n'avions plus qu'une carte en main. Nous devions donner à ce fils de pute exactement ce qu'il voulait. Tout au moins lui faire croire que j'étais à sa portée, le temps qu'il nous faudrait pour resserrer un filet astucieusement déployé autour de lui.

— Je crois que nous n'avons pas le choix, attaquai-je. Il faut débusquer Navarro et l'obliger à se montrer. Au moins ses soldats. Nous savons qu'il croit que je possède les informations qu'il cherche. Laissons-le venir les chercher…

— Si c'est bien à lui que nous avons affaire, intervint Villaverde. Nous n'en avons encore aucune preuve formelle.

— Peu importe de qui il s'agit, pourvu que ça marche. Nous devons simplement être d'accord sur la méthode, pour qu'il se sente assez en confiance pour abattre son jeu, et que je sois couvert.

L'air maussade de Villaverde trahissait sa réticence à satisfaire mon désir d'être l'appât. Visiblement, il crevait de frustration et il était furieux de ne pas pouvoir me contredire.

— Quelqu'un a une autre idée ?

Je laissai la question planer pendant un instant interminable.

— Parfait. Alors parlons de la manière dont nous allons le piéger.

Munro, toujours brutal et pragmatique, monta tout de suite au créneau :

— La conférence de presse, demain matin. Cette femme, du bureau du shérif, pourrait tenir la barre. Lupo. La veuve de Fugate. Un psychiatre militaire, si on en trouve un. Faisons cela à un endroit qui possède au moins trois issues. Une présence policière visible à deux des trois, mais la troisième apparemment claire. Puis tu sors pour répondre au téléphone ou je ne sais quoi, il bouge et nous refermons le piège.

Villaverde secoua la tête. Il semblait incrédule. Je voyais bien qu'il était à deux doigts d'exploser.

— Après ce qui s'est passé ? Tu veux mettre tous ces gens dans sa ligne de mire ? Hors de question !

C'était la première fois que je le voyais perdre son calme.

La porte s'ouvrit. En guise de café, un jeune agent tendit à Villaverde une mince chemise brune.

— Rapport sur les examens toxicos de Eli Walker. Pour ceux de Ricky Torres, on a mis la pression pour que ça ne traîne pas. Nous devrions les recevoir d'ici ce soir.

Dès qu'il fut ressorti, Villaverde ouvrit la chemise et lut rapidement la feuille qui s'y trouvait. Il regarda ostensiblement vers moi et me tendit le rapport.

On avait trouvé dans le sang de Walker un agent organique paralysant. Un mélange de venins d'araignée et de lézard. La veuve noire, ou *latrodectus geometricus*, et le lézard perlé mexicain, ou *heloderma horridum*, de la famille des hélodermes. Plus une neurotoxine que le labo n'avait pas encore identifiée.

Je jetai le dossier à Munro.

— Maintenant, dis-moi que nous n'avons pas affaire à El Brujo.

Munro lut le rapport. Pour une fois, il resta silencieux.

Les sandwichs et les boissons suivirent de près le rapport. Chacun de nous profita du rituel bien rodé (jeter le sucre dans le café, disposer la *ciabatta* sans faire couler le trop-plein de sauce sur nos vêtements) pour oublier l'affaire et redevenir soi-même pendant un bref instant. J'avais l'habitude, pendant ces moments-là, de penser presque uniquement à Tess. Cette fois, c'est Alex qui s'imposa à mon esprit.

Il ne méritait pas ce qui lui arrivait.

J'avalai une bouchée.

— Demain, j'irai à la conférence de presse, demain matin. Seul. Ils peuvent en parler, faire le plus de bruit possible sur l'entretien exclusif avec l'agent du FBI chargé de l'enquête… il faut absolument que Navarro soit au courant. J'irai seul, et je quitterai les lieux seul. Présence policière dans le studio, personne à l'extérieur. Personne qu'ils puissent voir, en tout cas. On met en place les filatures. Je serai en sécurité jusqu'à ce qu'il croie que je lui ai dit tout ce que je sais, et je veillerai à fermer ma gueule avant que nous arrivions là où nous allons, où que ce soit.

Villaverde but une gorgée de café. Il secoua de nouveau la tête. Cette fois, c'était en signe de résignation.

Nous étions à court de solutions. S'il fallait, pour arrêter ce malade mental, que je me jette dans la gueule du loup – drogues indigènes et ablation d'organes comprises –, il en serait ainsi. Rien de plus que ce qu'on avait destiné à Michelle, à Tess, à Alex et à un nombre incalculable de personnes depuis que cette saloperie d'affaire avait éclaté.

J'étais prêt à y aller.

Après tout, on ne meurt qu'une fois, non ?

56

Tess ne savait que faire.

Elle se sentait très alerte, et son cœur battait à tout rompre. C'était comme un éveil, comme si son esprit soudain libéré était capable d'explorer des territoires inconnus. Elle avait passé plusieurs heures sur le site Internet de Stephenson. Des questions la harcelaient maintenant de toutes parts, tandis que des idées contradictoires se bousculaient, chacune exigeant d'être poursuivie jusqu'à sa conclusion logique.

Elle ne savait pas par où commencer. La question essentielle était précisément celle qu'elle avait peur de poser. Mais elle savait qu'il fallait le faire. Elle n'était pas sûre d'en avoir le droit. Ce n'était pas juste. Ce n'était pas bien.

Il n'avait que quatre ans.

Comme pour la libérer de son supplice, son téléphone sonna. Elle le regarda d'un air absent, puis elle reconnut le code régional de l'appelant.

510.

Berkeley.

Elle prit immédiatement l'appel.

C'était Marya, l'assistante de Jim Stephenson :

— Je viens d'entendre votre message. Je suis vraiment désolée, pour Mlle Martinez… C'est si… c'est horrible. Que s'est-il passé ?

Tess lui dit simplement que Michelle avait été tuée par un homme armé qui s'était introduit chez elle, et qu'Alex se trouvait désormais à la garde de son père biologique. Elle expliqua qui elle était.

— J'ai parlé aux maîtres d'Alex, ajouta-t-elle, qui m'ont dit qu'il traversait une période difficile. J'espérais pouvoir en parler au professeur Stephenson.

— Vu les circonstances, répondit Marya, je suis sûre que Jim aura à cœur de vous aider, avec Alex. Le problème, c'est qu'il est absent.

— Ah ?

— Je le crains…

La femme semblait hésiter.

Tess attendit, sans savoir pourquoi le ton de Marya la mettait mal à l'aise.

— Quand sera-t-il de retour ?

— Je… n'en suis pas sûre, fit Marya, toujours hésitante.

Les antennes de Tess se dressèrent.

— Pourrais-je l'appeler ? Vous savez où je peux le toucher ?

— Non, je regrette. Il… Il ne m'a pas dit où il allait, et son portable est relié à sa boîte vocale.

Tess sentait qu'on lui envoyait toutes sortes de signaux d'alarme.

— Depuis quand est-il absent ?

— Une dizaine de jours. Depuis le début de la semaine dernière.

— Et il ne vous a pas dit où il allait ?

— Non. Il m'a laissé un message disant qu'il devait voir un nouveau patient et qu'il serait absent quelque temps.

Tess trouvait cela très bizarre.

— Il fait souvent cela ?

— Non, pas vraiment. D'habitude, il envoie d'abord un de ses chercheurs. Et ça ne lui ressemble pas d'être aussi vague. Son agenda est plein, je dois répondre à des appels très durs, et réorganiser les rendez-vous…

— Vous ne pouvez pas interroger quelqu'un de son entourage ? Sa femme ? Il ne vit pas avec quelqu'un ?

— Il est divorcé, fit Marya. Il vit seul.

Tess avait le cerveau en ébullition. Ses pensées se télescopaient, les associations d'idées étaient plus nombreuses.

— Dites-moi une chose, fit-elle, la gorge serrée. Est-ce que le professeur Stephenson porte des lentilles de contact ?

— Oui. Pourquoi cette question ? demanda Marya, perplexe.

Tess sentit la pression sur ses tempes. Elle ne savait que lui dire. Il fallait mettre un terme à cette conversation.

— Je vous rappellerai. J'ai quelques détails à vérifier. Merci, vous m'avez beaucoup aidée. Pouvez-vous m'informer, entre-temps, si vous avez de ses nouvelles ?

Tess coupa la communication et inspira profondément.

Elle ne pouvait plus tergiverser. Cela ruait et hurlait en elle. Tess s'arma de courage et entra dans la maison.

Elle alla prendre le dessin dans sa chambre. Dans la cuisine, Julia préparait un sandwich au beurre de cacahuète et un verre de lait pour Alex.

— Il est dans sa chambre ?

Julia acquiesça.

— Oui, j'allais l'appeler pour lui donner son sandwich…

— Laisse-moi une seconde avec lui, d'accord ?

Julia lui jeta un coup d'œil confus.

— Oui, bien sûr.

Assis par terre, Alex jouait avec ses figurines. Quand Tess entra dans la chambre, il la regarda sans rien dire.

— Salut, Alex. Comment va Ben, aujourd'hui ?

Alex haussa les épaules.

— Il aide son grand-père Max à sauver Gwen.

— On dirait qu'il a du pain sur la planche.

Elle s'assit à côté de lui, sur le plancher.

— Alex, je dois te parler de quelque chose.

Il ne la regardait pas.

— Je t'ai déjà posé la question, mais je dois te le demander encore une fois. Il faudra que tu me répondes, Alex. C'est très, très important.

Elle hésita, poursuivit :

— Je viens de parler à Jim, l'ami de ta maman. Il a dit que c'était d'accord. Il veut bien que tu m'en parles.

Elle posa le dessin sur le sol, juste devant Alex. Son cœur battait à tout rompre.

— Il faut que je le sache, Alex.

Elle montra la silhouette sur le dessin, celle qui semblait menacer Alex. Celle qui semblait maintenant le tenir en joue avec un revolver.

Elle tapota le dessin du doigt.

— Je dois savoir qui c'est, Alex. Il faut que tu me dises qui est ce monsieur.

Il se contentait de la fixer sans bouger. Presque sans respirer.

— Alex, s'il te plaît, répéta-t-elle, doucement. Il faut que je le sache. Juste toi et moi. Tu n'as aucune raison d'avoir peur. Absolument aucune. Je suis ton amie, Alex. Tu dois me faire confiance.

Alex ouvrit légèrement la bouche. Il la regarda de côté, hésitant.

Elle lui adressa un sourire rassurant.

— Dis-moi, Alex. Je suis ici pour t'aider.

Les yeux du petit garçon étaient agrandis par la peur.

— Mais c'est ton ami, marmonna-t-il.

Les mots la déchirèrent.

Elle connaissait la réponse, mais elle voulait l'entendre. Elle suffoquait, presque incapable de parler, mais elle s'arma de courage :

— Qui, Alex ? Qui est mon ami ?

Ses lèvres se tordirent, il se recroquevilla, comme si c'était la dernière chose qu'il avait envie de dire. Mais il le dit quand même :

— Reilly.

Il leva les yeux vers elle. La peur et l'embarras se lisaient sur son visage.

— Reilly m'a tué. Il m'a tiré dessus.

Il leva la main, pointa un doigt au milieu de son front.

— Juste ici.

Tess acquiesça. Son corps était devenu insensible à ce qui l'entourait, comme si elle était en transe.

— Dis-moi ce que tu te rappelles, Alex. Raconte-moi tout.

Il lui raconta.

Tout.

Quand il eut fini, elle le prit dans ses bras. Elle le serra très fort contre elle, lui caressa doucement les cheveux, sentant son petit cœur battre contre sa poitrine.

Au bout d'un long moment, elle embrassa Alex, se leva et sortit de la chambre. Elle se dirigea vers le salon, lentement, avec l'impression d'avoir glissé dans une fissure sous la surface d'un lac gelé, et de flotter au hasard dans l'obscurité glacée.

Elle trouva son téléphone, composa le numéro de Reilly.

— Il faut que tu viennes, Sean. Dès que possible. Je dois te parler.

Il lui promit qu'il serait là le plus tôt possible.

Elle reposa le téléphone. Les yeux dans le vague, dans la lumière qui baissait peu à peu, elle se demandait comment elle avait pu se tromper à ce point sur tout ce qu'elle croyait savoir de notre monde.

57

Quand Villaverde se mit en route pour rentrer chez lui, le crépuscule tombait, d'un rose et d'un pourpre somptueux. Il décida de se lever avant l'aube, le lendemain, et d'aller surfer à Black's Beach.

Avant d'être nommé agent spécial principal, il y allait au moins trois fois par semaine. Il parcourait les dix kilomètres qui le séparaient du campus de l'université, se garait sur un parking presque désert au moment où le soleil commençait tout juste à miroiter au-dessus des montagnes à l'est, et descendait le sentier escarpé menant au pied de la falaise, aux meilleures vagues du comté. Il surfait pendant deux heures sur les déferlantes de trois mètres, regagnait le rivage, s'arrêtait pour avaler un petit déjeuner sur La Jolla Village Drive, et prenait vers le sud pour être à son bureau avant huit heures et demie.

Depuis qu'il était le patron du bureau de San Diego, il avait de la chance s'il pouvait surfer une fois par semaine au large de Pacific Beach – l'endroit présentait l'avantage de se trouver à moins de huit blocs de chez lui, mais les vagues erratiques dépassaient rarement un mètre. Il ne pigeait toujours pas comment un employé du Bureau parvenait à avoir une famille en plus du boulot, et garder un peu de temps pour lui. Quand Gillian et lui s'étaient séparés, trois ans plus tôt (elle était partie à Chicago avec sa boîte, il avait préféré rester à San Diego), Villaverde avait broyé du noir pendant des semaines à l'idée qu'il avait peut-être raté sa dernière chance sérieuse d'avoir des enfants. Le temps passant, il avait réalisé qu'il était beaucoup plus heureux tout seul.

Il tourna sur Grand Avenue, parcourut les trois blocs qui le séparaient encore de chez lui et entra avec précaution le Yukon dans l'allée. Introduire le 4 × 4 dans cet accès étroit et en pente raide était une manœuvre délicate, mais il en avait l'habitude et y parvenait toujours sans bobo.

Il prit sur le siège passager le plat préparé qu'il avait acheté au Margo's Mexican Grill et le pack de six Corona de la supérette. Tout en claquant la portière, il jeta un coup d'œil machinal dans la rue, comme chaque soir en rentrant. Tout était normal. Comme toujours. Il était impatient de décompresser en regardant un DVD. Contrairement aux quelques flics de sa connaissance – dont Lupo –, il n'emportait jamais de travail chez lui. Il avait vu un de ses coéquipiers devenir dingue, obsédé qu'il était par une affaire de meurtres intergangs particulièrement horrible et complexe. Mais Villaverde n'avait pas attendu cela pour s'imposer une règle : le travail au bureau, le repos chez soi. Ça impliquait bien entendu qu'il pouvait rester au bureau jusqu'à trois heures du matin, voire toute la nuit (une des salles de réunion contenait un divan assez confortable), mais il finissait toujours le travail en cours avant de rentrer chez lui.

Il ouvrit la porte, ramassa le courrier, alluma la lumière et passa dans la cuisine. Il décapsula une bière et but une longue gorgée. Le lendemain, il se viderait l'esprit à Black's Beach, et irait tôt au bureau pour superviser l'opération au studio du journal de la KGTV. Reilly et lui avaient déjà eu une réunion téléphonique avec le rédacteur en chef de Channel 10 et le directeur des programmes de KGTV. Ils étaient convenus que Reilly participerait et ils commenceraient à annoncer l'entretien dès six heures du matin, ce qui donnerait largement le temps à El Brujo de préparer son opération.

Opération que Villaverde espérait bien neutraliser. Une fois pour toutes.

On sonna à la porte. Villaverde but une autre gorgée, posa sa canette de bière et se dirigea vers l'entrée. Il n'avait pas pris la peine de fermer. La nuit était douce et il aimait sentir le souffle de l'air dans la maison. Un grand type à la peau sombre, vêtu d'un costume de bonne coupe, se tenait derrière la moustiquaire. Il lui faisait signe, hésitant, visiblement embarrassé.

— Excusez-moi, demanda l'homme, je suis bien chez les Prager ?

Machinalement, Villaverde posa la main gauche sur le Glock coincé sous sa ceinture et ouvrit la porte-moustiquaire de la main droite, tout en maintenant son arme à l'écart de la porte ouverte.

— C'est la maison voisine, dit-il. Le 58.

— Oh, je suis désolé, fit l'homme avec un sourire penaud, passant une main manucurée sur son menton arborant une barbe de quelques jours.

Il portait quelque chose au poignet.

Un bracelet de cuir façonné.

Villaverde le repéra immédiatement. Le léger clic de la porte du jardin, au fond de la cuisine, parvint à ses oreilles à la seconde précise où son cerveau faisait le lien entre le bracelet et la vidéo de la voiture de l'adjoint Fugate.

Il recula d'un pas et sortit son arme, mais avant qu'il ait le temps de la lever l'homme qui se trouvait à la porte se ruait en avant, lui saisissait le bras gauche des deux mains et essayait de le lui tordre derrière le dos.

Villaverde connaissait ce mouvement. Il abaissa son épaule gauche, déplaça son poids puis lança son pied gauche, balayant les jambes de l'assaillant pour lui faire perdre l'équilibre. Une main de l'homme lâcha le bras armé de Villaverde, mais l'autre cramponnait encore solidement son avant-bras. Villaverde se jeta contre son adversaire tout en sortant son revolver pour faire face au second intrus qui allait lui tomber dessus d'une seconde à l'autre.

Il sentit alors une douleur aiguë dans sa cuisse droite. Il baissa les yeux, vit qu'on lui avait planté dans la jambe une fine aiguille métallique. Il comprit avec horreur que l'homme l'avait laissé délibérément le mettre à terre pour pouvoir le piquer.

Villaverde tira deux fois vers le second attaquant, qui venait de sortir de la cuisine, mais sa vision se brouillait déjà, et ses muscles s'amollissaient contre son gré. Les balles s'enfoncèrent dans le mur.

Il sentit qu'il glissait dans le sommeil. Avant de perdre totalement conscience, Villaverde comprit qu'il n'irait sans doute pas surfer sur les déferlantes, le lendemain matin.

58

Quand je la vis, je compris que Tess avait peur. Elle avait l'intention d'aller droit au but. Dès mon arrivée, elle m'entraîna dans le jardin, le plus loin possible de la maison. J'ignorais ce qui la tracassait, mais je présumais que c'étaient les retombées de notre conversation de la veille au soir, et je me dis que la discussion ne serait pas une partie de plaisir.

Mais elle me surprit :

— J'ai appelé le psy. Jim. Jim Stephenson.

Ce n'était pas ce que je croyais.

— Celui chez qui, selon toi, Michelle a emmené Alex ?

— Oui. Mais il n'est pas simplement psy. Il consulte en psychiatrie infantile, mais il est aussi le patron du département psychiatrie et sciences neurocomportementales à Berkeley. Plus précisément, il dirige une section spéciale, la division des études sur la perception.

Je ne savais pas trop où elle voulait en venir, ni en quoi tout cela était urgent. Mais, visiblement, c'était important. J'essayai de ne pas paraître trop désinvolte.

— D'accord.

J'avais peut-être accentué le mot un peu plus que nécessaire.

— Son principal centre d'intérêt, et ça représente plus de quarante ans d'études et d'expériences cliniques, ce sont les recherches sur la survie.

Elle me regarda, comme pour me demander si j'en avais entendu parler. Je fis une grimace. Ce n'était pas le cas.

— Qu'est-ce que c'est que ça ?

— Les recherches sur la survie essaient de comprendre si certaines parties de nous peuvent survivre à la mort de notre corps physique.

Survivre à la mort du corps physique ? J'étais largué.

— De quoi parles-tu ?

— Des gens comme Stephenson essaient de découvrir si l'âme est capable de survivre à la mort du corps. Pour le savoir, ils explorent des phénomènes comme les expériences aux frontières de la mort ou expériences extracorporelles, visions sur le lit de mort, communications post mortem… et ce qu'ils appellent la « transmigration de l'âme ». Et voilà ce qu'est la spécialité de Stephenson. La réincarnation.

— Attends… tu veux dire que le toubib chez qui Michelle a emmené Alex est un spécialiste de la réincarnation ? !

— Oui. Et avant de lever les yeux au ciel comme tu aimes tant le faire, essaie de garder ceci à l'esprit. Je te parle d'un universitaire sérieux, qualifié et très compétent, d'accord ? Michelle n'a pas conduit Alex chez un de ces médiums enturbannés de fête foraine. Ce type est une légende dans les milieux de la parapsychologie. Qui ne sont pas très importants, pour les raisons que tu peux imaginer. Il possède des qualifications irréprochables. Il est diplômé de Harvard. C'est un psychanalyste reconnu, qui a publié des dizaines d'articles sur la psychiatrie dans toutes sortes de revues médicales. Ses livres sont étudiés à l'université. On lui a offert des postes dans les hôpitaux les plus prestigieux. C'est un membre de plein droit de l'élite médicale de ce pays.

— Et il travaille sur la réincarnation, répétai-je, en m'efforçant de cacher mon ironie.

Pour être sûr d'avoir bien compris, je devais poser la question :

— Cela veut dire qu'il y croit ?

— Oui. C'est-à-dire… à sa manière, c'est-à-dire avec prudence. Il a étudié des milliers de récits, pendant des années. Il dispose d'une équipe de chercheurs qui travaillent pour lui. Il ne s'occupe pas de la… « régression vers les vies antérieures » en hypnotisant des adultes… Il n'y croit pas. Il ne s'intéresse qu'aux cas où des enfants ont ce qu'on appelle la « mémoire spontanée ». Quand ils se rappellent des choses. Des choses tombées du ciel. Et en dépit de tous les indices qu'il a rassemblés au cours des années, il ne passe pas son temps à affirmer des choses qu'il ne peut pas démontrer. Il reconnaît qu'il n'a pas de preuves de la réincarnation. Ce qu'il dit, c'est que, dans nombre de cas étudiés par lui, la réincarnation est la meilleure explication qu'il ait trouvée. Celle qui colle le mieux. Il a des indices, mais pas de preuves. Si tu vois ce que je veux dire.

Tout cela me semblait du pain bénit pour n'importe quel charlatan, mais si Tess le prenait au sérieux, j'étais tout ouïe. J'avais, si j'ose dire, appris cette leçon à la dure, au cours des années.

— D'accord. Et quel est le rapport avec Alex ?

— Il semble qu'il ait un comportement inhabituel… un comportement qui induit la réincarnation.

— La mémoire spontanée ?

— Oui.

— Quoi, par exemple ? Tu veux parler des dessins que tu m'as montrés ?

— En partie, oui.

Elle me regardait fixement, agitant les mains tout en parlant.

— Typiquement, dans ce genre de cas, les enfants qui prétendent se rappeler une vie antérieure commencent à un très jeune âge, parfois dès qu'ils savent parler. Ils commencent à parler de choses qu'ils ne sont pas censés connaître. Les noms de gens qu'ils n'ont jamais rencontrés ou d'endroits où ils ne sont jamais allés, parfois dans une langue qui leur est étrangère. Ils parlent de choses qui devraient les dépasser à leur âge, comme, disons, les détails techniques d'un avion de la Seconde Guerre mondiale : ils voient par exemple une photo et ils savent si la chose qui est accrochée sous l'aile est une bombe ou un réservoir largable. Des détails. Et quand ils en parlent, ils sont plus clairs et plus lucides qu'en temps normal. Beaucoup plus qu'ils ne sont censés l'être à leur âge. Puis, classiquement, ces souvenirs s'effacent peu à peu vers l'âge de six ou sept ans. La théorie, c'est qu'ils sont écrasés par d'autres souvenirs – ceux de la vie présente.

Je faisais de mon mieux pour garder l'esprit ouvert.

— Tu veux dire qu'Alex connaissait des choses d'une vie antérieure ?

— D'après sa maîtresse, il tenait des propos qui surprenaient Michelle. Et d'autres qui étonnaient sa maîtresse elle-même. Ses dessins, aussi. Et il avait des cauchemars. Michelle n'avait pas très envie d'en parler, mais c'est sans doute pour ça qu'elle l'a conduit chez Stephenson.

J'essayais d'imaginer Michelle en train de faire ça. Curieusement, cela ne me semblait pas si bizarre, car elle traversait à l'époque une sorte de période new age, et je la charriais pas mal à ce sujet. Je ne dis pas que je marchais. Je dis simplement que je comprenais qu'elle ait pu y penser et emmener son fils chez un type comme Stephenson.

Tess voyait bien que je doutais.

— Tu penses que ça n'a ni queue ni tête.

— Non, mais… hé, qu'est-ce que j'en sais ?

Elle secoua légèrement la tête, d'un air de reproche.

— Écoute… je suis aussi sceptique que n'importe qui, sur ce sujet. Mais j'ai lu tous ces documents sur Stephenson… C'est étonnant, Sean. Ces gosses, ceux dont il analyse les récits… Stephenson et son équipe ne sont pas des imbéciles. Ils se penchent sur ces récits comme s'ils étaient des techniciens « scientifiques » de la réincarnation. Ils interrogent les mômes, ils parlent à leur entourage, aux membres de la famille, de leur vie présente et passée. Ils prennent note de tout ce qu'on leur dit et procèdent à des contre-vérifications, au mot près, et ils cherchent toujours des raisons de les rejeter. Ils cherchent les lacunes, les explications alternatives, ou des parents qui pourraient alimenter sans le vouloir leurs propres fantasmes ou leurs prédispositions culturelles – et, bien évidemment, ils cherchent aussi les éventuelles escroqueries. Mais dans certains cas (des dizaines, au cours des ans), Stephenson et son équipe finissent par être convaincus que les enfants pourraient bien être des âmes réincarnées. Et il ne s'agit pas simplement de souvenirs. Certains de ces gosses ont des liens physiques avec ce qu'ils appellent leur vie antérieure. Son site en est plein, c'est génial. Un enfant qui se met à parler de sa vie antérieure est né avec un grave défaut de naissance : son artère pulmonaire n'était pas complètement formée. À l'âge de trois ans, il disait à sa mère, par exemple : « Je ne t'ai jamais battue quand tu étais petite, même quand tu étais très méchante »… Il s'est mis à raconter toutes sortes de choses sur son grand-père – qui était flic à New York, et qui était mort bien avant la naissance du gosse. Il avait été touché six fois dans une fusillade en essayant d'arrêter un hold-up. Et la balle qui l'avait achevé avait pénétré par le dos, traversé les poumons et déchiré une artère importante, provoquant l'hémorragie fatale. Devine de quelle artère il s'agissait ?

Elle était rouge, sous l'effet de l'excitation. Elle n'attendit pas ma réponse :

— L'artère pulmonaire. Un autre gosse qui s'est mis à raconter sa vie antérieure avait une marque de naissance sous le menton. Il apparut que la vie antérieure dont il parlait était celle d'un trafiquant de drogue qui s'était suicidé en se tirant une balle sous le menton. Quand Stephenson et son équipe ont examiné le cas, ils ont lu les rapports du légiste et les témoignages directs, puis ils ont regardé l'enfant de plus près. Tu sais ce qu'ils ont trouvé ? Une autre tache de naissance, glabre, au sommet du crâne, exactement à l'endroit où, selon le rapport d'autopsie, la balle était ressortie. Stephenson affirme sur son site Internet qu'à chaque fois qu'ils avaient vu une envie correspondant au point d'impact d'une balle ils en découvraient une autre, à l'endroit où le projectile était sorti. Il y a de quoi rêver, non ?

J'étais scotché, force m'est de le reconnaître. Deux arguments m'aidaient à me faire une meilleure idée. L'une, c'était Tess qui me racontait tout cela. Elle avait un pifomètre parfaitement réglé, et je lui faisais confiance. L'autre, c'était Stephenson. Le fait qu'un diplômé de Harvard, avec toutes ces références, puisse consacrer sa vie à analyser des centaines de cas et soit au bout du compte convaincu par un nombre non négligeable d'entre eux, voilà qui n'était pas facile à rejeter. J'avais du mal à croire que j'étais vraiment assis, là, en train d'admettre cette idée loufoque, mais j'étais intrigué, et je me retrouvai en train de soutenir son raisonnement :

— Est-ce que les vies antérieures dont ces enfants se souviennent se concluent toujours par une mort violente ? Est-ce que personne ne se rappelle jamais avoir été quelqu'un qui serait mort paisiblement dans son lit ?

Elle me contempla, l'air dubitatif. Elle se demandait si j'étais sérieux ou simplement crétin. Je ne plaisantais pas.

— Une grande majorité des cas qu'il a étudiés – plus de 70 %, en fait – renvoient à des vies antérieures qui ne se sont pas achevées de mort naturelle : dans un accident de voiture, par exemple, ou parce que la personne a été abattue ou assassinée, ou parce qu'elle a connu une fin violente, de quelque nature que ce soit. Sa théorie, c'est que le choc provoqué par ces décès bouleverse le cours des choses et incite ces âmes à garder plus de souvenirs qu'elles ne le feraient dans des conditions normales.

Elle s'interrompit, pour me jauger de nouveau.

— Je ne sais pas ce qu'il faut croire, mais… tu dois bien admettre qu'il s'agit d'indices plutôt convaincants.

— Mais pas de preuves, remarquai-je. Bon, d'accord, c'est... surprenant. Et un peu troublant. Et Alex ? Qu'est-ce que Stephenson dit à propos d'Alex ?

Tess avait l'air embarrassée, maintenant.

— Je ne sais pas. Je n'ai parlé qu'à sa secrétaire.

— Et alors ?

— Il n'est pas là. Elle ignore où il se trouve.

Son visage se durcit. Je voyais bien que ce qu'elle s'apprêtait à dire la mettait mal à l'aise.

— Je crois que c'est lui, votre savant disparu, Sean. Le type dans la cave du club de motards. La lentille de contact...

Cela me prit totalement par surprise. Du coup, j'étais encore plus intéressé.

— Qu'est-ce qui te fait dire ça ?

— Il y a une dizaine de jours, il a appelé sa secrétaire et l'a informée qu'il devait partir. Il n'a pas précisé où il allait, ni pour combien de temps. Il ne répond pas aux appels sur son portable. Il n'a jamais fait cela.

Elle soupira, attendit un instant.

— Il porte aussi des lentilles.

Comme des milliers de gens.

— Quoi d'autre ?

Elle hésita.

— Allons, Tess. Si tu es si sûre que Stephenson n'est pas parti faire la fête à Vegas, c'est qu'il y a autre chose. Dis-moi.

Elle avait du mal à me regarder en face. Je remarquai qu'elle frissonnait. Je me rappelai tout à coup ce que nous avait dit Karen Walker quand nous l'avions interrogée. Le dernier kidnapping des motards avait été perpétré dans la zone de San Francisco.

Stephenson était à Berkeley.

Je sentis tout à coup un doigt glacé descendre le long de ma nuque.

— Je ne crois pas qu'ils soient à tes trousses, Sean. Je crois qu'ils sont aux trousses d'Alex, depuis le début. C'est pour cela qu'ils nous traquent. Et c'est pour cela qu'ils ont enlevé Stephenson.

— Mais pourquoi ?

Je sentais que mon sang s'échauffait.

— Pourquoi en voudraient-ils à Alex ? répétai-je.

Elle croisa mon regard, et une ombre passa sur son visage.

— Parce qu'ils pensent qu'il est la réincarnation de McKinnon. Parce qu'il semble que ton fils pourrait bien être la réincarnation de l'homme que tu as tué.

59

Villaverde se réveilla dans une grande pièce très claire.

Un regard circulaire lui apprit qu'il se trouvait dans une sorte de gymnase. Un gymnase privé, luxueux. Un cross-trainer, un rameur et un Power Plate s'alignaient le long d'une paroi vitrée. À l'extérieur, il voyait la mer miroiter au clair de lune. Il comprit qu'il était dans une villa du front de mer. Ce qui aurait été génial s'il n'avait eu les poignets et les chevilles liés par du ruban adhésif à des barres de gymnastique d'acier fixées au mur.

Il était nu jusqu'à la taille.

Il ferma les yeux, et essaya de se rappeler ce qui s'était passé. Ils l'avaient drogué, il le savait.

El Brujo.

Ce taré l'avait enlevé chez lui. Ce n'était pas évident, pourtant. Les adresses personnelles des agents du FBI sont bien protégées. Il n'est pas facile d'obtenir ce genre d'informations. Pas facile du tout. Puis il repensa aux événements de la journée, et tout se mit en place. Le centre commercial, à Mission Valley. Abandonner Torres sur place, armé, tout cela semblait inutile et aléatoire. Mais ce n'était qu'une diversion.

Ils devaient l'avoir suivi à partir de là-bas. Il était pourtant attentif aux filatures – c'était devenu machinal. Il comprit soudain qu'ils devaient avoir tracé sa voiture. Bien sûr. Quelqu'un s'était glissé sous le véhicule et y avait fixé un traqueur. Non, ils n'avaient même pas besoin de cela. Il suffisait de coller un téléphone portable sur sa voiture et de le tracer.

Mais pourquoi lui ?

Reilly.

C'est à Reilly qu'ils en voulaient. Ils avaient prévu de poser un traqueur sur sa voiture, mais ils n'avaient pas pu, car ils étaient arrivés ensemble, dans la voiture de Villaverde.

Ce qui avait signé son arrêt de mort. Il n'avait aucun doute là-dessus.

En cet instant, il se dit qu'il était bien de ne pas avoir d'enfants. Ni même une maîtresse.

Il essaya d'arracher les morceaux d'adhésif, n'y parvint pas. Les bras en croix et les jambes écartées, il était comme un insecte collé sur un papier tue-mouches.

Il y avait autre chose. Il avait la tête lourde. Il se sentait lourd… et lent. Comme si ses réflexes s'étaient émoussés.

Villaverde entendit un bruit de pas. Il tendit le cou pour regarder dans cette direction. Un homme entra. Il était élégamment vêtu – chemise noire à col ouvert, pantalon gris coûteux, pieds nus dans des mocassins de cuir. Ses cheveux noirs gélifiés étaient ramenés en arrière.

Il tenait à la main un couteau court et large à lame recourbée.

Quand il se dressa devant Villaverde, celui-ci croisa son regard et eut un frisson. L'homme le fixait avec intensité, impénétrable. Ce regard semblait aussi aigu qu'un laser, mais conscient de tout ce qui l'entourait. Des yeux qui pourraient anéantir tout ce qu'ils voyaient, sans la moindre trace d'émotion.

Villaverde y lut un signe de reconnaissance subliminal, comme si l'autre lui disait : « Oui, c'est moi. » Et Villaverde sut, à coup sûr, qu'il avait Navarro en face de lui.

— Tu ne crois pas que tu vas…

— Chut…

L'homme le fit taire, deux doigts dressés devant ses lèvres.

Il leva son couteau. Lentement, il le fit glisser sur la peau nue de Villaverde. Il creusa une entaille superficielle, un grand cercle rouge sur la largeur de son torse.

Villaverde s'interdit de hurler. Il ne donnerait pas cette satisfaction au *pinche madre*. Navarro le contempla, le plus calmement du monde. Il se remit à lacérer la poitrine de Villaverde, traçant des lignes horizontales et verticales qui quadrillaient le cercle et formaient un dessin parfaitement symétrique. Puis il recula, admira son œuvre et essuya proprement la lame de son couteau avec un morceau d'étoffe qu'il avait sorti de sa poche.

Villaverde eut l'impression que la douleur lui faisait perdre connaissance. Il ne put s'empêcher de regarder sa poitrine déchirée. Son torse n'était plus qu'un affreux magma de chairs sanguinolentes. Le sang coulait abondamment, imprégnait son pantalon, gouttait de ses orteils sur le plancher verni du gymnase. Mais la lame du couteau n'avait touché aucune artère, aucun organe.

Il ne comprenait pas pourquoi Navarro le torturait avant même d'avoir pris la peine de l'interroger. Villaverde s'était toujours demandé comment il réagirait en pareille situation. Il savait qu'il ne dirait rien, quelle que soit la douleur qu'on lui infligerait. Il mourrait de toute façon, il n'y avait aucun doute là-dessus. Mais il existait plusieurs façons de vivre ses derniers instants. Il avait beaucoup trop mal pour se mettre en colère, et il était inutile de se défouler en hurlant. Il avait tout de même quelque chose à dire. L'honneur l'exigeait.

— Quoi que tu cherches, tu sais parfaitement que tu finiras comme les autres, hein ? Tôt ou tard, si nous ne t'arrêtons pas, c'est un de tes collègues narcos qui le fera, et tu finiras comme tout le monde, transformé en bouffe pour chiens.

Navarro inclina la tête, avec un sourire sans joie. Il sortit de sa poche une bourse de cuir dont il dénoua le lacet. Il tint la bourse en l'air, presque avec respect, et murmura quelques mots dans une langue que Villaverde ne comprenait pas. Puis il regarda fixement son prisonnier.

— Libère ton esprit, et prends du bon temps.

Il plongea la main dans la bourse. Villaverde vit, sur sa paume, une fine poussière grise ressemblant à des cendres humaines. Navarro s'avança tout près de lui, tendit le bras et – les yeux fixés sur ceux de Villaverde – massa les plaies ouvertes pour y faire pénétrer la poudre. Celle-ci brûlait, ignoblement, mais Navarro ne broncha pas, même quand Villaverde se mit à hurler si fort que le tueur eut l'impression que ses propres tympans allaient éclater.

Aussi brusquement qu'il avait commencé, Navarro s'interrompit. Il tourna le dos à Villaverde, prit une serviette sur un meuble et s'essuya les mains, debout devant la baie vitrée, les yeux fixés sur la mer.

Villaverde sentit que la douleur diminuait. Puis, très vite, son pouls s'accéléra. Il pensa à Torres et comprit que d'ici quelques instants il aurait perdu le contrôle de son esprit.

Au bout d'un moment, Navarro se retourna vers lui. Il se tenait absolument immobile, fixant Villaverde en murmurant des mots incompréhensibles.

C'est alors que cela vint. Beaucoup plus tôt que Villaverde ne s'y attendait.

Il avait très chaud. La sueur se mit à couler sur son visage. L'acide gastrique lui remontait dans la bouche, il eut un haut-le-cœur, faillit étouffer. Quand il ferma les yeux, il vit des formes primitives glisser sous ses paupières. Il les rouvrit, mais les formes étaient toujours là, ondulant devant l'image de Navarro et du gymnase.

Il referma les yeux, résistant à la confusion qui s'emparait de lui. Des couleurs aveuglantes prirent le relais et disparurent aussi brusquement, comme si quelqu'un avait actionné un interrupteur au fond de ses yeux. L'obscurité était intense, absolue… il n'en avait jamais rencontré de pareille. Il ouvrit les yeux, terrifié à l'idée d'être aveugle, et les créatures firent leur apparition. Des reptiles et des serpents, horribles, sifflants. Des formes humanoïdes tordues qui grondaient entre leurs crocs monstrueux le menaçaient de tous les coins à la fois. Et, derrière elles, des murs noirs qui se refermaient, se resserraient sur lui comme un étau géant.

Il se mit à hurler, referma les yeux dans l'espoir de repousser l'horreur. Il tenta de résister, se força à penser à autre chose, à quelque chose de lénifiant, et revit ce qui resterait sa dernière virée à Black's Beach. Il se concentra sur les vagues qui roulaient depuis la fosse sous-marine, à huit cents mètres au large. Sur la houle brutale qui fonçait vers le rivage, un rouleau après l'autre, et libérait son énergie au fond des grands creux. Il se rappela l'odeur de la mer, le cri des mouettes au-dessus de sa tête, la sensation du pouvoir naturel des vagues tandis qu'il pagayait pour rejoindre la file.

Pendant un court instant, cela marcha. Quand la vague arriva, il ressentit une sérénité délicieuse. Il sauta sur sa planche. Plia les genoux. Équilibra son poids. Mais quelque chose se précipitait vers lui. Pas la plage. Pas l'océan. C'était autre chose. Ça venait du plus profond de lui-même. Cela le heurta avec une violence qui dépassait la force des plus grosses vagues qu'il eût jamais chevauchées. Le choc vida l'air de ses poumons. Incapable de respirer, il cherchait à retrouver son souffle. Villaverde avait l'impression que tous ses organes venaient s'écraser sur son cœur… Tout à coup, *cela* jaillit des plaies de sa poitrine.

Un serpent tricéphale noir, gluant, aussi gros qu'un boa, émergea d'un champ de flammes, se déroula hors de son torse, se replia sur lui-même avant de se dresser à hauteur de son visage et de gronder dans sa direction, ses énormes mâchoires montrant leurs rangées de crocs.

Villaverde voyait les flammes jaillir de ses plaies, il sentait l'odeur de sa peau qui brûlait et savait qu'elle grésillait et se liquéfiait sous l'effet de la chaleur. Il sut qu'il serait réduit en cendres dans quelques secondes. Il hurla, tenta de se détourner du monstre qui lui faisait face, mais celui-ci suivit le mouvement, se déplaça pour venir souffler sur son visage trempé de sueur et lui demanda, dans un sifflement répété par l'écho :

— Où sont-ils ?

60

Mon fils est la réincarnation de l'homme que j'ai tué.

Il me semblait en tout cas que c'était bien ce que Tess venait de dire. J'avais encore la tête sens dessus dessous, comme si c'était moi qui vivais une expérience extracorporelle.

C'était absurde.

— Mais de quoi parles-tu ?

Ce furent les seuls mots que je réussis à articuler.

— Des choses qu'Alex se rappelle. Les animaux, les scènes dans la forêt amazonienne…

Elle ressortit les dessins d'Alex et me les montra, une fois de plus.

— Ces tribus, ces décors. Tout ça vient droit du passé de McKinnon. Il a vécu longtemps dans ces endroits-là…

Elle était essoufflée, les mots se bousculaient.

— Ces plantes. Ce sont des plantes médicinales. Et ce dessin, là…

Elle désigna celui où l'on voyait un homme marcher sur un sol orange, brûlant.

— … c'est la marche sur le feu. McKinnon l'a fait. Je l'ai lu dans une de ses biographies. Puis il y a la fleur qu'Alex a dessinée, celle dont sa maîtresse m'a parlé. Alex m'a dit qu'elle était censée guérir les maladies cardiaques, mais qu'on avait compris que c'était dangereux. C'est McKinnon qui a fait cette découverte. J'ai vérifié. Il travaillait pour une grande compagnie pharmaceutique. Ils finançaient ses recherches et payaient ses factures, là-bas. Il a découvert que la plante était très prometteuse, qu'elle pouvait être un inhibiteur du cholestérol. Mais les tests ont mal tourné, et il s'est brouillé avec ses employeurs, parce qu'ils avaient investi dans cette merveille médicale et qu'ils ne voulaient pas que leurs stock-options implosent. Et tiens-toi bien, Alex m'a parlé d'une altercation avec un dénommé Brooks… Eh bien, j'ai vu son nom sur Internet : c'est un des employeurs de McKinnon ! Bon, en tout cas, c'est pour ça qu'il a laissé tomber les grands groupes et qu'il s'est mis à travailler en indépendant. Alex m'en a parlé. Pas en détail, mais il m'en a dit assez pour m'inciter à creuser. Tout collait.

— Allons, Tess. Regarde les dessins. Ce ne sont pas des preuves photographiques. Ils sont très vagues. Peut-être y vois-tu des choses parce que ça correspond, justement… Il pourrait avoir vu cela à la télé, ou dans *National Geographic*. Et cette histoire de cholestérol ? Il a peut-être entendu ça au journal télévisé, ou quelqu'un en a parlé devant lui…

— Peut-être… Mais il se souvient de toi, Sean. Tu vois ce dessin ?

Elle me tendit celui qui montrait Alex et un homme qui lui faisait face. Elle me regarda, en tapotant du doigt la silhouette sombre.

— Il a dit que c'était toi. Il dit que tu lui as tiré dessus.

Elle pointa le doigt sur son front.

— Juste ici. Il m'a raconté toute l'histoire. Exactement ce que tu m'as raconté. Dans le moindre détail.

Elle hésita, se tut finalement pendant que j'examinais le dessin, cette fois avec plus d'attention. Et c'était troublant. C'était un dessin de gosse, mais j'y voyais quelque chose. Une vérité brute. Une émotion qui ramenait à ma mémoire cette nuit de fusillade. Il était très perturbant de penser qu'Alex m'avait bel et bien dessiné là, dans le labo. Je le voyais avec un regard différent, et ça ne me semblait plus aussi impossible, tout à coup.

Pourtant, c'était impossible.

— Il savait, Sean. Pour la femme. Pour son gosse. Il savait, pour le type qui était avec vous, la manière dont il les a tués…

Cela me frappa comme un coup de massue.

— Quoi ?

— Il me l'a raconté. Comment ils sont morts. La façon dont il s'est mis en colère, dont il s'est précipité… Il m'a parlé de l'ordinateur portable et du journal, du père Eusebio. Il savait. Il savait tout.

Elle avait les yeux brillants.

— Comment pouvait-il savoir tout cela, Sean ? Comment un gosse de quatre ans, qui n'était même pas né, pourrait-il être au courant ?

À cela je n'avais aucune réponse.

J'avais du mal à saisir les notions de base, sans parler des détails. J'essayai de revenir au début, de repartir de zéro, de trouver une logique à la pure absurdité de ce que Tess venait de me raconter. Je me creusai la cervelle en quête d'une autre explication, pour pouvoir rejeter sa théorie, mais je continuais à buter contre une chose, une certitude absolue que je ne pouvais pas éluder. Alex ne l'avait pas appris par Michelle. Je ne lui avais jamais dit comment McKinnon était mort, encore moins ce qu'avait fait Munro. Et ça ne figurait dans aucun rapport. Corliss y avait veillé.

Je regardai Tess. Je sentais que mon esprit partait en vrille.

— C'est impossible…

— Comment pourrait-il savoir, Sean ? Comment, sinon ?

Un instant plus tôt, je n'avais pas de réponse. Maintenant je comprenais. Je comprenais le fin mot de l'affaire.

— Navarro n'est pas à mes trousses, dis-je d'une voix durcie par la fureur. Il poursuit Alex. Parce qu'il croit qu'Alex est la réincarnation de McKinnon. Parce qu'il veut la formule. Parce qu'il pense qu'Alex s'en souvient peut-être.

— Exactement, renchérit Tess. La cible, c'est Alex. Depuis le début !

Ça collait.

Nom de Dieu, ça collait vraiment.

Et si c'était vrai… alors, pour une raison bizarre, un motif de taré, de karma de tête de nœud, celui, quel qu'il soit, qui décide comment ces choses-là arrivent, celui-là avait fourré l'âme de l'homme que j'avais assassiné dans le corps de mon propre fils.

Oubliez le dessein intelligent.

Il n'y avait là qu'un dessein pervers et sadique.

Je me laissai glisser sur le sol, m'adossai à l'arbre solitaire. Je me sentais aussi seul que lui. Je n'étais toujours pas sûr d'y croire. C'était trop dingue, trop irréel. Il fallait un sacré acte de foi, et je n'en étais pas encore là. Mais je ne pouvais pas tout rejeter d'un geste de la main. Pas avec ce que Tess avait déterré.

Et si c'était vrai… La pensée qu'Alex voyait son meurtrier à chaque fois qu'il me regardait – moi, son propre père… non, c'était trop horrible. Je cherchai une manière de torpiller la conclusion de Tess, de la mettre en pièces, de la déchiqueter en nanoparticules pour qu'elle ne revienne jamais…

Je n'y parvins pas.

J'avais l'impression que mon crâne allait exploser, tel un astronaute dont le casque est fêlé. J'aurais préféré me trouver dans l'espace, où personne, si l'on en croit certaines affiches de films, ne vous entend hurler. J'avais vraiment envie de m'époumoner. Mais je ne pouvais pas. Pas là. Pas devant Tess, pas en sachant qu'Alex, Julia et l'autre agent se trouvaient à côté. Je me contentai de me laisser aller, penchai la tête en arrière et fermai les yeux.

Tess se laissa glisser et s'assit à côté de moi.

— Tu penses vraiment que c'est possible ? fis-je au bout d'un moment.

Elle laissa passer quelques secondes.

— Je ne sais pas ce qu'il faut croire, Sean. Franchement, je suis déchirée. J'ai envie que ce soit vrai, et j'espère que ça ne l'est pas.

Elle me posa la main sur le bras.

— Je voudrais que ce ne soit pas vrai, pour ton bien. Pour le bien d'Alex. Ce serait si… cruel. Si injuste. Une partie de moi me fait des reproches parce que j'ai essayé de savoir. Mais si c'est vrai… on ne peut pas regarder ailleurs. Il faut y faire face, régler le problème pour qu'Alex et toi ayez les relations père-fils auxquelles vous avez droit tous les deux.

Elle leva les yeux vers le ciel nocturne. Je suivis son regard. Le ciel me semblait plus vaste, plus infini que jamais.

— Et si c'est vrai… Mon Dieu… Cela change tout. Si cette vie n'est pas la fin, si nous avons une chance de revenir… Ce doit être un tout autre débat, et je ne suis pas sûre que nous devons l'avoir maintenant.

J'acquiesçai. Certaines choses pouvaient attendre.

— Je dois faire en sorte qu'Alex soit en sécurité, lui dis-je. Si Navarro y croit vraiment, alors Alex ne sera à l'abri que le jour où ce salaud sera hors d'état de nuire. Je dois m'occuper de ça avant tout. Et après… nous verrons pour le reste.

Il fallait que je trouve Navarro. Et le moment venu, il faudrait que je lui cloue le bec une fois pour toutes. Je ne voulais pas que tout cela revienne à la surface. Cela hanterait Alex pendant des années, et lui rendrait la vie trop difficile. Je ne voulais pas non plus que Navarro aille jacasser dans une quelconque cellule de prison et incite une nouvelle vague de narcos à traquer mon fils comme s'il était leur poule aux œufs d'or.

Il fallait que je mette la main sur El Brujo.

À moins qu'il ne me trouve d'abord.

61

Je ne les ai pas entendus arriver.

Il était tard. Vraiment tard, ou vraiment tôt, selon le point de vue. Je ne dormais pas, mais j'étais tellement dans les vapes que je ne pouvais pas dire que j'étais éveillé. J'étais physiquement et mentalement démoli, et le sommeil aurait vraiment été le bienvenu. J'avais un peu dormi. Deux ou trois heures, peut-être. Vers quatre heures et demie, j'avais ouvert les yeux.

Julia et Cal, le nouvel agent, faisaient des quarts de deux heures, mais je leur avais proposé de prendre ma part. Mon quart démarrait à six heures, et j'étais là, pourtant, en train de contempler le plafond. Peut-être étais-je incapable de me reposer avant d'avoir trouvé une faille dans la théorie de Tess, un moyen de la démolir. Ou peut-être était-ce quelque chose en moi – une ouïe extraordinairement aiguë ou un don pour la perception extrasensorielle – qui me maintenait en éveil, à cause de l'imminence du danger. Tout dépend si on cherche une explication étroitement scientifique ou plus ésotérique (étant donné mes préoccupations du moment). En tout cas j'étais tout juste éveillé, Tess à côté de moi, prisonnier de cette zone vraiment agaçante où l'on est trop fatigué pour réfléchir et trop énervé pour dormir.

Je crus entendre un léger craquement, comme un plancher ou un chambranle qui grince. Peut-être Julia, qui allait se faire un café dans la cuisine ? Ou était-ce le quart de Cal ? Je n'étais pas sûr. Julia, je me suis dit. Le silence revint dans la maison. Puis j'entendis un autre craquement, suivi d'un bruit métallique.

Du coup, j'étais réveillé pour de bon, mais c'était trop tard. À demi levé, je tendais le bras vers mon revolver quand la porte de notre chambre s'ouvrit à la volée, et deux silhouettes sombres sont entrées dans la pièce. Mes doigts n'ont jamais atteint le Browning. Je sentis la douleur de la piqûre, profonde, dans ma poitrine avant de réaliser qu'un des deux hommes m'avait visé avec son arme – mais ça ne ressemblait pas à un vrai revolver, et le projectile n'était pas une balle. Il avait jailli avec un sifflement, comme le bruit d'une cartouche d'air comprimé, et ce que j'avais dans la poitrine n'était pas la plaie béante provoquée par une balle. C'était une aiguille de huit centimètres, avec une pointe noire à l'extrémité.

Je continuai à avancer la main vers mon arme, mais un des visiteurs était déjà sur moi. D'un coup de pied, il écarta mon bras de la table de nuit et me jeta contre le mur. Je vis vaguement Tess en train de s'asseoir sur le lit, et l'entendis glapir quand elle reçut à son tour une aiguille. Je voulus m'éloigner du mur pour rendre ses coups à l'intrus, mais à mi-course mes muscles se transformèrent en compote et je me suis effondré comme une poupée de chiffon.

J'étais incapable de bouger le petit doigt.

Prisonnier de mon propre corps, j'étais tout juste capable de les regarder aller et venir autour de moi comme si je n'étais pas là. Du coin de l'œil, je les vis soulever Tess et la porter à l'extérieur de la chambre, et une rage d'une violence que je n'avais jamais ressentie m'emporta soudain. Mes pensées s'envolèrent vers Alex. J'espérais qu'ils lui donneraient une autre drogue, un produit qui ne le laisserait pas conscient comme je l'étais, qui lui épargnerait l'horreur d'assister à cela. Je pensai à Julia et à Cal, espérant qu'ils n'étaient pas considérés comme quantité négligeable, et qu'ils avaient été épargnés. Puis un visage surgit dans mon champ de vision, à l'envers, venu de derrière moi. Un nouveau visage, que je n'avais jamais vu. Mais je sus que c'était lui.

Juste là, à quelques centimètres de moi. Et je ne pouvais lever un doigt sur lui, ni lui arracher le cœur. À condition qu'il en ait eu un.

Je me contentai de le fixer, au fond dans ma rage silencieuse, hurlant de toute la force de mes poumons dans un silence total, et je pensai aux araignées et aux lézards et au rapport de l'analyse toxicologique qu'on ferait après mon autopsie.

JEUDI

62

— Hé, ho, réveillez-vous. S'il vous plaît.

Ces mots m'éveillèrent en sursaut.

Il me fallut quelques secondes pour accommoder mon regard, mais je savais déjà que je n'aimerais pas ce que j'allais voir. J'avais la tête cotonneuse. Ça ne ressemblait pas à une gueule de bois, j'avais plutôt l'impression que mon crâne avait été pris dans un étau qu'on n'avait desserré que d'un demi-tour.

J'étais allongé sur un lit de camp peu épais. Je constatai que je n'avais pas les mains liées. Je me redressai en faisant grincer le lit, vis que mes jambes n'étaient pas non plus attachées. Je jetai un coup d'œil autour de moi. J'étais logé à la spartiate. Une pièce sans fenêtres, de huit mètres carrés. Les murs de pierre étaient vieux et se rejoignaient pour former une voûte basse. La cellule était vide, à part le lit de camp, moi, et un type qui me regardait comme si j'étais un extra-terrestre. Je réalisai que dans un sens c'était sans doute vrai.

— Qui êtes-vous ? fit-il, de la voix tremblante d'un homme qui a les nerfs à vif.

Je le regardai. Je commençai à comprendre.

— Vous, vous êtes Stephenson.

Le type eut l'air surpris.

— Comment le savez-vous ? Qui êtes-vous ?

Je m'assis, posai les pieds sur le sol et me frottai les cuisses et les bras pour les ranimer. Je contemplai notre cellule.

— Sean Reilly. FBI.

L'impression qu'on m'avait passé la bouche au papier de verre.

— Bon Dieu, mais que se passe-t-il ? demanda-t-il. Où sommes-nous ?

Il faisait bon, mais il y avait de l'humidité dans l'air, comme si elle suintait à travers les murs.

— Je dirais que nous sommes quelque part au Mexique.

Stephenson était stupéfait.

— Au Mexique ? Quoi ? Pourquoi ? Merde, mais pouvez-vous me dire ce qui se passe ? Je suis professeur à l'université, pour l'amour de Dieu. On doit me prendre pour quelqu'un d'autre…

Il me raconta qu'ils étaient venus le chercher, un matin, très tôt. Il ne se rappelait pas depuis combien de temps. Les jours avaient fini par se confondre. Ils l'avaient forcé à appeler sa secrétaire, puis l'avaient bâillonné et lui avaient mis un bandeau sur les yeux avant de le fourrer dans le coffre d'une voiture. On l'avait conduit quelque part, ils avaient descendu des marches et ils l'avaient attaché à un mur. Il était resté captif de motards qui n'avaient même pas pris la peine de lui laisser son bandeau, puis d'autres hommes étaient venus le chercher – des Latinos parlant espagnol et qui – puisque j'en parlais – étaient très probablement mexicains, en effet. Ils lui avaient fait traverser une salle dans laquelle gisaient les cadavres des motards, lui avaient remis son bandeau sur les yeux et l'avaient jeté dans une voiture qui l'avait mené jusqu'ici…

C'était à mon tour de donner des explications :

— Je suis le père d'Alex Martinez. Et… non, on ne vous a pas pris pour quelqu'un d'autre. Vous êtes ici – tout le monde est ici – à cause d'Alex.

Il était encore plus stupéfait.

Il semblait peu probable qu'on nous déménage dans l'immédiat. Je lui racontai donc ce que je savais.

Puis je lui demandai de faire de même.

Tess se réveilla dans un environnement très différent.

La pièce était meublée en vieil acajou, possédait des poutres apparentes, des rideaux de mousseline et de grandes fenêtres grâce auxquelles elle baignait dans une lumière dorée. Avec les chants d'oiseaux qui venaient des arbres luxuriants qu'elle apercevait à l'extérieur, Tess aurait pu se croire dans un hôtel cossu, et un peu somnolent… si ce n'était la présence de l'homme assis dans un fauteuil en face de son lit, et qui la contemplait avec une grimace indéchiffrable.

— Où suis-je ? demanda-t-elle, même si elle connaissait déjà la réponse.

— Vous êtes mes invités.

Puis, avec un sourire sans joie :

— Vous tous.

Tess s'assit, raide comme un piquet.

— Où est Alex ? Et Sean ?

— Alex va bien. Il dort encore. Je ferai en sorte que vous soyez avec lui quand il se réveillera.

Elle craignait la réponse à l'autre question.

— Et Sean ?

Il attendit un peu, comme s'il se demandait comment y répondre. Ou peut-être voulait-il simplement accentuer un peu son angoisse.

— Il est ici, confirma-t-il enfin. Il va bien.

Elle se détendit un peu.

Il l'observait, les yeux plissés.

— Vous savez pourquoi vous êtes ici, n'est-ce pas ?

Tess ne savait trop que dire.

— Oui, sans doute, répondit-elle au bout d'un moment, même si je ne suis pas sûre de croire à cette histoire…

— Oh, vous pouvez y croire, Tess. Là-dessus, faites-moi confiance. Tout est absolument vrai. Je le sais.

Son visage s'éclaira d'un léger sourire.

— Je suis passé par là. J'ai vu. C'est très, très réel.

Tess sentit que ses nerfs étaient tendus à mort.

— Comment le savez-vous ?

Il repoussa la question d'un geste, et se dirigea vers la fenêtre.

— Vous comprendrez. Avec le temps.

Le dos tourné, il ajouta :

— Pour vous, la question la plus appropriée est la suivante : « Pourquoi suis-je encore en vie ? » La réponse est très simple. Vous êtes ici parce que je veux qu'Alex soit détendu, suffisamment à l'aise pour que le docteur Stephenson puisse faire opérer sa magie et obtenir de l'enfant ce que j'attends de lui.

Il se tourna vers Tess, totalement inexpressif.

— C'est tout ce que vous valez, pour moi, vous comprenez ?

Tess le regarda. Sachant à qui elle avait affaire, elle se contenta d'acquiescer.

— Bien. Alors je vous conseille vivement de m'aider. Pas seulement pour votre bien. Mais pour le bien d'Alex. Je préfère que Stephenson obtienne les informations sans complications. En cas de problèmes je dispose d'autres moyens de rafraîchir la mémoire d'Alex. Des moyens particulièrement désagréables pour un enfant de quatre ans. Je vous invite donc instamment à aider Stephenson, et à aider Alex à se souvenir.

— Et après ? demanda Tess, sachant une fois encore ce qu'était la réponse.

Ce que serait en tout cas une réponse sincère.

Le sourire mince réapparut.

— Nous verrons bien. Aidez-moi à obtenir ce que je veux. Qui sait, alors, comment ça pourrait se passer ? Mais si vous me doublez… l'enfer que je vous infligerai sera pire que tout ce que vous pouvez imaginer.

Il la contempla un instant, sa menace planant dans la pièce. Puis il sortit, abandonnant Tess à sa terreur.

63

Stephenson me confirma tout ce que Tess avait déjà pigé.

Ce qu'il me raconta sur d'autres cas, ce qu'il m'apprit sur ses compétences dans un domaine qu'il connaissait sans doute mieux que personne… j'étais stupéfait, et profondément ébranlé. En dépit des circonstances, il s'exprimait avec calme, éloquence, et une cohérence qui exigeait l'attention. Le plus troublant était que tous les détails que je lui donnais à propos de McKinnon, y compris sur sa mort, collaient avec ce qu'il avait appris par le récit d'Alex des expériences de sa vie antérieure, jusqu'au casque que je portais lors de cette nuit d'enfer.

Je ne voyais pas comment cela pouvait être autre chose que ce qui me semblait pourtant toujours totalement impossible.

Je gardai longtemps le silence, afin de digérer tout ce que je venais d'entendre.

— Mais comment se fait-il que les gens n'en parlent pas ? Pourquoi votre travail n'est-il pas mieux connu ?

Il ricana.

— Ne me dites pas que cela vous étonne.

Je compris qu'il s'agissait pour lui d'une frustration de longue date.

— Je peux vous fournir toutes sortes de sondages montrant qu'un Américain sur quatre croit à la réincarnation, mais ce n'est qu'une réponse facile à une question rhétorique. Si vous creusez un peu, vous verrez que ceux qui disent y croire sont mal à l'aise. C'est réellement pour cette raison que l'on considère que mes travaux sont à la limite de la science. Personne ne veut y réfléchir. Pas sérieusement. Nos élites politiques, universitaires, religieuses… elles montrent toutes une résistance innée par rapport à ça. Cela va contre les fondements de trop de doctrines sacrées. Les chercheurs en médecine ne veulent pas en entendre parler à cause de leur certitude fondamentale, non négociable, que la conscience ne peut exister hors du cerveau. Quant aux gens de foi, leur éducation ne peut s'accommoder de choses si différentes de ce qu'on leur a enseigné toute leur vie, et cette idée qu'il existerait un monde après la vie qui n'a rien à voir avec le ciel ou l'enfer relève du blasphème pur et simple. Mais on ne pense pas ainsi dans le monde entier. Les bouddhistes et les hindous, par exemple, ont toujours cru à la réincarnation. Et ils représentent presque un quart de la population de cette planète. Nous parlons ici d'un nouveau paradigme. Cela met beaucoup de gens mal à l'aise. Surtout chez mes pairs – ce qui m'a toujours surpris. Les intellectuels sont censés avoir un désir insatiable d'explorer de nouveaux domaines et de mettre au jour les secrets de l'univers dans lequel nous vivons. Mais en dépit de toutes nos références, et de tout le soin que nous apportons à nos recherches, la plupart de mes confrères préféreraient mourir que de s'avouer publiquement d'accord avec moi. Le problème, c'est que même si nous avons une montagne d'indices démontrant que cela existe, nous n'en avons pas la moindre preuve, et nous n'avons aucun moyen d'expliquer comment cela se passe. Il n'existe aucune explication biologique, pas même une théorie tangible de ce que nous appelons « l'enracinement de l'âme » – le moment où une âme s'implante dans un fœtus, ou un embryon, voire plus tôt.

Il secoua la tête, avec un sourire peiné.

— Mais ça, c'est un autre problème.

Je repensai à toutes les séances de fécondation in vitro auxquelles j'avais participé avec Tess, et me remémorai tout ce qu'on nous avait expliqué.

— Nous savons que cela ne peut se passer pendant les quatorze jours qui suivent la conception, n'est-ce pas ? Pendant cette période, l'œuf n'est qu'un amas de cellules qui peut encore se scinder en deux pour concevoir des jumeaux. S'il y avait déjà une âme, avant cela, comment cette scission pourrait-elle avoir lieu ?

Stephenson sembla impressionné.

— D'un point de vue scientifique, vous avez raison, bien sûr. Mais des tas de gens pensent autrement, je suis sûr que vous le savez. Il reste que la question de savoir comment, quand et où une âme prend ses quartiers dans cet amas de cellules, comme vous dites, a déconcerté les plus grands esprits de l'histoire. Et la réponse est simple : personne n'en sait rien. Les Japonais croient que le siège de l'âme est l'estomac. C'est pourquoi ils s'ouvrent le ventre quand ils se suicident par *seppuku*. Descartes et la plupart des scientifiques qui lui ont succédé pensaient que l'âme se trouve dans le cerveau. Ce serait pour cette raison que certaines blessures à la tête entraînent des altérations de la personnalité. Mais où exactement, et qu'est-ce que ça veut dire ? Nous ne le savons pas vraiment. Des expériences qu'il a menées sur des grenouilles, Léonard de Vinci a conclu que l'âme réside précisément à la jonction de la colonne vertébrale et du cerveau. Certains chercheurs ont même essayé d'enregistrer le poids de patients agonisants, affirmant qu'on observe à l'instant de la mort une perte de poids – infinitésimale mais quantifiable. Il s'agirait selon eux du poids de l'âme qui quitte le corps de son hôte défunt…

— Vingt et un grammes ? fis-je avec un grognement, citant le cliché que j'avais maintes fois entendu.

— Plutôt vingt et un nanogrammes, fit Stephenson en haussant les épaules. Mais la vraie question, c'est celle-ci : une âme peut-elle vivre hors du corps ? La conscience peut-elle survivre hors du cerveau ? Certaines expériences extracorporelles – avérées par de nombreuses preuves – suggèrent une réponse affirmative. Nous connaissons de très nombreux cas de patients ayant bénéficié de greffes d'organes et qui s'approprient des traits de caractère et des souvenirs de leurs donneurs. Comment est-ce possible ? Et qu'est-ce que la conscience, sinon la mémoire et des traits de caractère ? Mais nous avons encore beaucoup de travail à faire avant de pouvoir le prouver… pour autant que ce soit possible. Et c'est d'autant plus difficile que dans notre pays, intellectuellement, c'est un sujet tabou. On pense que c'est réservé aux scénarios de films d'horreur et aux émissions de télévision. Mais dans de nombreuses cultures, la réincarnation n'est pas un tabou. Elle fait partie de la culture, de la religion. Le problème, il n'existe que chez nous. Ici… je veux dire aux États-Unis, corrigea-t-il, l'air sombre, les gens ne sont pas enclins à prendre au sérieux ce genre d'affirmations, ou à creuser le sujet. Si un gosse se met à tenir des propos bizarres, la première réaction des parents consiste à se dire que ça vient de son imagination, qu'il l'a vu à la télévision ou ailleurs – ou bien ils pensent que leur enfant est anormal et tentent de le dissuader de répéter ce genre de « non-sens ». Dans d'autres cultures, le réflexe des parents serait d'encourager l'enfant à leur en dire un peu plus sur ce qu'il sait, et ils se demanderaient s'il s'agit de signaux envoyés par une âme réincarnée. C'est dans cette direction qu'ils chercheraient. Et c'est un autre problème que j'ai essayé de soulever dans mon travail. Est-ce que cet appétit culturel pour le concept de réincarnation signifie que ces gens créent des liens et des explications qui corroborent leur théorie, ou sont-ils vraiment en train de résoudre quelque chose qui a besoin d'être résolu ?

— Il est étonnant que vous vous soyez accroché si longtemps, lui dis-je. Vu tous les problèmes que vous avez dû affronter.

Il poussa un long soupir, l'air lugubre.

— C'est dommage, vraiment. Que nous puissions avoir tant de préjugés, être si bornés vis-à-vis de ce que je crois être la plus grande question que nous nous posons. Mais ça a toujours été le cas, en particulier pour ce qui touche au monde non physique. C'est pourquoi nous en savons si peu. Mais, encore une fois, nous en savions très peu, récemment, sur le monde subatomique. Imaginez, juste un instant… si nous pouvions le prouver. Si nous avions des preuves que la réincarnation est une réalité, sans le moindre doute. Cela changerait tout. Des tas de gens la combattraient, bien sûr. Avec amertume. Avec colère. Mais quand ça rentrerait dans les mœurs, cela nous rendrait meilleurs. Toutes les grandes révolutions de la pensée ont abouti à cela. Elles nous ont rendus plus humbles, plus humains, en nous permettant de mieux comprendre ce que nous sommes, où est notre place dans l'univers. Copernic nous a guéris de l'illusion que nous étions au centre de l'univers. Darwin nous a montré que nous étions un tout petit fragment d'un système global fondé sur l'évolution. Freud a démontré qu'il y a en nous plus que l'ego, que nous subissons des influences inconscientes, et que cela nous incite à essayer de mieux nous comprendre. Ce serait donc un pas énorme dans ce sens. La mort est le plus grand mystère que nous connaissions. Et si l'on parvenait à prouver que la réincarnation existe vraiment, cela pourrait ouvrir la porte à une nouvelle exploration de… de tout.

Je ricanai.

— Mais ça n'arrivera pas, hein ? Quelles que soient les preuves que vous apporterez, les gens trouveront toujours un moyen de les démolir et d'affirmer que vous vous trompez.

Il haussa les épaules.

— Ça ne veut pas dire que je cesserai d'essayer.

Il regarda les murs autour de nous.

— En admettant que nous sortions un jour d'ici.

Je décidai de laisser ce problème en suspens, et revins à une question plus pressante à mes yeux :

— Comment Michelle a-t-elle réagi quand vous lui avez dit ?

— Elle était troublée. C'est toujours le cas, quand ça ne fait pas partie de notre culture. Mais elle n'a pas tardé à l'accepter. Elle avait l'esprit très large.

Cela ne m'étonnait pas.

— Et vous pensez que le cas d'Alex est probant…

Stephenson n'hésita pas :

— Oui. Pour moi, c'est un cas particulièrement intéressant. Il s'agit d'une renaissance plus ou moins immédiate… une âme qui trouve son nouveau refuge peu de temps après avoir perdu son ancien hôte. Il est né… un peu moins d'un an après le meurtre de McKinnon, non ? Cela n'arrive pas souvent. Généralement, il y a un trou, ce qui soulève d'ailleurs un autre problème.

— Où vont les âmes pendant ce laps de temps ?

— Exactement. Nous appelons cela « l'entre-deux », à défaut de mieux.

Debout près de la porte, il la fixait des yeux. Puis il se tourna vers moi.

— Vous croyez que nous sortirons d'ici vivants ?

— Je l'ignore.

En fait, non.

Il dut lire dans mes pensées, car il eut l'air découragé. Il se mit à respirer à fond pour retrouver son calme, et il se passa nerveusement les mains dans les cheveux.

— Mais quelle est cette drogue que ce psychopathe recherche ? Pourquoi a-t-il tellement envie de mettre la main dessus ?

J'entendis un froissement de l'autre côté de la porte, puis le bruit d'une clé dans la serrure. La porte s'ouvrit en grinçant.

— On ne va pas tarder à le savoir.

64

Les deux hommes de main au visage dur m'attachèrent les mains derrière le dos avec des menottes en nylon avant de nous sortir de la cellule, Stephenson et moi.

Nous avons emprunté un couloir humide surmonté d'une voûte centenaire. Il s'ouvrait de part et d'autre sur une série de portes dont les gonds et les serrures étaient semblables à ceux de la cellule que nous venions de quitter. Je soupçonnais que c'était l'endroit où Navarro avait enfermé les savants qu'il avait kidnappés au cours des mois et des années. Mais je ne vis aucun d'entre eux. L'endroit était silencieux et l'on y ressentait une antique solennité – ce qui, eu égard à l'usage qu'on en faisait, semblait assez pervers.

Au bout du couloir, on nous fit monter un escalier qui donnait lui-même sur un autre corridor, long et étroit. Celui-ci en revanche était surmonté d'un toit plat au-dessus d'une rangée de fenêtres à claire-voie. La lumière du soleil inondait les murs de stuc beige. La chaleur et l'odeur de l'air renforcèrent immédiatement mes soupçons. Il semblait bien que nous étions sur le territoire de Navarro. Pas très loin de la mer, sans doute. Ce qui ne m'était pas très utile. Même si c'était vrai, je ne voyais pas ce que j'aurais fait d'une telle information.

Nous avons traversé une pièce où semblait exposé je ne sais quel mécanisme antique, peut-être des meules du siècle dernier. Je me dis que nous nous trouvions dans une ancienne usine, ou un établissement agricole ou industriel, ce qui voulait dire que Navarro, quel que fût cet endroit, vivait au grand jour, au milieu de gens qui ignoraient sa véritable identité.

On nous fit passer une porte au cadre d'acier, qui donnait sur une salle à double hauteur sous plafond. Des petites fenêtres étaient percées à quatre mètres du sol. Les murs étaient couverts de rayonnages vides et défraîchis évoquant une vieille bibliothèque. L'homme que j'avais aperçu au refuge, dans le noir – et à l'envers –, était assis dans l'unique fauteuil placé au milieu de la pièce.

Raoul Navarro, sans l'ombre d'un doute.

El Brujo.

J'avais enfin l'occasion de contempler le barbare sans âme qui était à l'origine de tous nos ennuis, et je gravai dans ma mémoire le moindre de ses traits. Qui sait ? Même si je ne parvenais pas à l'arrêter dans cette vie, peut-être aurais-je, un jour d'une prochaine existence (si tout ce qu'ils disaient était vrai), l'occasion de me mesurer à lui. Il portait des vêtements décontractés mais coûteux, et il respirait la propreté – aux antipodes de l'état où je me trouvais moi-même. Avant de lever les yeux sur nous, il lisait un livre. En y regardant attentivement, je vis qu'il s'agissait du journal que j'avais vu dans le labo de McKinnon, cinq ans plus tôt.

Il avait suivi mon regard.

— Vous vous souvenez de ça, hein ?

Je me rappelais que nous l'avions emporté, cette nuit-là. Je me rappelais aussi comment il l'avait repris à Corliss. Mais j'avais des questions bien plus pressantes à poser :

— Où sont Alex et Tess ? fis-je en me portant vers lui.

Un des hommes de main me rattrapa et me tordit méchamment l'épaule. La douleur me paralysa.

— Ils vont bien, répondit froidement Navarro. Pourquoi ça n'irait pas ? J'ai besoin d'eux. Vous feriez mieux de vous inquiéter de votre sort, l'ami. C'est vous, ici, qui n'avez aucune valeur.

Il regarda de nouveau le journal.

— C'est drôle de voir comme les choses ne changent jamais vraiment, même après toutes ces années…

Il agita légèrement le journal.

— Ce jésuite, Eusebio de Salvatierra… il voulait emporter sa découverte en Europe et la partager avec le monde entier. Il voulait que l'on sache que la mort n'est pas la fin de tout. Mais on l'en a empêché.

Il me regarda, d'un air curieux.

— Pourquoi les gens s'accordent-ils toujours le droit de dicter à autrui ce qu'il a le droit ou pas le droit de faire pour lui-même ?

Je restai impassible, puis je feignis de comprendre :

— C'est une question rhétorique, ou vous attendez vraiment une réponse ?

Ça ne sembla pas l'amuser.

— Eusebio a dû s'enfuir et se cacher, et il n'a jamais pu propager sa grande découverte. Il n'a plus fait rien d'autre que d'écrire dans ce journal, jusqu'à la fin de ses jours.

Il sourit.

— J'ai l'intention de finir ce qu'il a commencé.

— C’est donc ça, le but ? Aider le reste de l’humanité à perdre l’esprit ?

Il me jeta un regard narquois.

— Perdre l’esprit ? Est-ce que vous avez lu ça, au moins ?

Je secouai la tête, soudain mal à l’aise.

— Non. C’est la DEA qui l’avait. Ils nous ont dit que c’était parfaitement inutile, qu’il n’y avait là absolument rien qui présente le moindre intérêt…

— Inutile ? répéta Navarro en souriant à nouveau. Peut-être. Mais intéressant, sûrement… très intéressant, même. La seule chose qu’on ne dit pas, malheureusement, c’est comment fabriquer cette saloperie de drogue…

— Quelle drogue ? demanda Stephenson. Quel effet produit-elle, au fait ?

— Oh, je crois que vous devriez apprécier cela, docteur, plus que n’importe qui. Cette drogue, cette concoction miraculeuse sur laquelle sont tombés par hasard Eusebio et McKinnon… Elle permet… elle vous permet de revivre vos vies antérieures.

65

Les derniers mots de Navarro restèrent suspendus dans l'air comme les balles de revolver dans les films de la série *Matrix*.

Stephenson et moi en restions cois.

Ce qui sembla réjouir Navarro au plus haut point.

— Vous voyez ? Votre réaction, *amigos*, montre bien pourquoi elle va avoir un succès à tout casser, pourquoi tout le monde va vouloir l'essayer, même des gens qui ne se droguent pas d'habitude. Parce que c'est exactement ce qu'elle fait. Le voyage mental ultime. Elle vous embarque des années, des décennies, voire des siècles dans le passé… Elle vous fait vivre des moments d'existences que vous ignoriez avoir vécues. C'est comme un voyage dans le temps à l'intérieur de votre crâne, vers des endroits réels, des souvenirs, des sentiments et des gens réels… C'est comme un rêve, mais bien plus clair, plus vivant, et… et ce n'est pas imaginaire. Ce que vous ressentez est vraiment arrivé…

— Comment le savez-vous ? demandai-je. Comment savez-vous que ce n'est pas un effet de l'imagination ?

— Oh, je connais la cryptomnésie, rétorqua-t-il en se tournant vers Stephenson en quête d'une confirmation. Je connais tous les arguments contre la « régression vers la vie antérieure »… que tout ce qu'on se rappelle sous hypnose n'est rien d'autre que des choses au hasard, qu'on a lues ou vues à la télévision, qu'on a entendues puis oubliées, des souvenirs perdus depuis longtemps que la thérapie par régression va chercher dans les replis de notre esprit pour les ramener à la surface. Mais ce ne sont pas des fantasmes. Croyez-moi. J'en ai pris. Je l'ai essayée, et plus d'une fois. Et je connais la différence entre un fantasme et la réalité. Ce que cette drogue met au jour, ce que vous ressentez… l'émotion, la richesse de l'expérience, la précision des détails, jusqu'aux odeurs… Cela dépasse l'imagination. Comme si vous y étiez. Et c'est palpable. C'est assez précis pour vous donner envie de faire des recherches. Des souvenirs, des noms et des endroits précis. C'est ce que j'ai fait. J'ai creusé.

— Vous avez fait des recherches sur les vies antérieures que vous avez revécues sous l'emprise de la drogue ? demanda Stephenson.

La fierté éclaira le visage de Navarro.

— Bien sûr.

Il toisa Stephenson, comme pour le défier de poser la question suivante. Ce que fit le psy, sans attendre :

— Et alors ?

— J'ai découvert qui j'ai été. Où et quand j'ai vécu. J'ai fait des découvertes… étonnantes. La révolution… la lutte contre les *rurales*. Et avant cela, ici même, dans cet endroit…

Il écarta les bras, nous montra les murs qui nous entouraient.

— Cette hacienda. Pourquoi croyez-vous que je l'ai achetée ? Pourquoi croyez-vous que j'ai choisi cet endroit ? J'étais ici, fit-il en souriant. Dans ce lieu précis, il y a cent ans. Je travaillais comme esclave dans les champs alentour, récoltant le cactus *henequen* pour le compte de Don Francisco Mendoza, le *hacendado*. Je peux vous expliquer comment fonctionnait la déchiqueteuse que vous avez vue en arrivant, tout à l'heure. Je peux même vous dire quel bruit elle faisait. Et je peux vous assurer que je ne savais rien de cet endroit, ni de Mendoza ni du *henequen* avant d'essayer la potion magique de McKinnon. Absolument rien. Est-ce que vous pouvez m'expliquer comment cela aurait été possible, sans cette drogue ?

À l'écouter, j'étais étourdi. Si tout cela était vrai, ça changerait toutes les règles du jeu, à tous points de vue. Mais nous n'en étions pas là. Cet homme était un psychopathe, et il ne lui coûterait pas de mentir. Pour un vrai sceptique comme moi, il faudrait plus que le discours d'un narco cinglé pour me convaincre que toute cette histoire était vraie.

Mais si c'était vrai… les conséquences étaient inimaginables.

Je jetai un coup d'œil vers Stephenson. Il était très concentré, visiblement impressionné par ce qu'il entendait. J'étais mal à l'aise. Navarro agitait devant lui le gros lot qu'il avait attendu toute sa vie. La preuve de la réincarnation. La justification de l'œuvre d'une vie.

Je me demandai si mon compagnon de cellule n'était pas sur le point de rejoindre le côté sombre.

— Vrai ou faux, dis-je, il ne va pas être facile de le prouver.

Navarro haussa les épaules.

— Quand des milliers de personnes commenceront à en prendre, ils se poseront des questions sur ce qu'ils ont vu, ils feront des recherches et je parie qu'ils trouveront assez de preuves pour comprendre que ce qu'ils ont vu a vraiment eu lieu. Le spectacle sera sûrement très drôle. Et même s'il est impossible de le prouver, même si certains continueront d'affirmer obstinément que ça n'existe que dans notre imagination… peu importe. Ce ne sera rien de plus qu'un foutu trip. Sans doute meilleur que ce qu'offre n'importe quel autre cachet.

Je comprenais la logique de son discours. Qu'elle permette ou non aux consommateurs de plonger dans leurs vies antérieures – en supposant que ce soit possible –, il serait de toute façon difficile d'y résister.

Stephenson me surprit. Il n'était pas aussi emballé que je l'avais cru.

— Fondamentalement, c'est donc une sorte d'alcaloïde psychoactif ?

Navarro acquiesça.

— Oui. Mais la composition exacte est encore un mystère.

Stephenson grimaça.

— Quoi ? fit Navarro.

— Si la drogue produit cet effet-là, répondit Stephenson, vous ne pouvez pas la lâcher comme cela dans la nature. Elle doit faire l'objet d'essais dans les règles. Une drogue capable d'ouvrir des portes dans l'esprit… peut être très dangereuse. Si elle donne vraiment accès à des expériences de vies passées, elle peut ramener à la surface des souvenirs effacés dont il vaudrait sûrement mieux qu'ils le restent. Les souvenirs de vies antérieures réapparaissent en général à cause d'un traumatisme, et ramener ces… ces épiphanies psychiques risquerait de vous déséquilibrer et d'expédier brutalement votre esprit vers, je ne sais pas, une sorte de chaos primitif. Vous pourriez devenir quelqu'un que vous n'avez pas du tout envie d'être, et avoir une vie infernale...

Cette perspective n'inquiétait apparemment pas Navarro.

— Il y a des bons trips et des mauvais trips. Des tas de gens préfèrent ça à pas de trip du tout.

Stephenson était stupéfait.

— Oui... mais c'est un trip qui peut en faire des épaves mentales !

Navarro haussa les épaules.

— La vie, c'est une suite de choix, non ?

— Alors tout cela... rétorqua Stephenson. Alex... me kidnapper pour m'amener ici... Vous pensez vraiment qu'il peut vous aider à retrouver la formule de cette drogue ?

— Pourquoi pas ? Il se rappelle tout le reste.

Navarro agita le journal.

— Les écrits d'Eusebio sont très éclairants pour ce qui concerne son expérience. La seule chose qu'il n'a pas écrite, c'est la manière de fabriquer cette drogue.

— Mais McKinnon l'a trouvée, ajoutai-je. Il a retrouvé la tribu dont parle Eusebio dans son journal.

— Oui. C'était son obsession. Pendant des années, il a suivi la piste d'Eusebio. Et il y est arrivé.

Navarro me jeta un regard glacial.

— Et vous êtes venus jusqu'ici, vous l'avez tué et vous m'avez enlevé la drogue.

Il en fallait plus pour m'émouvoir.

— Et vous, vous vous êtes mis à la poursuite d'Alex.

— Je ne voulais pas perdre des années, et la tribu de McKinnon ne voulait pas qu'on la trouve. Je savais que la mission d'Eusebio se trouvait sur le territoire des Wixaritari. Ça figure dans son journal, et c'est de là que McKinnon a commencé à suivre sa piste. La tribu venait des montagnes autour de San Luis Potosi, et ils s'étaient enfuis vers l'ouest pour échapper aux conquistadors. C'est là, à Durango, qu'Eusebio a fondé sa mission. Puis les jésuites ont été expulsés par le roi d'Espagne et les Indiens se sont retrouvés à la merci des mineurs qui voulaient les utiliser comme esclaves. Ils se sont éparpillés à nouveau et ont fini par s'égailler un peu partout. On en trouve encore quelques-uns çà et là. De nos jours, on les appelle les Huichol…

« J'ai engagé des anthropologues pour essayer de retrouver la piste de McKinnon, poursuivit-il. Nous sommes allés vers le sud, où nous avons parlé à des tribus Huichol et Lacandon, dans la forêt proche du Chiapas. Là où McKinnon prétendait avoir découvert la formule. Nous avons retrouvé des Indiens qui se rappelaient l'avoir rencontré, qui se souvenaient de lui, de son vieux journal et des questions qu'il posait. Puis la piste s'est refroidie. Nous n'avons pas retrouvé la tribu qui nous intéressait, encore moins le chaman qui lui avait montré comment fabriquer la drogue. Qui sait ? Peut-être avait-il menti, quant à l'endroit où elle se trouvait. Tout ce qui me reste, c'est ça…

Navarro prit un petit tube en acier, scellé, de la taille d'un gros cigare.

— Là se trouve le reste de ce que McKinnon m'a donné.

— Alors vous avez commencé à enlever des chimistes pour les obliger à la fabriquer, avançai-je.

— Ils en étaient incapables. Tous. Ils n'ont pas pu identifier tous les composants, ni les réactions chimiques qui produisaient la drogue. Je perdais patience. C'est alors que j'ai entendu parler d'Alex et de ses séances dans votre cabinet, docteur, dit-il à l'adresse de Stephenson.

Son regard se tourna de nouveau vers moi.

— Et j'ai appris qu'Alex était votre fils, dit-il, le visage illuminé. Les astres étaient dans l'alignement. Un karma parfait.

— Comment ? demanda Stephenson. Comment avez-vous appris que je soignais Alex ? Mon travail n'est pas public…

— Vous faites autorité en matière de réincarnation, docteur. J'en sais probablement plus que vous sur votre propre travail.

Il eut un sourire suffisant, glacé.

— Les ordinateurs de l'université ne sont pas aussi bien protégés qu'on le pense. Un hacker n'a eu aucun mal à me faire accéder à votre disque dur. J'ai lu tout ce qui concernait votre travail du moment, tous les mails à votre « cercle fermé » de chercheurs…

J'étais toujours en train de penser ce que Navarro nous avait expliqué à propos de cette drogue. Elle permettait de revivre des vies antérieures. Et il allait s'en emparer grâce à l'expérience de vie antérieure de quelqu'un (mon fils !), qui était la réincarnation du type qui avait possédé la formule.

Le sang battait derrière mes tempes.

Navarro s'approcha de Stephenson et lui passa un bras autour du cou.

— Docteur, j'ai besoin de vous pour obtenir cette formule d'Alex. Vous allez m'aider à prouver que je n'ai pas perdu mon temps. Je peux être très généreux. Je peux aussi être très désagréable.

Il prit le menton de Stephenson et serra très fort.

— Et pour bien me faire comprendre, je veux que vous regardiez très attentivement… Il est dommage que tout cela ne soit que des mots, pour vous, poursuivit-il en se tournant vers moi. Au moment où votre âme s'apprête à faire son dernier voyage. Un voyage sans retour…

Navarro ouvrit un coffret de bois recouvert de sculptures complexes. Il en sortit un tuyau de silicone, un bol en terre cuite, un bâton de bois sculpté et cinq fioles en grès. Il s'accroupit et se mit à verser dans le bol le liquide contenu dans les fioles, tout en marmonnant des paroles incompréhensibles. La concoction, qui avait la consistance de la boue, prit une teinte écœurante de moutarde.

Ses hommes prirent position à ma gauche et à ma droite, et m'entraînèrent vers une lourde chaise de bois. Je décidai de ne pas leur faciliter la tâche. Je bousculai le premier d'un coup de l'épaule droite, à la manière d'un linebacker. Mon poids nous entraîna tous les deux jusqu'au mur, contre lequel je l'écrasai du mieux que je pus, expulsant l'air de ses poumons.

C'est alors que je sentis une douleur fulgurante au bas du dos. Le second tueur m'avait frappé à la volée avec un tuyau métallique. Il remit ça aussitôt, au même endroit. Je tentai de me retourner, mais le comparse que j'avais poussé contre le mur me saisit les bras et les immobilisa. Le voyou au tuyau de métal le balança une troisième fois, pour faire bonne mesure. La douleur m'arracha un hurlement et je m'écroulai sur le sol en gémissant.

Ils me soulevèrent en me prenant par les aisselles et me traînèrent jusqu'à la chaise. Navarro se tenait à côté. Ils m'attachèrent. Mon dos qui enflait déjà appuyait douloureusement contre le dossier de bois, ce qui n'arrangeait rien.

Un des voyous me prit le menton d'une main et m'écrasa le nez de l'autre pour m'obliger à ouvrir la bouche. D'un geste adroit, Navarro m'introduisit le tuyau dans la gorge. Je résistai au besoin de cracher, mais je ne pouvais pas respirer. Ma gorge essaya en vain d'expulser le corps étranger qu'on y insérait de force. Navarro retint le bout du tuyau jusqu'à ce que je sois obligé de déglutir. Alors il continua de le pousser vers mon estomac.

L'homme me lâcha le nez, ce qui me permit de respirer à fond plusieurs fois. Puis les deux voyous s'écartèrent de la chaise et Navarro vint se placer en face de moi.

— Vous m'avez vraiment emmerdé dans cette vie, et je ne tiens pas à ce que votre âme vienne me créer des problèmes dans le futur. Après votre mort, elle doit en effet passer de votre corps dans celui de quelqu'un d'autre. D'une vie à l'autre. Mais l'âme peut aussi être anéantie. Il faut pour cela qu'elle abandonne le corps et ne trouve pas le chemin du retour. Et que la douleur soit telle qu'elle n'ait d'autre choix que de s'éteindre, comme si l'on avait soufflé une flamme.

Il souleva le bol.

— Cela forcera votre âme à quitter votre corps. Puis ça l'attaquera avec une telle violence, une telle brutalité, que la seule manière pour elle de mettre fin au supplice sera de provoquer sa propre mort. Si votre âme meurt avant votre corps, le lien entre le monde des âmes et celui de la matière sera rompu à jamais. Votre chaîne de naissance et de mort mourra avec vous. Ce sera fini. L'obscurité absolue elle-même vous sera interdite.

Il se mit à remuer sa mixture dans le bol.

— Sans doute n'en croyez-vous pas un mot. Je n'ai moi-même aucun moyen de savoir si c'est vrai ou pas, ou s'il s'agit d'une superstition du chaman qui m'a enseigné cela. Mais ça n'a pas vraiment d'importance car, dans tous les cas, vous serez mort. Et ça me suffira amplement.

66

Je sentais le tuyau qui écrasait mon œsophage. J'avais désespérément envie de recracher, mais j'essayais de ralentir ma respiration pour atténuer la douleur. Navarro avait fini de remuer sa concoction moutarde. Il hochait la tête, visiblement satisfait de sa préparation. Stephenson ne le quittait pas des yeux, le visage pâle, terrifié.

En un mot, nous étions foutus. Il n'y avait aucune issue. Tess et Alex mourraient – lentement –, et sans doute ne serait-ce pas encore fini. Le monstre se lancerait probablement à la poursuite de Kim. On récolte toujours ce qu'on a semé. Avec des intérêts.

Je fermai les yeux, et pour une raison parfaitement incongrue l'envie me vint de voir un prêtre. Cette idée me rasséréna. Navarro dut remarquer que mon expression se modifiait, même si le tuyau me rendait à moitié méconnaissable. Il avait l'air narquois. Il devait se demander pourquoi je ne me pissais pas dessus, pourquoi je ne le suppliais pas de m'épargner.

Ce qui me faisait le plus mal, c'était de ne pas pouvoir dire adieu à Tess.

— Prêt ? fit-il, comme si un « non » aurait changé quoi que ce soit.

Il leva l'extrémité du tuyau et commença à verser le liquide visqueux. Je voyais la mixture couler goutte à goutte dans le tuyau. Encore quelques secondes et elle pénétrerait dans mon corps. Et dans quelques minutes elle se mélangerait à mon sang. Je ne pouvais absolument rien faire, aucun mouvement de Ninja fantasque ne pourrait, en quelques instants, libérer mes bras et massacrer mes bourreaux. Je commençai à me résigner. Une autre pensée bizarre me traversa alors l'esprit. Pour la première fois de ma vie, je regrettais de n'avoir pas pris un peu plus de bon temps à l'université. J'avais essayé une ou deux fois de prendre des hallucinogènes, j'avais donc une vague idée de ce qui allait se passer. Ça aurait pu atténuer un peu ma peur. Et apparemment je n'aurais même pas droit à une nouvelle vie.

J'avais les yeux fixés sur la boue qui coulait lentement dans le tuyau, quand un bruit assourdissant retentit, accompagné par un éclair de sodium.

Une flashbang.

La maison tout entière trembla.

Navarro lâcha le bol et tourna la tête, stupéfait...

Il y eut une seconde explosion, presque plus forte que la première. Je me jetai de tout mon poids vers la gauche. La chaise bascula, juste au moment où un objet vola dans la pièce. Une nouvelle grenade incapacitante projeta sa lueur aveuglante.

Elle fut suivie immédiatement d'une rafale de mitraillette, à l'extérieur du bâtiment.

Là où j'étais, écrasé au sol, je ne voyais pas grand-chose. Mais je devinais les mouvements frénétiques qui se succédaient dans la pièce. Navarro était peut-être cinglé, mais il avait déjà montré qu'il savait faire preuve de pragmatisme quand il s'agissait de sa propre survie. Je les vis, lui et ses hommes de main, disparaître par une porte située à l'autre extrémité de la pièce.

Puis une voix familière aboya :

— Relevez-le ! La cible se dirige vers le bâtiment principal ! Vous, allez-y !

Deux soldats vêtus de la tenue noire des Forces spéciales me surplombaient. Je sentis qu'on me libérait les bras et qu'on ôtait lentement le tuyau de ma gorge. Je vomis la bile qui s'était accumulée. J'avais le crâne en compote. Ils m'accordèrent trois secondes pour reprendre mes esprits et me soulevèrent. Je me retrouvai en face de Munro.

— Tu es d'attaque ? fit-il.

J'avais l'impression qu'on s'était servi de ma tête dans une partie de flipper géant.

— Comment tu nous as retrouvés ?

Il éluda la question avec une grimace.

— C'est une longue histoire…

— Alex, Tess… Où sont-ils ?

— Dans le bâtiment principal.

J'étais stupéfait.

— Ils ne sont pas avec vous ?

— Ils sont dans le bâtiment principal, répéta-t-il, d'une voix dure, un peu plus lentement, comme si j'avais du mal à en comprendre la signification.

J'étais furieux.

— Pourquoi ne les avez-vous pas récupérés d'abord ?

— Merde, *amigo*, tu allais crever ici. Tu as vraiment envie de contester mes décisions ?

Incrédule, je lui jetai un regard furieux.

— Il est où, ce foutu bâtiment ?

— Suis-moi.

— Il me faut une arme…

Munro fit basculer sa mitraillette MP-4 sur le côté, sortit son Glock de son étui et me le tendit.

Il partait déjà vers la sortie lorsqu'un détail me revint.

— Attends ! beuglai-je.

Je parcourus la pièce du regard, en quête du tube d'acier inox que Navarro nous avait montré.

— La drogue ! Il y a un échantillon, là, quelque part…

Tout à coup je le repérai.

Aux pieds de Munro.

Il suivit mon regard, ramassa le tube. Il le mit dans sa poche avec un sourire satisfait.

— On y va ! gueula-t-il avant de sortir, en direction de la maison.

J'étais sur ses talons.

Nous prîmes un passage étroit menant à un vieil escalier, qui nous conduisit à l'extérieur. Penchés en avant, nous longeâmes en courant un chemin qui traversait un espace découvert de la taille d'un terrain de football, en direction de l'hacienda. Ce faisant, je repérai plusieurs hommes de l'unité de Munro, à couvert derrière un abreuvoir en pierre, pris dans une violente fusillade avec des sbires de Navarro, pour certains abrités derrière un pick-up.

Munro ne leur accorda pas un regard. Nous courions vers la maison.

Nous nous trouvions à plus de cent mètres de l'entrée principale du bâtiment lorsque je vis Tess. Elle avait le visage ensanglanté, mais elle courait et ne semblait pas grièvement blessée. Il ne m'en fallait pas plus pour comprendre que Navarro s'était emparé d'Alex, et que Tess avait été impuissante à l'arrêter. J'agitai le bras qui tenait le revolver et lui criai :

— Baisse-toi !

Le bruit d'un moteur qui s'emballe domina soudain celui de la fusillade. Il venait de l'autre côté de ce qui ressemblait à des écuries abandonnées, à gauche de la maison. Sur la gauche d'un passage en arcades, j'aperçus une Jeep qui venait de démarrer en trombe et s'éloignait de nous.

Navarro. Et Alex.

Munro fit un signe, vers l'autre côté de la maison.

— J'ai vu deux quads, là-bas, près du cimetière !

Sans attendre ma réponse, il partit à toutes jambes vers la poignée de pierres tombales brisées qu'on apercevait sur le côté de la maison. Tous mes muscles me criaient que j'aurais dû courir dans la direction du bruit de moteur. Si nous perdions de vue Navarro et Alex, je craignais que nous ne les retrouvions jamais. Mais Munro avait raison. À pied, nous n'aurions jamais rattrapé la Jeep. Je ne pouvais pas non plus perdre du temps en rejoignant Tess, malgré mon envie. À mon grand désespoir, ce serait pour plus tard. Je m'efforçai d'oublier mon dos endolori et mon crâne torturé, et de courir le plus vite possible.

Je rattrapai Munro tout au bout du cimetière. Il avait démarré la première moto et me criait de me hâter.

Je sautai sur le deuxième quad, démarrai sans attendre et fonçai sur les traces de la Jeep, suivi de Munro à moins de dix mètres derrière moi.

Nous arrivâmes à la hauteur d'un grand bâtiment de pierre délabré, puis à l'extrémité opposée de l'espace rectangulaire. Il était évident que les hommes de Munro étaient en train de remporter la bataille qui les opposait aux tueurs de Navarro. Les cadavres de deux des voyous gisaient derrière le pick-up criblé de balles – et qui ne reprendrait pas la route de sitôt.

Je fis ronfler le moteur du quad et fonçai vers les écuries. Munro roulait à ma hauteur, maintenant.

En doublant les écuries, nous vîmes le nuage de poussière soulevé par la Jeep. Navarro venait de disparaître derrière l'épais bouquet d'arbres qui marquait la limite de l'enceinte.

La route traversait la lourde végétation qui laissait à peine passer la lumière. Dans une quasi-obscurité, nous serpentions sur des corniches en zigzag. Quelques minutes plus tard, nous débouchâmes sur une clairière inondée de soleil. Je freinai brutalement.

Trois routes partaient de là, dans trois directions différentes.

Je n'avais aucun moyen de savoir laquelle des trois Navarro avait prise.

67

Je coupai mon moteur et fis signe à Munro de m'imiter – je me disais que nous pourrions entendre la Jeep et connaître ainsi la direction qu'elle avait prise –, mais il n'en fit rien. J'allais lui demander ce qu'il foutait, quand il sortit un appareil de la poche de cuisse de son battle-dress noir. Il ouvrit l'étui de plastique et regarda l'écran. Je me demandais toujours comment il était parvenu à nous retrouver. Clairement, Munro lisait dans mes pensées.

— Predator, fit-il en montrant le ciel.

Il se concentra sur son écran.

Je levai les yeux vers le ciel d'un bleu féerique. Je ne voyais aucun drone.

— Un des nôtres ? demandai-je.

— Oh, ce ne sont pas les *federales*, c'est sûr, fit-il sans lever les yeux de son écran.

— Vous nous avez tracés ? Depuis quand ? Pourquoi vous ne nous avez pas récupérés avant que nous quittions le sol américain ?

Il me jeta un regard puant le mépris.

— Nous ne savions pas si Navarro était là. Quel est le problème ? Tu es toujours en un seul morceau, non ?

— Hé, ducon ! Navarro a enlevé Alex.

Haussant les épaules, il fourra l'appareil dans sa poche.

— Par là.

Il désigna la route de gauche, qui semblait quitter le plateau pour plonger vers un niveau inférieur.

J'avançai mon quad et lui coupai la route. Je lui jetai un regard mauvais.

— Alex est la priorité absolue, quoi qu'il arrive.

Il leva les mains, dans un geste de feinte soumission.

— Absolument.

Je ne le croyais pas, et ça devait se voir.

— Quoi-qu'il-arrive.

— D'accord, mon pote ! protesta-t-il.

Je n'étais toujours pas convaincu, mais il me faudrait faire avec.

Je mis les gaz et repartis en trombe, Munro dans mon sillage.

La route se mit à descendre et se transforma en une piste de terre si étroite qu'il nous était impossible de rouler de front. Elle était à peine assez large pour laisser le passage à une Jeep. Mais la nuée d'oiseaux qui venait de s'envoler, huit cents mètres devant nous, semblait confirmer que Navarro n'était pas loin.

Nous suivîmes la piste jusqu'à la fin des arbres, et nous retrouvâmes à découvert. Avec une idée plus précise des lieux, je compris que la piste que nous avions empruntée longeait le bord d'un large ravin. Devant nous, elle formait une épingle à cheveux au pied d'une muraille rocheuse qui fermait le ravin à l'autre bout.

Après avoir négocié le tournant à cent quatre-vingts degrés, nous fûmes récompensés par un panorama donnant sur toute la longueur de la vallée, totalement ouverte à l'autre bout, même si le ravin se rétrécissait avant d'y arriver. Visiblement, c'était l'objectif de Navarro, et l'endroit parfait pour se faire évacuer par hélico. Isolé et totalement indécelable, le ravin étoufferait le bruit du rotor, et il était sûrement invisible des airs grâce au couvert de la jungle environnante.

Je vis en effet un hélico au sol, rotor en mouvement, dans un espace découvert tout au fond de la ravine. La Jeep fonçait vers lui, hors d'atteinte.

Fou de rage, j'actionnai au maximum la poignée des gaz. Mon moteur rugit tandis que je dévalais la piste, tirant du quad tout ce qui était possible, dérapant dans les virages à la limite de chavirer, le corps penché à l'extérieur pour faire contrepoids, le cœur battant à tout rompre…

J'arrivai dans la clairière, droit sur l'hélico, au moment où Navarro et ses deux hommes de main quittaient la Jeep en se bousculant. Navarro tenait Alex. On m'avait vu, bien sûr. Navarro entraîna Alex vers l'hélico, tandis que les *pistoleros* se positionnaient devant le véhicule, leurs armes pointées dans ma direction.

Je me penchai en avant et continuai à foncer.

Des balles sifflaient autour de moi, mais je parvins très vite à leur hauteur. Je heurtai violemment le premier, qui s'envola littéralement avant de disparaître derrière moi, et je bloquai les freins tout en tournant le guidon au maximum. Je sautai du quad avant même l'arrêt complet, me détournai pour me jeter sur le second tueur… et le vis tomber. Munro, toujours sur sa moto, venait de le descendre.

Je me ruai en direction de l'hélico. Navarro et Alex y étaient presque, tandis que le rotor agitait l'air tout autour de nous en soulevant un nuage de poussière infernal.

— Stop ! hurlai-je.

Navarro se tourna, me jeta un regard dantesque…

Il tira brusquement Alex devant lui, véritable bouclier humain de quatre ans – d'une efficacité douteuse, le gosse lui arrivant à peine à la taille et laissant son torse à découvert. Il n'en pressait pas moins un couteau sur le cou d'Alex, et je me retrouvai comme paralysé, en repensant à ce qui était arrivé à la petite fille de Corliss.

— Holà ! Tout le monde se calme, ici, d'accord ? cria Munro.

Il s'approcha de moi d'un air nonchalant. Le bras qui tenait son arme était tendu vers Navarro. De l'autre, il faisait un geste d'appel au calme.

— C'est le moment de souffler un peu, les mecs !

— Posez vos armes, ou le gosse est mort ! hurla Navarro, en reculant lentement vers la cabine de l'hélico.

J'avais les membres paralysés par la terreur. Du coin de l'œil, j'apercevais l'air impassible de Munro. Et quelque chose ne collait pas.

— Personne ne va nulle part, dit-il à Navarro. Tu poses ton couteau de merde et tu amènes ton cul par ici… ou c'est moi qui descends le gosse.

Il baissa légèrement son arme.

Maintenant, il visait Alex.

68

Je n'en croyais pas mes yeux. Je fis pivoter mon revolver vers Munro.

— Quoi ?

Il avait ce sourire que je ne supportais pas.

— Désolé, mon vieux. Pour moi, il vaut beaucoup plus cher vivant que mort.

Il semblait vraiment jouir de ma confusion, laquelle sembla se dissiper d'un coup, l'hypothèse la plus dégueulasse prenant presque immédiatement sa place. Navarro s'était enfui avec plusieurs centaines de millions de dollars du cartel…

— Ils te paient combien ?

Il eut un sourire.

— Cinq pour cent.

Dans les quinze millions de dollars.

Il attendit quelques secondes, comme pour laisser s'imprimer l'information, et ajouta :

— Tu ne crois tout de même pas que j'ai accepté toutes ces conneries juste pour aider un vieux fou aigri à se venger ?

Alors, tout alla très vite.

Je vis Munro sourire, compris qu'il n'avait vraiment plus besoin de moi. Son arme pivota lentement, elle ne visait plus Navarro mais se tournait vers moi…

Du coin de l'œil, je remarquai que la main de Navarro se détendait et s'éloignait du cou d'Alex… et je fis feu sur le tueur.

Je vis son épaule droite tressaillir comme si elle avait été heurtée par une masse et dans la même seconde, tout en hurlant à Alex, terrifié : « Cours, Alex ! », je me jetai sur Munro, stupéfait.

Sous le choc, nous lâchâmes tous deux nos armes, roulâmes au sol, dans les broussailles, échangeant coups de poing et coups de pied. Munro parvint à se relever le premier, prit son élan pour me frapper à la tête, mais je roulai vers la droite et sa lourde botte traversa l'air à l'endroit où se trouvait mon crâne une fraction de seconde plus tôt.

Je me remis péniblement sur pied, repris mon souffle et jetai un coup d'œil vers Alex. Il ne s'était pas enfui. Il se débattait avec une incroyable sauvagerie, mais Navarro le tenait solidement et le poussait dans l'hélico. Munro se rappela à mon bon souvenir en me balançant un revers du pied à la poitrine. J'absorbai une partie de la force de son coup de pied avec mon dos déjà bien amoché et le frappai au menton avec mon coude droit.

Il tituba.

Je fis un pas en avant et lui balançai mon pied gauche dans le genou droit. Il se plia vers l'avant, je lui expédiai dans la nuque un coup de mes deux poings réunis, ce qui l'envoya rouler dans la poussière.

Je me jetai sur lui. À cheval sur son torse, je lui martelai le crâne de coups de poing, des deux côtés, mais le salaud était du genre indestructible. Il réussit à détendre son genou et me cogna le dos. À l'endroit précis où l'homme de main de Navarro m'avait travaillé au tuyau métallique. Une douleur terrible, qui m'arracha un grognement. Cela sembla requinquer Munro, qui entreprit de me bourrer de coups de genou au même endroit, apparemment inconscient des coups dont je lui martelais le visage…

Un spasme me secoua le bas du dos. Je crus que j'allais m'évanouir. Tout en me tortillant sur lui pour l'empêcher de m'expédier un nouveau coup, je lui saisis la tête à deux mains, la soulevai et l'écrasai contre le sol. Encore, et encore…

Le hurlement assourdissant de l'hélico m'arracha à ma transe, me faisant comprendre qu'il était en train de décoller.

La seule chose qui me vint à l'esprit, c'était que j'allais perdre mon fils pour toujours.

Hors de question.

Comme c'est le cas pour toutes les décisions importantes qu'on prend dans sa vie, mon cerveau avait envoyé ses instructions à mon système nerveux central avant de daigner m'en informer. Avant de réaliser ce que j'étais en train de faire, j'avais ramassé mon Glock, l'avais fourré dans mon pantalon, m'étais projeté vers l'oiseau qui décollait et avais bondi en l'air pour me hisser sur un des patins…

Ma main gauche toucha le tube métallique et glissa, mais la droite l'avait saisi et tenait bon. Tandis que l'hélico s'élevait en prenant de la gîte et malgré la violence de l'air autour de moi je balançai la jambe droite par-dessus le patin et m'y accrochai.

Ma pensée soudainement réactivée allait de « Je n'y crois pas ! Qu'est-ce que j'essaie de faire ? » à « Et maintenant ? », lorsqu'une pluie de balles vint frapper l'hélicoptère. Munro s'était relevé, le visage en bouillie et le MP-4 à la main. Finalement, il avait décidé qu'il valait mieux tuer tout le monde qu'en rester là.

Une autre rafale saupoudra l'hélico, perça dans le fuselage une série de trous horribles, le moteur faisant aussitôt entendre un gémissement suraigu. Je me hissai sur le patin, bloquai ma jambe gauche par-dessus la droite et entrepris de vider le chargeur de mon Glock sur la silhouette qui diminuait rapidement à ma vue mais qui semblait toujours aussi résolue à nous abattre.

Munro sursauta soudain, tituba et s'écroula. Je venais d'épargner au cartel qui l'employait la peine de le découper à la machette.

Navarro et son pilote savaient maintenant qu'ils avaient un passager clandestin, mais ils ne semblaient pas pressés de me remercier de leur avoir sauvé la mise. Pendant ces quelques instants d'accalmie, Alex regarda par la fenêtre de l'hélico et la surprise éclaira son visage quand il découvrit ma présence. Nos regards se croisèrent, et le plaisir qui brillait dans ses yeux rechargea mes batteries.

Le pilote se mit alors à exécuter une série de tonneaux latéraux dans le but évident de me faire lâcher prise… Au bout d'un moment, le moteur fit entendre un grincement aigu, s'arrêta pendant une épouvantable seconde, toussota… et redémarra.

Je savais que nous n'allions pas rester longtemps en l'air.

Je me redressai sur le patin, jetai un coup d'œil dans le cockpit, en me demandant pourquoi le pilote n'essayait pas de se poser. Penché en avant, Navarro lui criait ses instructions, visiblement – sans doute lui interdisait-il d'atterrir. Au moins n'essayaient-ils plus de me déloger de mon patin. Tout à coup, Navarro me vit, sortit son arme et tira à travers la vitre de l'hélico.

Je me baissai pour m'écarter de sa ligne de mire. Je me recroquevillai le plus loin possible, sous le fuselage, en espérant que Navarro n'était pas assez suicidaire pour essayer de m'avoir à travers le plancher de l'hélico.

Nous foncions au-dessus de la jungle, quasiment au niveau du couvert des arbres, et nous allions de plus en plus vite. Le moteur, apparemment, avait trouvé son second souffle. Une minute plus tard, l'océan était en vue. Même depuis ma position, très précaire, il était d'une beauté à couper le souffle. Le genre de tableau dont j'ai toujours pensé qu'il était peint à la perfection – sauf qu'il était là, en vrai, en couleurs vives. Si ce devait être la dernière chose que je verrais avant de mourir, ce serait beaucoup mieux que de fixer le bout d'un tube enfoncé dans mon estomac.

L'océan m'avait entendu. Dès que nous fûmes au-dessus de l'eau, le moteur émit une série de crachotements, puis s'arrêta. Définitivement.

L'hélico commença sa descente.

69

Je sortis de mon abri sous l'hélico, aperçus de nouveau Alex. Nous tombions à pic vers la mer, et la mort approchait à toute vitesse. Je commençai à comprendre l'intérêt de la réincarnation… même si je n'étais pas encore prêt à renoncer à cette vie.

Mes réflexions s'interrompirent tout net quand le contact eut lieu, brutal comme un plat-ventre, avec la surface de l'eau. Je tins bon, tandis que le gros hélicoptère se mettait aussitôt à couler.

Je maintins mes jambes serrées autour du patin. L'hélico basculait, emporté par le poids des pales. Quelques secondes plus tard, j'aperçus le fond de l'océan, couvert de sable blanc, à travers un essaim de bulles d'air. Il n'y avait quasiment pas de fond. Je laissai mes jambes s'écarter du patin, mais je m'y tins des deux mains quand on toucha le sol.

L'hélico se posa dans un tourbillon de sable, et j'entendis le gémissement sinistre du train d'atterrissage absorbant la plus grande partie du choc.

Je regardai à l'intérieur de la cabine.

Le pilote avait moins bien résisté que moi à l'impact avec la surface de l'eau. À moins que sa discussion avec Navarro n'ait dégénéré… De sombres rubans de sang montaient en spirale au-dessus de sa tête et de son torse, et se dissolvaient en de fins nuages pourpres.

Je cherchai Alex du regard. Il était là, les bras tendus pour attirer mon attention, mais il semblait captif. Je compris pourquoi quand le visage de Navarro apparut derrière lui. Je me tins prêt à m'écarter de sa ligne de mire, constatai qu'il avait apparemment perdu son arme. Il était coincé par une partie du châssis qui s'était pliée sous l'impact. Il avait le pied droit bloqué contre le montant de son siège, et maintenait Alex contre lui tout en essayant de libérer sa jambe.

Alex se débattait et se tortillait avec l'énergie du désespoir pour se libérer, le regard suppliant.

Il fallait que je le rassure au plus vite. Je lui fis un geste, puis je me glissai de l'autre côté de l'hélico et m'approchai de la fenêtre fracassée du cockpit, par laquelle l'eau rentrait à gros bouillons. Calant mon brodequin contre le montant, je tirai dessus de toutes mes forces. La douleur dans mon dos s'était réveillée, mais j'insistai. Au bout d'une éternité, le montant se débloqua.

Je me hissai à l'intérieur aussi vite que possible, dépassai le siège du copilote et me retrouvai face à face avec Alex. Il me tendit la main. Je m'avançai suffisamment près pour lui saisir le poignet – celui qui portait le gros bracelet Omnitrix qu'il n'ôtait jamais.

Navarro enserrait encore des deux bras les jambes d'Alex, et je ne disposais plus que de quelques secondes avant que l'eau nous recouvre tous.

Je saisis le bras de Navarro et lui cognai l'épaule. Sa prise se relâcha sur-le-champ, libérant Alex. Je fis sortir le gosse de la cabine, par le chemin que j'avais pris à l'aller, et je commençai à donner de grands coups de pied pour remonter à la surface.

Mon regard se tourna alors vers Navarro.

Il se trouvait toujours au fond de la cabine et essayait de repousser le siège, dans une tentative désespérée de se libérer. Juste avant de détourner la tête, je vis un énorme nuage de bulles d'air s'échapper de sa bouche. Il n'avait pas pu retenir son souffle plus longtemps. Je compris qu'il était mort.

Je continuai à agiter les jambes pour regagner la surface, Alex serré contre moi, droit vers la lumière du soleil. Nous parvînmes ainsi à l'air libre.

Je jetai un coup d'œil vers le rivage. Nous n'étions qu'à quelques dizaines de mètres de la terre ferme. Je savais que nous y arriverions.

Alex et moi flottions comme des bouchons sur l'eau turquoise au calme trompeur. Il avait les bras serrés autour de mon cou. Et le regard serein, maintenant, un regard qui ressemblait davantage à celui d'un gosse de quatre ans. De plus, il me fixait sans la moindre trace de peur. Une grande première.

— Comment tu as fait ? demanda-t-il, l'air émerveillé.

Je lui fis un grand sourire satisfait.

— Je suis ton papa, Alex. C'est tout. N'importe quel papa en ferait autant.

Il y réfléchit un moment, et pour la première fois depuis que j'avais fait sa connaissance il me sourit à son tour. Oh, pas ce grand, large sourire qui découvre les dents. Mais un sourire tout de même. Ce qui était déjà énorme.

Mais je ne pouvais en jouir pleinement.

Des pensées délétères empoisonnaient cet instant magique, allaient et venaient dans ma tête. Les échos de choses que j'avais entendues ou ressenties et qui se mettaient peu à peu en place. Je savais que je n'avais pas encore toutes les réponses.

70

Tess, Alex et moi n'étions rentrés à San Diego que quelques heures auparavant, et je ne m'y trouvais déjà plus.

Tess était indemne. Elle avait suivi mon conseil, s'était accroupie dans un coin abrité et avait attendu la fin de la fusillade. Les gars des Forces spéciales l'avaient récupérée et avaient désinfecté sa blessure. Dès qu'Alex et moi avions refait surface, je m'étais follement inquiété pour elle. Le sourire qu'elle m'adressa lorsque je l'eus enfin retrouvée se trouve définitivement gravé parmi les tout meilleurs souvenirs de ma vie.

Quand le calme était revenu à Merida, j'avais appris avec soulagement que Julia et l'autre flic étaient sains et saufs. Mais la nouvelle de la mort de Villaverde, dont on avait retrouvé le cadavre dans la maison que Navarro louait près de la plage, m'avait profondément attristé. C'était une perte terrible. Villaverde était un type bien, compétent, un partenaire qui avait fait la preuve qu'il pouvait être un allié solide quand j'avais eu besoin de lui. Je devinai que Navarro avait dû le cuisiner, à la suite de quoi ses hommes nous avaient retrouvés à la planque.

L'hacienda elle-même avait livré quelques bonnes nouvelles. Les savants kidnappés à Santa Barbara avaient été retrouvés dans les laboratoires souterrains, ainsi que deux autres types enlevés plus tôt. Ils étaient tous sains et saufs, autant que pouvaient l'être des gens qui étaient prisonniers depuis des mois.

D'un autre côté, Stephenson avait proposé de travailler avec Tess et moi pour aider Alex à surmonter ce qu'il avait vécu.

Plusieurs choses me turlupinaient, pourtant. À commencer par le drone.

Je connaissais les drones. Nous en avions un au-dessus de nos têtes la nuit où nous avions investi le labo de McKinnon. Plus récemment, et à la lumière du jour, je m'étais servi d'un Predator, en Turquie, alors que nous poursuivions Zahed, l'agent iranien. Je savais à quoi ils ressemblent. Et dans le ciel parfaitement clair de Merida, ce matin-là, je n'ai rien vu. Pas un reflet, pas un point, rien. Il est vrai que je n'avais pas vraiment pris le temps de lever le nez pour surveiller la voûte céleste. Mais j'aurais dû le voir, et ça me tarabustait. Ça me tarabustait suffisamment pour que je me renseigne auprès des gars de la base aérienne de Beale, en Californie, où se trouve le centre de contrôle des drones. Je savais qu'il n'était pas facile, pour la DEA, de contrôler un drone au-dessus du Mexique. Ils l'avaient fait deux ou trois fois dans le courant de l'année précédente, et ça avait causé pas mal de grabuge avec les *federales*. En tout cas, les gars de Beale m'avaient confirmé qu'ils n'avaient aucun drone, ce jour-là, au-dessus de la Californie et du Mexique.

Ce qui voulait dire que Munro avait menti.

Et s'il ne nous avait pas tracés à l'aide d'un drone, cela signifiait qu'il disposait d'un autre moyen. Qui consistait à tracer un objet que nous avions sur nous. Plus précisément, un objet que Navarro ou Alex devaient avoir sur eux, puisque le traqueur donnait à Munro, sur son écran, leur position en temps réel. Il semblait impossible qu'on ait placé un traqueur sur Navarro. Si Munro en avait été capable, il aurait chopé El Brujo et l'aurait vendu aux narcos, aurait empoché la prime et se serait retiré dans un coucher de soleil permanent, entre mojito et bronzage intégral.

Ce qui voulait dire que le traqueur ne pouvait se trouver que sur Alex.

Et il y avait aussi cette petite phrase, entendue très peu de temps auparavant, qui tournait et retournait dans ma tête, au point de devenir une véritable obsession.

Et voilà pourquoi je venais d'abandonner ma voiture au fin fond de la Sequoia National Forest pour monter à pied vers un chalet de montagne.

Le chalet de Hank Corliss.

71

C'était un chalet en chêne, avec des toits pentus qui descendaient jusqu'au sol. Il paraissait minuscule en comparaison des arbres de plus de trente mètres de haut qui l'entouraient. Je trouvai Corliss assis sur la terrasse à l'arrière du chalet, qui donnait sur un torrent au flot tumultueux et sur des hectares d'une forêt épaisse. L'air était empli des cris des fauvettes et des hirondelles.

Visiblement, Corliss m'avait entendu arriver. Mais il n'avait fait aucun effort pour se lever et aller voir qui venait. Je le soupçonnais de savoir que c'était moi, tout comme je le soupçonnais de s'être attendu à me voir débarquer d'un moment à l'autre.

Il ne leva même pas les yeux quand je m'approchai.

Tout était trop parfait. Alex est la réincarnation de McKinnon. Munro a vent de cette histoire, d'une manière ou d'une autre. Il décide de s'en servir pour appâter Navarro et le faire sortir de sa cachette – car il s'agit de la seule chose à laquelle Navarro est incapable de résister.

Trop parfait. Et trop magique.

La vie ne marche pas comme ça.

Quant à Munro… Le connaissant comme je le connaissais, je ne pouvais tout simplement pas croire qu'il ait pu monter cela tout seul.

Ce qui m'avait amené à m'interroger à propos de Corliss.

Celui qui était à l'origine de l'affaire devait savoir que Navarro était obsédé par la réincarnation. Il devait aussi savoir ce que la drogue de McKinnon avait de particulier. Et il devait surtout avoir une envie désespérée, maladive, d'arrêter Navarro.

Ce qui me ramenait à Corliss et à cette petite phrase que Munro avait prononcée, à Merida, près de l'hélico.

« Tu ne crois tout de même pas que j'ai accepté toutes ces conneries juste pour aider un vieux fou aigri à se venger ? »

Depuis cet instant, ces mots n'avaient cessé de me tarabuster.

Je pensais avoir compris ce qu'ils avaient fait. Ce que j'ignorais, c'était depuis quand ça durait.

C'était pour ça, et aussi pour le « comment ? », que j'étais venu.

Il était parfaitement inutile d'échanger des formules de politesse.

— Tu savais que Munro travaillait pour son compte ? lui demandai-je.

Il se tourna vers moi. Il avait l'air encore plus vidé que dans mon souvenir. Il avait sous les yeux de grosses poches noires et les rides sur son front semblaient avoir été tracées au burin.

— Il n'avait pas l'intention de te livrer Navarro, tu sais. Il allait le vendre au cartel, pour quinze millions de dollars. Et tu sais quel est le pire, dans tout ça ? Tu ne l'aurais sans doute jamais su. Il aurait mis au point une histoire, où Navarro aurait été tué, là-bas, et tu serais là, tranquillement, en train de te dire que ton plan avait marché à la perfection.

Il haussa les épaules, impassible.

— Je suis sûr qu'ils ne l'auraient pas gardé en vie très longtemps.

Si j'avais eu encore un doute sur le rôle joué par Corliss, cette phrase l'aurait définitivement annihilé.

— Exact, mais ce n'était pas vraiment ça, l'idée, hein ? L'idée, c'était la vengeance. Ta vengeance. Et je ne vois pas ce qui aurait pu être plus jouissif, pour toi, que l'avoir juste là, devant toi, de pouvoir le regarder dans les yeux pendant que tu lui faisais ce que tu avais l'intention de lui faire.

Il ne répondit pas. Il se contentait de me fixer de son regard sombre en respirant lentement, la bouche entrouverte.

— Mais ça aurait dû marcher. Si Michelle ne les avait pas repoussés, à la maison. C'était ça, le plan, hein ? Il devait les kidnapper. Et Alex t'aurait mené directement jusqu'à lui.

Je sortis de ma poche le bracelet Omnitrix d'Alex et le jetai sur la desserte, à côté de lui.

Je l'avais fait examiner.

Le traqueur était là.

— Tu savais que Navarro croyait à la réincarnation. Tu avais lu le journal. Tu connaissais l'histoire d'Eusebio. Et tu savais que Navarro ne se contentait pas d'y croire. L'histoire l'obsédait, comme l'obsédait le désir de retrouver la formule de McKinnon. Alors tu as décidé de te servir de ça pour l'obliger à se montrer. Et quelle meilleure façon d'y arriver que de lui faire croire que McKinnon s'était réincarné ?

Je vis son regard vaciller.

— C'est alors que tu as décidé de piper les dés. Tu as décidé que ça ne devait pas être n'importe quel enfant. Tu voulais être sûr qu'il y croirait, tu voulais qu'il soit si motivé qu'il n'hésiterait pas à se lancer aux trousses de ce gosse. Et qui était mieux placé pour cette mission que le fils du type qui avait tué McKinnon ? Tu étais au courant, car Munro avait appris que Michelle était enceinte de mon fils.

Le regard ne vacillait plus. Il s'interrogeait déjà sur les conséquences.

— Tu es venu pour me tuer ?

— Je devrais. Et je le ferai peut-être. Tu es responsable de la mort de Michelle. Et de Villaverde. Et de Fugate. Et du petit ami de Michelle. Et de tous les autres, en fait.

J'avais du mal à me contrôler, et je parlais de plus en plus fort.

— Et tu as mis mon fils en danger. Tu as joué au con avec son esprit et tu l'as agité comme un appât devant l'un des plus grands psychopathes de cette planète…

— Rien de tout cela n'aurait dû arriver. Mon plan ne prévoyait pas que quiconque soit blessé. Mais bon… les meilleurs plans, hein ?

— Des conneries ! Tu avais affaire à Navarro. Qu'est-ce que tu croyais ?

Corliss inspira profondément, entre ses lèvres serrées. Il plissa les yeux, d'un air de défi.

— Toi, plus que quiconque, tu devrais comprendre pourquoi j'ai fait ça. Tu sais ce qui s'est passé. Ce qu'il a fait à ma famille.

Il fit une pause, comme pour s'assurer que ses paroles avaient fait mouche.

Pendant une seconde, j'essayai de me mettre à sa place. Je me demandais ce que j'aurais fait si j'avais vu ma fille égorgée sous mes yeux, et si ça avait entraîné la mort de ma femme. Mais j'avais par-dessus tout envie de l'étrangler, lui, pour ce qu'il avait fait.

— Et il allait continuer à chercher, ajouta Corliss. Il allait continuer à chercher, jusqu'à ce qu'il trouve cette drogue. Où en serions-nous, hein ? Combien de parents seraient là, en train de répéter : « Pourquoi n'avez-vous pas fait tout ce qui était possible pour l'arrêter ? »

Je lui avais opposé les mêmes arguments, après avoir tué McKinnon, et il prêchait un converti. Mais j'avais encore quelques questions à lui poser.

— Comment as-tu fait ça ?

Je pensai à Alex, et je m'efforçai de ne pas montrer ma fureur.

— Comment as-tu fait pour obliger Alex à dire ce qu'il disait, à faire ces dessins… Comment as-tu fait pour qu'il soit assez convaincant pour duper un type comme Stephenson ?

Corliss détourna les yeux. Pendant un bref instant, je crus y voir du regret, de la douleur, quelque chose d'humain qui me fit penser qu'il n'était peut-être pas aussi froid et insensible que je l'avais cru.

— Nous avons fait appel à un barbouze. Un type qui a travaillé avec le MK-Ultra, autrefois.

Il parlait du programme de contrôle des esprits développé par la CIA dans les années 1960, et bien connu aujourd'hui.

Ces salauds avaient fait subir un lavage de cerveau à mon fils âgé de quatre ans !

— Son nom ?

— Corrigan, dit-il à contrecœur. Reed Corrigan.

Un nom que je n'étais pas près d'oublier. Corrigan allait entendre parler de moi. Très bientôt. Et très violemment.

— Comment a-t-il fait ?

Corliss tourna de nouveau la tête, avec lassitude.

— Nous avons drogué l'eau de Michelle. Elle se couchait normalement, chaque soir, et pendant une semaine environ elle n'a pas eu la moindre idée de ce qui se passait dans la chambre d'Alex.

J'avais beaucoup de mal à ne pas le prendre à la gorge et lui arracher le cœur.

— Corrigan l'a nourri d'informations-clés sur la vie de McKinnon. Sur son passé, ses voyages, son travail. Il lui a montré des photos. Il lui a également montré le film de la nuit où tu l'as tué. La vidéo des caméras montées dans vos casques.

Il grimaça. J'imaginais mal quelle espèce de salopard il fallait être pour montrer ce genre de choses à un gosse de quatre ans.

— Mais il fallait faire très attention, ajouta-t-il.

J'eus l'impression qu'il sentait la colère qu'éveillaient en moi ces dernières révélations, et qu'il préférait aller de l'avant.

— Nous ne pouvions semer que des informations dont nous étions sûrs qu'elles auraient du sens pour Navarro, mais qui ne risquaient pas d'alerter Michelle si Alex lui en parlait. Et tu jouais un rôle, même si ce n'était pas voulu. Tu ne lui avais pas dit ce qui s'était vraiment passé, cette nuit-là.

J'y avais réfléchi, et c'était une épine sous ma selle. C'était moi, maintenant, qui voulais aller de l'avant.

— Alex ne pouvait donc pas connaître le nom de McKinnon ?

— Non. Michelle aurait compris qui il prétendait être. Mais il pouvait parler du passé de McKinnon, de sa vie et de sa famille, et des moments importants de sa carrière. Il pouvait aussi parler du Mexique. Du journal. D'Eusebio de Salvatierra. De la tribu.

— Et Stephenson faisait partie du plan depuis le début ?

— C'est l'expert numéro un. L'autorité mondiale en la matière. Et il est là, en Californie. S'il cautionnait cette histoire, Navarro y croirait. Nous avons simplement fait en sorte que le psy chez qui Michelle a conduit Alex l'oriente vers Stephenson.

— Comment ?

Il haussa à nouveau les épaules.

— Aujourd'hui, avec la sécurité intérieure et la menace d'être étiqueté comme un combattant ennemi, on obtient beaucoup. Personne n'a envie de se retrouver en combinaison orange.

Évidemment.

— Mais comment savais-tu que Navarro en entendrait parler ?

— Je savais ce qu'il cherchait. J'avais la retranscription complète du journal d'Eusebio. Celle que j'avais demandé à l'analyste du FBI de garder pour lui. Navarro… il n'était pas simplement obsédé par la réincarnation. Cela allait bien au-delà de l'obsession. Il ne vivait que pour cela. Tu ne l'as pas vu, cette nuit-là, chez moi. Tu n'as pas vu son regard… Je savais qu'il devait surveiller le travail de Stephenson. Et Alex devait être un cas important pour Stephenson. Un gosse, aux États-Unis, qui revivait une vie antérieure, si récente… Il devait en parler à ses pairs, écrire des articles à ce sujet. Il était plus que probable que tôt ou tard Navarro en entende parler et parte à sa recherche. Nous devions simplement nous assurer que nous avions assez de traqueurs en place pour retrouver Alex.

Il parlait de traqueurs, au pluriel.

— Il y en avait plusieurs ?

— Quelques-uns. Un dans chacune de ses paires de baskets. Dans certains jouets. Son animal en peluche préféré.

Il fit un geste vague pour montrer que ça n'avait aucune importance.

— Ils sont petits, et coûtent trois cents la douzaine.

— Et pendant tout ce temps, depuis le début, tu savais que Navarro était vivant ?

— Allons… ricana-t-il. Je n'ai pas cru une seconde à cette histoire de voiture piégée. Et quand il a commencé à kidnapper ces savants… Ils travaillaient sur les psychoactifs. Un des gars qu'il a enlevés à Santa Barbara était en train de synthétiser de l'iboga, d'en faire des pilules pour aider les héroïnomanes à décrocher. Tout ça collait parfaitement avec ce que je savais, concernant ce qu'il cherchait.

Je sentis venir un nouvel accès de rage.

— Tu aurais pu demander à Stephenson de faire un faux rapport, tout simplement. Ou l'obliger à le faire en usant de tes charmes…

Sa bouche se plissa. Il secoua la tête.

— Non. Il y avait un risque trop élevé que Navarro le fasse enlever par des tueurs à gages, comme les autres. Des motards, ou je ne sais qui. Et Stephenson aurait craqué en moins de deux si on l'avait interrogé. Ce n'était même pas la peine d'y penser. Non, Stephenson lui-même devait croire à notre histoire.

Il resta silencieux. Son expression s'était adoucie.

— Comment va-t-il ? Alex.

Je n'étais pas obligé de lui répondre, mais je le fis quand même :

— Ça ira. Nous savons maintenant ce que vous lui avez fait. Nous pouvons commencer à le défaire.

Il acquiesça, l'air absent.

— Bien.

Il ne dit pas qu'il regrettait. Je pense d'ailleurs qu'il ne regrettait rien.

— Et maintenant, qu'est-ce qui se passe ? C'est le moment où tu sors ton revolver parce que je résiste à l'arrestation ?

— Non. Je vais simplement m'en aller.

Une pause.

— Je vais rédiger mon rapport sur ce qui s'est passé.

Il me regarda, comme s'il pigeait ce que je voulais dire. Je devais être assez explicite.

Je tournai les talons pour m'en aller. Il me rappela.

— Pour ce que ça vaut… Ça n'était pas facile. Ce n'était pas une décision facile à prendre. Je n'ai tout simplement pas trouvé d'autre moyen.

Pour moi, de fait, ça ne valait pas grand-chose.

Je sortis du chalet. Au moment où j'ouvrais la portière de ma voiture, j'entendis la détonation.

Je ne revins pas sur mes pas pour vérifier.

Je bouclai ma ceinture, franchis la barrière en trombe. J'allais passer le reste de la journée avec Tess et avec mon fils, en essayant de ne pas trop penser à ce que Navarro m'avait dit sur ses vies antérieures.

Ni à ce que je ferais du tube d'acier que j'avais récupéré sur le cadavre de Munro.

POCKET – 12, avenue d'Italie – 75627 Paris Cedex 13

Date initiale de dépôt légal : janvier 2013
Dépôt légal de la nouvelle édition : janvier 2018
S28441/61